Am Nachmittag des 10. September 1928 ereignete sich im Tiroler Zillertal ein Unfall, der zu einem spektakulären Indizienprozeß führte und weit über die Grenzen Österreichs hinaus für Aufsehen sorgte. Der aus Riga stammende 48jährige Zahnarzt Morduch Max Halsmann hatte mit seinem 22jährigen Sohn Philipp eine Bergtour unternommen und war auf dem Weg talwärts aus ungeklärten Gründen abgestürzt. Noch am selben Tag wurde sein Sohn wegen Verdachts auf Vatermord verhaftet.

In dem politisch aufgeladenen Klima der Zwischenkriegszeit entwickelte sich aus dem Kriminalfall rasch eine internationale Affäre. Aus Philipp Halsmann wurde ein Sündenbock, ein Lükkenbüßer und ein Held, an seinem Fall spiegelten sich die Fronten der Gesellschaft. Juristen, Mediziner, Schriftsteller und Intellektuelle von Sigmund Freud bis Albert Einstein, von Jakob Wassermann bis Thomas Mann setzten sich für den jüdischen Angeklagten ein, der zuerst wegen Mordes zu zehn, dann wegen Totschlags zu vier Jahren Kerker verurteilt wurde, ehe ihn der österreichische Bundespräsident 1930 begnadigte. Martin Pollack ist den Spuren des Falles Halsmann gefolgt und hat sie in einem packenden dokumentarischen Roman aufgezeichnet, als Erinnerung und als große Erzählung aus der Jugend des später weltberühmten LIFE- und *Vogue*-Photographen Philipp Halsman.

Martin Pollack, 1944 in Bad Hall, Oberösterreich, geboren. Studierte Slawistik und osteuropäische Geschichte. Bis 1998 Redakteur des ›Spiegel‹. Seither freier Autor und Übersetzer. Bücher: ›Des Lebens Lauf. Jüdische Familien-Bilder aus Zwischeneuropa‹ (1987), ›Galizien. Eine Reise durch die verschwundene Welt Ostgaliziens und der Bukowina‹ (2001), ›Der Tote im Bunker. Bericht über meinen Vater‹ (2004). Im S. Fischer Verlag erschien 2006 die von Martin Pollack herausgegebene Anthologie ›Sarmatische Landschaften. Nachrichten aus Litauen, Belarus, der Ukraine, Polen und Deutschland‹.

Unsere Adresse im Internet: www.fischerverlage.de

Martin Pollack

Anklage Vatermord

Der Fall Philipp Halsmann

Fischer Taschenbuch Verlag

2. Auflage: August 2007

Veröffentlicht im Fischer Taschenbuch Verlag,
einem Unternehmen der S. Fischer Verlag GmbH,
Frankfurt am Main, Oktober 2004

Lizenzausgabe mit freundlicher Genehmigung des
Paul Zsolnay Verlages, Wien

Druck und Bindung: Clausen & Bosse, Leck
Printed in Germany
ISBN 978-3-596-16040-2

Dem Andenken an Ruth Römer und Richard Glaser gewidmet

PROLOG

Während seiner Urlaubsreise hatte Morduch Halsmann einen Traum: Er träumte von einem Freund aus Riga, einem großen und kräftigen Mann, der eines Tages ganz unerwartet gestorben war. Dieser Freund kam auf ihn zu, und Morduch Halsmann wollte ihm schon die Hand zur Begrüßung reichen, da wehrte der Verstorbene erschrocken ab: »Laß das, weißt du denn nicht, daß du einen Toten nicht berühren darfst?«

Sie setzten sich zum Gespräch nieder. Im Verlauf der Unterhaltung vergaß Halsmann, daß er neben einem Toten saß und klopfte dem Freund, wie es seine Gewohnheit war, aufs Knie, um das Gesagte zu bekräftigen. Da rief der Tote entsetzt aus: »Was hast du jetzt getan? Nun mußt auch du sterben!« Er könne den drohenden Tod nur abwenden, sagte der Freund im Traum zu Halsmann, wenn er seine Wohnung neu tapezieren lasse.

Als Morduch Halsmann seiner Frau von diesem Traum erzählte, lachte sie und sagte, nun müßten sie wohl tatsächlich ihre Wohnung neu tapezieren lassen, und dabei sah sie sehr zufrieden aus, weil sie sich das schon seit langem gewünscht hatte, während ihr Mann dies wegen der Kosten und der damit verbundenen Störung des Alltags immer wieder aufschob. Morduch Halsmann pflichtete ihr gutmütig bei und meinte, wenn er noch ein paar solche Träume hätte, dann bliebe ihm wohl wirklich nichts übrig, als den Tapezierer zu rufen.

ERSTES KAPITEL

Über den Beginn der Bergtour ins Tiroler Zillertal wurde im nachhinein kaum mehr gesprochen. Immer nur und immer wieder über die späteren Ereignisse. Wer was gesagt hatte. Wann das gewesen war. Wer wo gesehen wurde. In welchem Aufzug. In welcher Gemütsverfassung. Was er wohl gedacht haben mochte. Erinnerungsfragmente und Spekulationen wurden zu immer neuen Szenen zusammengefügt, die doch nie ein überzeugendes Gesamtbild ergaben oder die ganze Wahrheit enthüllten. Stets blieben Zweifel und Fragen zurück.

Vom Anfang der Tour wissen wir nur so viel, daß Morduch Halsmann und sein Sohn Philipp in Jenbach in den ersten Zug der Zillertalbahn stiegen, der um sieben Uhr abfuhr. Beim Frühstück im Gasthof Goldener Stern, in dem sie übernachtet hatten, hatte Morduch Halsmann seinen Sohn mit barschen Worten zur Eile angetrieben, weil sie sonst noch den Zug versäumen würden. Der Kellnerin, die das Frühstück auftrug, war das grobe Benehmen des Vaters dem erwachsenen Sohn gegenüber in Erinnerung geblieben. Es hatte keinen guten Eindruck bei ihr hinterlassen. Der junge Mann tat ihr leid. Im Zug waren die beiden keinem aufgefallen.

In Mayrhofen, der Endstation der Zillertalbahn, schlugen die Halsmanns den Weg nach Ginzling ein, der in ihrem Reiseführer verzeichnet war: Sie gingen vom Bahnhof durchs Dorf und weiter zwischen Bauernhäusern bis zur Brücke über den Ziller, dann auf der anderen Seite des hellgrünen Flusses entlang bis zu einem Gasthof, hinter dem sie in einen schmalen Feldweg einbogen, der in den Zemmgrund, ein Seitental des Zillertales, führte. Nach drei Stunden erreichten sie Ginzling, eine kleine Häusergruppe am Zemmbach, aus der ein spitzer Kirchturm mit rotem Dach ragte. Hinter dem Weiler wurden die Hänge auf beiden Seiten des Baches, den dichtes Erlengebüsch säumte, immer steiler. Auf den Wiesen standen Braunvieh, Ziegen und manchmal auch Pferde, semmelblonde Haflinger, die den Wanderern nachschauten. Am frühen Nachmittag erreichten die beiden Männer den Gasthof Breitlahner, wo sie Rast einlegten. Es war Samstag, der 8. September 1928.

Der Alpengasthof Breitlahner, an der Stelle errichtet, wo sich das Tal gabelt und der Zamser Bach in den Zemmbach mündet, war eher ein Alpenhotel als ein Gasthof: Ein mächtiges, langgestrecktes Holzhaus, zweistöckig, mit gemauerten Fundamenten, einer geräumigen, verglasten Veranda und vierzig Zimmern. Der Gasthof verfügte schon damals, wie eine zeitgenössische Anzeige vermerkte, über »eigenes elektrisches Licht«, eine eigene Bäckerei, die das Brot bis nach Ginzling lieferte, und sogar eine Sodawassererzeugung. Daneben betrieb der Breitlahnerwirt Wilhelm Eder eine Almwirtschaft, die den Gasthof mit Milch, Butter und Käse versorgte. In der geräumigen Gaststube saßen Sommerfrischler und Bergsteiger mit einheimischen Bauern, Jägern und Hirten zusammen, und manchmal kehrte auch Fürst Franz Josef Auersperg mit einer Gesellschaft ein. Der Fürst besaß im Zillertal ausgedehnte Jagdgründe und war bei der Talschaft sehr beliebt, weil er bei den großen Treibjagden, die er für seine Gäste veranstaltete, die Männer aus Ginzling als Helfer beschäftigte und gut entlohnte. Obendrein ließ er den Großteil des Wildbrets an einheimische Jäger, Treiber oder auch bedürftige Menschen, die sich kein Fleisch leisten

Alpengasthof Breitlahner

konnten, verteilen und behielt nur die Trophäen und die Decken.

Hinter dem Gasthof überschritten die Wanderer auf einer überdachten Holzbrücke den Zemmbach und stiegen dann in engen Serpentinen steil bergan. Gegen sechs Uhr abends erreichten sie das Gasthaus Zur Alpenrose. Weil die Dunkelheit hereinbrach und sie schon seit dem Morgen unterwegs waren, beschlossen sie, in der Alpenrose zu übernachten. Dem Wirt Josef Geisler fiel auf, daß Morduch Halsmann für sich und seinen Begleiter, den er als seinen Sohn vorstellte, zwei Einzelzimmer verlangte. Als ihm erklärt wurde, daß alle Einzelzimmer belegt seien und es nur noch Doppelzimmer gebe, beharrte er auf dem Wunsch nach getrennten Zimmern und nahm, ungeachtet der Kosten, zwei Doppelzimmer, was Josef Geisler, wie er später sagte, stutzig machte, weil Bergsteiger für gewöhnlich sparsame Gäste waren und jeden Groschen zweimal umdrehten.

Im Gasthof Zur Alpenrose herrschte an diesem Wochenende reger Betrieb, neben Bergsteigern, die von hier zu weiteren Touren aufbrachen, waren zahlreiche Sommerfrischler aus Mayrhofen und Ginzling unter den Gästen, die den in allen Wanderführern als leicht und gefahrlos beschriebenen Weg bis zur Alpenrose auf sich genommen hatten, um von hier den prachtvollen Blick auf die Eiswelt des Waxeck- und Horngletschers zu genießen. In der Gaststube wurde Karten gespielt, getrunken und gelacht, und Morduch Halsmann schloß rasch mit den Leuten an seinem Tisch Bekanntschaft, von denen ihn manche später als gesellig und unterhaltsam beschrieben, während andere meinten, er habe sich angebiedert. Josefine Gehwolf aus München hatte an diesem Samstag, dem Maria-Geburt-Tag, mit dem Chemiestudenten Max Schmid aus Nürnberg eine Tour auf das Schönbichlerhorn unternommen und war über den sogenannten Berliner Höhenweg zum Zemmgrund abgestiegen und in der Alpenrose eingekehrt. Sie erinnerte sich an Morduch Halsmann als einen älteren Herrn mit rundlichem Gesicht, beginnender Glatze und dünner Goldbrille, hinter der lustige Augen blitzten. Er redete viel und laut, mit deutlichem Akzent, der den Ausländer verriet, und machte gern Witze, die manchmal vielleicht etwas gewagt waren, aber schließlich war man auf einer Hütte und unter Bergkameraden, weshalb sie das nicht weiter übelnahm. Der Sohn war im Gegensatz zum Vater auffallend einsilbig und wirkte durch sein Äußeres noch fremder als dieser: gewelltes, schwarzes Haar, nach hinten gekämmt, ein schütteres Oberlippenbärtchen, schwarze Hornbrillen.

Im Gespräch stellte sich heraus, daß Morduch Halsmann Zahnarzt in Riga war, während sein Sohn Elektrotechnik in Dresden studierte. Die beiden erklärten, sie wollten am nächsten Tag »den Schwarzenstein machen«, und zwar ohne Führer, weil die Tour in ihrem Buch als einfach und völlig

Morduch Halsmann

Philipp Halsmann

gefahrlos beschrieben wäre. Josefine Gehwolf gab zu bedenken, daß viele Gletscher um diese Jahreszeit tückische Spalten und Schründe aufwiesen, weshalb es ihr doch ratsam erscheine, sich einem Ortskundigen anzuvertrauen, umso mehr, als die Halsmanns, wie sie selber sagten, kaum Bergerfahrung und auch nur eine äußerst dürftige alpine Ausrüstung besäßen. Sie hatten weder Steigeisen noch Eispickel dabei, nur gewöhnliche Wanderstöcke. So könne man auch auf einer an sich ungefährlichen Tour leicht in sein Unglück stürzen, sagte Josefine Gehwolf. Der ältere Halsmann gab ihr recht und erklärte sich bereit, ihrem Rat folgend, einen Führer zu nehmen, ungeachtet der Kosten. Dann fügte er feixend hinzu, sein Sohn würde es vielleicht gar nicht so ungern sehen, wenn er, der Vater, abstürze, denn er warte ja nur darauf, ihn zu beerben, doch diesen Gefallen wolle er ihm nicht tun. Die Gehwolf und ihr Begleiter hielten die Bemerkung für einen Scherz und lachten pflichtschuldig, während Philipp keine Miene verzog und schwieg. Auf

Josefine Gehwolf wirkte er verschlossen und mürrisch. Am selben Abend machten die Halsmanns noch die Bekanntschaft eines weiteren Münchner Touristen, der allein unterwegs war und sich bereit erklärte, am nächsten Tag mit ihnen den 3369 Meter hohen Schwarzenstein zu besteigen – auf diese Weise könnten sie die Kosten für den Bergführer teilen und kämen billiger davon. Die Führertaxe von der nahen Berliner Hütte zum Schwarzenstein und zurück war offiziell festgelegt und betrug zwanzig Schilling.

Am frühen Morgen des nächsten Tages stiegen die Halsmanns mit ihrem neuen Bekannten, dem Münchner Elektroingenieur Josef Weil, in Begleitung des Bergführers Franz Steindl zur Berliner Hütte auf, wo sie Steindl an seinen Kollegen Max Pfister aus Jochberg übergab, weil er selber schon eine andere Tour verabredet hatte. Max Pfister war mit seinen Schützlingen bereits einige Zeit unterwegs, als Morduch Halsmann ihn beiläufig fragte, ob er nicht etwas von seinem Tarif nachlassen könne, was Pfister entschieden ablehnte. Er sagte, wenn die Fremden nicht bereit seien, den offiziellen Tarif zu bezahlen, müsse er auf der Stelle umkehren. Halsmann lenkte sofort ein, und der Aufstieg wurde ohne weitere Unterbrechung fortgesetzt. Sonst stellte Pfister den beiden Halsmanns ein gutes Zeugnis aus: Sie gingen sicher und schwindelfrei und hatten nur am Gletscher einige Probleme, weil ihre Bergschuhe zwar neu, aber fürs Eis untauglich waren. Von Unstimmigkeiten zwischen den beiden wollte Pfister nichts bemerkt haben. Morduch Halsmann war gut gelaunt, begrüßte die Bergsteiger, denen sie unterwegs begegneten, mit einem lauten »Berg heil!« und knüpfte gleich eine Unterhaltung an. Auch auf dem Schwarzenstein plauderte und scherzte er angeregt mit anderen Wanderern, besonders mit zwei jungen Schwestern, die in Begleitung von Johann Bauer, Buchhalter eines Sägewerks in Mayrhofen, kurz nach Pfisters Gruppe den Gipfel erreichten. Er zeigte großes Interesse für die alpine Ausrüstung der Tiroler, die Eispickel, Steigeisen und Schneebrillen mitführten. Besonders die Schneebrillen hatten es ihm angetan. Die seien sehr praktisch, sagte er zu seinem Sohn, solche Brillen sollten sie sich für die nächste Tour auch besorgen. »Ach was, das ist nur Einbildung«, erwiderte Philipp abschätzig. Steigeisen seien für solche Höhen unbedingt anzuraten, sagte Johann Bauer, und Marianne Oberforcher, eine der Schwestern, warnte die Fremden, daß eine mangelhafte Ausrüstung ihren Träger leicht in Gefahr bringen könne. »Die Berge verzeihen keinen Fehler«, sagte sie. Als hätte er nur auf dieses Stichwort gewartet, wiederholte Morduch Halsmann seine Äußerung vom Vortag, wonach sein Sohn nur darauf warte, daß er abstürze. Auch diesmal faßten alle die Bemerkung als Scherz auf und lachten. Philipp nahm es gelassen und sagte ironisch: »Sehen Sie, wie schlecht mein Vater von mir denkt?!« Als Johann Bauer später dazu befragt wurde, glaubte er sich allerdings mit einem Mal zu erinnern, daß der Fremde diese Äußerung doch ernst gemeint haben könnte. »Jedenfalls erschien sie mir recht ungewöhnlich.«

Bevor die kleine Gruppe den Abstieg antrat, ersuchte Morduch Halsmann den Bergführer, ihm die Besteigung des Dreitausenders in seinem Notizbuch mit Unterschrift zu bestätigen, wovon Pfister anfangs nichts wissen wollte. Er brummte bloß, so etwas sei in den Bergen nicht üblich, solche Bestätigungen würden nur auf Hütten erteilt. Doch Halsmann ließ nicht locker und meinte, seine Freunde zu Hause in Riga würden ihm sonst nie die Besteigung eines Dreitausenders abnehmen und ihn als Aufschneider verhöhnen, worauf Pfister unwillig ein paar Worte in das hingereichte Notizbuch kritzelte. Die Einheimischen verfolgten die Szene mit amüsiertem Grinsen. Philipp Halsmann sagte rückblickend, die Tiroler hätten sich über sie lustig gemacht, weil sie in ihnen Juden erkannt hätten.

Auf dem Rückweg vom Schwarzenstein unternahmen Morduch und Philipp Halsmann einen Abstecher zum Schwarzsee. Weil es ein heißer Septembertag war, wagten sie ein Bad im klaren, eiskalten Wasser, und während der Vater noch im Gebirgssee planschte, holte Philipp seinen Photoapparat aus dem Rucksack und schoß ein paar Aufnahmen von ihm, die ihn zuerst im Wasser zeigten und dann am Ufer, ausgelassen lachend wie ein Kind. Am Schwarzsee trafen die Halsmanns wieder die Bekannten von der Alpenrose, Josefine Gehwolf und Max Schmid. Josefine Gehwolf erinnerte sich später an eine Bemerkung des alten Halsmann, wonach ihn der Sohn aufgefordert habe, den See zu durchschwimmen. Sie meinte nicht ohne Koketterie, der ältere Herr habe das vielleicht bloß gesagt, um vor ihr zu prahlen. Nach Aussagen seines Sohnes war Morduch Halsmann übrigens Nichtschwimmer.

Vom Schwarzsee gingen die beiden zurück zur Berliner Hütte, in der sie einkehrten. Vor der Hütte fielen Philipp zwei junge Männer auf, die in der Sonne saßen und Bier tranken. Aus ihrer Unterhaltung schloß er, daß sie Italiener waren. Die beiden Männer trugen schwarze Pullover, weshalb er sie für Faschisten hielt oder auch für Deserteure, die über die italienische Grenze gekommen waren (tatsächlich lag die nahe Schwarzensteinhütte bereits auf italienischem Gebiet). Von der Berliner Hütte marschierten die Halsmanns wieder zum Gasthaus Alpenrose, wo sie in denselben Zimmern übernachteten wie am Tag zuvor.

Am Montag, dem 10. September, brachen die Halsmanns,

erneut in Begleitung des Münchner Bergsteigers Josef Weil, in der ersten Morgendämmerung zum Schönbichlerhorn auf, das ebenfalls knapp über dreitausend Meter hoch ist. Während des beschwerlichen Aufstiegs über steile Blockhalden und Schneefelder klagte Morduch Halsmann wiederholt, er wisse nicht, was mit ihm los sei, heute falle ihm das Steigen viel schwerer als gestern. Um zehn Uhr erreichten sie den Gipfel, auf dem ein eisiger Wind wehte. Josef Weil war als erfahrener Alpinist ausreichend für die tiefen Temperaturen in der Höhe gekleidet und wunderte sich über die mangelhafte Ausrüstung seiner beiden Begleiter, die vor Kälte zitterten. Morduch trug zwar einen Pullover, hatte aber keine Windjacke, während Philipp überhaupt nur ein Hemd anhatte und über diesem einen dünnen Gummimantel. Nicht einmal Proviant führten sie mit. Sie blieben daher nur kurz auf dem Gipfel, gerade lang genug, daß Philipp die Bemerkung, »Wie wäre es mit einer Zentralheizung?« ins Gipfelbuch schreiben konnte, dann stiegen sie auf der anderen Seite des Schönbichlerhorns in Richtung Zamsergrund ab. Josef Weil blieb wegen der Aussicht länger auf dem Gipfel zurück. Beim Abstieg ging der Vater wieder ohne Beschwerden und erklärte, er wolle noch am selben Tag bis Mayrhofen marschieren, um den Zug nach Jenbach zu erreichen, wo er von seiner Frau im Gasthof Goldener Stern erwartet wurde. Philipp war von diesem Plan wenig begeistert und meinte, er sei viel zu müde, um am selben Tag bis Mayrhofen zu gehen, er wolle irgendwo übernachten, am besten im Gasthof Breitlahner, und am nächsten Tag nachkommen. Der Vater erklärte sich damit einverstanden, und um die Mutter nicht unnötig zu beunruhigen, schrieb Philipp einen Satz in dessen Notizbuch: »Ich bin vollkommen gesund und grüße Dich.«

Bei einer Scharte unterhalb des Schönbichlerhorns trafen sie eine Gruppe deutscher Bergsteiger, denen die beiden auffielen, weil sie »gänzlich unalpin« ausgerüstet waren, wie es Dr. Wilhelm Geilenkirchen, Syndikus in Bonn, ausdrückte. Als sie außer Hörweite waren, sagte der Bonner Jurist zu seinen Begleitern, »der Alte« (Morduch Halsmann hatte gerade das 49. Lebensjahr vollendet) habe nach Geld gerochen. Was diesen Eindruck in ihm erweckt hatte, wußte er später nicht mehr zu sagen. Von Unstimmigkeiten zwischen den beiden Wanderern hatten die Deutschen nichts bemerkt.

Diesen Eindruck bestätigten auch Alfons Hörhager und Anna Gruber, Hüttenwirt und Kellnerin vom Furtschaglhaus, wo die Halsmanns etwa eineinhalb Stunden nach Verlassen des Gipfels eintrafen. Sie hätten nur wenig miteinander gesprochen und das in einer fremden Sprache, sagte Anna Gruber, trotzdem schienen sie sich gut zu vertragen, ja der Jüngere sei geradezu rührend um das Wohlergehen des Älteren besorgt gewesen. Als Anna Gruber Morduch die Suppe vor dem Wiener Schnitzel servieren wollte, ersuchte sie der Begleiter, diese wieder wegzunehmen und einstweilen warm zu stellen: Sie solle die Suppe erst auftragen, wenn der Vater mit dem Schnitzel fertig sei, dieser esse die Suppe immer erst nach der Hauptmahlzeit. So etwas hatte das Tiroler Mädchen noch nie gehört, und es machte eine dementsprechende Bemerkung zu Alfons Hörhager, der nur die Achseln zuckte. Als Hüttenwirt hatte er schon einiges gesehen und erlebt. Sonst fiel Anna Gruber an den beiden Fremden nichts weiter auf. Sie aßen hastig, weil sie es offenbar eilig hatten, weiterzukommen, und bezahlten mit österreichischem Geld; fremde Valuta sah die Kellnerin keine.

Nach dem Essen machten sich die Halsmanns sofort auf den Weg. Vor dem Furtschaglhaus begegneten sie noch einmal Alfons Hörhager, der gerade dabei war, sein Saumpferd zu satteln, um zum Breitlahner zu gehen, von wo er Brot und andere Lebensmittel holen wollte. Morduch Halsmann schulterte den kleinen Rucksack aus gestreiftem grüngrauen Leinen, den bisher Philipp getragen hatte, und forderte den Sohn auf, Mantel und Hemd auszuziehen, um den lästigen Akneausschlag am Oberkörper, an dem Philipp seit einiger Zeit litt, der Sonne auszusetzen, wie das Philipps Arzt in Dresden empfohlen hatte. Den leichten Gummimantel nahm Philipp über den Arm; in einer Hand trug er den Photoapparat, in der anderen den Wanderstock. Mit dem Ausziehen des Hemdes wollte er warten, bis sie außer Sichtweite der Leute waren, die vor dem Furtschaglhaus in der Sonne saßen.

In der Nähe einer Almhütte wurden die beiden Männer von einem Hirten gesehen, der eine Weile hinter ihnen herging. Vater und Sohn unterhielten sich angeregt. Philipp erzählte später, sie hätten über den Weg gesprochen, der noch vor ihnen lag, und er habe den Vater überreden wollen, mit ihm beim Breitlahner zu bleiben, weil er befürchtete, der Gewaltmarsch nach Mayrhofen könnte ihn zu sehr anstrengen.

Morduch Halsmann war keineswegs von so robuster Gesundheit, wie er gern vorgab, und er hatte während des Urlaubs schon Schwächeanfälle erlitten, die seiner Familie große Sorge bereiteten; doch die Ermahnungen, sich zu schonen und auf seine Gesundheit zu achten, hatte er jedesmal in den Wind geschlagen. Er ließ sich auch jetzt nicht umstimmen. Der Hüterbub verstand nicht, worüber die beiden Männer sprachen, nur daß sie laut in einer fremden Sprache redeten, und er beobachtete, daß der Jüngere dabei heftig mit den Händen fuchtelte. Als der Ältere bei einer

Dominikushütte

Quelle stehenblieb, um Wasser zu trinken, wagte sich der Junge näher und bot den beiden Granatsteine, die er gesammelt hatte, zum Kauf an. Der Jüngere lehnte mit einer kurzen Kopfbewegung ab, ohne ein Wort zu sagen. Dabei habe er böse geschaut, sagte der Hüterbub später.

Unterwegs prüfte Morduch Halsmann seine Barschaft, um zu sehen, wieviel österreichisches Geld sie noch besaßen. Er hatte fünfzig Schilling, zwei Zwanzigschillingnoten und eine Zehnschillingnote. Das reiche für beide, sagte er zu Philipp. Auf dem Weg ins Tal kamen ihnen ein paar Wanderer entgegen, bei deren Näherkommen der Jüngere jedesmal rasch seinen Gummimantel überwarf, weil er es offenbar für unschicklich hielt, den Fremden mit entblößtem Oberkörper gegenüberzutreten. Philipp war todmüde und trottete nur noch apathisch und gleichgültig hinter dem Vater her, der weiter ein scharfes Tempo einschlug, um in Mayrhofen den letzten Zug nach Jenbach zu erreichen. Kurz nach zwei Uhr kamen sie zur Dominikushütte. Von hier waren es noch eineinhalb Stunden bis zum Breitlahner.

Auf der Terrasse vor der Hütte saßen Gäste, die beobachteten, daß der jüngere der beiden Wanderer bei ihrem Anblick in den Mantel schlüpfte. Einigen fiel auf, daß der Ältere den Rucksack trug, was ihnen ungehörig erschien: ein kräftiger junger Mann, der seinen älteren Begleiter den Rucksack tragen ließ? Unter den Gästen auf der Terrasse waren auch die Bergsteiger Karl Nettermann und Max Schneider, die Vater und Sohn Halsmann schon auf der Berliner Hütte gesehen und vor ihnen die Tour übers Schönbichlerhorn gemacht hatten.

»Schau, da kommen die zwei Juden von der Berliner Hütte«, sagte Schneider zu Nettermann.

ZWEITES KAPITEL

Marianne Hofer war in der Nähe der Wesendlealpe beim Beerenklauben, als Philipp Halsmann auf sie zustürmte. Zuerst verstand sie nicht gleich, was der Fremde wollte: Er stammelte außer Atem etwas in einer Sprache, die sie nicht kannte, und packte sie schließlich heftig am Arm. Über dem nackten Oberkörper trug er bloß einen offenen Regenmantel. Endlich begriff sie: Sein Vater war abgestürzt. Er brauchte Hilfe. Einen Arzt. Ob denn hier kein Mann sei? Anscheinend traute er der jungen Frau nicht zu, daß sie selber wirksam helfen könne. Marianne Hofer war Sennerin auf der Wesendlealpe und hatte schon oft mit Bergunfällen zu tun gehabt. Sie fragte, ob der Abgestürzte noch lebe. Das konnte der junge Mann nicht mit Sicherheit sagen, aber er meinte, es sei wohl noch Leben in ihm gewesen, als er ihn verließ, um Hilfe zu holen.

Marianne Hofer verständigte zuerst ihren Bruder, den Hirten Alois Riederer, der etwas weiter talauswärts beim Holzarbeiten war. Philipp Halsmann drängte sie, zum Breitlahner zu laufen und einen Arzt zu rufen. Er selber machte sich mit Riederer eilig auf den Rückweg zur Unfallstelle.

Etwa eine Viertelstunde, nachdem Morduch und Philipp Halsmann die Dominikushütte passiert hatten, brachen zwei junge Frauen von dort auf: Maria Rauch und Maria Ossana, die in der Berliner Hütte als Kellnerinnen beschäftigt waren, wo sie die beiden Halsmanns auch gesehen hatten. Sie schlugen ebenfalls den Weg zum Breitlahner ein. Zehn Minuten später folgten ihnen ein unbekanntes Paar und einige Zeit darauf noch Karl Nettermann und Max Schneider. Der etwa einen Meter breite Saumweg von der Dominikushütte zum Breitlahner, der über dem Zamserbach dahinlief, wurde an diesem Tag viel frequentiert.

Gendarmeriebeamte aus Mayrhofen versuchten später, die Identität des unbekannten Paares zu eruieren, das am 10. September 1928 auf dem Weg von der Dominikushütte von mehreren Menschen gesehen worden war. Sie durchforsteten die Fremdenbücher von Gasthöfen und Hütten und fanden tatsächlich die Namen einiger Paare, die zunächst in Frage zu kommen schienen, aber nach eingehender Befragung dann doch wieder ausschieden – letztlich verliefen alle Nachforschungen im Sand.

Maria Rauch und Maria Ossana waren etwa eine Viertelstunde unterwegs, als sie an einer seichten Stelle des Baches den reglosen Körper eines Mannes entdeckten, der im rechten Winkel zum Bachbett im Wasser lag, den Kopf schon fast am Ufer, die Arme am Körper anliegend. Kopf und Oberkörper lagen in einer kleinen Bucht, die der Bach hier bildete, die Unterschenkel wurden von der Strömung hin und her gespült. Obwohl der Weg etwa fünfzehn Meter über dem Bach dahinführte, konnten sie deutlich erkennen, daß der Kopf tiefe Wunden aufwies. Maria Ossana sagte in der Untersuchung mit Bestimmtheit aus, das Gesicht des Toten habe im Wasser gelegen und nur der Hinterkopf habe herausgeschaut. Maria Rauch konnte das nicht mit Sicherheit bestätigen. An der Kleidung erkannten sie den älteren Wanderer, den sie mit seinem Begleiter zuerst in der Berliner Hütte und dann vor der Dominikushütte gesehen hatten; der Junge war nirgends zu sehen. Das erschien den Frauen unheimlich, und sie beschleunigten ihre Schritte. Ein paar Minuten später kamen ihnen Alois Riederer und Philipp Halsmann entgegen, die wortlos an ihnen vorbeirannten.

Alois Riederer erreichte die Unglücksstelle vor Philipp Halsmann. Er sagte aus, er habe den Körper eher parallel zum Ufer liegend gefunden. Auf dem Bauch. Die Arme weit ausgestreckt, wie gekreuzigt. Der Kopf war zur Hälfte unter Wasser. Wenn der Mann nicht schon durch den Absturz den Tod gefunden hat, dann muß er ertrunken sein, dachte der Hirte, als er eilig über die mit Geröll und flachen Felsen durchsetzte Böschung zum Bach hinunterstieg. Links und rechts von der Absturzstelle war der Hang dicht mit Erlen, Birken und Stauden bewachsen, die einen Stürzenden aufgefangen hätten. Nur an dem Hangstück oberhalb des Verunglückten hatte ein Erdrutsch den nackten Boden freigelegt.

Wieviel Zeit war zwischen der unheimlichen Entdeckung der beiden Frauen und dem Eintreffen Riederers bei dem Mann im Bach verstrichen? Ein paar Minuten. Drei? Fünf? Ganz genau wurde das nie festgestellt. Die Behörden gaben sich allerdings auch keine besondere Mühe, es zu eruieren, wahrscheinlich weil sie es für unwichtig hielten.

Als Riederer bei Morduch Halsmann ankam, stellte er fest, daß dieser tot war. Der Hinterkopf wies schreckliche Wunden auf, und das Gesicht lag im seichten Wasser auf einem weißen Tuch – später stellte sich heraus, daß es sich dabei um Philipps Hemd handelte, auf das er den Kopf seines Vaters gebettet hatte. Auf dem Rücken trug der Tote einen kleinen Rucksack und an einem Riemen um den Hals ein Fernglas. Riederer hob den Kopf an: Auch das Gesicht war blutverschmiert, obwohl es im Bach gelegen hatte. Das ruhige Wasser, in dem der Körper lag, war rötlich, vermutlich vom Blut. Der Hirte nahm dem Toten Rucksack und Fernglas ab.

Philipp Halsmann traf kurze Zeit später ein. Er war durch die vorangegangenen Strapazen und die Aufregung erschöpft und am Rand seiner Kräfte. Er fragte, ob der Vater noch lebe, was Riederer verneinte. Gemeinsam zogen sie die Leiche so weit heraus, daß nur mehr die Füße bis zu den Knöcheln im Wasser waren. Als Riederer wieder hinaufstieg, trat er an der Kante zur Böschung eine der Steinplatten heraus, die dort lose zu einer niedrigen Mauer übereinandergeschichtet waren, um den Weg vor dem Abrutschen zu bewahren. Der Hirte lief zur Dominikushütte, von wo er Hilfe und eine Tragbahre holen wollte; der Sohn blieb beim toten Vater zurück. Philipp gab später zu Protokoll, er habe noch nie zuvor eine Leiche gesehen, weshalb er gar nicht mehr hinschauen konnte.

Auf dem Weg zur Hütte traf Riederer Max Schneider und Karl Nettermann, die er von dem Unfall verständigte. Nettermann meinte, das müßten sie unbedingt sehen, worauf sie zur Absturzstelle liefen, wo sie zuerst nur die Leiche unten am Bach sahen. Nach einer Weile entdeckten sie Philipp, der reglos auf einem Stein neben dem Toten saß, den Kopf auf die Arme gestützt. Sie riefen ihm zu, er solle zu ihnen hinaufkommen.

Karl Nettermann ließ sich von Halsmann den Hergang des Unglücks schildern. Bei der Gendarmerie gab er am nächsten Tag an, Philipp habe gesagt, er sei hinter dem Vater gegangen, und dieser sei plötzlich mit einem leisen Aufschrei rücklings den zum Bach führenden steilen Hang hinuntergestürzt.

Schneider gab eine andere Version zu Protokoll. Ihm habe der Sohn des Verunglückten berichtet, er sei ein paar Meter vor seinem Vater gegangen, als er plötzlich einen leisen Schrei hörte, worauf er sich umdrehte und gerade noch sah, wie der Vater rücklings vom Weg stürzte. Übereinstimmend sagten sie aus, Philipp Halsmann sei sehr erregt gewesen, habe gebrochen deutsch gesprochen und immer wieder »Bosche, bosche!« gerufen, was sie nicht verstanden hätten.

Als ihn Nettermann fragte, an welcher Stelle der Vater abgestürzt sei, schaute sich Philipp suchend um, und als er den Stein entdeckte, den Riederer aus der Stützmauer getreten hatte, zeigte er auf die Stelle. Dort sei es geschehen. Er flehte die beiden an, die Leiche des Vaters zu bergen. Nettermann stieg hinunter, um den Toten mit Hilfe seines Kletterseiles zum Weg hochzuziehen. Auf einer kleinen Sandbank neben der Leiche entdeckte er eine offene Brieftasche und einige Papiere, deren Schrift durch das Wasser verwischt war. Geld sah er keines. Er steckte die Papiere in die Brieftasche und diese in den kleinen Rucksack, der bei der Leiche lag. Nettermann stellte fest, daß der Rucksack geradezu von Blut durchtränkt war, das ihm schon ganz »sulzig« erschien. Er trug den Rucksack zum Weg hoch und wollte gerade damit beginnen, die Leiche mit dem Seil ganz aus dem Wasser zu ziehen, als ihm einfiel, daß es vielleicht besser sei, sie vor dem Eintreffen der Behörden nicht von der Stelle zu bewegen. Er sagte daher zu Philipp, die Leiche sei ihm zu schwer. In der Zwischenzeit war Riederer von der Dominikushütte zurückgekehrt, ohne Trage, weil es dort keine gab. Max Schneider nannte das einen Skandal, der in die Zeitung gebracht werden müsse. Philipp sagte immer wieder, er müsse seine Mutter benachrichtigen, und machte sich schließlich in Begleitung Riederers auf den Weg zum Breitlahner, wo es das nächste Telephon gab, das allerdings nur bis sechs Uhr abends in Betrieb war. Nettermann und Schneider blieben beim Toten zurück.

Der Wirt der Dominikushütte, Josef Eder, war von Riederer vom Unglück in Kenntnis gesetzt worden. Als Riederer nach einer Tragbahre verlangte, fragte Eder, wozu die gebraucht werde. Ein Herr sei abgestürzt und müsse nun fortgetragen werden, erklärte Riederer, er sei nämlich schon tot. In Gottes Namen, rief Eder, wie sei denn das zugegangen, habe ihn etwa der Schlag getroffen? Das wisse er nicht, gab Riederer zur Antwort, er könne nur sagen, daß der Verunglückte den Kopf ganz zerschlagen habe. Da werde es wohl besser sein, wenn er selber nachsehe, erklärte Eder. Und obwohl sich der Hüttenwirt bei einem Sturz ein Bein gebrochen hatte und immer noch an zwei Stöcken ging, machte er sich sofort auf den Weg zur Unglücksstelle. Als Begleitung nahm er seinen Hund mit, eine Schäferhündin namens Hedi, von der Eder behauptete, sie sei eine Kreuzung zwischen einem Wolf und einer Schäferhündin. Trotzdem schickte ihm seine Frau die Kellnerin Anna Wiedner hinterher, weil sie befand, ein Unglück reiche gerade, schließlich hatte ihr Mann noch ein Bein im Gips.

Als Eder an die Unfallstelle kam, äußerte er sofort Zweifel an der Unfallversion. An dieser Stelle könne man gar nicht abstürzen, versicherte er. Seine Bedenken gründeten wohl nicht zuletzt darin, daß er als Wirt der Dominikushütte für den Zustand des Saumweges verantwortlich war, und um den stand es nachweislich nicht zum besten. Als man im Sommer 1928 damit begann, einen neuen Weg von der Dominikushütte zum Friesenbergkar anzulegen, wo ein neues Schutzhaus errichtet werden sollte, wurden Forderungen laut, bei dieser Gelegenheit auch gleich den Weg von der Dominikushütte zum Breitlahner in Ordnung zu bringen, der sich »in einem jeder Beschreibung Hohn sprechenden Zustand befindet«, wie eine Lokalzeitung nur wenige Tage vor dem Unglück vermerkt hatte. Der Weg bilde »geradezu eine Lebensgefahr für die Passanten«. Tatsächlich war zwei Wochen zuvor ein Jagdgast des Fürsten Auersperg unweit der Stelle, an der Morduch Halsmann den Tod fand, mit seinem Reitpferd vom schmalen Pfad abgekommen: Der Reiter hatte sich im letzten Moment durch einen Sprung retten können, doch das Roß war in die reißenden Fluten gestürzt und auf der Stelle tot gewesen. Am Tag des Unglücks lag das Pferd immer noch im Wildbach, allerdings ohne Kopf – den hatte ein Jäger auf Geheiß des fürstlichen Forstverwalters abgeschnitten, weil er aus dem Wasser ragte und angeblich mit seinen glotzenden Augen einen grausigen Anblick bot. Warum ein kopfloser Kadaver ein wesentlich erfreulicheres Bild bieten sollte, wurde nicht gesagt.

Eder ließ sich die angebliche Absturzstelle zeigen und untersuchte die Böschung, konnte jedoch keine Abdrücke entdecken, wie sie ein stürzender Körper hinterlassen mußte. Auch Blut war an den Steinen in der Böschung keines zu sehen. Das könne er nicht enträtseln, sagte der Hüttenwirt zu Nettermann, der den Hüttenwirt auf das seltsame Verhalten seines Hundes aufmerksam machte: Hedi schnüffelte mit eingezogenem Schwanz aufgeregt an einer Stelle am Weg herum. Als Eder den Hund wegzerrte und mit einem Stock im Gras stocherte, entdeckte er Blutspritzer, und als er das Erdreich aufwühlte, kam immer mehr Blut zum Vorschein. Die Erde war darüber hinaus ganz vertreten, und es fanden sich zahlreiche Schuhabdrücke, gerade so, als habe jemand versucht, eine Blutlache zu verscharren. Unterhalb der Stützmauer waren die Erlenstauden bis in Kniehöhe mit Blut bespritzt.

Josef Eder war der erste, der Nettermann gegenüber den Verdacht äußerte, hier sei kein Unglück geschehen, sondern eine Bluttat: »Holla, das ist etwas ganz anderes als ein Absturz. Ob der ihn nicht angeschossen hat? Vielleicht finden wir noch einen Revolver!«

Die drei Männer setzten, unterstützt von der Wolfshündin, die Suche fort. Sie entdeckten eine blutige Schleifspur im Gras, die von der vertretenen Stelle weg zum Rand der Böschung führte.

Es hat ausgeschaut, als habe man ein abgestochenes Schwein darübergeschleift, sagte Eder bei der ersten Befragung durch Untersuchungsrichter Wilhelm Kasperer, der den Hüttenwirt als überaus gesprächig und temperamentvoll bezeichnete, weshalb er es sich ersparte, alles zu notieren, was dieser sagte. Den drastischen Vergleich mit dem geschlachteten Schwein, den Eder dann auch vor Gericht wiederholte, nahm Kasperer allerdings zu Protokoll.

Nach eifriger Suche fand Eder unter einem Grasbüschel einen handtellergroßen, blutigen Stein, an dem etwas klebte, was er und seine Helfer für Haare hielten. Daneben waren im Gras kleine weiße Teilchen auszumachen. Knochensplitter? Gehirnpartikel? Nachher wurde kritisiert, die drei Amateurdetektive hätten bei ihrem Herumstöbern möglicherweise wichtige Spuren übersehen oder gar zerstört.

Später, auf seiner Hütte, in der Familie und vor Freunden, sollte Eder dann eine etwas abweichende Version vom Fund des blutigen Steines erzählen. Demnach hatte nicht er den Stein entdeckt, sondern die Hündin Hedi, die ihren Fund nach Hundeart nicht mehr herausrücken wollte und ihren Herrn beinahe gebissen hätte, als er ihr diesen gewaltsam entriß. Vielleicht waren Eder Zweifel gekommen, ob die Gendarmen den Einsatz seiner Hündin gutheißen würden, weshalb er sich selber zum Finder ernannte? Die Hündin wurde jedenfalls Jahre nach dem Vorfall von Unbekannten vergiftet. Sie war eines Tages plötzlich verschwunden und wurde erst nach langem Suchen tot und mit Schaum vor dem Maul bei einem Stadel gefunden.

Auf dem Weg zum Breitlahner begegnete Philipp einer Gruppe mit einer Trage: die von Marianne Hofer alarmierten Männer, Jäger und Treiber, die nach einer Jagd des Fürsten Auersperg im Breitlahner eingekehrt waren. Es war eine kleine Expedition, die vom Alpengasthof zur Unfallstelle aufbrach: der Hirt Alois Riederer und seine Schwester Marianne Hofer, sieben Treiber, der Arzt Dr. Raimund Rainer, der an der Jagd des Fürsten teilgenommen hatte, und der Wirt vom Furtschaglhaus, Alfons Hörhager. Als Philipp die Trage sah, fragte er die Männer, ob die für seinen Vater bestimmt sei. Sie bejahten. Sie kämen zu spät, sagte er, schloß sich jedoch der Bergungsmannschaft an und ging wieder zurück zur Unfallstelle.

Dort hatte inzwischen Josef Eder das Kommando übernommen. Er gab Anweisung, die Leiche mit Zweigen und Farnen zu bedecken und dem jungen Halsmann nichts von der Blutspur und dem Stein zu erzählen. Wenn er zur Leiche seines Vaters wolle, müßten sie ihn daran hindern und sagen, der Mann mit den zwei Stöcken habe es verboten. Falls er fragen sollte, wer dieser Mann sei, sollten sie sagen, das bleibe geheim.

Halsmann bestand darauf, die Leiche zum Weg hinaufzuschaffen, doch Eder lehnte das ab. »Ich verbiete das. Es ist in Tirol Sitte, daß eine Leiche so lange liegenbleiben muß, bis eine Kommission eintrifft.«

Wer Eder denn sei, daß er das verbieten könne, fragte Philipp betroffen.

»Ich bin ein Geheimer, und wer ich bin, werden Sie schon noch beizeiten erfahren«, antwortete der Hüttenwirt, der seine Rolle als geheimer Bergpolizist mit Überzeugung spielte.

Ob er ihn etwa verdächtige, den Vater vom Weg gestoßen

zu haben, empörte sich Philipp. Er könne doch nicht ewig hier bleiben, er müsse seine Mutter verständigen, die in Jenbach auf ihre Rückkehr warte. Eder wollte Halsmann von der Unglücksstelle, die er längst für einen Tatort hielt, weg haben und drängte ihn, zum Breitlahner zu gehen. Das Telephon dort sei nur bis um sechs Uhr in Betrieb, dann beende das Telephonfräulein in Mayrhofen seinen Dienst, er solle sich also beeilen. Zwei Treibern befahl er, dem »angeblichen Sohn« als Aufpasser zu folgen und ihn im Gasthof festzuhalten. Außerdem sollten sie die Gendarmerie verständigen. Einem der Bewacher gab er den blutbeschmierten Rucksack mit.

Der Untersuchungsrichter fragte später die Zeugen, ob sie am jungen Halsmann Blutspuren bemerkt hätten. Keiner hatte welche gesehen, obwohl sie ihn genau gemustert hatten. Karl Nettermann erinnerte sich, daß Philipp nur einen Mantel trug, den er ständig zuhielt, vielleicht weil ihm kalt war.

Bisher hatten sich nur Laien an der Unglücksstelle zu schaffen gemacht. Der Sohn des Toten, Philipp Halsmann, der Hirte Alois Riederer, die beiden Touristen Karl Nettermann, Lokomotivheizer in Mürzzuschlag, und Max Schneider, Buchhandlungsgehilfe aus Leipzig, der Wirt der Dominikushütte, Josef Eder, und nicht zuletzt seine Hündin Hedi. Dr. Raimund Rainer, Sprengelarzt in Fügen im Zillertal, ein begeisterter Jäger und Alpinist, war der erste Experte. Als er die blutige Schleifspur sah, meinte er, die sei »etwas ganz G'spaßiges«. Dann ordnete er an, die Blutspuren vorsichtig mit Kotzen abzudecken. Nach kurzem Augenschein kehrte die Expedition wieder zum Breitlahner zurück. Die Leiche blieb am Bach, mit dem Hirten Riederer als Wache.

Obwohl der Zamsergrund sehr abgelegen war – selbst der

zwei Gehstunden talauswärts liegende Weiler Ginzling war erst ab 1930 mit dem Postautobus erreichbar, vorher war die schmale Schotterstraße nur mit dem Motorrad passierbar –, verbreitete sich die Nachricht von dem Unglück in Windeseile. In den Tagen danach wurde im ganzen Zillertal über den Todessturz in den Zamserbach geredet, obwohl tragische Ereignisse in den Bergen keine Seltenheit waren. Doch noch war es eine lokale Tragödie, die kein solches Aufsehen erregte wie etwa das schreckliche Autounglück in Italien, von dem am 10. September 1928 alle Tiroler Zeitungen groß berichteten: Beim Rennen um den Großen Preis von Monza hatte der gefeierte italienische Fahrer Emilio Materassi bei einer Geschwindigkeit von annähernd 200 Stundenkilometern auf der geraden Strecke unmittelbar vor der Tribüne die Herrschaft über seinen Talbot-Rennwagen verloren, war über die Bahn hinausgeschossen und in die Zuschauer gerast. Der Wagen hatte förmlich eine blutige Schneise in die dichte Menge gerissen. Es gab zahlreiche Verletzte und 27 Tote, unter denen sich auch der Lenker des Unglückswagens befand.

Gegen 17 Uhr traf die Expedition wieder im Gasthof Breitlahner ein, wo Philipp Halsmann von einem zufällig als Urlaubsgast anwesenden Münchner Kriminalkommissar durchsucht wurde. Halsmann mußte seine Taschen leeren, in denen sich jedoch nichts fand, was als Waffe geeignet gewesen wäre. In der linken Außentasche des graubraunen Kleppermantels, den Philipp nach wie vor über dem nackten Oberkörper trug – sein einziges Hemd war beim Toten geblieben –, waren ein kleines Stück Seife, in Papier gewickelt, zwei graubraune Herrensocken, zwei Sockenhalter und ein Stück von einem Schuhband; in der rechten Außentasche zwei weiße Taschentücher, eines davon gebraucht.

Der deutsche Kriminalbeamte untersuchte den Verdächtigen und seine Kleidung auch auf Blutspuren, fand jedoch keine. Nach der Untersuchung reichte er Philipp die Hand.

Der blutige Rucksack wurde dem Breitlahnerwirt Wilhelm Eder, einem Bruder von Josef Eder von der Dominikushütte, zur Aufbewahrung übergeben, der ihn im Telephonzimmer abstellte. Bei einer flüchtigen Untersuchung sah er an der Außenseite des Rucksacks einen großen Blutfleck, der schon eingetrocknet war. Auch seine Frau Rosa besah sich das Blut am Rucksack genau. Wenn es noch feucht gewesen wäre, so sagte sie später, hätte sie den Männern niemals gestattet, den Rucksack ins Zimmer zu stellen.

Um 17.30 Uhr verständigte Wilhelm Eder telephonisch den Gendarmerieposten in Mayrhofen. Daß der Posten Mayrhofen über einen eigenen Anschluß verfügte, war keineswegs selbstverständlich. Von den insgesamt 109 Gendarmerieposten, die es 1928 in Tirol gab, besaßen nur 41 Telephon. In der ersten Meldung hieß es, ein Mann russischer Nationalität sei an einer sonst ungefährlichen Stelle tödlich abgestürzt. Nach Ansicht des zufällig in Breitlahner anwesenden Arztes Dr. Raimund Rainer aus Fügen sei nicht auszuschließen, daß es sich um ein Verbrechen handle, weshalb nach Meinung des Arztes, der das wohl am besten beurteilen könne, »eine Gerichtskommission notwendig werden dürfte«. Das Unglück sei vom Sohn des Toten gemeldet worden, der übrigens selber als Täter in Frage komme.

Der Gastwirt wurde von den Gendarmen beauftragt, dafür zu sorgen, daß die Leiche nicht von der Stelle bewegt werde, und den verdächtigen Sohn bis zum Eintreffen der Beamten festzuhalten.

Nach der Untersuchung durch den Münchner Kriminalbeamten wurde Philipp Halsmann in die Gaststube geführt, wo die Auerspergschen Jäger und ihre Gehilfen am Stammtisch saßen. Die Stube war mit Zirbenholz vertäfelt, und an den Wänden hingen Reh- und Gamskrickel, auch ein ausgestopftes Murmeltier thronte auf einem kleinen, mit trockenem Moos dekorierten Brett und schaute aus braunen Glasaugen auf die Gäste hinunter. Philipp, der immer noch den Gummimantel über dem nackten Oberkörper trug, wurde aufgefordert, sich zur angeheiterten Gesellschaft zu setzen, die Anweisung erhielt, ihn zu bewachen. Wie er später berichtete, durfte er den Tisch nicht verlassen, wurde grob behandelt und von Zeit zu Zeit grundlos angebrüllt. So verbrachte er geschlagene fünf Stunden in der verrauchten, lauten Stube, umringt von nach Tabak und Alkohol riechenden Menschen, die noch dazu einen Dialekt sprachen, von dem er kaum ein Wort verstand. Gegen 23 Uhr kamen endlich die Gendarmen aus Mayrhofen: Revierinspektor Franz Eicher, der Postenkommandant, Revierinspektor Johann Weiler und Rayonsinspektor August Feistmantel. Sie gingen mit ihm in einen Nebenraum, wo sie zunächst seine Personalien aufnahmen. Philipp Halsmann, gebürtig aus Riga, Lettland, Student an der Mechanischen Abteilung der Technischen Hochschule in Dresden, legitimiert mit einem gültigen lettischen Reisepaß. Der Tote sei sein Vater, Morduch Max Halsmann, Zahnarzt in Riga. Dann wurde er von Revierinspektor Weiler durchsucht. Der Beamte fand weder am Körper noch an der Kleidung Blutspuren. Einer der Beamten nahm ihm den Photoapparat ab.

Bei dieser ersten Vernehmung gab Philipp folgende Schilderung des Hergangs zu Protokoll:

»Bis zur Dominikushütte ging ich hinter meinem Vater und nachher vor ihm. Ungefähr eine Viertelstunde von der Dominikushütte auf dem Wege gegen Breitlahner geschah um ca. 14.30 h das Unglück. Ich war ca. 5 bis 12 Meter voraus, als ich einen kurzen Aufschrei meines Vaters hörte. Als ich mich nach ihm umsah, sah ich ihn gerade rücklings über den Weg fallen, und schon lag er unten im Bachbett. Ich ging sofort zur Stelle zurück, wo der Absturz erfolgte, bzw. einige Schritte weiter, und stieg dann schräg zum Bach ab, wo der Vater lag. Schon nach 2 bis 5 Minuten war ich dort. Der Vater lag auf dem Bauche mit dem Gesichte im Wasser. Sein Kopf war voll Löcher, aus denen das Blut rann. Den Rucksack hatte er noch am Rücken und mein Hemd zwischen den Trägern durchgezogen. Hemd und Rucksack waren voll Blut. Als ich den Kopf aufhob und etwas zur Seite drehte, bemerkte ich, daß der Vater noch atmete und die Finger bewegte. Ich versuchte mit aller Anstrengung, ihn so weit aus dem Wasser zu ziehen, daß er wenigstens nicht ersticken sollte. Den Kopf konnte ich etwas auf die Seite aus dem Wasser drehen; ganz aus dem Wasser brachte ich den Körper nicht, weil er mir zu schwer war.«

Postenkommandant Eicher forderte Halsmann auf, seine Entfernung vom abstürzenden Vater im Vergleich zur Länge des Zimmers zu beschreiben, in dem die Vernehmung stattfand (das Zimmer maß 4,5 Meter). Der Verdächtige sagte, die Entfernung habe vermutlich etwas mehr als Zimmerlänge betragen.

Als Eicher ihn fragte, ob der Vater einen größeren Geldbetrag mitgeführt habe, antwortete Philipp, in einer Geheimtasche in der Hose habe er etwa tausend Reichsmark gehabt, außerdem eine Geldbörse mit fünfzig Schilling, die im Rucksack war. Eicher zeigte ihm den Rucksack, in dem sich tatsächlich eine schwarze Geldbörse fand, die allerdings leer war. Philipp sagte, die fünfzig Schilling müßten aber noch da sein. Eicher war es unangenehm, daß die Börse leer war, weil er befürchten mußte, einer der einheimischen Helfer oder gar ein Beamter könnte in Verdacht geraten, das Geld entwendet zu haben. Schließlich wollte der Postenkommandant noch wissen, ob der Tote versichert war. Das wußte Philipp nicht. Später stellte sich heraus, daß sein Vater keine Lebensversicherung abgeschlossen hatte.

Insgesamt waren seine Aussagen sehr belastend für Philipp Halsmann, der, in Unkenntnis der Spuren, die auf ein Verbrechen hindeuteten, hartnäckig an der Unfallversion festhielt. Nach Abschluß der Vernehmung wurde er »wegen des dringenden Verdachtes des Mordes an seinem Vater namens Morduch (Max) Halsmann, Zahnarzt in Riga« verhaftet und in das Zimmer Nummer 30 im zweiten Stock des Gasthofes gebracht, das nach Norden auf einen Schuppen schaute. Revierinspektor Weiler wurde abkommandiert, zur Bewachung die Nacht im selben Zimmer zu verbringen. Weiler sagte später aus, Halsmann sei verhältnismäßig gefaßt gewesen. Er klagte immer nur, wie schrecklich das Unglück sei, auch sagte er, es sei kein Dritter dabei gewesen. Für Weilers Meinung über den Fall interessierte er sich nicht, dafür umso mehr für dessen Ausrüstung: Er wollte die Schließketten sehen, die der Gendarm bei sich hatte, und ließ sich den Inhalt seiner Patrouillentasche zeigen. Der Verdächtige schlief ruhig.

Am späten Nachmittag des 10. September war der Gendarmeriebeamte Otto Moser, vom Hochfeiler kommend, im Furtschaglhaus eingetroffen, wo er durch einen Boten vom Unfall verständigt wurde. Moser, ein besonders im Gebirgsdienst ausgebildeter Beamter, der sich amtlich »Gendarmeriehochalpinist« nennen durfte, hatte eine vierzehnstündige Diensttour hinter sich und war vor Müdigkeit außerstande, weiterzugehen.

Er brach früh am Morgen des nächsten Tages auf und eilte ins Tal. Unterwegs traf er den zwölfjährigen Hüterbuben von der Schlegeisalm, Alois Graus, der dem Beamten von seiner Begegnung mit den beiden Fremden erzählte, von denen der eine später verunglückt war. Er sei hinter ihnen hergegangen, habe sich aber nicht an sie herangetraut, weil sie lautstark gestritten hätten. Besonders der junge Mann habe dabei heftig mit den Armen herumgefuchtelt. Er habe sich vor ihm gefürchtet, sagte der Hüterbub.

Die Beamten Eicher und Feistmantel gingen am Morgen des 11. September vom Breitlahner zum Tatort (inzwischen sprach keiner mehr von einer Unfallstelle). Die Leiche lag so, wie man sie zurückgelassen hatte, auf dem Bauch, bedeckt mit Farnen, die Füße bis zu den Knöcheln im Wasser. Sie war bekleidet mit violettgestreiftem Hemd, weichem weißen Umlegekragen, kurzer weißer Unterhose, karierter Knickerbockerhose, violettgestreiften Strümpfen, grauen Socken, braunen Bergschuhen und braunem Pullover.

In einem in der Hose eingenähten Leinensäckchen fanden sie einen Geldbetrag von 1060 Reichsmark und einen Reisepaß, lautend auf Morduch Halsmann, Zahnarzt in Riga, und in der Hosentasche eine kleine braune Geldbörse mit 2,80 Schilling. Die Leiche wies am rechten Hinterhaupt ein hühnereigroßes tiefes Loch und auf der Stirn, zwei Zentimeter über der Nasenwurzel, eine sieben Zentimeter lange und zwei Zentimeter breite klaffende Wunde auf. Bei beiden Wunden war der Knochen durchgeschlagen. An der Schädeldecke stellten sie weitere kleinere Wunden fest. Die übrigen Körperteile untersuchten sie nicht, weil es dazu nötig gewesen wäre, die Leiche zu entkleiden. Das wollten sie der Gerichtskommission überlassen, die sich schon auf dem Weg ins Zillertal befand.

Im Bericht des Gendarmeriepostenkommandos Mayrhofen an das Landesgericht in Innsbruck vom 13. September 1928 wurden die ersten Eindrücke festgehalten:

»Die vom Verdächtigen angegebene Absturzstelle ist an und für sich ein ganz ungefährliches Terrain. Der Hang ist bis zur Stelle, wo die Leiche lag, 14 m lang, hat einen Neigungswinkel von höchstens 45 bis 50 Graden, da man ganz leicht auf- und abgehen kann. Der Boden ist sandig mit wenigen, teils größeren, teils kleineren, Steinen vermengt. [...] Auf dem Wege, 7 m von der angeblichen Absturzstelle entfernt, wurden Blutspuren und neben dem Wege im Grase ein mehr als faustgroßer blutiger Stein gefunden. Gleichzeitig wurde von dieser Stelle 4 m längs des Weges gegen die Absturzstelle zu eine Art Schleifspur festgestellt. Daß es eine Schleifspur war, muß deshalb angenommen werden, weil das Gras an dieser 4 m langen Strecke derart niedergedrückt war, wie sie nur durch Schleifen eines schwereren Körpers entstehen kann. Auf der ganzen Schleifspur wurden Blutspuren auf dem Grase und den dorthin ragenden Sträuchern festgestellt. Am Ende der Schleifspur fällt das Terrain ziemlich steil ab und dort wurden am Abhang größere Blutspuren festgestellt. Von dieser und der vom Verdächtigen bezeichneten Absturzstelle besteht ein Zwischenraum von 3 m. Vom Ausgangspunkte der gefundenen Blutspuren auf dem Wege, wo vermutlich Halsmann seinen Vater erschlagen hatte, erscheint es unmöglich, daß Vater Halsmann allein hätte hinunterfallen können; er mußte vorher zur Stelle geschleift und hinuntergeworfen worden sein. Festgehalten werden muß, daß die wirkliche Absturzstelle von der vom Verdächtigen angegebenen 3 m entfernt ist. Außer den Blutspuren am Wege wurden auch kleine Fleischteilchen, die gesichert wurden, festgestellt. Siehe Skizze. Diese Fleischteile wurden von der Gerichtskommission übernommen, ebenso der blutige Stein. An der vom Verdächtigen bezeichneten Absturzstelle wurden keine Blutspuren festgestellt.«

Daß die Beamten schon in diesem ersten Bericht den Sohn als vermutlichen Täter bezeichneten, sollte nicht ohne Auswirkungen auf die Erhebungen des Untersuchungsrichters bleiben, der einen anderen Verlauf gar nicht erst in Betracht zog.

Der Beamte Moser, der, von der Dominikushütte kommend, zu seinen Kollegen stieß, unternahm an der Unglücksstelle zahlreiche Wurfversuche, um festzustellen, ob der Tote, der immer noch unten beim Bach lag, einem Steinschlag zum Opfer gefallen sein konnte. Weil aber das Terrain über dem Weg dicht bewachsen und die Böschung unterhalb nicht besonders steil war, kam er zur Überzeugung, daß Steinschlag als Unfallursache auszuschließen sei. Er machte sich einige Notizen und ging dann zum Gasthof Breitlahner, wo er mit dem Verdächtigen sprach. Moser gab später zu Protokoll, Halsmann habe sich große Sorgen um seine Mutter gemacht und immer wieder »meine arme Mutter« gerufen, über den Vater hingegen habe er kein Wort verloren.

DRITTES KAPITEL

Am 25. Juni 1928 war in der deutschsprachigen *Rigaer Zeitung* eine Notiz mit dem knappen Wortlaut zu lesen:

»Empfange nicht den Sommer über. Zahnarzt M. Halsmann.«

Gleichlautende Einschaltungen waren auch in anderen Blättern der lettischen Hauptstadt erschienen, ohne Adresse und genaue Angabe, wie lang die Ordination geschlossen bleiben würde. Halsmanns Patienten waren nicht erstaunt, sie wußten aus Erfahrung, daß der Zahnarzt jeden Sommer mit seiner Familie ausgedehnte Reisen unternahm und daher nicht ordinierte. Als Philipp 1924 die Matura als Klassenbester ablegte, lud ihn der stolze Vater zu einer mehrere Wochen dauernden Reise quer durch Europa ein, die sie bis Sizilien führte. Ita Halsmann warnte ihren Gatten oft, mit den häufigen langen Abwesenheiten würde er noch alle Patienten vertreiben und die Familie ins Armenhaus bringen, doch darüber lachte er nur und nannte sie eine unverbesserliche Schwarzseherin. Und er behielt recht. Schon kurze Zeit nach seiner Heimkehr war das Wartezimmer wieder genauso voll wie vor der Abreise. Halsmann galt als einer der besten Zahnärzte von Riga, und die meisten Patienten kehrten immer wieder zu ihm zurück.

Die Familie bewohnte eine komfortable Mietwohnung in einem repräsentativen Gründerzeitbau in der Kalku iela, Kalkstraße, der um die Jahrhundertwende vom bekannten Rigaer Architekten Wilhelm Bokslaff errichtet worden war. Im selben Haus befand sich auch Halsmanns Ordination. Seit die beiden Kinder aus dem Haus waren – Philipp besuchte die Technische Hochschule in Dresden, seine um zwei Jahre jüngere Schwester Liuba eine Kunstgewerbeschule für Modedesign in Paris –, sprach Halsmann mit seiner Frau immer öfter über die Absicht, Lettland zu verlassen und nach Deutschland zu ziehen, am besten nach Berlin, wo er in der Inflationszeit ein Zinshaus gekauft hatte. Er wolle später in der Nähe der Kinder leben, die nach Beendigung ihrer Studien sicher nicht nach Lettland zurückkehren, sondern irgendwo im Westen bleiben würden, sagte er zu seiner Frau, die von diesen Plänen nichts hören wollte. Sie fühlte sich wohl in Riga, wo die Familie viele Verwandte und Freunde hatte und allgemein angesehen war. Der Gedanke, die vertraute Umgebung gegen eine fremde, hektische Großstadt zu vertauschen, in der sie keine Seele kannte, machte ihr Angst. Dazu kam die Sorge, daß ihr Mann es möglicherweise nicht schaffen würde, sich in der Fremde noch einmal eine gutgehende Praxis aufzubauen. Er versuchte ihre Einwände so gut es ging zu zerstreuen und verwies in solchen Momenten auf seinen Grundbesitz, der allein schon eine gewisse Sicherheit biete.

Seit der großen Inflation, die nach dem Ersten Weltkrieg fast überall in Europa wirtschaftlichen Zusammenbruch und Ratlosigkeit hinterlassen hatte, hielt Halsmann nichts mehr von Banken und Sparguthaben und legte sein Geld lieber in Grundbesitz an. Neben dem Haus in Berlin besaß er ein weiteres Zinshaus in Zürich, drei aus Holz gebaute Ferienhäuser in Jurmala, einem Badeort an der Ostsee, nicht weit von Riga, in dem die bessere Gesellschaft Lettlands die Sommer verbrachte (weshalb sich die Häuser ohne Schwierigkeiten vermieten ließen), und schließlich noch ein Haus in Palästina, das ihm allerdings nur auf dem Papier gehörte – in Wahrheit diente er lediglich als Strohmann für einen nahen

Verwandten in Moskau, der befürchten mußte, sein Status als Hausbesitzer (noch dazu im Ausland) könne ihn in der Sowjetunion in ernsthafte Schwierigkeiten bringen, vielleicht sogar ins Gefängnis.

Im Haus in der Kalku iela wohnten die Halsmanns Tür an Tür mit der Familie des Kaufmanns Karl Schubit. Die beiden Familien waren eng befreundet und verbrachten oft die Feiertage gemeinsam, obwohl die Schubits lutherische Deutsche und die Halsmanns russische Juden waren. Schubit hatte seinen Laden im selben Haus, im Gassenlokal, und Halsmann schaute jeden Tag mindestens einmal bei ihm vorbei, um zu plaudern oder einen neuen Witz zum besten zu geben, den er von einem Patienten gehört hatte. Halsmann liebte Witze, besonders solche, die man unter Männern erzählte, und wußte immer Neuigkeiten zu berichten, weshalb er von Schubit und anderen Bekannten scherzhaft »Die Zeitung« genannt wurde.

Beim russischen Militärdienst – die Ostseeprovinz Livland mit dem Zentrum Riga war bis 1918 ein Teil des Russischen Reiches gewesen – hatte sich Halsmann eine unnatürlich gerade Haltung angewöhnt. Er reckte die Brust beim Gehen so weit heraus, daß er den Oberkörper geradezu rückwärts neigte, was ihm seiner Ansicht nach ein militärisch straffes, sportliches Aussehen verlieh. Dabei war er ziemlich korpulent und kurzatmig und auch sonst körperlich nicht gerade in bester Verfassung.

»Er lebte im Wahn, ein Sportsmann zu sein, doch er hatte ein schwaches Herz und war auch sonst nicht ganz gesund«, sagte Karl Schubit später aus. »Einmal machte er im Winter einen Ausflug und kam nach drei Stunden ganz blau im Gesicht und zu Tode erschöpft zurück.«

Auch Halsmanns Schwester, Dora Grekpec, Apothekerin

in Riga, ermahnte ihren Bruder oft, sich körperlich nicht zu verausgaben. Der Großvater und die Großmutter, der Vater und der ältere Bruder seien am Herzschlag gestorben, diese Veranlagung sei in der Familie, und er müsse darauf achten, alle unnötigen Anstrengungen zu vermeiden. Als er ihr im Frühsommer 1928 von seinen Plänen erzählte, eine längere Reise durch die Alpen zu machen und dort ausgedehnte Bergtouren zu unternehmen, war sie entsetzt und beschwor ihn: »Kriech nicht auf die Berge, du bist krank!«

Daß der Zahnarzt nicht so gesund und kräftig war, wie er seine Umgebung gern glauben machen wollte, wußte auch Emma Thiemann, eine Lettin protestantischen Glaubens, die seit 1919 bei der Familie Halsmann im Dienst war. »Der alte Herr hatte oft Kopfschmerzen. Ich mußte ihm jeden Abend eine Schüssel mit kaltem Wasser und Tücher für Kopfumschläge bringen«, berichtete sie.

Umso erfreulicher war das Familienleben der Halsmanns, um das sie von allen Verwandten und Freunden beneidet wurden: Philipp und Liuba waren gehorsam, freundlich und fleißig, mit einem Wort vorbildlich erzogen, und viele Mütter wiesen den eigenen Nachwuchs an, sich an den beiden Halsmann-Kindern ein Beispiel zu nehmen, vor allem an Philipp. So ein Sohn sei der reine Sonnenschein, eine Wohltat, gerieten die weiblichen Bekannten dann ins Schwärmen und überschütteten die Mutter mit Komplimenten. Ita Halsmann, geborene Grintuch, hatte vor ihrer Heirat 1905 als Lehrerin gearbeitet und in Riga eine eigene Schule geleitet, die einen ausgezeichneten Ruf besaß. In der ganzen Stadt war sie als hervorragende Pädagogin bekannt. Es war daher nicht weiter ungewöhnlich, daß sie ihre Kinder im Volksschulalter selber zu Hause unterrichtete, wie das damals in wohlhabenden bürgerlichen Kreisen häufig geschah. Im

Gegensatz zu ihrem Mann war sie still, bescheiden und zurückhaltend. Obwohl er sie oft drängte, sich mehr zu gönnen, neue Kleider, Schuhe und Hüte zu kaufen und mit ihren Freundinnen auszugehen, zog sie es vor, zu Hause zu bleiben und sich der Familie zu widmen oder ein Buch zu lesen. Die Halsmanns galten weit und breit als mustergültige Familie – über diesem Haus liegen immer der Frieden und die Gnade Gottes, zitierte der Schullehrer Salomon Sudarski, ein enger Freund der Halsmanns, gern eine russische Redensart, wenn er in der Kalku iela zu Besuch war.

Philipp war, ganz nach der Mutter, ein stilles und ernsthaftes Kind. Er kam mit neun Jahren ins Gymnasium in Riga, in dem gleichzeitig fünf Sprachen unterrichtet wurden: Russisch, Deutsch, Lettisch, Französisch und Latein. Das war 1915, und der Erste Weltkrieg, der die baltischen Provinzen aus ihrer beschaulichen Lage am Rande des großen Russischen Reiches reißen und in einen Strudel stürmischer Ereignisse und tiefer Umwälzungen stürzen sollte, war gerade ein Jahr alt.

1915 standen die deutschen Truppen in Kurland, kurz vor Riga. In der Stadt gärte es, es gab täglich Versammlungen und Demonstrationen, die konservativen Deutschbalten träumten von einer »deutschen Zukunft« des Landes, die ihnen zum Greifen nahe schien, nationale lettische Gruppierungen bereiteten sich auf den Kampf für die Autonomie und später die völlige Unabhängigkeit ihres kleinen Landes vor, während sich große Teile der lettischen Arbeiterschaft begeistert den Bolschewiki anschlossen (die lettischen Schützen wurden zu einer Eliteeinheit der Oktoberrevolution, auf die sich Trotzki und Lenin vertrauensvoll stützten). Die deutschen und russischen Truppen lagen sich zwei Jahre lang an der Dünafront gegenüber, bis die Deutschen im September 1917 über den Fluß Düna vorstießen und Riga besetzten.

Die sich rasant ändernden Verhältnisse bekam auch der junge Philipp zu spüren. Nach dem Einmarsch der deutschen Truppen wurde Russisch als Unterrichtssprache von Deutsch abgelöst, was ihm anfangs einige Schwierigkeiten bereitete, weil in seinem Elternhaus nur Russisch gesprochen wurde. Philipp war damals elf Jahre alt. Im November 1918 erklärte Lettland seine Unabhängigkeit, doch wenig später übernahmen die Bolschewiki die Macht und riefen eine Lettische Sowjetrepublik aus, die sich bis zum Sommer 1919 hielt und erst dem Druck lettischer Truppen und britischer Kriegsschiffe wich, die vor Riga Stellung bezogen. Es war eine Zeit der Wirren, in der Philipp das Gymnasium besuchte, geprägt von Kriegshandlungen, Belagerung, Demonstrationen, Flüchtlingsströmen, Lebensmittelknappheit, vom Einmarsch der deutschen Truppen, von der Oktoberrevolution, von der Ausrufung der Unabhängigkeit Lettlands, von der Besetzung durch die Rote Armee, vom Freiheitskrieg 1918 bis 1920 gegen die Bolschewiki, aber dann auch gegen die Deutschen, und dazu noch von den ganz spezifischen Ängsten und Unsicherheiten, die sich in der jüdischen Bevölkerung breitmachten, geschürt durch die Kunde von den Pogromen in Rußland und den ukrainischen Gebieten, die wie so oft die Wirren begleiteten. Trotzdem erinnerte sich Philipp später an eine glückliche, von Lesen und Lernen erfüllte Schulzeit, an gemeinsame Theaterbesuche und Wanderungen. Er war unter den anderen Schülern beliebt, obwohl er fast immer der Primus war, was die Eltern mit Stolz erfüllte. Vor allem der Vater versäumte keine Gelegenheit, vor Freunden und Bekannten mit dem Fortkommen des Sohnes zu prahlen, auch als Philipp längst in Deutschland studierte. »Er hatte stets die Briefe seines Sohnes dabei und las jedem daraus vor, egal ob er das hören wollte oder nicht«, erzählte Karl Schubit. Einmal zeigte ihm Morduch Halsmann einen großen Radioapparat, den Philipp als Gymnasiast für ihn zusammengebaut hatte. Der Sohn war technisch begabt, ein Bastler, am liebsten jedoch las er, auch darin der Mutter nachschlagend. Er brachte sich selber mit fünf Jahren das Lesen bei und verschlang alles, was ihm in die Hände fiel. Das lag offenbar in der Familie. Philipp erzählte gern von einem Vetter, der sich mit sieben Jahren durch Meyers Konversationslexikon gekämpft hatte, vom ersten bis zum letzten Band, und noch Jahre später lange Passagen daraus zitieren konnte, was Philipp nachhaltig beeindruckte. Glücklicherweise gab es in Riga viele Bibliotheken, in denen sich Philipp mit Literatur eindecken konnte. Als Halbwüchsiger verschlang er vor allem russische Autoren, Tolstoi, Dostojewski, Kuprin, Gogol und Tschechow, dann schwärmte er für die Skandinavier und las eine Zeitlang täglich ein Drama von Ibsen, womit er für einige Zeit beschäftigt war.

Mit fünfzehn Jahren entdeckte Philipp auf dem elterlichen Dachboden eine alte Sucherkamera, die sein Vater einmal gekauft, jedoch nie wirklich verwendet hatte. Philipp besorgte sich mit seinem Taschengeld ein Buch über Photographie und ein Dutzend Glasplatten und begann zu photographieren. Als erste Modelle dienten ihm seine Schwester, seine Freunde und Freundinnen. Vor allem ihre Gesichter. Im Badezimmer der elterlichen Wohnung entwickelte er unter einer roten Glühbirne die ersten Bilder: »Es war einer der phantastischsten Augenblicke meines Lebens«, erinnerte er sich später. »Im matten roten Licht beobachtete ich mit weit aufgerissenen Augen ein Wunder: Wie langsam dunkle Umrisse auf der milchigen Oberfläche meiner Platte auftauchten – die das erste photographische Bild ergaben, das ich je gemacht hatte.«

Durch seine stille, zurückhaltende Art wirkte Philipp neben dem betont lustigen, oft peinlich lauten Vater auf viele Menschen eher wie dessen jüngerer Bruder als dessen Sohn. Man konnte sich keinen größeren Gegensatz zwischen den beiden vorstellen, doch vielleicht entwickelte sich gerade deshalb ein besonders enges kameradschaftliches Verhältnis zwischen ihnen, das nur selten getrübt wurde. Philipp, von Eltern und Schwester zärtlich Philja gerufen, war bemüht, es dem Vater immer recht zu machen, auch wenn er einmal nicht seiner Meinung war. Er war stets beherrscht und bestrebt, möglichst wenig Gefühle zu zeigen, wodurch er auf manche Menschen bei der ersten Begegnung fast etwas kalt wirkte. Sogar in seinem Tagebuch beurteilte er sich selber mit unnachsichtiger Strenge.

»Ich gebe das Ehrenwort, nicht zornig zu werden! Philja Halsmann, Riga, 4. März 1923. Nicht gehalten: 8. 3., 11. 3., 14. 3., 21. 3., 26. 3., 28. 3., 1. und 3. 4. 1923.

8. 3. 1923. Halte niemals vor Schaufenstern an und besieh dir nichts. Es ruft nur Wünsche hervor, die du nicht befriedigen kannst, und ist überdies ungezogen. Berühre niemals die wunden Stellen andrer. Stehe früh auf! Wenn du erwacht bist, bleibe nicht länger im Bette. Sprich niemals unüberlegt, handle niemals unüberlegt. Bevor du jemanden kränkst, überlege die Folgen.«

Ein erbarmungsloser Rationalist, mit siebzehn Jahren. So sah er sich selber am liebsten. Alles sollte sich dem Verstand unterordnen und logisch erklären lassen – im Jargon einer damals in Mode kommenden Strömung der Psychologie, die ihn faszinierte, bezeichnete er sich selber gern als »logizistischen Typus«. Manchmal bedauerte er, daß er sich mit achtzehn Jahren für das Studium der Technik entschieden hatte und nicht dem Rat des Vaters gefolgt war, Medizin zu studieren. Doch Morduch Halsmann hatte Philipps Entscheidung widerspruchslos akzeptiert und nur darauf bestanden, daß er zum Studium ins Ausland ging. Die Ausbildung in Riga erschien ihm für seinen Sohn nicht gut genug, obwohl die Polytechnische Universität in Riga einen hervorragenden Ruf besaß (in Lettland wies man stolz darauf hin, daß die 1862 errichtete Anstalt die älteste Technische Hochschule im ganzen Russischen Reich war). Als Philipp zwei Jahre später plötzlich den Wunsch äußerte, zum Medizinstudium überzuwechseln, wollte sein Vater davon nichts mehr wissen. Und Philipp gehorchte, ohne zu murren, und blieb an der Mechanischen Abteilung der Technischen Hochschule in Dresden. Er studierte eifrig, legte alle Prüfungen zeitgerecht ab, rauchte und trank nicht, kam problemlos mit seinem Monatswechsel aus, den der Vater regelmäßig von sich aus erhöhte, und schrieb mindestens einmal in der Woche nach Hause. Eine wahre Freude, so ein Sohn.

Auch in Glaubensfragen gab es bei den Halsmanns keine Konflikte. Die Familie gehörte der assimilierten jüdischen Oberschicht Rigas an und war tief in der russischen Kultur verwurzelt, weshalb die Eltern keinen großen Wert auf die religiöse Erziehung der Kinder legten und Philipp in keine jüdische Schule schickten, obwohl es in Riga einige gab. Sie begingen die großen jüdischen Feste, wie Rosch Haschana, Neujahr, Chanukka oder Pessach, eher jedoch, weil das nun einmal der Tradition entsprach, als aus tief empfundenem Glauben; sonst besuchten sie kaum die Synagoge und führten auch keine koschere Küche – das war auch nicht gut möglich, weil die Hausangestellte und Köchin eine christliche Lettin war. »Mein Vater und ich geben nichts auf rituelle Dinge«, sagte Philipp den Gendarmen im Zillertal, als sie ihn nach seinem Elternhaus fragten. Das bedeutete jedoch nicht, daß er sein Judentum verleugnet hätte. Als er einmal in Dresden bei einer Studentenversammlung von einem Führer der völkischen Studenten mit dem Hinweis »Juden haben hier nichts zu suchen!« aus dem Saal gewiesen wurde, wollte er diese Beleidigung nicht auf sich sitzen lassen. Um keinen Raufhandel auf akademischem Boden anzuzetteln, was mit seiner streng korrekten Haltung unvereinbar gewesen wäre, wartete er, bis er seinen Beleidiger, es handelte sich um einen Führer der Deutschen Studentenschaft in Dresden, einen Tag später in der Mensa sah. Er verneigte sich höflich vor ihm und sagte: »Würden Sie für einen Augenblick hinaus kommen?« Draußen versetzte er dem deutschen Studenten zwei schallende Ohrfeigen.

In Dresden gründete Philipp mit gleichgesinnten Freunden einen Debattierklub, den »Verein Jüdischer Studierender«, der ihnen anfangs helfen sollte, ihr Deutsch zu vervollkommnen. Sie organisierten Vorträge, Diskussionen und Kurse, verzichteten aber auf jedes politische Engagement. Das entsprach ganz Philipps Einstellung. Die meisten politisch aktiven jüdischen Jugendlichen in Lettland schwankten in diesen Jahren zwischen Kommunismus und Zionismus hin und her – Philipp lehnte den Kommunismus vehement ab (»ich habe schlechte Erfahrungen damit gemacht«, sagte er dazu) und äußerte lebhafte Sympathien für den Zionismus, ohne sich jedoch aktiv zu engagieren. Er war stolz darauf, Jude zu sein, doch das ging nicht so weit, daß er sich mit dem Gedanken getragen hätte, nach Palästina auszuwandern. Zweifellos hatte Philipp auch schon in Riga Bekanntschaft mit dem Antisemitismus gemacht, der seit den achtziger Jahren des 19. Jahrhunderts aus Rußland in die Ostseeprovinzen des Zarenreiches vordrang, wo er allerdings keinen ähnlich günstigen Boden vorfand wie in Rußland, den ukrainischen Gebieten oder in Polen.

Auch im unabhängigen Lettland blieb der Einfluß antisemitischer Parteien und Organisationen bis in die dreißiger Jahre, bis zum Sieg der Nationalsozialisten in Deutschland, eher gering. Es gab allerdings eine offizielle Diskriminierung der Juden, besonders im Staatsdienst: So waren 1925 von knapp 6000 Beamten nur 21 Juden, und unter 4316 Polizisten fand sich gar nur ein einziger jüdischen Glaubens. In Lettland wurden damals 95 000 Juden gezählt, das waren etwas mehr als fünf Prozent aller Einwohner. Die meisten Juden lebten in Riga – 1925 waren es knapp 40 000 oder zwölf Prozent der Bewohner. Sie bildeten allerdings keine geschlossene Gemeinschaft, sondern zerfielen, je nach Herkunft und sozialer, religiöser oder auch politischer Zugehörigkeit, in verschiedene Gruppen, die jiddisch, deutsch oder russisch sprachen. Anfang der achtziger Jahre des 19. Jahrhunderts hatte noch etwa die Hälfte der Rigaer Juden Deutsch gesprochen. In den folgenden Jahren wanderten immer mehr Juden aus Rußland ein, vor allem aus den weißrussischen Gebieten, die meisten von ihnen Chassidim, die sich »raissische Jidn« nannten und Jiddisch als Umgangssprache mitbrachten. Sie besuchten nicht die Synagogen der aufgeklärten jüdischen Bürger, sondern beteten in »Raissischen Minjanim«, wie sie ihre Betstuben nannten, von denen es um 1928 bereits 27 gab; 1905 waren es sieben gewesen.

Die aufgeklärten Juden in Riga sahen diese Entwicklung mit Sorge, weil der Zustrom der Chassidim, die sich nicht nur in der Sprache, sondern auch in Kleidung und Sitten deutlich von der übrigen Bevölkerung unterschieden, ihrer Ansicht nach dem Antisemitismus Vorschub leistete.

Auch im jüdischen politischen Leben existierten verschiedene Strömungen. Noch aus der Zeit des russischen Zaren hatte sich der radikal links orientierte jüdische »Bund« einigen Einfluß bewahrt (1925 waren ein Viertel der Industriearbeiter Juden). Die meisten Anhänger unter der jüdischen Bevölkerung von Riga hatten jedoch religiöse Parteien wie die orthodoxe Agudas Jisroel unter der Führung von Mordechaj Dubin und die zionistisch orientierte Misrachi mit Mordechaj Nurok an der Spitze. Nichtreligiöse bürgerliche Kreise, zu denen auch die Halsmanns gehörten, tendierten eher zur jüdischen National-Demokratischen Partei, deren politischer Einfluß allerdings eher gering blieb.

In der lettischen Wirtschaft spielten die Juden eine wichtige Rolle als Industrielle, Bankiers und Kaufleute, die den Export der Agrarprodukte und der wachsenden Holz- und Textilindustrie organisierten. Bedeutend war auch ihr Anteil in den freien Berufen: Während unter den Rechtsanwälten die Deutschen überwogen, waren die bekanntesten Ärzte und Zahnärzte jüdischer Herkunft (Morduch Halsmann war ein Beispiel dafür). Jüdische Organisationen unterhielten in Riga zwei eigene Krankenhäuser, »Bikkur Holim« und »Linez Hazedek«, die beide einen ausgezeichneten Ruf genossen. Es gab jüdische Sportklubs, die unter dem gemeinsamen Namen Makkabi auftraten, jüdische Diskussionszirkel und jüdische Vereine wie etwa die Gesellschaft für Juden mit Hochschulbildung, der auch der Zahnarzt Halsmann angehörte. Die lose Vereinigung von Ärzten, Apothekern, Rechtsanwälten und Angehörigen anderer freier Berufe hatte ihren Sitz im Haus Kalku iela 10, nur ein paar Schritt von Halsmanns Wohnung entfernt. Hier wurde über aktuelle politische Fragen diskutiert, aber auch über kulturelle Ereignisse, die Riga gerade bewegten.

Im Februar 1928 wurde in Riga der Film »Alpen-Tragödie« gezeigt, mit Lucie Doraine und Fritz Kortner in den Hauptrollen. Kortner war in Riga ungemein populär. Im Mai 1928 gastierte der berühmte deutsche Schauspieler in der Rigaer National-Oper mit dem Stück »Der Patriot« von Alfred Neumann. Den Film »Alpen-Tragödie« sah Morduch Halsmann gleich mehrmals – er ging leidenschaftlich gern ins Kino, eine Liebe, die er mit seinem Sohn teilte, und Bergfilme, die damals gerade in Mode kamen, hatten es ihm besonders angetan. Da war es selbstverständlich, daß er sich auch den unterhaltsamen Streifen »Amor auf Ski« mit Harry Liedtke und Christa Tordy nicht entgehen ließ, mit »Aufnahmen aus dem bayerischen Hochgebirge«, der im Mai 1928 in Riga gezeigt wurde. Vielleicht waren es diese Filme aus der dramatischen Welt des Hochgebirges, die in dem Zahnarzt, der sich selber gern als jugendlicher Sportsmann sah, den Wunsch weckten, sich als Bergsteiger zu versuchen, nicht zuletzt, um seinen Rigaer Freunden zu imponieren. Auf seinen Reisen quer durch Europa hatte er erst einmal einen Berg bestiegen – den Pilatus, den Hausberg von Luzern, der keine außergewöhnliche alpine Herausforderung darstellte. Das war im Jahre 1912 gewesen. Den Urlaub im Jahre 1928 wollte Morduch Halsmann nutzen, um Versäumtes nachzuholen und echte bergsteigerische Leistungen zu vollbringen.

VIERTES KAPITEL

Am Dienstag, den 11. September, kam ein Gendarmeriebeamter in Jenbach in den Gasthof Goldener Stern und informierte die dort abgestiegene Frau Halsmann, daß ein Unfall geschehen sei. Sie hatte kurz zuvor noch eine Ansichtskarte aus dem Zillertal bekommen, in der ihr Mann schrieb, sie solle sich nicht beunruhigen, wenn Philipp und er ein paar Tage später als abgemacht kämen, und sie solle sich gut erholen. Der Gendarm, der die Unglücksnachricht überbrachte, wußte selber nicht zu sagen, was genau geschehen war. Er war aber sehr freundlich und brachte Frau Halsmann zur Zillertalbahn, wo er für sie, weil sie kein Geld besaß (das hatte alles ihr Mann mitgenommen), eine Fahrkarte nach Mayrhofen löste. Ita Halsmann war ganz aufgelöst vor Angst und Aufregung. Auch im Zug fand sich ein Herr, der sich um sie kümmerte und sie in Mayrhofen zum Gendarmerieposten begleitete, wo sie vom Unfalltod ihres Mannes erfuhr. Als sie sich nach ihrem Sohn erkundigte, sagte ein Beamter: »Von ihrem Sohn können wir Ihnen nichts sagen, vielleicht ist er auch abgestürzt.« Als sie fragte, wie sie auf raschestem Weg zu ihrem Sohn und ihrem toten Mann kommen könne, sagte der Beamte: »Heute können Sie nicht weitergehen, es ist schon zu spät, um nach Ginzling zu gelangen. Wir werden sie verständigen.«

Am selben Dienstag traf um halb fünf Uhr nachmittags die Gerichtskommission aus Innsbruck unter Leitung von Untersuchungsrichter Dr. Wilhelm Kasperer am Tatort im Zamsergrund ein. Der Untersuchungsrichter wurde von einem Schriftführer, zwei Gerichtsärzten und ein paar Beam-

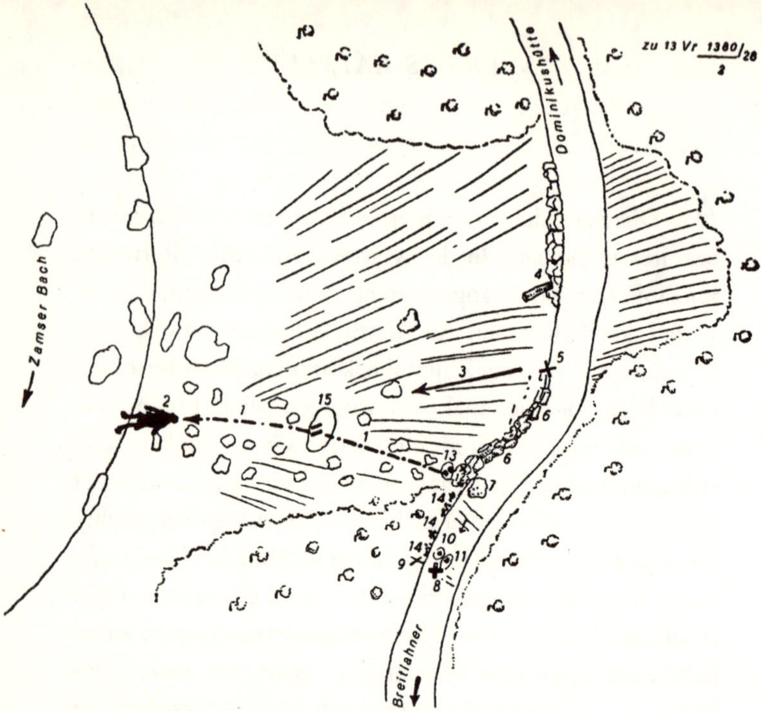

Situationsskizze zum Lokalaugenschein am 11. September 1928

ten des Landesgendarmeriekommandos Innsbruck begleitet, die sich sofort an die Arbeit machten. Schon beim Aufstieg vom Breitlahner hatte ein starker Gewitterregen eingesetzt, und die Dämmerung brach herein. Auch Philipp Halsmann war bei diesem Lokalaugenschein anwesend, stand jedoch die meiste Zeit ein paar Meter abseits, bewacht von einem Beamten. Die Gendarmen photographierten die Leiche und den Tatort und fertigten eine genaue Situationsskizze an.

Sie fanden den vom Hirten Riederer aus der Stützmauer getretenen Stein. Die Stelle wurde als Punkt 5 in die Skizze eingetragen. Von hier ging es in gerader Fallrichtung hinunter zur Leiche, Punkt 2. Sie untersuchten die Blutspuren oben am Weg und die Fundstelle eines kleinen Knochenstückes (Punkt 8) und stellten dann eine Tragbahre darüber, damit sie nicht völlig vom Regen weggewaschen wurden. Es wurden Beweismittel gesichert, der blutige Stein, den Eders Hund gefunden hatte, weitere blutbefleckte Steine. Schließlich befragte der Untersuchungsrichter Philipp Halsmann über den Hergang des Unglücks. Er berichtete, er sei von der Dominikushütte kommend die meiste Zeit hinter dem Vater gegangen. Eine kurze Strecke vor der Unfallstelle sei der Vater stehengeblieben, um sein Wasser abzuschlagen, und habe ihn aufgefordert vorauszugehen, er werde ihn schon einholen. Wenig später habe er einen kurzen leisen Wehruf, wie von seinem Vater stammend, vernommen, worauf er sich unwillkürlich umdrehte und zurückblickte. Er habe den Vater in einiger Entfernung hinter sich in rechts seitlich (bachseitig) nach rückwärts geneigter Stellung gesehen, den zum Bach führenden Abhang habe er jedoch von seinem Standort aus nicht einsehen können. Er sei unverzüglich umgekehrt und zur Absturzstelle gelaufen, von wo er seinen Vater schon im Bach liegen gesehen habe.

Der Untersuchungsrichter ersuchte Halsmann, seinen genauen Standort anzugeben, von dem aus er den Vater abstürzen gesehen hatte. Der Befragte war zunächst unschlüssig. Vielleicht da, vielleicht dort. Als Dr. Kasperer ihn darauf hinwies, daß es auf dem Weg nur einen Punkt gab, von dem man die Absturzstelle, nicht aber den darunter liegenden Abhang sehen konnte, ging Halsmann schrittweise den Weg zurück, und als er zu der Stelle kam, wo man das verscharrte Blut gefunden hatte, blieb er stehen. Nun stand die Tragbahre an dieser Stelle. Keiner hatte ihm etwas von den Blutspuren gesagt, die von der Bahre verdeckt wurden.

»Hier muß es gewesen sein.«

Diese Aussage wurde zu Protokoll genommen.

Die von Halsmann bezeichnete Stelle war etwa sieben Meter von Punkt 5 entfernt, wo er den stürzenden Vater gesehen haben wollte. Philipp sollte später immer wieder dieses Bild beschwören, das ihn offenbar nicht mehr losließ: »Das Momentbild des nach rückwärts geneigten Vaters war wie auf einer photographischen Platte fixiert. Mit fixiert meine ich nicht deutlich, sondern bewegungslos und fix. Auch kommt mir vor, als sei das Bild, das ich sah, unwahrscheinlich klein gewesen.«

Die Beamten suchten auch nach den fünfzig Schilling, die Morduch Halsmann nach Aussage seines Sohnes beim Abstieg vom Furtschaglhaus in seiner Börse gehabt hatte, doch das Geld blieb verschwunden. Als die Gendarmen die Leiche vorsichtig anhoben, um sie abzutransportieren, sagte einer: »Vorsicht, es fehlen noch 50 Schilling!« Auch die goldene Brille des Toten, die er ständig getragen hatte, blieb unauffindbar. Erst viel später wurde bekannt, daß der Tote angeblich auch einen höheren Betrag in Schweizer Franken dabei gehabt hatte. Von Schweizer Franken war in den ersten Tagen nicht die Rede gewesen.

Nach seiner Befragung wurde Philipp zum Breitlahner zurückgebracht. Er wurde darüber im unklaren gelassen, was man ihm eigentlich vorwarf. Er erfuhr nichts von den Blutspuren und vom Stein, die am Weg gefunden worden waren, nichts von der blutigen Schleifspur im Gras und von den blutbespritzten Büschen.

Am nächsten Morgen begannen die beiden Ärzte vom Gerichtsmedizinischen Institut in Innsbruck, Dr. Erich Fritz und Dr. Josef Vonbun, mit der Obduktion der Leiche, die in den späten Abendstunden des Vortages zum Breitlahner transportiert worden war. Die Leichenöffnung fand in einem neben dem Gasthof gelegenen Schuppen statt, dessen Eingang teilweise mit Schwartlingen vernagelt wurde, weil der Weg zur Dominikushütte direkt daran vorbeiführte und man vermeiden wollte, daß zufällig des Weges kommende Wanderer die Ärzte bei ihrer blutigen Tätigkeit beobachten konnten. Allerdings hatte diese Maßnahme zur Folge, daß in dem primitiven Raum Dämmerlicht herrschte. Die Leiche wurde auf einen provisorisch zusammengezimmerten Tisch gelegt. Von Zimmer 30 sah man auf den Schuppen hinunter, doch Philipp, der oben eingesperrt war, wußte nicht, was dort vor sich ging. Später hieß es, man habe von oben die Beine des Toten sehen können, und der Sohn habe ungerührt aus dem Fenster geschaut, während unten sein Vater seziert wurde. Philipp bestritt das vehement und sagte, er habe von diesen Vorgängen nichts gewußt und nichts gesehen. Die drei Stunden dauernde Obduktion nahm Dr. Fritz vor, Dr. Vonbun assistierte. Untersuchungsrichter Dr. Wilhelm Kasperer nahm als Beobachter an der Prozedur teil, und auch der Breitlahnerwirt Wilhelm Eder war die meiste Zeit anwesend, was im nachhinein einiges Befremden auslöste, weil er als Außenstehender dabei nichts zu suchen gehabt hätte.

Bei der Leichenöffnung fanden die Experten am Kopf des Opfers zahlreiche Wunden, darunter eine breitklaffende Stirnwunde, die tief in den Schädel eingedrungen war, sechs auf engem Raum beisammen liegende Wunden im Bereich der linken Ohrmuschel, die gleichfalls zu einer Zertrümmerung des Schädels geführt hatten, und eine große, bis ins Gehirn reichende Wunde am rechten Hinterhaupt. Dazu noch zahlreiche über den ganzen Kopf verstreute Verletzungen und Hautabschürfungen. Am übrigen Körper konnten sie keine Spuren von Gewalt finden, auch nicht an den Händen.

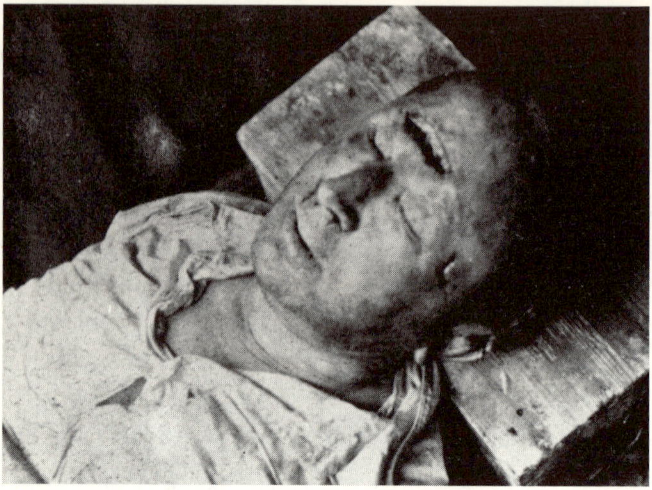

Die große Stirnwunde. Aufnahme vom 12. September 1928

Die Harnblase des Toten war fast leer, was Philipps Aussage, wonach sein Vater kurz vor seinem Tod stehengeblieben war, um seine Notdurft zu verrichten, zu bestätigen schien.

Beschaffenheit und Anordnung der Wunden ließen vermuten, daß Halsmann durch zahlreiche wuchtige Hiebe – mindestens siebzehn, wahrscheinlich aber viel mehr – erschlagen worden war, notierten die Ärzte im ersten Obduktionsbericht. An einigen Stellen war der Schädelknochen durch rasch aufeinanderfolgende kraftvolle Hiebe förmlich zerklopft worden, ebenso die Kopfschwarte. Die obduzierenden Ärzte gingen davon aus, daß die Tat mit mehr als einem Werkzeug verübt worden war: Der am Tatort gefundene Stein war mit Sicherheit eine der Tatwaffen. Für die schreckliche Stirnwunde kam er ihrer Ansicht nach jedoch eher nicht in Frage (später sollte es zu einer Diskussion darüber kommen, ob die beiden Ärzte zu diesem Zeitpunkt von einem scharfen Tatwerkzeug, etwa einem Eispickel, gespro-

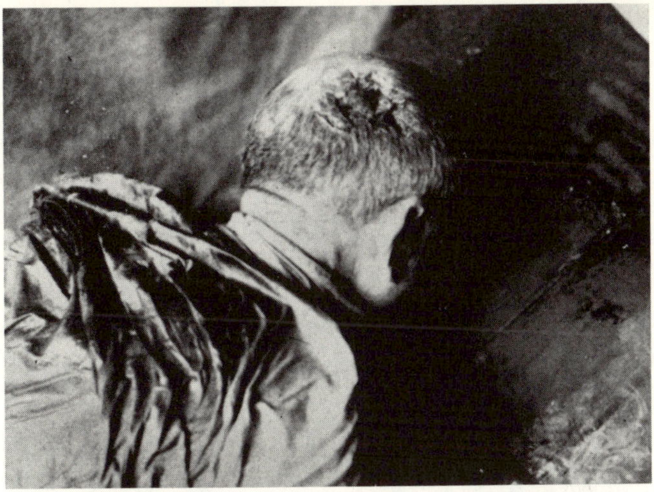

Gruppenwunde am Hinterkopf. Aufnahme vom 12. September 1928

chen hatten). Jedenfalls stand für die Experten außer Frage, daß man die massiven Kopfverletzungen nicht mit einem Absturz an der bekannten Stelle zu erklären vermochte, außerdem hätten sich bei einem Sturz auch am übrigen Körper zumindest Abschürfungen finden müssen. Der Täter mußte wie ein Rasender auf sein Opfer eingeschlagen haben. Mit einem oder mehreren Steinen, das heißt, aus unmittelbarer Nähe. Mußten da nicht er selber und seine ganze Kleidung mit Blut bespritzt worden sein? Am Gebüsch rings um den Tatort hatte man massenhaft Blutspritzer gefunden, bis in eine Höhe von sechzig bis achtzig Zentimetern, als hätte man einen Malerpinsel ausgespritzt, wie der Wirt der Dominikushütte die Spuren beschrieb. Philipp Halsmann war an diesem Tag die meiste Zeit mit nacktem Oberköper gegangen, über dem er bloß einen Gummimantel getragen hatte, sonst war er mit einer hellgrauen Hose aus Wollstoff bekleidet gewesen. Ein deutscher Kriminalkommissar, als zufälliger Urlaubsgast im Breitlahner, und einer oder mehrere Gendarmen hatten ihn auf Blutspuren untersucht, aber keine entdeckt.

Untersuchungsrichter Dr. Kasperer versäumte es, Philipps graue Hose für eine eingehende Untersuchung zu beschlagnahmen. Er verzichtete jedoch nicht darauf, dem Verhafteten heftige Vorwürfe zu machen: »Wissen Sie, Halsmann, daß Ihr Vater tot ist und die Ärzte behaupten, Sie seien an seinem Tod schuld, weil Sie ihn im Wasser liegen ließen?«

Philipp Halsmann war verzweifelt und wollte sich verteidigen. Er habe doch nur versucht, so rasch wie möglich Hilfe zu holen, das könne man ihm doch jetzt nicht vorhalten.

Nach der Obduktion wurde die Leiche zur Beerdigung freigegeben und nach Ginzling transportiert. Der Arzt Raimund Rainer erzählte später, er habe Philipp Halsmann gefragt, ob er einen Sarg für den Toten bestellen wolle. Das sei nicht nötig, habe der Sohn geantwortet, für die Leiche genüge ein einfacher Sack. Diese Bemerkung, die sich perfekt ins Bild des gemütsrohen Vatermörders zu fügen schien, verbreitete sich wie ein Lauffeuer – daß es bei Juden in Osteuropa Brauch ist, die Leiche nicht in einem Sarg zu bestatten, sondern in einem aus weißem Leinen gefertigten sackartigen Totenkleid, Tachrichim genannt, wußte man in Tirol nicht. Ein Sohn, der dem erschlagenen Vater statt einem ordentlichen Sarg bloß einen schäbigen Sack gönnen wollte, mußte im erzkatholischen Tirol naturgemäß Entsetzen und Empörung auslösen. Als Philipp Halsmann endlich Gelegenheit bekam, den religiösen Grund für den »Sack« zu erklären, war es schon zu spät. Der entstandene Schaden konnte nicht wiedergutgemacht werden. Sogar in amtlichen Protokollen schlugen sich manche Vorurteile nieder. So schrieb der Kommandant des Gendarmeriepostens Mayrhofen,

Franz Eicher, in einem Bericht an die Staatsanwaltschaft Innsbruck über die Bezahlung für den Abtransport der Leiche des Ermordeten vom Tatort bis Breitlahner und in weiterer Folge bis Ginzling:

»Zur Regelung dieser Angelegenheit nahm ich am 11. September 1928 in den Abendstunden Halsmann in die Küche im Breitlaner (sic!) mit, um ihm Gelegenheit zu bieten, mit den dort anwesenden Arbeitern über den Kostenstandpunkt selbst verhandeln zu können. Es waren fünf Mann und sie verlangten pro Kopf 40 S. Dieser Betrag war dem Halsmann viel zu hoch und er schacherte mit ihnen die längste Zeit und wollte jedem 10 S absprechen.«

Postenkommandant Eicher war darauf bedacht, daß der Behörde aus dem Mordfall so wenig Kosten wie möglich entstanden. Zum Glück hatte der Tote einen höheren Geldbetrag, 1060,– Reichsmark, bei sich gehabt. Davon wechselte Eicher beim Breitlahner 320 Reichsmark, für die er 528 Schilling bekam, um die Bergungskosten zu begleichen. Den Rest übergab er am 13. September der Witwe, die in Mayrhofen im Gasthof Alte Post abgestiegen war. Über die getätigten Ausgaben legte er ihr eine genaue Abrechnung vor:

An Frau Ida Halsmann
in Mayrhofen (Alte Post)

Vorgefundenes Geld bei den (sic!) Toten	1060 RM
Umgewechselt wurden 320 RM hiefür	528 S
Ausgegeben:	
Dem Sohne Philipp Halsmann	100 S
Für Leichenbergung bis Ginzling samt Packmaterial und Sarg	387 S
Summe der Ausgaben	487 S

Es verbleiben somit 740 RM und 41 S

Gendarmeriepostenkommando Mayrhofen, am 13. September 1928

In einer zweiten Aufstellung listete Eicher noch detaillierter die Kosten für die Leichenbergung auf:

Ausgaben anläßlich der Bergung der Leiche Halsmann in Breitlahner

Dem Jäger Lottersberger für Bergungsversuche, 8 Mann	40 S
Dem Josef Mariacher für Bergung der Leiche bis Ginzling, 5 Mann	200 S
Dem Alois Riederer für Hilfeleistung und Leichenbewachung zur Nachtzeit	40 S
Dem Wirte Eder für Telephongespräche	7 S
Dem Ernst Kreidl für Verständigungsdienst	20 S
Dem Max Schneider für Hilfeleistung	10 S
Dem Karl Nettermann für Hilfeleistung	10 S
Dem Wirte Eder für 2 Decken und einen Sack zum Einnähen der obduzierten Leiche	20 S
Dem Tischler Klausner für den Sarg	30 S
Der Frau Hofer für Verständigungsdienste	10 S
Dem Verhafteten	100 S
Summe	487 S

Unterschrift: Eicher

Alle wurden aus der Tasche des Toten bezahlt. Die Leute, die Hilfe geholt hatten, der Hirte Riederer, der die Leiche über Nacht bewacht hatte, seine Schwester, die nach Breitlahner gelaufen war, um Hilfe zu holen, die Träger der Leiche, sogar die Bergsteiger Karl Nettermann und Max Schneider, die immerhin versucht hatten, den Toten aus dem Wasser zu ziehen. Auch die Telephongespräche, um die Gendarmen und dann die Gerichtskommission anzufordern, wurden der Witwe in Rechnung gestellt. Sogar der Verhaftete selber erhielt großzügig 100 Schilling ausgefolgt, wohl auf Drängen des Breitlahnerwirtes – schließlich mußte Philipp für die Verköstigung und Übernachtung vom 10. bis 11. September aufkommen (der Zimmerpreis im Breitlahner betrug im

Jahre 1928 zwischen 1,50 und zwei Schilling, ob Halsmann eine Vergünstigung erhielt, weil er immerhin das Zimmer Nummer 30 mit seinem Bewacher teilen mußte, ist nicht bekannt). Die nächsten beiden Tage verbrachte er im Arrest in Zell am Ziller.

In Ginzling ergab sich ein Problem. Wohin mit der obduzierten Leiche, die am nächsten Tag vom Beerdigungsunternehmen Markart aus Schwaz abgeholt und nach Innsbruck überführt werden sollte? Für gewöhnlich wurden Tote in der Kirche aufgebahrt, auch Opfer von Bergunfällen, die im Zillertal nicht selten waren. Doch inzwischen wußten alle, daß der Tote Jude war, daher verweigerte ihm der katholische Pfarrer die Kirche. Nach einigem Hin und Her wurde Morduch Halsmann schließlich in der Herz-Jesu-Kapelle oberhalb des Ginzlinger Friedhofs aufgebahrt, die sich bis heute im Privatbesitz der Familie Klausner befindet – übrigens gegen den Protest von Maria Klausner, die mit ihrem Mann Josef die Kapelle im Jahre 1912 hatte errichten lassen. Eine jüdische Leiche in einer katholischen Kapelle! Von diesem Skandal weiß man in Ginzling noch heute zu berichten. Der Enkel von Maria Klausner erinnert sich auch an einen großen Blutfleck, der angeblich in den Bodenbrettern der Kapelle zurückblieb. Immer wieder habe man die Mägde angewiesen, mit Reißbürsten und Lauge den bräunlichen Schandfleck aus dem Boden zu schrubben, alles vergeblich. »Vor ein paar Jahren haben wir endlich einen neuen Boden hineingemacht«, erzählt Wilhelm Klausner.

Als Ita Halsmann endlich am 12. September nach Ginzling kam, führte man sie zur Kapelle, in der ihr Mann aufgebahrt lag. Der Sarg war verschlossen. Sie ersuchte, den Deckel zu öffnen, um von ihrem Mann Abschied nehmen zu können, doch das wurde ihr verweigert.

Mit gutem Grund, denn die Gerichtsmediziner Dr. Fritz und Dr. Vonbun hatten bei der Obduktion den Kopf des Toten abgetrennt und fachgerecht aufbewahrt – umsichtigerweise, wie ihnen später von ihrem Chef, dem Leiter des Innsbrucker Instituts für gerichtliche Medizin, Professor Karl Meixner, bescheinigt wurde. Der Kopf des Ermordeten sollte noch öfter eine wichtige Rolle spielen.

Am 13. September 1928 wurde Philipp Halsmann um 15 Uhr von Gendarmen des Postenkommandos Mayrhofen vom Arrest in Zell am Ziller in das Gefangenenhaus des Landesgerichtes Innsbruck eingeliefert. Das Gefangenenhaus lag gleich neben dem Gerichtsgebäude in der Schmerlingstraße, weshalb es im Volksmund »Schmerlinger Alm« genannt wurde. Zusammen mit dem Untersuchungshäftling wurde der Gefängnisverwaltung ein blutiger, graugrüner, fast neuer Rucksack übergeben, in dem sich alle Gegenstände befanden, die beim Toten gefunden worden waren, darunter ein Feldstecher der Marke Busch, sechsfach, Nr. 141636, eine längliche Armbanduhr aus Messing an einem schwarzen Band (»die Uhr geht«), siebzehn Stück Stocknägel (»Verzierung für Spazierstöcke«), drei belichtete, jedoch nicht entwickelte Filme, Waschutensilien, Visitenkarten auf den Namen Morduch Halsmann, ein Notizbuch mit rotem Umschlag (»welches stark durchnäßt ist und einer Trocknung bedarf«), Ansichtskarten aus dem Zillertal und zahlreiche andere Kleinigkeiten, die nicht weiter ungewöhnlich erschienen, mit Ausnahme vielleicht einer kleinen ausgeschnittenen Heiratsannonce, von der wir jedoch nicht wissen, ob es sich um die Anzeige einer Dame oder eines Herrn handelte und warum Morduch Halsmann diese in seiner Brieftasche bei sich trug.

Philipp Halsmann hatte bei seiner Einweisung in das

Gefangenenhaus neben der Kleidung, die er am Leib trug, nur die nötigsten persönlichen Gegenstände dabei. Wasch- und Rasiersachen, ein Paar Socken, eine Schachtel Resorcinsalbe, eine Flasche Hautspiritus und etwas Watte – für den Akneausschlag am Oberkörper. Mehr hatte er auf die mehrtägige Bergtour ins hintere Zillertal nicht mitgenommen. Von den 100 Schilling, die er beim Breitlahner bekommen hatte, waren noch 75,54 übrig, die zusammen mit seiner silbernen Armbanduhr in Verwahrung genommen wurden.

Untersuchungsrichter Dr. Kasperer forderte die Verwaltung des Gefangenenhauses auf, den Häftling wegen dringender Verabredungsgefahr streng separiert unterzubringen, was auch geschah. Philipp Halsmann durfte in den ersten vierzehn Tagen der Haft nichts schreiben und keine Bücher aus der Gefängnisbibliothek entlehnen, nicht einmal am täglichen Rundgang im Gefängnishof ließ man ihn teilnehmen. Einmal brachte ein Justizwachebeamter Papier in die Zelle, um Philipp zu zeigen, wie man daraus Säcke klebt, doch nach kurzer Zeit kam er wieder und nahm ihm alles weg. »Der Untersuchungsrichter erlaubt es nicht,« erklärte er seinen Sinneswandel.

FÜNFTES KAPITEL

Der Fall des im Zamsergrund unter so tragischen Umständen ums Leben gekommenen Rigaer Zahnarztes erregte bald Aufsehen über die Grenzen Tirols und Österreichs hinweg, denn er erfüllte alle Voraussetzungen, um die Sensationsgier des Publikums zu kitzeln: ein Mordfall im hinteren Zillertal, vor dem malerischen Hintergrund der Gipfel und Gletscher, die man von Urlaubsreisen, Ansichtskarten und seit ein paar Jahren auch aus dem Film kannte. Im Jahre 1928 drehte Luis Trenker das Bergepos »Kampf ums Matterhorn« und im selben Jahr entstand der sensationelle Streifen »Die weiße Hölle am Piz Palü«. In der Trivialliteratur hatten sich alpine Dramen schon längst einen festen Platz erobert. Der Tod in den Bergen verkaufte sich gut, weil eine hochalpine Kulisse jedem Ereignis von vornherein gesteigerte Aufmerksamkeit verschaffte. Bei der Tragödie vom Zamsergrund deutete obendrein alles auf einen Vatermord hin.

Noch während die Gerichtskommission im Zillertal ihrer Arbeit nachging, erschienen in den Zeitungen die ersten Berichte. »Den Vater in den Bergen ermordet?«, »Unglück oder Vatermord?«, »Den Vater in den Abgrund gestürzt?«, »Absturz oder Mord?«, »Der geheimnisvolle Todesfall im Zillertal« lauteten die Schlagzeilen, und unter der Überschrift »Der Vatermord im Zillertal ein Versicherungsbetrug?« wurde erstmals ein handfestes Motiv für die Tat genannt: »Allem Anschein nach liegt ein Versicherungsmord vor«, schrieb die Wiener *Neue Freie Presse* am 13. September. Am selben Tag erschien die *Berliner Nachtausgabe* mit dem großen Aufmacher: »Furchtbare Familientragödie im Zillertal. Ein junger Student unter dem Verdacht des Vatermordes verhaftet.«

Der Untersuchungsrichter, so hieß es in dem Bericht, sei der Ansicht, »daß es sich um den Versuch eines Versicherungsbetruges handelt und daß der junge Halsmann seinen Vater, dessen Leben bei einer ausländischen Gesellschaft hoch versichert war, ermordet hat, um sich und seine Mutter in den Besitz der Versicherungssumme zu setzen«.

Versicherungsbetrug als Mordmotiv war keine Seltenheit. Und eine Hochgebirgstour zu zweit erschien geradezu ideal für ein solches Vorhaben. Die Zeitungen erinnerten an den »Gattenmord in den Kärntner Alpen«, der gerade zu dieser Zeit vor einem Schwurgericht in Dresden verhandelt wurde. Im Sommer 1926 hatte der aus Dresden stammende Fabrikant Friedrich Louis Treiber mit seiner Frau eine Bergtour ins Großglocknergebiet unternommen. Auf dem Weg zum Goldzechhörnl war die Frau ausgeglitten und tödlich abgestürzt. Das hatte jedenfalls ihr Mann ausgesagt, der als einziger dabei gewesen war. Als sich herausstellte, daß der Fabrikant auf seine Frau eine Lebensversicherung in der Höhe von 30 000 Dollar abgeschlossen hatte, die auf seinen ausdrücklichen Wunsch auch Unfälle bei sportlicher Betätigung einbezog, wurde er beschuldigt, seine Gattin in die Tiefe gestürzt zu haben. Obwohl sich Treiber in zahlreiche Widersprüche verwickelte und zugeben mußte, daß er seine Ehefrau mit einer jungen Freundin betrogen hatte, die er nach dem Tod der Gattin heiraten wollte, mußte er nach viertägiger Verhandlung mangels an Beweisen freigesprochen werden. Das Schwurgericht konnte die Möglichkeit nicht ganz ausschließen, daß die Frau doch einem Unfall zum Opfer gefallen war, hieß es in der Urteilsbegründung.

Der Untersuchungsrichter fand bald heraus, daß die hohe Lebensversicherung des Rigaer Zahnarztes, über die in den ersten Tagen in den Zeitungen geschrieben worden war, nur in der Phantasie der Journalisten existierte: Morduch Max Halsmann war gar nicht versichert gewesen. Dennoch hielten die Zeitungen unbeirrt an der Version des Vatermordes fest, wobei sie sich vor allem auf die Aussagen des beschuldigten Sohnes selber stützten, der darauf beharrte, daß er zum kritischen Zeitpunkt mit seinem Vater allein auf dem Saumpfad im Zamsergrund gewesen war. Wenn das stimmte, kam eigentlich nur er als Täter in Frage. Angesichts dieser klaren Verhältnisse spielte die Tatsache, daß die Familie Halsmann »mosaisch« war, wie einige Zeitungen zu berichten wußten, zunächst keine besondere Rolle.

Es gab noch einen ganz pragmatischen Grund, weshalb man in Tirol nur zu gern an Philipps Schuld glauben wollte: Das Land Tirol lebte vom Fremdenverkehr. Der Sommer 1928 war eine gute Saison gewesen, auch für das Zillertal, das eine starke Zunahme des Fremdenverkehrs verzeichnen konnte; allein in Mayrhofen hatte sich zwischen 1925 und 1928 die Zahl der Nächtigungen verdreifacht. Das war sehr erfreulich. Der Todessturz eines Touristen auf einem als ungefährlich geltenden, viel begangenen Pfad war in einer solchen Situation jedenfalls eine schlechte Nachricht, weil er auf die Fremden abschreckend wirken mußte; umso schlimmer, wenn sich dann noch herausstellte, daß der Tourist nicht einem Unfall, sondern einem Mord zum Opfer gefallen war. In einem solchen Fall war es besonders wichtig, daß der Täter unverzüglich gefaßt wurde. Ein unbekannter Mörder, der weiter frei in der herrlichen Bergwelt herumstreifte und jeden Moment dem nächsten arglosen Wanderer mit einem Stein den Schädel einschlagen konnte, wäre für den

Tiroler Fremdenverkehr einer Katastrophe gleichgekommen.

Wie rasch der gute Ruf des Urlaubslandes durch den mysteriösen Todesfall eines Fremden beschädigt werden konnte, hatte ein Unglück bewiesen, das sich im Frühsommer 1928 ereignet hatte. Im Juni war in Tösens im Oberinntal neben einem Steig, an einer scheinbar völlig harmlosen Stelle, die Leiche eines Touristen, eines Advokaten aus Schweden gefunden worden. Weil in der Brieftasche des Toten kein Geld gewesen war, hatte die Gendarmerie zunächst den Verdacht geäußert, der Schwede sei Opfer eines Raubmordes geworden. Der Fall hatte auch in ausländischen, voran schwedischen Blättern Schlagzeilen gemacht.

»Also eine sehr schöne Empfehlung für das Land Tirol in der Hauptfremdensaison. Für unsere konkurrenzneidigen ›Freunde‹ in der Schweiz und in Oberbayern sind solche Meldungen Wasser auf der Mühle und werden skrupellos gegen uns ausgenutzt. In großer Aufmachung schreiben Schweizer Blätter über die Unsicherheit in Tirol: wieder ein Mord an einem Fremden!« hieß es im *Tiroler Wastl* vom 18. Juli 1928.

Der rätselhafte Tod des schwedischen Advokaten hatte schließlich eine harmlose Aufklärung gefunden. Genaue Nachforschungen und die Obduktion der Leiche hatten ergeben, daß der Schwede offenbar bei einer allein unternommenen Bergtour vom Weg abgekommen und abgestürzt war. Bei einer gründlichen Untersuchung war auch seine Barschaft gefunden worden, die der vorsichtige Mann in die Kleider eingenäht hatte – als besonders sicher galten die Berge nun einmal nicht, denn ihre Einsamkeit lockte nicht nur Touristen, sondern auch allerlei lichtscheues Gesindel. Trotzdem schienen nicht alle Zweifel an der Unfallversion restlos ausgeräumt, denn der Chef der Innsbrucker Gerichtsmedizin, Professor Karl Meixner, der zur Obduktion des Toten gerufen worden war, hatte einer Zeitungsmeldung zufolge dessen Kopf abgetrennt, um ihn für weitere Untersuchungen nach Innsbruck zu bringen.

Im Fall Halsmann waren sich die Experten einig. Der Zahnarzt aus Riga war ermordet worden, soviel schien festzustehen. Und der vermutliche Täter saß in Haft. Allerdings wies er starrköpfig alle Schuld von sich und beharrte darauf, sein Vater sei einem Unfall zum Opfer gefallen. Man bereitete sich daher auf einen Indizienprozeß vor, dem auch ausländische Zeitungen mit wachsender Spannung entgegensahen. Ein Berliner Blatt meldete sogar, der Prozeß werde auf Antrag der Staatsanwaltschaft an dem Ort abgehalten werden, wo der Mord geschehen war. Ein Schwurgerichtsprozeß im Hochgebirge also, in freier Natur, mit Blick auf die majestätische Gletscherwelt.

»Schade, daß das Landesverkehrsamt davon ebensowenig wie das Gericht weiß; wenn die Amerikaner davon Kenntnis erlangen, werden sie ganze Dampfer mieten, um dieser Sensation beiwohnen zu können«, schrieb der *Tiroler Anzeiger* am 22. September 1928.

Solche Berichte, von A bis Z erlogen, seien nur geeignet, das Ansehen des ganzen Landes zu schädigen, schrieb weiter das Innsbrucker Blatt und forderte die Tiroler Landesregierung auf, mit diesen auswärtigen Korrespondenten, diesen »Sensationsgeiern«, die solche Nachrichten in die Welt setzten, einmal ein ernstes Wörtchen zu reden oder ihnen, wenn sie glaubten, partout nicht ohne Sensationen leben zu können, einfach das Handwerk zu legen.

Doch noch war es nicht so weit. Noch liefen die Vorbereitungen für den Prozeß gegen Philipp Halsmann, noch wurden auf Anordnung des Untersuchungsrichters weitere Nachforschungen angestellt. Eineinhalb Wochen nach der Tat begaben sich erneut Gendarmeriebeamte aus Innsbruck und Mayrhofen an den Tatort, photographierten ihn nochmals von allen Seiten und fertigten eine neue Skizze an, in die sie genaue Entfernungen und Wegzeiten eintrugen: von der Dominikushütte zum Tatort waren es demnach 1,1 Kilometer, die man bei raschem Tempo in zwanzig Minuten zurücklegte. Sie machten neue Zeugen ausfindig und konnten auf diese Weise die Identität eines geheimnisvollen Unbekannten mit schwarzem Spitzbart aufklären, der am Tag der Tat an mehreren Stellen zwischen Schönbichlerhorn und Breitlahner gesehen worden war und sich angeblich äußerst verdächtig benommen hatte. Offenbar handelte es sich bei dieser Person um den Münchner Josef Weil, der am 10. September zusammen mit den Halsmanns das Schönbichlerhorn bestiegen hatte und dann allein am Gipfel zurückgeblieben war, um noch länger die Aussicht zu genießen. Doch Weil blieb weiterhin wie vom Erdboden verschluckt, obwohl er in Zeitungsaufrufen ersucht wurde, sich dringend bei der Polizei zu melden. Das erschien sehr suspekt. Von der Kriminalpolizei in Dresden wurden inzwischen auf Ersuchen der Tiroler Behörden Studienkollegen und Bekannte Philipp Halsmanns über die persönlichen Verhältnisse des Beschuldigten und seine Beziehung zu seinem Vater befragt.

Im Landesgericht Innsbruck wurde Philipp weiter eingehend vom Untersuchungsrichter vernommen. Dr. Kasperer hatte die Hoffnung noch nicht aufgegeben, dem Studenten ein Geständnis zu entlocken. Er ließ sich detailliert die Reise der Familie Halsmann im Sommer 1928 schildern, die für den Vater so tragisch geendet hatte. Die Eltern waren Ende Juni von Riga aufgebrochen. Zu diesem Zeitpunkt war

Philipp noch in Dresden gewesen, während seine Schwester Liuba bereits in Chamonix gewartet hatte. Sie war auf Anraten ihres Pariser Arztes in die Berge gefahren, weil er bei einer Untersuchung Anzeichen einer Lungenerkrankung entdeckt hatte, die sie in der gesunden Höhenluft ausheilen sollte. Philipp reiste nach Semesterschluß von Dresden nach Interlaken, wo er die Eltern und Liuba traf. Da ihnen Interlaken zu teuer war, quartierten sie sich im Dorf Bönigen ein. Dort trennte sich Philipp von den Eltern und fuhr für eine Woche nach Gaienhofen, einer kleinen Ortschaft am Bodensee, um dort ein Mädchen zu besuchen, das er in Dresden kennengelernt hatte. Die Bekanntschaft hieß Ruth Römer, war zwanzig Jahre alt, aus Zittau in Sachsen gebürtig, und verbrachte einige Sommerwochen bei ihrer um vier Jahre älteren Schwester Lenore, die dort mit dem ebenfalls aus Zittau stammenden Kunstmaler Walter Waentig verheiratet war, der in Gaienhofen ein ursprünglich Hermann Hesse gehörendes Haus erworben hatte. In diesem bis heute nach dem Autor benannten Haus wurde Philipp während seines einwöchigen Aufenthaltes von Waentig sogar porträtiert.

Philipp Halsmann, Porträt von Walter Waentig, 1928

Nach dem Besuch in Gaienhofen fuhr Philipp an den Vierwaldstättersee, wohin seine Eltern und Liuba inzwischen gereist waren. Er versuchte seinen Vater zu überreden, das

Porträt, das Waentig von ihm gemalt hatte, zu kaufen, was der Vater zwar nicht rundweg ablehnte, doch er schob den Kauf bis zu einem Geburtstag, einer bestandenen Prüfung oder einem ähnlichen Anlaß hinaus. Dazu sollte es dann freilich nicht mehr kommen.

Morduch Halsmann hielt es nie lang an einem Ort aus, er wollte im Urlaub möglichst viel unternehmen und sehen, und obwohl die übrigen Familienmitglieder manchmal Einwände gegen diese Rastlosigkeit erhoben, setzte er immer seinen Willen durch. Vom Vierwaldstättersee reiste die Familie nach Lugano.

Philipp Halsmann hält an einem Schweizer See seinen Vater auf den Armen

Wo immer sich die Gelegenheit bot, unternahm Morduch Halsmann Bergtouren, manchmal mit der ganzen Familie, dann wieder nur mit Philipp. Er schien regelrecht besessen von den Bergen. Nach einer anstrengenden Wanderung erlitt er in Lugano einen körperlichen Zusammenbruch, von dem er sich jedoch rasch wieder erholte. Die Warnungen seiner Familie, in Zukunft auf anstrengende Bergpartien zu verzichten, schlug er auch diesmal in den Wind. In Lugano lernten die Halsmanns den Wiener Schriftsteller Ferdinand Mayer-Eschenbacher kennen, der sich mit Morduch Halsmann über Touren unterhielt und ihm den Rat erteilte, in die Dolomiten oder ins Zillertal zu fahren, dort seien die Berge noch schöner und höher als anderswo. Der Zahnarzt war sofort Feuer und Flamme und wollte unbedingt beides machen. Zunächst fuhr die Familie jedoch nach Mailand, wo sich Liuba von ihr trennte, weil sie nach Paris zurückkehren mußte, wo ihr Unterricht wieder begann. Zu dritt unternahmen die Halsmanns nun eine Tour durch die Dolomiten, wieder im Eiltempo, in förmlichen Gewaltmärschen, wie Philipp dem Untersuchungsrichter erzählte. Sie hätten alles zu Fuß gemacht und seien für gewöhnlich vom frühen Morgen bis zum Anbruch der Dunkelheit auf den Beinen gewesen, mit jeweils nur einer kurzen Pause für das Mittagessen. Seine Mutter und er seien schrecklich müde gewesen, nur der Vater habe sich nichts anmerken lassen, weil er jugendlich und kraftvoll erscheinen wollte. Am 7. September trafen sie in Jenbach ein, wo sie im Gasthof Goldener Stern abstiegen. Als nächstes stand das Zillertal auf dem Programm, sozusagen als krönender Abschluß der Reise. Doch diesmal streikte Ita Halsmann, sie sei zu erschöpft und müsse sich ausruhen, klagte sie. Großmütig wurde ihr gestattet, in Jenbach zu bleiben, doch Philipp halfen keine Ausflüchte, und schließlich wollte er den Vater ja auch nicht allein losziehen lassen. So nahm das Verhängnis seinen Lauf.

Als bekannt wurde, daß der Beschuldigte während der Urlaubsreise mit den Eltern einen Abstecher an den Bodensee unternommen hatte, um ein Mädchen zu besuchen, schien sich ein neues Motiv für die unbegreifliche Tat anzubieten. Vielleicht steckte eine Mädchengeschichte dahinter? »Eine Liebesangelegenheit im Falle Halsmann«, meldete die *Rigaer Rundschau*, die schon aufgrund der Herkunft des Opfers, das in Riga großes Ansehen genossen hatte, und des angeblichen Täters großes Interesse für den Fall zeigte. Aus den dürren Fakten, die der Untersuchungsrichter an die

Öffentlichkeit weitergab, konstruierte das Blatt mit viel Phantasie eine blutige Tragödie, die von verhinderter Liebe und gekränktem Mannesstolz handelte. Philipp habe mit dem jungen Mädchen ein Verhältnis gehabt, das er auf Verlangen des Vaters beenden mußte, weshalb er während der weiteren Reise äußerst niedergeschlagen und reizbar war. Dazu kamen die anstrengenden Touren, zu denen ihn der geltungsbedürftige Vater zwang. Die hätten das Faß schließlich zum Überlaufen gebracht. »Philipp Halsmann war so weit erschöpft, daß er nicht mehr weiter gehen konnte. Sein Vater machte sich über seinen schwächlichen Sohn lustig. Das brachte den jungen Halsmann derart in Raserei, daß er einen Stein ergriff und auf seinen Vater losschlug. Max Halsmann brach zusammen, der Sohn versetzte ihm noch einige weitere Schläge. Dann erst kam er zu sich und wurde sich mit Entsetzen seiner Tat bewußt.« (*Rigaer Rundschau*, 27. September 1928)

In seinen Gesprächen mit dem Untersuchungsrichter beschrieb Philipp die Beziehung zu dem Mädchen ganz anders, als harmlose Freundschaft, nicht viel mehr als eine Bekanntschaft, jedenfalls weit entfernt von einem Liebesverhältnis. Er hatte Ruth Römer in Dresden kennengelernt, wo sie die Tanzschule von Mary Wigman, einer Pionierin des Ausdruckstanzes, besuchte.

Das Mädchen war aus Zittau in Sachsen gebürtig, wo sein Vater, der aus einer alten Unternehmerfamilie stammte, eine Türkischrotfärberei betrieben hatte. Philipp wußte nur, daß es sich dabei um einen großen Betrieb handelte, in dem Textilien gefärbt wurden. Daneben hatte Ruths Vater noch andere Betriebe besessen, darunter eine Spinnerei. Doch das Stammhaus war die Türkischrotfärberei, die einem ganzen Bezirk den Namen gab, Rotfarbe. Dort, in der Rotfarbe, hatte auch die Familie Römer ihre Villa. Alteingesessene Großbürger. Auch Ruths Mutter stammte aus einer Zittauer Unternehmerfamilie. Ruth hatte ihren Vater schon mit 15 Jahren verloren und war sehr selbständig aufgewachsen, sie war für ihre zwanzig Jahre erstaunlich unabhängig und reif.

Ruth Römer im Tanzstudio, 1927

Sein Vater habe die Freundschaft zu Ruth nie hintertrieben, sagte Philipp, warum auch? Weil die Familie Römer nicht jüdisch war? Das spielte für die Halsmanns keine Rolle. Der Vater hatte ihm damals neben den Mitteln für die Reise nach Gaienhofen sogar noch extra Geld gegeben, damit er für Ruth ein Geschenk kaufen konnte. Aber alles das konnte Philipp nur beim Untersuchungsrichter vorbringen, denn er saß immer noch in Einzelhaft, streng isoliert von der Außenwelt.

Bei seiner Vernehmung hielt Philipp unerschütterlich an der Unfallversion fest, auch als er erstmals mit der Tatsache konfrontiert wurde, daß oben am Saumweg, von dem der Vater abgestürzt sein sollte, ein blutbeschmierter Stein und zahlreiche Blutspuren gefunden worden waren.

»Ich sehe die Schwere der mich belastenden Indizien ein, beteuere jedoch neuerdings meine Unschuld. Wie der besagte Stein mit Blut und Menschenhaaren an seinen Auffindungsort kam, wie die Schleifspur entstand, wie sich die

Blutspuren am Ende der Schleifspur bis zum Auffindungsorte der Leiche erklären, ist mir unfaßbar. Ich bezweifle die Richtigkeit der bezüglichen Feststellungen. Ich möchte hiezu nur auf das eine verweisen, daß der blutgetränkte Rucksack auf den Weg geschafft wurde, der, wie ich in Breitlahner noch sehen konnte, vom Blut triefte.« (Vernehmung vom 24. September 1928)

Philipp Halsmann wies in diesem Zusammenhang auch darauf hin, daß er an pathologischem Nasenbluten leide. »An diesem Tage aber hatte ich kein Nasenbluten«, stellte er im selben Atemzug fest.

Der Untersuchungsrichter hielt die Erklärungen des Beschuldigten, mit denen er seine Unschuld zu untermauern suchte, für »Luftgebäude«. Daher sah er auch keinen Anlaß, die Nachforschungen auf einen oder vielleicht sogar mehrere unbekannte Täter auszudehnen. Es blieben auch so noch genügend Fragen offen, zum Beispiel jene, mit welchem Gegenstand dem Zahnarzt die tiefe Stirnwunde zugefügt worden war. Dr. Kasperer beauftragte den Hochgebirgsgendarmen Otto Moser, am Tatort noch einmal nach einem geeigneten Werkzeug, etwa einem Eispickel, zu suchen. Moser ließ sich vom Wirt der Dominikushütte, Josef Eder, begleiten, der die Gegend wie seine Westentasche kannte. Die beiden fanden zwar keine Waffe, aber immerhin die verschollenen fünfzig Schilling, die Morduch Halsmann nach Aussage des Sohnes bei sich getragen hatte. Das Geld – zwei Zwanzigschillingnoten und eine Zehnschillingnote – lag auf einer Steinplatte, mit faustgroßen Steinen beschwert, nicht weit von der Stelle, wo der Tote gelegen hatte. Die Scheine waren in bemerkenswert gutem Zustand, und bei genauer Untersuchung entdeckte man auf einer Note Blutspritzer. Wie war das Geld dorthin gekommen? War es bei der ersten

Suche am 11. und 12. September übersehen worden? Angesichts des Fundortes erschien das reichlich unwahrscheinlich. Die Stelle war sorgfältig abgesucht und mehrmals photographiert worden. Rayonsinspektor Otto Moser notierte die genauen Umstände des Fundes in seinem Notizbuch, das er sich eigenhändig aus Konzeptpapier zusammengeheftet hatte, »weil uns der Staat für den Außendienst keine Notizbücher zur Verfügung stellt«.

Dr. Kasperer maß dem überraschenden Auftauchen der 50 Schilling keine besondere Bedeutung zu. Als er sich in diesem Zusammenhang mit Philipp über die Barschaft unterhielt, die der Vater bei der Tour mitgeführt hatte, erfuhr er, daß der Tote auch noch einen größeren Betrag Schweizer Franken gehabt haben müsse. Frau Halsmann bestätigte das auf Nachfrage. Sie konnte sich mit Bestimmtheit daran erinnern, daß ihr Mann Reichsmark und Schweizer Franken besessen hatte. Er hatte vor dem Aufbruch ins Zillertal noch die Absicht geäußert, die Schweizer Franken bei ihr in Jenbach zurückzulassen, doch sie hatte das abgelehnt. Die Mark waren bei dem Toten gefunden worden, aber keine Schweizer Franken. Dr. Kasperer versprach, die Witwe und ihre Tochter eingehender zu den verschwundenen Franken zu befragen. Das tat er jedoch nicht.

Später wollte sich der Untersuchungsrichter an diese beiläufige Unterhaltung mit Frau Halsmann nicht mehr erinnern. Doch Frau Halsmann konnte einen Zeugen für die Unterredung nennen, den Innsbrucker Geschäftsmann Richard Glaser, der sich rührend um die unglückliche Familie kümmerte. Der aus Mähren gebürtige 41jährige Kaufmann lebte seit 1914 in Innsbruck, wo er einen Handel mit Futtermitteln und Getreide betrieb, der ihm und seiner Familie einen bescheidenen Wohlstand sicherte.

Vom Fall Halsmann hatte Richard Glaser aus der Zeitung erfahren, vorher hatte er die Familie aus Riga nicht gekannt. Dennoch zögerte er keinen Augenblick, der Witwe, die in Innsbruck keine Menschenseele kannte und ganz verloren war, seine Hilfe anzutragen. Glaser war Mitglied der kleinen jüdischen Gemeinde von Innsbruck, in der er wegen seiner Hilfsbereitschaft als »Vater der Witwen und Waisen« bekannt war; aber er hatte auch den Ruf eines Gerechtigkeitsfanatikers, der unerbittlich gegen jedes Unrecht ankämpfte. In der bescheidenen Wohnung der Glasers in der Schulstraße 9 fanden Ita und Liuba Halsmann immer ein offenes Ohr für ihre Sorgen. Wenn die Witwe und ihre Tochter zur Familie Glaser kamen, führte sie der Hausherr in das schön eingerichtete Speisezimmer, das nur für Besuche Verwendung fand, und dort sprachen sie dann oft stundenlang darüber, wie man Philipp am besten beistehen könne. Später mietete Glaser sogar ein möbliertes Zimmer in Innsbruck, das er den beiden Frauen während ihrer Aufenthalte kostenlos zur Verfügung stellte. So wie Frau Halsmann und ihre Tochter war auch Richard Glaser von Anfang an von Philipps Unschuld überzeugt. Der Getreidehändler war nicht nur ein unersetzlicher Freund und Ratgeber der Familie, sondern betätigte sich auch als Hobbydetektiv und suchte auf eigene Faust nach Hinweisen, die zur Aufklärung der Tat

Richard Glaser

beitragen und Philipp entlasten konnten. So deponierte Richard Glaser fünfzig Schilling – zwei Zwanzigschillingnoten und eine Zehnschillingnote – unter einem Stein im Freien, wo er sie vierzehn Tage liegen ließ. Die Banknoten sahen viel hergenommener aus als die nachträglich am Tatort gefundenen, doch die Behörden nahmen keine Notiz vom Ergebnis dieses Versuchs, schließlich war Glaser keine amtlich befugte Person. Besondere Bedeutung erlangte der Innsbrucker Kaufmann für Philipp Halsmann, dem er als väterlicher Freund und Berater zur Seite stand. Sobald der Untersuchungsrichter das erlaubte, besuchte er den Gefangenen so oft wie möglich in der Haft, um sich nach seinen Wünschen zu erkundigen und ihm Mut zuzusprechen.

»Herrn Gl. seh ich oft. Ich bin voll Bewunderung für ihn, es ist einfach unglaublich, wie er um alles sorgt und an alles denkt.« (Philipp Halsmann aus der Untersuchungshaft an Ruth Römer, 3. April 1929)

Für diesen Einsatz brauchte es nicht nur ein großes Herz, sondern auch viel Mut, denn es war für einen jüdischen Geschäftsmann in Innsbruck alles andere als selbstverständlich, offen seine Solidarität mit dem inhaftierten Studenten und seiner Familie zu zeigen. Angesichts des tief verwurzelten Antisemitismus war das mit einigem Risiko verbunden, denn schließlich war Glaser als Händler mit landwirtschaftlichen Produkten von bäuerlicher Kundschaft abhängig.

In Tirol hatten immer nur sehr wenige Juden gelebt, um 1928 waren es rund 500, von denen die meisten in Innsbruck wohnten. In der Landeshauptstadt gab es seit 1890 eine Israelitische Kultusgemeinde, die dem Landesrabbinat für Tirol und Vorarlberg unterstand, das 1914 von Hohenems in Vorarlberg nach Innsbruck übersiedelt war. Doch trotz der geringen Zahl der Juden, die wirtschaftlich keine größere

Rolle spielten, galten die Tiroler in der überwiegenden Mehrheit als eingefleischte Antisemiten. Seit dem Ersten Weltkrieg richtete sich der Judenhaß vor allem gegen die sogenannten Ostjuden, die von der antisemitischen Propaganda als Urheber aller nur erdenklichen Katastrophen und Übel diffamiert wurden, die in diesen bitteren Jahren Österreich im allgemeinen und das heilige Land Tirol im besonderen heimgesucht hatten, angefangen mit der Niederlage im Weltkrieg und dem Zerfall der Habsburgermonarchie bis zur Hungersnot und den politischen Wirren in den Nachkriegsjahren. Im November 1919 wurde in Innsbruck von führenden Politikern der Konservativen, Christlichsozialen und Großdeutschen der »Tiroler Antisemiten-Bund« ins Leben gerufen, der unter der Losung »Tirol den Tirolern!« den Kampf gegen »das geeinigte Judentum« aufnahm und es sich zur Aufgabe machte, »den Juden den Zugang in unser Land mit allen Mitteln zu verwehren«. Der Führer des Tiroler Bauernbundes und spätere österreichische Landwirtschaftsminister Andreas Thaler, ein Antisemit der ersten Stunde, erließ anläßlich der Gründung des Antisemiten-Bundes einen Aufruf, dessen Titel Programm war: »Juden, hinaus aus Tirol«.

Darin heißt es unter anderem: »Du undankbares, freches, völkerverderbendes Ungeziefer, Du willst uns Tiroler [...] zu vollständigen Sklaven machen – und beherrschen!? Das soll Euch nimmer gelingen! Warnend verlangt das Volk Deinen Auszug aus Tirol! Jüdischer Eindringling, verlasse Tirols Scholle, aber rasch! Wenn wir Ordnung in unserem armen Vaterlande machen wollen, muß der Jude, der alle arische Ordnung und Zucht vernichtende lands- und blutfremde Jude, ob getauft oder nicht, aus dem Lande!« (*Tiroler Bauernzeitung*, 28. 11. 1919)

In ihrer Definition, wer als Jude gelten sollte, gingen die Tiroler Rassenfanatiker sogar noch über die später erlassenen »Nürnberger Rassengesetze« der Nationalsozialisten hinaus, denen zufolge ein Jude war, »wer von mindestens drei der Rasse nach volljüdischen Großeltern abstammt«. In Tirol sollten alle als Juden gelten, »bei denen auch nur ein Vorfahre in den letzten drei Geschlechterfolgen Jude gewesen ist«. Politisch blieb der Antisemitenbund allerdings ohne größere Bedeutung, wohl nicht zuletzt wegen der geringen Zahl der in Tirol lebenden Juden. Trotzdem waren die Mitglieder des Bundes in den ersten Nachkriegsjahren unermüdlich damit beschäftigt, zugereiste Juden und sogar Touristen jüdischer Herkunft in Tiroler Gemeinden aufzuspüren und beim Einreiseamt der Landesregierung zu denunzieren, das wirklich in vielen Fällen der Aufforderung folgte und die fremden Juden des Landes verwies. Als einer dieser Denunzianten wurde der Sprengelarzt von Fügen, Dr. Raimund Rainer, aktenkundig, der kurz nach dem Tod Halsmanns zur Unfallstelle im Zamsergrund gekommen war und den Verdacht geäußert hatte, es handle sich nicht um einen Unfall, sondern um Mord. Im Februar 1920 schrieb der Antisemitenbund an das Einreiseamt der Tiroler Landesregierung in Innsbruck, »daß man sich im Zillertal über den Aufenthalt der Jüdin Birnstiel Klem. wundert (Dr. Rainer!) und der Antisemitenbund um Aufklärung bitte«.

Die aus Berlin stammende Klementine Birnstiel, die sich in Mayrhofen zur Kur aufhielt, wurde daraufhin tatsächlich von den Behörden aufgefordert, unverzüglich das Land Tirol zu verlassen.

Im selben Jahr, in dem der Antisemitenbund gegründet wurde, fanden in Innsbruck die ersten Versammlungen der örtlichen Nationalsozialisten statt, die sich in einigen Ortsgruppen organisiert hatten. Vorerst war es ein kleiner, unbedeutender Haufen von Spinnern, die von niemandem ernstgenommen wurden. Daran konnte auch der Auftritt Adolf Hitlers im September 1920 nichts ändern, der bei einer Wahlveranstaltung im Großen Stadtsaal von Innsbruck »vor überwiegend leeren Sesseln« sprach, wie ein sozialdemokratisches Blatt hämisch notierte. 1923 errang die Nationalsozialistische Partei in Innsbruck zwar ein Mandat und 1925 sogar ein zweites, doch politisch blieb sie weiterhin ohne Einfluß. Dazu kam, daß die Nationalsozialisten in Tirol, so wie im übrigen Österreich, in zwei einander bitter bekämpfende Gruppen zerfielen, die NSDAP, die sich nach München orientierte und daher stolz die Beifügung »Hitlerbewegung« trug, um sich von einer zweiten NSDAP zu unterscheiden, die nach ihrem gemäßigteren Führer Karl Schulz auch »Schulzgruppe« genannt wurde. Beide Organisationen blieben zunächst Randgruppen, die vor allem durch ihren rabiaten Judenhaß und Schlägereien mit politischen Gegnern auffielen.

Am 4. Dezember 1928 provozierten die Anhänger der Hitler-Bewegung in Innsbruck eine Saalschlacht, die sie erstmals in die Schlagzeilen der Lokalpresse brachte. Die »Ernsten Bibelforscher« hatten im Großen Stadtsaal zu einem Vortrag geladen, zu dem auch ein Trupp junger Hitler-Anhänger erschien. Als der Vortragende, ein vornehmer älterer Herr aus München, zum ersten Mal den Namen »Jehova« nannte, brüllten die »Hakingerbuben«, wie die Nazis in der sozialdemokratischen Presse genannt wurden, empört »Freimaurer!« und »Juden!« und stimmten schließlich aus voller Kehle das »Deutschlandlied« an. Als die anwesenden Ordner die Krawallmacher aus dem Saal drängen wollten, kam es zu einer wilden Prügelei, die erst von der Polizei beendet werden konnte. »Sesseltrümmer, Blutflecken und Blutlachen gab es«, meldete die sozialdemokratische *Volks-Zeitung* am nächsten Tag und konstatierte zufrieden, die meisten Verletzten hätten offenbar die Hakingerbuben zu beklagen gehabt.

Ein zunehmendes Problem stellte der Antisemitismus auch im Bergsteigermilieu dar. Schon vor dem Ersten Weltkrieg hatte es in alpinen Organisationen und Vereinen, auch im großen Deutschen und Österreichischen Alpenverein (DuÖAV), hitzige Diskussionen über die Einführung eines Arierparagraphen gegeben. Unter den Wortführern eines alpinen Antisemitismus, der am liebsten alle Juden aus den »deutschen« Bergen verbannt hätte, waren auffallend viele Österreicher, die oft schon 1928 das Hakenkreuz stolz neben dem Edelweiß trugen. Sie waren überzeugt, daß nur arische Bergsteiger die wahre Liebe zu den Bergen empfinden könnten, deren Reinheit nicht durch »plattfüßige Libanontiroler«, wie sie jüdische Bergsteiger spöttisch nannten, geschändet werden dürfe. 1920 führte eine erste Sektion des DuÖAV den Arierparagraphen ein, zunächst im Alleingang. Als Protestreaktion gründeten ausgeschiedene Mitglieder, keineswegs nur Juden, eine eigene Sektion, »Donauland«, die bald zum Sammelbecken bürgerlich-demokratischer Alpinisten werden sollte (die Sozialdemokraten besaßen mit den »Naturfreunden« längst eine eigene alpine Vereinigung). 1924 wurde die Sektion Donauland aus dem DuÖAV ausgeschlossen, der mit über 400 Sektionen und knapp 200 000 Mitgliedern bei weitem größten und einflußreichsten alpinen Organisation in Deutschland und Österreich.

In Deutschland verlief die Entwicklung ähnlich. 1925 riefen jüdische Bergsteiger in Berlin den »Deutschen Alpenverein Berlin« ins Leben, der nicht dem DuÖAV angehörte.

Im Sommer 1928 begannen der Deutsche Alpenverein Berlin und die Sektion Donauland im hinteren Zillertal, zwei Gehstunden von der Dominikushütte entfernt, gemeinsam mit der Errichtung einer Schutzhütte, dem Friesenberghaus. Ein Unternehmen, gegen das völkische Bergsteiger heftig polemisierten.

Die antisemitische Propaganda blieb nicht auf das alpine Vereinsleben beschränkt, sondern wurde auch in die Berge selber getragen. An manchen Alpenvereinshütten waren weithin sichtbar Hakenkreuze oder Tafeln angebracht, auf denen es hieß: »Juden und Mitgliedern der Sektion Donauland ist der Zutritt verboten!«, und immer wieder klagten jüdische Bergsteiger darüber, daß sie auf Touren angepöbelt wurden. Ihre vermeintliche Vorherrschaft in den Bergen bekundeten die Nazis bei jeder sich bietenden Gelegenheit: Im Juni 1928 wurde zur Sonnwendfeier am Hang der Nordkette, unterhalb der Sattelspitze, ein riesiges Feuer in Form eines Hakenkreuzes abgebrannt, das von ganz Innsbruck aus zu sehen war.

SECHSTES KAPITEL

Am Donnerstag, dem 13. Dezember 1928, um halb neun Uhr morgens, begann im Schwurgericht Innsbruck der Prozeß gegen Philipp Halsmann. Die Stadt war an diesem Tag dick in Schnee gehüllt. Es hatte die ganze Nacht über geschneit und erst am Morgen etwas nachgelassen, doch die tiefhängenden schiefergrauen Wolken ließen weitere Schneefälle erwarten. Auf der Maria-Theresien-Straße und am Burggraben hatten Gruppen von Männern damit begonnen, Fahrbahn und Gehsteig von den Schneemassen zu säubern, die sie in Abständen von zwanzig, dreißig Metern zu großen, kegelförmigen Haufen zusammenschoben. In den Seitenstraßen hingegen lag der Schnee noch fast unberührt. Nur vereinzelt waren Automobile und Fuhrwerke unterwegs. Vor dem Gerichtsgebäude in der Schmerlingstraße stand eine dichte Traube von Menschen, die darauf warteten, eingelassen zu werden. Den Eingang bewachten zwei Stadtpolizisten mit Pickelhaube und Säbel, mit denen die Innsbrucker Polizei 1921 nach deutschem Vorbild ausgerüstet worden war. Angesichts des zu erwartenden Ansturms hatte sich das Gericht entschlossen, Einlaßkarten auszugeben, die seit Tagen vergriffen waren. Besucher von auswärts versuchten, von Umstehenden Karten zu erwerben, und boten dafür hohe Summen. Die beiden Stadtpolizisten stampften im Stehen mit den Füßen, um die Kälte zu vertreiben, und taten so, als merkten sie nichts vom verbotenen Handel.

Auch im schwach beleuchteten Gang des Gerichtsgebäudes waren auffallend viele Ordnungshüter, Polizisten und Gendarmen zu sehen. An der Tür zum Schwurgerichtssaal hing eine Tafel, auf die jemand ungelenk mit der Hand gemalt hatte: »Eintritt nur gerichts Angestellte gestattet!« Doch die Menschen, die endlich Einlaß fanden, kümmerten sich nicht um die Aufschrift und ihre fragwürdige Orthographie, sondern stießen und drängten in den im Parterre liegenden kleinen Gerichtssaal, in dem die Verhandlung stattfinden sollte. Im Saal herrschte Halbdunkel. An der rechten Seitenwand, unter den hoch gelegenen Fenstern, standen zwei Bankreihen für die zwölf Geschworenen und die beiden Ersatzmänner. Die Geschworenen, durchwegs Männer, hatten ihr Sonntagsgewand angelegt, Trachtenjanker, weiße Hemden, gebügelte, saubere Hosen, Krawatten. Auf der Geschworenenbank saßen drei Kaufleute, ein Bauer, ein Sägewerksbesitzer, ein Gutsbesitzer, ein Gastwirt, ein Photograph, ein Malermeister, ein Hutmacher, ein Frächter und ein Bankbeamter. Am Richtertisch nahm der Vorsitzende, Landesgerichtspräsident Anton Larcher, Platz, ihm zur Seite zwei Oberlandesgerichtsräte als Beisitzer. Die Anklagebehörde war durch Staatsanwalt Siegfried Hohenleitner vertreten, einen schlanken, tief gebräunten Mann mit Schnurrbart und den energischen Bewegungen eines Sportlers. Das schief aufgesetzte Barett verlieh ihm ein soldatisches Aussehen. Der Staatsanwalt war ein begeisterter Bergsteiger, seit seiner Gymnasialzeit Mitglied des Innsbrucker Bergsteigerklubs »Edelweiss« und des »Akademischen Alpenklubs«, für den er mehrere Ski- und Bergführer geschrieben hatte, und kannte den Weg von der Dominikushütte nach Breitlahner von zahlreichen Touren. Und er wußte auch bestens Bescheid über die Gefahren der Berge.

Über dem Richtertisch hing ein Bild von Kaiser Franz Joseph, überlebensgroß und in ganzer Figur, ein Überbleibsel aus der Zeit, als hier noch im Namen Seiner Majestät des

Kaisers Recht gesprochen worden war. Nach dem sogenannten »Umsturz« hatten die Behörden angeordnet, den Monarchen mit einer Decke zu verhüllen, um nicht die republikanische Gesinnung zu beleidigen, die nun auch im Innsbrucker Landesgericht Einzug halten sollte, doch im Verlauf der Jahre war die Decke immer schmutziger und unansehnlicher geworden, so daß man sich schließlich entschlossen hatte, den alten Kaiser wieder zu enthüllen. Auf die Idee, das Bild ganz aus dem Saal zu entfernen, war offenbar keiner gekommen, was den Redakteur der sozialdemokratischen *Volks-Zeitung*, der über den Halsmann-Prozeß berichtete, zu einem boshaften Seitenhieb gegen die Innsbrucker Justiz veranlaßte: »Die Figur dient wahrscheinlich nur dem Zwecke, dem Volk zu zeigen, daß hier Justiz von Richtern aus dem Kaiserstaat geübt wird.«

Doch an diesem ersten Prozeßtag achtete niemand auf den mild auf die Menschen herabblickenden Kaiser, weil sich alle auf den Angeklagten konzentrierten, der pünktlich um halb neun in den Saal geführt wurde. Er trug einen Anzug, den einige später als braun beschrieben, andere als grau, dazu eine schwarze Krawatte und am linken Arm einen Trauerflor. Das Publikum und die Geschworenen musterten ihn neugierig – so also schaute ein Vatermörder aus. Ein auswärtiger Gerichtssaalzeichner machte sich ans Werk. Der Reporter des christlichen *Tiroler Anzeiger* glaubte im Gesicht des 22jährigen Studenten einen Zug zu entdecken, »der etwas beinahe Tierisches an sich trägt, der ihn, wie er selbst ahnt, roh erscheinen läßt [...] Aufgeworfene, schwulstige Lippen, auf denen sich ein kärgliches schwarzes Bärtchen um das Dasein streitet, lassen ihn jedenfalls nicht hübsch erscheinen, wenn ihn auch seine Statur und sein schwarzes Haar der Sympathie näher zu bringen versuchen.«

Im Publikum waren auffallend viele gutgekleidete Herren zu sehen, Angehörige der Innsbrucker Intelligenz, Universitätsprofessoren und Juristen, die aus beruflichem Interesse gekommen waren, handelte es sich doch um einen Indizienprozeß, bei dem es um Mord ging; doch sie wollten auch den berühmten Wiener Anwalt Richard Preßburger sehen und in Aktion erleben, der die Verteidigung Halsmanns übernommen hatte. Als Substitut stand ihm der Innsbrucker Anwalt Lehndorff zur Seite. Dem 66jährigen Preßburger, der seine Kanzlei in bester Wiener Lage, am Kärntnerring, hatte, eilte ein hervorragender Ruf als Strafverteidiger voraus, der in zahlreichen scheinbar aussichtslosen Mordprozessen für seine Mandanten Freisprüche erzielt hatte. Einer seiner bekanntesten Fälle war der Prozeß gegen die Bedienerin Franziska Pruscha gewesen, die 1924 wegen Raubmordes an einer Freundin angeklagt worden war. Die 54jährige Wiener Tschechin war beschuldigt worden, die befreundete Witwe eines Postamtsdieners mit einem Kerzendocht erdrosselt zu haben, weil sie sich mit ihr um die Gunst eines jungen Mannes in die Haare geraten war, der bei der Witwe als Untermieter wohnte. Im ersten Prozeß war die Bedienerin schuldig gesprochen und verurteilt worden. Aus dem Gefängnis hatte sie sich dann an den berühmten Strafverteidiger gewandt, der tatsächlich eine Revision des Urteils und in einem zweiten Prozeß im Oktober 1925 schließlich ihren Freispruch erreichte.

Der Fall Pruscha wurde sogar von den österreichischen Anarchisten aufgegriffen, die den Prozeß gegen die aus einfachen Verhältnissen stammende Wiener Tschechin als modellhaftes Beispiel für die Justizbarbarei des Staates anprangerten, die nichts anderes darstelle als eine organisierte Verschwörung gegen das Proletariat. Kurz nach ihrer

Freilassung präsentierte der Anarchist Pierre Ramus, mit richtigem Namen Rudolf Grossmann, anläßlich einer Rede gegen die staatliche Unrechtsjustiz in der Volkshalle des Wiener Rathauses seinen Zuhörern Franziska Pruscha als »den weiblichen Dreyfuß der Republik Österreich«, eine Rolle, für die sich Frau Pruscha, die allgemein als unsympathisch, primitiv und geldgierig beschrieben wurde, freilich denkbar schlecht eignete.

Gegen Franziska Pruscha war ein Indizienprozeß geführt worden, in dem der Staatsanwalt argumentiert hatte, niemand anderer als die Angeklagte käme als Mörder in Frage, nur sie habe Gelegenheit zur Tat gehabt – ähnlich lautete auch die Anklage gegen Halsmann.

Der Prozeß gegen Philipp Halsmann beginnt mit der Verlesung der Anklageschrift. Staatsanwalt Hohenleitner hat alles an Indizien zusammengetragen, was auch nur den geringsten Schatten auf den Beschuldigten werfen könnte, ein mögliches Motiv für den Mord an dem Vater hat er jedoch nicht gefunden, und es scheint auch wirklich keines zu geben. Das allein macht den Fall zur Sensation. Ein Vatermord ohne ersichtliches Motiv, ein Angeklagter, der jede Schuld von sich weist und dabei Rückhalt bekommt von Verwandten und Freunden, die aus dem fernen Riga nach Innsbruck gereist sind. Die Indizien der Anklage stützen sich überwiegend auf die Aussagen von Zeugen, die Philipp Halsmann und seinen Vater auf den Bergtouren im hinteren Zillertal gesehen und gesprochen haben. Der Wirt vom Gasthaus Zur Alpenrose hat ausgesagt, Vater Halsmann habe ausdrücklich auf getrennten Zimmern bestanden, obwohl es nur mehr Zweibettzimmer gab. Vor der Tour auf den Schwarzenstein habe Philipp darauf gedrängt, die Besteigung ohne Führer zu unternehmen. Bergsteiger, die den Halsmanns unterwegs begegnet sind, haben zu Protokoll gegeben, der Vater habe mehrmals gesagt, sein Sohn warte nur darauf, daß er abstürze, um ihn zu beerben, doch diesen Gefallen wolle er ihm nicht tun. Einige Wanderer haben Philipp Halsmann als finster und mürrisch beschrieben, unter ihnen auch der 12jährige Hirtenbub Alois Graus aus dem Schlegeistal, der noch dazu gesehen haben will, wie die beiden Wanderer heftig stritten, was der Junge daraus schloß, daß der eine beim Sprechen heftig gestikulierte.

Am schwersten belasten Philipp Halsmann jedoch seine eigenen Aussagen, daran läßt die Anklageschrift keine Zweifel. Bei der Schilderung des Unglücks habe er sich wiederholt in Widersprüche verwickelt, einmal habe er ausgesagt, er sei hinter dem Vater gegangen (Nettermann), dann wieder vor ihm (Schneider), und auf jeden Fall halte er, im eklatanten Widerspruch zur gesicherten Beweislage, starrsinnig an der Unfallversion fest und behaupte, sein Vater sei herzkrank gewesen und möglicherweise infolge einer plötzlich auftretenden Herzschwäche abgestürzt. Das sei durch die gerichtsärztliche Untersuchung eindeutig widerlegt worden: Alle Blutspuren oben am Weg, im Gras, auf den Büschen und Steinen rührten von menschlichem Blut her, und die Haare, die am gefundenen Stein klebten, stammten nach Untersuchung der Experten vom Toten. Für eine Herzkrankheit hätten die Gerichtsärzte bei der Leichenöffnung keinerlei Anhaltspunkte gefunden. Ihrem Gutachten zufolge sei im übrigen auszuschließen, daß die außergewöhnlich schweren Verletzungen am Schädel durch einen Absturz verursacht wurden: »Die Verletzungen in der rechten Hinterhauptgegend und die Gruppe von Wunden im Bereiche des linken Ohres und hinter demselben rührten zweifellos von wuchtigen Schlägen mit einem harten stumpfen Gegenstand, der wiederholt die bezeichneten Gegenden getroffen hat, her«, heißt es im Gutachten der Ärzte, die das Opfer obduzierten. »Lückenlos schließt sich demnach der Beweis für die Schuld des Sohnes, und seine Behauptung, der Vater sei an der von ihm gezeigten Wegstelle ohne sichtbare Ursache vom Wege abgestürzt und bis zum Bach hinuntergefallen, erweist sich nach dem Ergebnis der genauest geführten Untersuchung als haltlos«, hält die Anklageschrift abschließend fest. Daraus folge, daß Philipp Halsmann seinen Vater vorsätzlich getötet habe.

Der Beschuldigte sitzt während der Verlesung der Anklageschrift gefaßt da und hört aufmerksam zu, von Zeit zu Zeit macht er sich Notizen. Als der Staatsanwalt geendet hat, fragt ihn der Vorsitzende: »Bekennen Sie sich schuldig?«

Halsmann: »Ich glaube, ich brauche auf diese Frage gar nicht zu antworten. Ich bin selbstverständlich vollkommen unschuldig.«

Er verantwortet sich ruhig. In klaren Sätzen erzählt er von seiner Kindheit in Riga, von einer glücklichen Jugend, vom harmonischen Familienleben, von viel Liebe und Verständnis, schließlich von der Reise, die so tragisch enden sollte. Für die Tatsache, daß der Vater auf getrennten Zimmern bestand, hat er eine einleuchtende Erklärung. Der Vater wußte, daß er schnarchte und wollte dem Sohn in Anbetracht der bevorstehenden anstrengenden Bergtour nicht den Schlaf rauben. Übrigens habe nicht er, Philipp, allein vorgeschlagen, die Tour auf den Schwarzenstein ohne Führer zu unternehmen, sondern auch sein Vater und der Münchner Weil, der sich als Begleiter angetragen hatte, wollten anfangs ohne Führer los, weil die Tour im Baedeker als gefahrlos beschrieben wurde. Als ihnen Ortskundige davon abrieten, hätten sie gleich einen Führer genommen.

Als er die Ereignisse schildert, die mit dem Tod seines Vaters endeten, hebt Philipp vor Erregung die Stimme. Er bleibt, trotz der Argumente des Staatsanwalts, bei der Unfallversion: »Ich stehe auf dem Standpunkt und kann auf keinem anderen stehen, weil ich es mit eigenen Augen gesehen habe, daß mein Vater abgestürzt ist. Der einzige Mensch, der das gesehen hat, bin ich allein. Alle anderen können sich irren, nur ich kann mich nicht irren. Das müssen Sie mir glauben!«

Gerichtspräsident Larcher leitet die Verhandlung gelassen und umsichtig, das räumt auch die Verteidigung ein, die zahlreiche Zeugen aufgeboten hat, die über den Toten und den Charakter des Beschuldigten Auskunft geben sollen. Die Richter lassen nur ein paar von ihnen zu. Die Zeugen, auf deren Beeidigung einvernehmlich verzichtet wird, berichten durchwegs nur das Beste über den Angeklagten. Die Mutter spricht über die Herzkrankheit ihres Gatten und sagt dann, Philipp sei immer ein liebevoller, guter Sohn gewesen, der den Vater verehrt habe. Die Schwester beschreibt den Vater als lebhaft und lustig und erzählt, er habe sie und ihren Bruder oft mit den Worten vorgestellt: »Das sind meine Kinder, aber ich bin jünger als sie.« Philipp sei stets ein aufmerksamer älterer Bruder gewesen, der mit dem Vater im besten Einvernehmen lebte. Kollegen von der Technischen Hochschule in Dresden schildern Philipp als guten Freund und stets hilfsbereiten Kameraden. Keiner von ihnen kann glauben, daß er ein Mörder sein soll. Der Studienkollege Maurice Wolff, der Vater und Sohn in Dresden gemeinsam erlebte, nennt das Verhältnis der beiden nicht übertrieben herzlich, aber sehr freundschaftlich. »Mit nicht übertrieben herzlich will ich sagen, daß kein Gefühlsüberschwang herrschte, aber sie achteten und schätzten sich gegenseitig.«

Auch Philipps Dresdener Zimmerfrau, Elisabeth Reichl, ist nach Innsbruck gekommen, um für ihren Untermieter auszusagen. »Er war mein liebster Mieter. Er war sehr taktvoll, studierte fleißig und war sparsam. Mit den Eltern wechselte er wöchentlich Briefe und war immer sehr besorgt, wenn einmal Nachrichten von Zuhause ausblieben.«

Die Staatsanwaltschaft hat ebenfalls viele Zeugen genannt, meist sind es dieselben, die schon in der Anklageschrift zitiert wurden. Hüttenwirte, Bergführer, Gendarmen, Wanderer, die den Halsmanns begegnet sind und ein paar Worte mit ihnen gewechselt haben. Lotte Freisauf aus Innsbruck hat die Halsmanns auf dem Weg vom Furtschaglhaus zur Dominikushütte getroffen: »Der alte Herr war sehr freundlich und hat uns gegrüßt; mir fiel auf, daß der Junge nicht grüßte, ebenso, daß der ältere Herr den Rucksack getragen hat, während der jüngere nur einen Gummimantel hatte. Er hat einen sehr finsteren Eindruck gemacht.«

Philipp Halsmann war Fremden gegenüber generell zurückhaltend, ja schüchtern, ging an diesem Tag mit nacktem Oberkörper, um die starke Akne auf Schultern und Rücken den Sonnenstrahlen auszusetzen, und schlüpfte, als er die Wanderin kommen sah, rasch in seinen Gummimantel. Vielleicht war ihm sein für damalige Verhältnisse unschicklicher Aufzug vor dem hübschen Mädchen peinlich? Vielleicht wollte er auch seinen Ausschlag verbergen? Doch davon sagt er vor Gericht nichts.

Einer der wichtigsten Zeugen der Anklage ist der Lokomotivheizer der Bundesbahn Karl Nettermann aus Mürzzuschlag, der zusammen mit dem Wirt der Dominikushütte, Josef Eder, als erster die Spuren am Tatort in Augenschein nahm.

Nettermann: »Die Blutspur lag am Weg, und der Weg

war mit den Schuhen vertreten – ganz die Spur der Schuhe Halsmanns, mit den eigenartigen weit abstehenden Nägeln – und einige kleine weiße Teilchen waren zu finden. Wir wußten nicht, was das ist. [...] Wie wir so umher suchten, trafen wir eine Spur, die knapp bis an den Rand vom Weg hinunterging.«

Vorsitzender: »Wie war diese Spur?«

Nettermann: »Das Gras war gedrückt, eine Schleifspur.«

Vorsitzender: »Konnte das nicht von den Rucksäcken sein?«

Nettermann: »Da müßte das Gras, wo die Rucksäcke nicht lagen, in der Höhe gewesen sein, aber das war nicht der Fall.«

Vorsitzender: »Hatte die Spur einen einheitlichen Zug oder war sie unterschiedlich?«

Nettermann: »Es war alles ein Zug bis hin zur Ecke.«

Vorsitzender: »Wie war das Blut?«

Nettermann: »Ich habe genau gesehen, es war geschliffen, streifenartig. Die Blutspuren gingen alle streifenartig hinunter bis zur Mauer, wo man an spitzigen, vorstehenden Steinen genau Haare und Blut sah. Wir haben daraufhin so gesprochen, und der Wirt meinte: ›Ob der ihn nicht angeschossen hat, ich traue ihm nicht.‹ Wir suchten so weiter und gingen die Schleifspur wieder zurück, und da traf der Wirt auf einen Stein; er gab das Gras voneinander und sagte: ›Na, was ist das? Sie, daß Sie mir nicht mehr weggehen von der Stelle!‹ Die Stelle war mit Blut sehr getränkt, und ich habe den Stein genommen und daran Blut, Haare und ganz winzige kleine Teilchen gesehen. Und da sagte der Wirt zu mir: ›Ich mache Sie aufmerksam, hier liegt Mordverdacht vor.‹«

Die Verteidigung beantragt einen Lokalaugenschein. Der Staatsanwalt hat nichts dagegen einzuwenden, weist jedoch darauf hin, daß der Weg von der Dominikushütte nach Breitlahner unter einer dicken Schneedecke liegt. Außerdem ist in der Gegend eine neue Hütte gebaut worden, das Friesenberghaus, weshalb der Saumweg zur Dominikushütte verbreitert wurde, um den Transport des Baumaterials zu erleichtern. Der Vorsitzende stellt klar, er müsse den Prozeß bis Juni nächsten Jahres vertagen, falls Verteidigung und Anklage auf dem Lokalaugenschein beharrten. Angesichts der drohenden Verzögerung protestiert der Angeklagte, der seit zwei Monaten in Untersuchungshaft sitzt, vehement gegen einen Lokalaugenschein und erklärt, er wolle versuchen, mit Hilfe von Photographien alle Indizien, die gegen ihn vorgebracht wurden, zu entkräften. Zu den Geschworenen gewandt sagt er: »Ich will nicht nur, daß Sie mir glauben, daß ich meinen Vater nicht umgebracht habe, sondern ich bin auch bestrebt, alle Möglichkeiten und Vermutungen zu erklären, wie das Unglück geschehen sein kann.«

Mit seinen minutiösen Erklärungen, die er selbstbewußt vorträgt, redet sich Philipp Halsmann selber ins Unglück. Auf jede Frage antwortet er wie aus der Pistole geschossen, auf alles weiß er eine Antwort, auch wenn diese noch so unwahrscheinlich und konstruiert klingen mag. Als ihn der Vorsitzende fragt, wie er sich die Blutspuren am Weg und am Abhang erkläre, beginnt er zu dozieren, als befände er sich in einer Vorlesung und nicht vor Gericht, wo es darum geht, zwölf einfache Männer aus dem Volk von seiner Unschuld zu überzeugen:

»Ich kann mich nicht mehr erinnern, wie es war. Ich kann nur aus logischen Schlußfolgerungen heraus eine Darstellung geben, wie ich gehandelt haben muß, als ich meinem Vater zu Hilfe eilte. Seinen blutenden Kopf muß ich, da ich nicht Linkshänder bin, mit der rechten Hand gehoben und mit der linken Hand gelegt haben. Die kürzeste Stelle über den Abhang herauf ist die, wo die Blutspur führt. Sicherlich bin ich darum, weil ich rasch Hilfe holen wollte, über diese Stelle zum Weg heraufgestiegen. Ich muß also die Blutspur, als ich über den Hang an dieser Stelle heraufkletterte, durch die Griffe meiner blutigen Hände hinterlassen haben. Ich habe zwar in meiner schriftlichen Darstellung des Unfalles, die ich bald nach dem Unfalle anfertigte, behauptet, ich hätte mir die Hände unten am Bach gewaschen. Ich schließe aber heute aus, daß ich mir die Hände wusch, sondern bin jedenfalls mit blutigen Händen – ich hatte ja den blutüberströmten Kopf meines Vaters gehalten – über den Hang hinaufgestiegen. [...] Ich habe dem Untersuchungsrichter, als er mich fragte, wie ich mir die Blutspuren am Hang und am Grase und an dem Stein erkläre, gesagt, ich mache Sie aufmerksam, daß ich an pathologischem Nasenbluten leide. An diesem Tag aber hatte ich kein Nasenbluten. Heute aber glaube ich, daß ich damals doch Nasenbluten gehabt habe, denn zwei Tage später hatte ich in Mayrhofen ohne besonderen Grund wieder Nasenbluten. Dies war jedenfalls ein Rezidiv auf das Nasenbluten zur Zeit des Unfalls. Ein solches Rezidiv pflegt sich nämlich bei mir immer einzustellen, wenn ich kurze Zeit vorher einen Anfall von Nasenbluten hatte.« Und wie erklärt er den blutigen Stein, der als Tatwaffe identifiziert wurde, wird er bei anderer Gelegenheit gefragt. An dem Stein habe er sich vielleicht die blutverschmierten Hände abgewischt, sagt der Beschuldigte. Das klingt ziemlich weit hergeholt, vor allem aber erklärt es nicht, wie die abgequetschten Haare des Toten auf den Stein gekommen sein sollen.

Einige Geschworene schütteln unwillig den Kopf. Sie halten diese in einem einzigen Wortschwall vorgetragenen

Erklärungen für Ausflüchte. Je komplizierter die Sätze werden, die Halsmann formuliert, desto weniger wollen und können sie ihm folgen. Manchen ist die Skepsis direkt ins Gesicht geschrieben. Als der Angeklagte wieder einmal anhand der Photographien demonstriert, wie sich der Absturz des Vaters seiner Ansicht nach abgespielt haben könnte, sagt einer der Geschworenen nur: »Mir machen S' nichts vor, an der Stelle kann man sein Lebtag nicht abstürzen!«

Der Verteidiger bemerkt, daß die Stimmung zunehmend gegen seinen Mandanten umschlägt. Er versucht, ihn zu bremsen, seinen Redefluß zu stoppen, doch Philipp winkt unwillig ab und fährt fort. Immer wieder mischt er sich auch in die Befragungen ein, unterbricht seinen Verteidiger, stellt selber Fragen. Er wirkt belehrend, will alles erklären, die Geschworenen von der Richtigkeit seines Standpunktes überzeugen. Dabei hinterläßt er einen überheblichen und arroganten Eindruck, etwa wenn er auf die Geschworenen einredet wie auf verstockte, uneinsichtige Kinder: »Das müssen Sie doch einsehen, wenn es Ihnen vielleicht auch schwerfällt!«

Die Geschworenen haben eine Skizze des Tatorts vor sich liegen, in der die Unglücksstelle mit einem Hakenkreuz markiert sein soll, wie man in Innsbruck hinter vorgehaltener Hand munkelt. Diese Skizze wird später verschwinden, aber das Hakenkreuz hat es wohl wirklich gegeben. Wer es hineingezeichnet hat, konnte nie mehr festgestellt werden. Vermutlich war es ein Gerichtsbediensteter, denn das Hakenkreuz wurde vor der Vervielfältigung in die Skizze gekritzelt. Die Skizze mit dem Hakenkreuz wirft jedenfalls ein bezeichnendes Licht auf das Klima, das in gewissen Kreisen in Innsbruck herrscht. Als der Staatsanwalt den Antrag stellt, den von den Ärzten präparierten Kopf des Ermordeten im

Gerichtssaal vorzuzeigen, verwahrt sich der Verteidiger scharf dagegen, worauf der Gerichtshof den Antrag ablehnt.

»Das hat der Saujud gut gemacht. Sein Klient wäre sonst zusammengebrochen«, hört ein im Publikum sitzender junger Innsbrucker Rechtsanwalt einen Zuschauer murren.

Richard Preßburger, der berühmte Wiener Strafverteidiger, der aus seiner jüdischen Herkunft kein Geheimnis macht, hat in Innsbruck keinen leichten Stand. Allein die Tatsache, daß er aus Wien kommt, läßt ihm breite Ablehnung entgegenschlagen. Das »rote Wien« gilt im konservativen Tirol als Vorposten des Bolschewismus, die Wiener Regierung als jüdisch unterwandert. Unmittelbar nach dem verlorenen Krieg war in Tirol sogar die Forderung »Los von Wien!« laut geworden. Die Stimmung hat sich inzwischen beruhigt, aber beliebt sind die Wiener in Tirol immer noch nicht, Wiener Juden noch weniger. Vielleicht ist manchen Innsbruckern auch noch der Auftritt von Karl Kraus im Februar 1920 in Erinnerung, der in der Tiroler Hauptstadt aus »Die letzten Tage der Menschheit« las, was zu wütenden Protesten gegen die »jüdische Beleidigung des deutschen Volkes in Innsbruck« führte, die wiederum Kraus veranlaßten, seinen Hohn über die reaktionären Tiroler auszugießen. Für das alles steht für viele Tiroler Richard Preßburger, der vor dem Innsbrucker Schwurgericht einen des Vatermordes angeklagten Ostjuden verteidigt. Das erschwert seine ohnehin nicht gerade leichte Aufgabe zusätzlich.

Dazu kommen objektive Fehler und Versäumnisse. Wie sein Mandant hält auch Preßburger die längste Zeit an der Unfallversion fest und versucht immer wieder, diese zu untermauern und harmlose Erklärungen für die verhängnisvollen Blutspuren oben am Weg zu finden. Aus einem anonymen Brief hat der Verteidiger erfahren, daß kurz vor dem Unglück ein Pferd vom Weg von der Dominikushütte nach Breitlahner abstürzte, dessen kopfloser Kadaver noch Tage später im Bach lag. Als er dies in der Verhandlung vorbringt, meldet sich aus dem Auditorium ein pensionierter Beamter, der an jenem 10. September die Unglücksstelle passierte und tatsächlich nicht weit von der Leiche den Pferdekadaver sah.

Verteidiger: »Lag das Pferd ganz nahe bei der Leiche Halsmanns?«

Zeuge: »Ja, ganz in der Nähe.«

Verteidiger: »Und davon hat bis jetzt niemand ein Wort gesprochen! Die getrennten Schlafzimmer in der Schutzhütte wertet man als Belastungsmoment, von dem Pferde ohne Kopf neben der Leiche schweigt man!«

Die Erwähnung des Pferdes ohne Kopf, das in der Nähe der Leiche im Bach lag, löst allgemeine Bewegung im Publikum aus, doch Philipps Situation kann sie nicht verbessern. Der Wirt der Dominikushütte, Josef Eder, der zu dem makabren Vorfall befragt wird, gibt an, das Pferd sei ein paar Tage vorher etwa 60 bis 80 Meter oberhalb der Fundstelle der Leiche in den Bach gestürzt. Den Kopf hätten ihm Jäger auf Geheiß des Fürsten Auersperg abgeschnitten, dem das Pferd gehörte.

Vorsitzender: »Mit der blutigen Schleifspur im Gras kann das Pferd nicht in Verbindung gebracht werden?«

Zeuge: »Auf keinen Fall.«

Erst im Schlußplädoyer läßt der Verteidiger die Möglichkeit anklingen, es könnte tatsächlich ein Verbrechen vorliegen. Aber eben nur die Möglichkeit. Morduch Halsmann sei vielleicht abgestürzt, sein Sohn habe versucht, ihn aus dem Bach zu ziehen und sei dann um Hilfe gelaufen. In der Zwischenzeit könnte ein Landstreicher des Weges gekommen sein, der den Verunglückten entdeckte, berauben wollte und ihn, als er sich wehrte, mit wuchtigen Schlägen mit einem Stein erschlug. Doch diese Wendung kommt zu spät. Die Geschworenen sind nicht mehr bereit, auf die Argumente des Wiener Anwalts zu hören, noch dazu rückt der Beschuldigte selber kein Haar breit davon ab, daß der Vater abgestürzt sei.

Im Plädoyer zählt der Staatsanwalt noch einmal alles auf, was für die Schuld Halsmanns spricht. Er könne zwar keine Zeugen für das Verbrechen aufbieten, doch in diesem Fall redeten die Steine, sagt er, auf den auf dem Richtertisch liegenden Stein deutend, der als Mordwerkzeug diente. Und er endet mit einem beinahe poetischen Bild: »Alle Gewässer des Zillertales reichen nicht aus, um das Blut des Vatermordes von den Händen des Sohnes zu waschen.«

Der Verteidiger führt in seinem Schlußplädoyer beredt Klage über seinen Mandanten, der ihm die Verteidigung so schwer wie nur möglich gemacht habe. »Ich muß gestehen, mir ist ein solcher Angeklagter, der so gar nichts unternimmt, um die Gunst seiner Richter zu erwerben, noch nicht vorgekommen. Ich habe ja geradezu eine Angstneurose gehabt, wenn der Mensch den Mund geöffnet hat. Jeder mußte den Eindruck haben, es schadet ihm. Warum? Er trat eher auf wie einer, der ein Verhör anstellt. Und haben Sie bemerkt, während des Plädoyers des Staatsanwaltes, wenn der Herr Staatsanwalt etwas sagte, was ihm nicht recht schien, daß es nicht möglich war, den Menschen zurückzuhalten? Warum? Weil ich davon überzeugt bin, daß jene Zeugen recht haben, die sagen: Das ist der ehrlichste Mensch, der ihnen je vorgekommen ist. Weil dieser Mensch einer Lüge nicht fähig ist, weil er immer das absolute Recht sucht.«

Hätte der Beschuldigte tatsächlich den Mord begangen, dann hätte er sich angesichts seiner Intelligenz, die ihm keiner abspricht, doch ganz anders, viel geschickter verhalten müssen, er hätte mühelos die Spuren verwischen und den Verdacht von sich ablenken können. Doch er hat nichts dergleichen getan. Wer trotzdem davon überzeugt sei, daß der Angeklagte seinen Vater ermordet habe, der müsse ihn für psychisch abnorm halten.

Philipp springt auf wie von der Tarantel gestochen. »Ich bin nicht wahnsinnig!« ruft er seinem Verteidiger entrüstet zu.

Der macht eine Handbewegung, als wolle er die zornig hervorgestoßenen Worte wegwischen, dann fährt er ruhig fort:

»Welche ungeheure Komödie, welch unglaublich infame Komödie müßte der Angeklagte gespielt haben, wenn er im Bewußtsein des furchtbarsten aller Verbrechen, die man begehen kann, so hätte auftreten können, wo es doch heißt: Allen Sündern wird vergeben, nur dem Vatermörder nicht. Wenn er seinen Vater so gemeuchelt hat, wie der Staatsanwalt sagt, dann muß man mit Schiller von ihm sagen: ›Natur? – ich weiß von keiner.‹«

Die Kollegen in der Zuhörerschaft schmunzeln. Die Schwäche des Wiener Anwalts für Klassikerzitate ist bekannt, kein Plädoyer ohne Goethe oder Schiller. Dr. Preßburger vertritt die Ansicht, daß ein enger Zusammenhang zwischen Rechtsphilosophie und Dichtung besteht, die auf verschiedenen Wegen zu gemeinsamen Erkenntnissen gelangen. Die Werke der großen Dichter befruchten das Recht und werden umgekehrt von diesem befruchtet.

Abschließend geht der Anwalt auf die allgemeine Problematik von Indizienprozessen ein und zählt einige bekannt gewordene Fehlurteile auf, darunter jenes im Fall Pruscha. Alle könnten sich irren, auch die Ärzte. »Außerhalb des Gerichtes irren die Ärzte, nur im Gerichtssaal irren sie nie. Und doch erklären Sie, meine Herren Ärzte, das Wunder von Konnersreuth! Es ist ja da!«

Doch auch die Berufung auf ein Wunder, an das im erzkatholischen Tirol viele glauben, bringt Preßburger den Geschworenen nicht mehr näher.

Staatsanwalt Siegfried Hohenleitner repliziert knapp. Dem Verteidiger eile der Ruf voraus, daß er die Kunst des Redens und Überredens in überragender Weise beherrsche, davon habe man sich überzeugen können. Er selber könne dem nur schlichte Worte entgegenhalten und sich auf Tatsachen stützen. Er habe sich seine Aufgabe keineswegs leicht gemacht: »Ich habe Tag und Nacht darüber nachgedacht, ob sich nicht eine natürliche Erklärung für die belastenden Indizien finden läßt, habe aber keine gefunden«, sagt er am Schluß. Dann gibt er den Geschworenen noch die Möglichkeit eines Totschlags zu bedenken, sie hätten das Recht, eine entsprechende Eventualfrage zu verlangen. Der Gerichtshof hat nämlich nur eine einzige Hauptfrage an die Geschworenen formuliert, und die lautet auf Mord im Sinne der Anklage. Die Geschworenen verzichten auf dieses Recht.

Es ist Sonntag, der 16. Dezember. In Innsbruck wartet man gespannt auf das Urteil. In- und ausländische Journalisten sind gekommen, um über den Sensationsprozeß zu berichten. Im Innsbrucker Triumph-Kino läuft an diesem Tag der Ufa-Spielfilm »Schuldig« an, mit Bernhard Goetzke, Suzy Vernon und Willy Fritsch in den Hauptrollen. Ein schlechtes Omen für Philipp Halsmann.

In seinem Resümee legt der Vorsitzende noch einmal das Ergebnis der viertägigen Verhandlung dar, dann ermahnt er die Geschworenen, bis zum Rand der Gewißheit zu prüfen, ob das, was der Staatsanwalt gegen den Beschuldigten vorgebracht hat, tatsächlich erwiesen ist. Dr. Preßburger wird später einräumen, das Resümee des Verhandlungspräsidenten sei objektiv und von musterhafter Klarheit gewesen. Kurz nach ein Uhr mittags ziehen sich die Geschworenen zur Beratung zurück. Sie brauchen nicht lange. Nach fünfundzwanzig Minuten kommen sie mit dem Ergebnis: schuldig – neun gegen drei Stimmen.

Obwohl der Angeklagte und sein Verteidiger nicht gerade glücklich agierten, haben doch etliche Prozeßbesucher mit einem anderen Ausgang gerechnet. Der Angeklagte hat sich ungeschickt verteidigt und wirkte vielleicht auch nicht gerade sympathisch, aber ist er deshalb gleich schuldig? Ist es dem Staatsanwalt tatsächlich gelungen, alle Zweifel an Philipps Schuld auszuräumen? Vor allem aber, wo ist das Motiv? Haben nicht alle Zeugen der Verteidigung den lauteren Charakter des Beschuldigten und seine liebevolle Beziehung zum Vater betont? Im Gerichtssaal kommt es zu tumultartigen Szenen. Es hagelt Pfuirufe, Pfiffe gellen. »Justizverbrechen!« Die Mutter des Angeklagten bricht zusammen, die Schwester wird von Weinkrämpfen geschüttelt. Der Angeklagte ruft den Geschworenen zu: »Ihr begeht einen Justizmord!« Der Vorsitzende versucht vergeblich, sich Gehör zu verschaffen. Der Angeklagte ruft immer wieder: »Ich bin unschuldig!« Der Vorsitzende droht, durch die anwesenden Gendarmen den Saal räumen zu lassen: »Wer eine strafbare Handlung begeht, wird sofort verhaftet!« Die Protestrufe gehen weiter, selbst anwesende Universitätsprofessoren äußern lautstark ihren Unmut. Der Vorsitzende springt auf und schreit: »Ruhe, hier ist Justiz!« Der Angeklagte schreit zurück: »Nein, hier ist Verbrechen!«

Endlich läßt Gerichtspräsident Larcher den Saal räumen. Bevor der Angeklagte aus dem Saal geführt werden kann, ruft er zur Geschworenenbank hinüber: »Das sind die Mörder!«

Richard Preßburger erhebt Einwendungen gegen den Spruch und ersucht die Berufsrichter, diesen zu überprüfen. Nach kurzer Beratung wird der Einwand abgewiesen. Das Urteil wird verkündet:

»Philipp Halsmann ist schuldig des Verbrechens des Mordes nach §§ 134, 135, Z. 4, Stg., begangen dadurch, daß er am 10. September 1928 am Wege von der Dominikushütte nach Breitlahner im Zillertal gegen Morduch Max Halsmann in der Absicht, ihn zu töten, durch Schläge mit einem Stein, durch Hinabwerfen über einen Abhang auf solche Art gehandelt hat, daß daraus der Tod des Morduch Max Halsmann erfolgte.«

Philipp Halsmann wird zu zehn Jahren schweren Kerkers, verschärft durch einen Fasttag im Jahr, verurteilt. Bei der Strafbemessung wurden das jugendliche Alter, die vollkommene Unbescholtenheit und der gute Leumund als mildernd angenommen. Zurück in seiner Zelle, verübt der Angeklagte einen Selbstmordversuch, indem er von einem Bleistiftspitzer die Klinge abschraubt, um sich damit die Pulsadern aufzuschneiden. Ein aufmerksamer Justizwachebeamter kann verhindern, daß sich Halsmann ernsthaften Schaden zufügt.

SIEBENTES KAPITEL

Die Nachricht von Philipps Selbstmordversuch erreichte Dr. Preßburger in seinem Hotel, wohin er sich zurückgezogen hatte, um nach den Strapazen der vergangenen Tage auszuruhen. Beim Schlußplädoyer hatte er zwei Stunden gesprochen und alle Register seiner Kunst gezogen – und dann dieses Urteil. Obwohl er erschöpft und niedergeschlagen war, eilte er umgehend zum Untersuchungsgefängnis.

Er fand seinen Mandanten gefaßt, aber blaß, mit einem Verband ums Handgelenk. Ein Beamter der Justizwache zeigte ihm die Abschiedsbriefe und das Testament, die Philipp geschrieben hatte. Der Anwalt versuchte dem Verurteilten Mut zuzusprechen, natürlich werde er sofort Nichtigkeitsbeschwerde gegen das Urteil anmelden, und er sei zuversichtlich, daß dieser stattgegeben werde. Philipp war wortkarg und wollte allein gelassen werden. Das Verhältnis zu seinem Anwalt war nicht das beste. Da spielte gewiß der Altersunterschied von 44 Jahren eine Rolle, aber auch das Auftreten des berühmten Verteidigers seinem Mandanten gegenüber. Dr. Preßburger war es nicht gewohnt, daß ihm ein Klient widersprach und während der Verhandlung ins Wort fiel, schon gar nicht, wenn es sich um einen des Mordes angeklagten Studenten handelte. Trotz des allgemeinen Tumults nach der Urteilsverkündung war Philipp nicht entgangen, daß es sein Verteidiger gewesen war, der den Gerichtsvorsitzenden ersucht hatte, ihn aus dem Saal führen zu lassen. Und sein Verteidiger hatte auch verabsäumt, ihn darauf hinzuweisen, daß ihm das Recht auf ein Schlußwort zustand. Aus Preßburgers Sicht war das nur zu verständlich:

Der Beschuldigte hatte immer wieder ungefragt in die Verhandlung eingegriffen und dadurch das Gericht und die Geschworenen gegen sich aufgebracht. In dieser Situation hatte er nicht auch noch ein Schlußwort Philipps riskieren wollen.

In einer improvisierten Pressekonferenz erklärte Dr. Preßburger den zahlreichen Journalisten, die über den Prozeß berichteten, er habe in seiner langjährigen Laufbahn noch nie eine so eindrucksvolle Demonstration gegen ein Geschworenenurteil erlebt, wie diesmal in Innsbruck. Dann holte er zu einem Hieb gegen die Geschworenen aus. Er habe während des Prozesses wirklich alles getan, um sich auf das Niveau der Geschworenen zu begeben und sie von der Unschuld des Angeklagten zu überzeugen, habe jedoch sofort gespürt, daß er tauben Ohren predige. Nicht nur die Geschworenen seien voreingenommen gewesen, sondern auch manche Zeugen, vor allem jene aus dem Zillertal. Glaubwürdige Personen hätten ihm berichtet, die Zeugen aus dem Zillertal hätten auf dem Gang vor dem Verhandlungssaal mehrmals prophezeit, sie würden den Juden schon eintunken. Am Ende wartete Preßburger noch mit einer Überraschung auf. Er wolle eine Gegenjury bilden, an der sich die gesamte Innsbrucker Intelligenz beteiligen solle. Einige Persönlichkeiten hätten sich bereits zur Verfügung gestellt.

Eine dieser Persönlichkeiten, die der Anwalt dabei ins Auge gefaßt hatte, war der bekannte Innsbrucker Strafrechtslehrer Professor Theodor Rittler, der dem Prozeß mit großem Interesse gefolgt war, wenn er auch der Verhandlung nicht an allen vier Tagen beigewohnt hatte. Als Professor Rittler nach der Urteilsverkündung von einem Innsbrucker Journalisten nach seiner Meinung gefragt wurde, sagte er, seiner Überzeugung nach sei der Indizienbeweis nicht lückenlos, das Dunkel, das über der Tat liege, sei in dem Prozeß nicht aufgehellt worden. Er selber hätte nicht den Mut besessen, Halsmann schuldig zu sprechen. Er zweifle jedoch nicht daran, daß die Geschworenen nach bestem Wissen und Gewissen gehandelt hätten.

Professor Rittler war in seiner Stellungnahme vorsichtiger als Preßburger, der sich mit seinen abschätzigen Bemerkungen über das Niveau der Geschworenen in Tirol keine Freunde machte. Ebensowenig mit den Bemerkungen über die Zeugen aus dem Zillertal, mit denen, für jeden erkennbar, nur der Wirt der Dominikushütte, Josef Eder, und der Fügener Sprengelarzt Dr. Raimund Rainer gemeint sein konnten. Die Behauptung, die Zillertaler Zeugen hätten davon gesprochen, sie wollten den Juden schon eintunken, zog sogar eine polizeiliche Untersuchung nach sich, die freilich keine Klärung erbrachte. Immerhin stellte sich heraus, daß die Äußerung nicht im Gerichtsgebäude gefallen war, sondern im Innsbrucker Gasthaus Kasinger, wo allerdings kein Zillertaler, sondern der Geschworene Alois Demetz, Kaufmann in Innsbruck, diese Ankündigung gemacht haben sollte. Das behaupteten zumindest der Buchbindermeister Anton Emberger und seine Gattin Anna, die mit Demetz an einem Tisch gesessen hatten. Das Ehepaar Emberger wurde von der Polizei als »einwandfrei« bezeichnet. Ein weiterer Gast in der Runde, der ebenfalls gut beleumundete Finanzbeamte Josef Vrbic, wollte die inkriminierte Äußerung des Geschworenen nicht gehört haben.

Sogar ein Untersuchungsrichter des Landesgerichts Innsbruck geriet in diesen aufgeregten Tagen wegen einer judenfeindlichen Äußerung in die Akten. Der Mann, dessen Name mit Kichel angegeben wurde, hatte angeblich am Tag der

Urteilsverkündung von seiner Wohnung in der Bürgerstraße aus einen Bekannten auf der Straße angerufen und gefragt, wie der Prozeß ausgegangen sei. Als der Bekannte zum Fenster hinaufrief, der Halsmann habe zehn Jahre bekommen, hatte der Richter angeblich zurückgerufen: »Da werden die Juden ordentlich Owei geschrien haben.«

Wieder zurück in Wien, formulierte Dr. Preßburger in einem Gespräch mit dem Korrespondenten des angesehenen *Berliner Tageblatts*, Heinrich Eduard Jacob, seine Kritik am Wirt der Dominikushütte noch schärfer. Nun bezeichnete er Eder bereits als »den Hauptschuldigen an dem Urteil«. Der Zeuge Eder habe es verstanden, seine nicht nur subjektiven, sondern persönlich interessierten Wahrnehmungen der Geschworenenbank, auf der fast ausschließlich Landleute saßen, als Tatbestand hinzustellen. Das Motiv Eders sei vermutlich darin zu suchen, daß er Weginspektor im Zamsergrund sei und daher sozusagen »auf die Ehre und Gefahrlosigkeit der von ihm bewachten Straße halten müsse«. Aus diesem Grund habe Eder auch sofort Polizei gespielt und den jungen Halsmann als Vatermörder bezeichnet. Und derselbe Hüttenwirt sei es dann auch gewesen, der den mit Blut befleckten Stein »herbeigebracht habe«. Doch auch Philipp Halsmann selber habe durch sein Verhalten während des Prozesses zum Schuldspruch beigetragen. Aus seiner philosophischen und grüblerischen Mentalität heraus habe der junge Student die bäuerlichen Geschworenen hochfahrend behandelt, und er habe auch oft mit großer Beredsamkeit die Führung der Verhandlung an sich gerissen. Kurz, seine Intelligenz sei ihm zum Verhängnis geworden. Dennoch mache nur der »in der Atmosphäre des Gerichtssaales waltende Antisemitismus« das Urteil verständlich, sagte Preßburger. Sogar er selber hätte sich in Innsbruck nicht sicher fühlen können und sei von Innsbrucker Honoratioren gewarnt worden, das Gericht ohne Polizeieskorte zu verlassen. Er könne nur hoffen, daß es gelinge, eine zweite Verhandlung der in Innsbruck herrschenden »Hakenkreuzleratmosphäre« zu entziehen, er selber sehe sich jedenfalls außerstande, noch einmal in Innsbruck als Verteidiger aufzutreten, schloß er. Das Gespräch erschien unter dem Titel »Justizmord in Innsbruck?« Allein der Titel löste in der tirolischen Landeshauptstadt helle Empörung aus. Der Theaterkritiker und Feuilletonist Heinrich Eduard Jacob, der seit 1927 in Wien das Mitteleuropäische Büro des *Berliner Tageblatts* leitete, hatte sich damals auch schon als Romanautor einen Namen gemacht. Der jüdische Intellektuelle bezeichnete ebenfalls Halsmann selber als einen der Gründe für das Innsbrucker Urteil. Halsmann habe sich im Gerichtssaal nicht darauf beschränkt, seine Schuldlosigkeit darzulegen, sondern in logizistischer Weise zugleich auch noch den Kriminalisten, den Richter und sogar die Geschworenenbank gespielt, kritisierte Jacob, der das Urteil eine »Katastrophe des überintelligenten Angeklagten im Gerichtssaal« nannte.

Philipp Halsmann war ein begeisterter Leser des liberalen *Berliner Tageblatts*, das er sogar als Untersuchungshäftling abonnierte, sobald ihm der Direktor der »Schmerlinger Alm« das erlaubte. Diese Vergünstigung wurde ihm jedoch erst nach ein paar Wochen Untersuchungshaft gewährt.

In einem Beitrag für die *Neue Freie Presse*, der am 18. Dezember als Leitartikel erschien, kündigte Dr. Preßburger eine sensationelle Wende in dem Fall an. Ihm seien Mitteilungen zugekommen, wonach Zweifel an der Authentizität der am Tatort gefundenen Spuren bestünden, die als beweiskräftige Indizien gegen Philipp Halsmann gewertet worden waren.

Was das bedeutete, war jedem klar, der den Prozeß verfolgt hatte. Die wichtigsten Indizien gegen den Angeklagten waren die auf dem Saumweg von der Dominikushütte nach Breitlahner gefundenen Blutspuren und der blutbeschmierte Stein gewesen, der von den Experten als Mordwaffe bezeichnet worden war. Waren diese Spuren etwa fingiert worden? Wer kam dafür in Frage? Eigentlich nur ein paar Personen, voran der Wirt der Dominikushütte, Josef Eder, und der Zeuge Karl Nettermann. Der Verteidiger äußerte damit einen ungeheuerlichen Verdacht, der, falls er ihn nicht erhärten konnte, auf seinen Mandanten zurückfallen mußte.

Die *Neue Freie Presse* war in der Berichterstattung über den Halsmann-Prozeß federführend. Sie hatte einen ihrer besten Redakteure nach Innsbruck geschickt, Emil Kläger, eine anerkannte Autorität mit langjähriger Erfahrung. Mit seinem 1908 erschienenen Reportagenband »Durch die Wiener Quartiere des Elends und Verbrechens« hatte Kläger eine lebhafte Diskussion in Österreich ausgelöst und in der Folge sogar die Reform des österreichischen Strafrechts beeinflußt. Kläger nahm die Verurteilung Philipp Halsmanns zum Anlaß, um ganz allgemein über eine »Vertrauenskrise des Geschworenengerichts« zu schreiben, die einer dringenden Lösung bedürfe: »Der Prozeß gegen den zweiundzwanzigjährigen Studenten an der Technischen Hochschule in Dresden, Philipp Halsmann, hat gestern ein sensationelles Ende genommen. Das Urteil lautet auf eine Kerkerstrafe von zehn Jahren, es ist also von einer Strenge, die geeignet erscheint, ein junges Leben vollständig zu vernichten, und die um so schwerer in die Waagschale fällt, weil sie sich auf eine schwankende Beweisführung, auf durchaus nicht überzeugende Indizien stützt. Man hat in der letzten Zeit über manchen Wahrspruch der Geschworenen den Kopf geschüttelt und nicht begreifen können, daß geständige oder überführte Mörder aufrechten Hauptes das Justizgebäude verlassen konnten. Nicht weniger befremdend muß aber das gestern in Innsbruck gefällte Verdikt wirken, das gegen eine Gepflogenheit verstößt, weil es ungeachtet aller Bedenken, aller sich aufdrängenden Skrupel mit einer sonst erfreulicherweise nicht gekannten Härte verfährt. [...] nicht nur in Innsbruck, sondern überall, wo das Rechtsempfinden sich regt, wo das Menschenschicksal noch etwas gilt, fragt man sich heut besorgt, ob Philipp Halsmann nicht das Opfer eines schwerwiegenden Irrtums wurde, ob nicht das Gespenst eines Justizmordes drohend und aufwühlend vor uns auftaucht.«

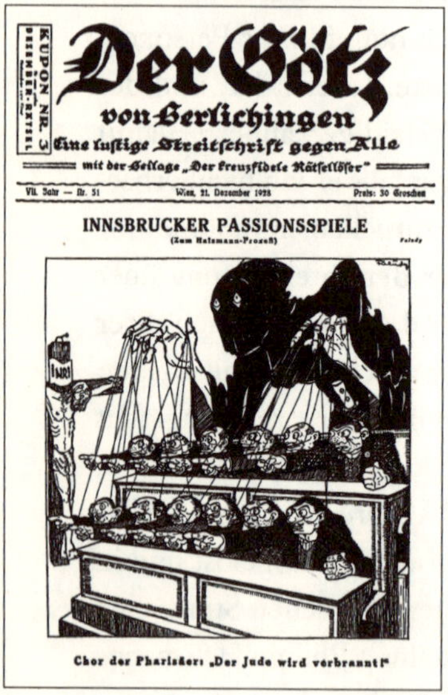

Berichterstattung über den Halsmann-Prozeß

Kläger äußerte keinen Zweifel daran, daß die Innsbrucker Jury ihren Wahrspruch nach bestem Wissen und Gewissen gefällt hatte, stellte aber die Frage, ob die Zusammensetzung der Geschworenenbank wirklich geeignet gewesen sei, der komplizierten Materie gerecht zu werden. »Der Wahrspruch des Innsbrucker Geschworenengerichts trägt unter keinen Umständen dazu bei, die Vertrauenskrise zu mildern, in der sich die Volksjury in Österreich gegenwärtig befindet; sie zwingt vielmehr, erneuert und nachdrücklich die Frage aufzuwerfen, ob das Ausleseverfahren für die Laienrichter nicht doch endlich die oft verlangte Verbesserung erfahren muß. Wir meinen die verstärkte Heranziehung der Intelligenz, die Ausschaltung von Mißverständnissen, die Verhütung, daß mangelnde Einsicht Unheil stiftet. Der Fall Halsmann kann über den Augenblick hinaus noch eine besondere Bedeutung erlangen.« (*Neue Freie Presse*, 17. Dezember 1928)

Klägers Artikel löste auch jetzt wieder eine Diskussion aus, in der sich neben Journalisten und Publizisten auch Juristen und Geschworene zu Wort meldeten. In diesem öffentlich geführten Meinungsaustausch wurde sogar die Forderung laut, die Geschworenengerichte in Österreich ganz abzuschaffen. So weit kam es dann nicht. Ein Kritikpunkt war die Milde, die sogar geständige Mörder vor allem vor Wiener Geschworenengerichten oft fanden. Besonderes Aufsehen hatten die Freisprüche für Otto Rothstock, Mörder des jüdischen Autors und Publizisten Hugo Bettauer, und Oskar Pöffel erregt, einen Journalisten, der einen Kollegen wegen Ehrenbeleidigung geklagt und dann im Gerichtssaal niedergeschossen hatte. Einer der Verteidiger Pöffels war Richard Preßburger gewesen. Am 14. Dezember 1928, zwei Tage vor dem Urteil gegen Halsmann, wurden in Krems eine Frau und ihre beiden erwachsenen Kinder, die gemeinschaftlich den Familienvater, einen üblen Säufer und Tyrannen, erschlagen hatten, unter öffentlichem Beifall freigesprochen. Die *Neue Freie Presse* berichtete darüber unter dem Titel: »Der bejubelte Freispruch von Vatermördern«.

In Wien hatte der Halsmann-Prozeß großes Interesse geweckt. Das Innsbrucker Urteil wurde von den wichtigsten Blättern fast einhellig abgelehnt. »Ein Fehlurteil in Innsbruck?« fragte die *Arbeiter-Zeitung* am 17. Dezember. Das Wiener *Kleine Blatt* äußerte den Verdacht, Halsmann sei zum Verhängnis geworden, daß er in Tirol ein Fremder war, ein

Nichtbodenständiger, der einen fremdklingenden Akzent sprach. Solche Schelte von auswärts hörte man in Tirol nicht gern. Konservative Kreise witterten hinter den kritischen Äußerungen, die sich anfangs gegen die Verurteilung Halsmanns, bald aber gegen die Tiroler Gerichtsbarkeit insgesamt richteten, eine vom »verjudeten roten Wien« aus gesteuerte Kampagne gegen das heilige Land Tirol und reagierten entsprechend erbittert. In Tiroler Zeitungen erschienen zahlreiche Artikel und Einsendungen, die sich jede Einmischung von außen verbaten und die Kritiker scharf aufs Korn nahmen.

»Weil der Angehörige einer bestimmten Rasse und Konfession eines Verbrechens bezichtigt war, stellten sich alle seine Stammesgenossen hinter ihn – um eine Verurteilung abzuwehren«, schrieb ein anonym bleibender »forensischer Praktiker« und forderte, die Beschimpfung der Innsbrucker Geschworenen »aufs allerschärfste« zurückzuweisen: »Es hat beinahe den Anschein, als würden die Tiroler Geschworenen, die getreu ihrem Eid am Sonntag Halsmann schuldig sprachen, weil sie aus dem Beweisverfahren eben zur Überzeugung von seiner Schuld gekommen waren, nun für ihr pflichtmäßiges Verhalten auf eine Stufe gestellt mit jenen Wiener Geschworenen, die trotz Zeugenaussage und Geständnis Mörder frei ausgehen ließen.« (*Tiroler Anzeiger*, 19. Dezember 1928)

»In der Judenpresse ging nach Bekanntwerden des Urteiles ein großes Gejammer los. Man will es nicht wahrhaben, daß es einen jüdischen Vatermörder geben kann. Der Verurteilte ist in den Augen dieser Presseleute natürlich die reinste Unschuld und das Urteil der Geschworenen ein Rechtsirrtum.« (*Alpenland. Die Wochenschrift der Großdeutschen Volkspartei für Tirol*, 21. Dezember 1928)

»Bei uns in den Dörfern heraußen wird über die großen Fragen des öffentlichen Lebens nicht viel gesprochen. [...] Erst der kürzlich in unserer Landeshauptstadt Innsbruck verhandelte Halsmann-Prozeß hat uns diesbezüglich aus den Stauden getrieben. Wie wir Bauern da von den verschiedenen Judenblättern angerempelt wurden, ging über unsere Hutschnur. Die Tatsache, daß damals auf der Geschworenenbank größtenteils Landleute saßen und nach einer lückenlos geschlossenen Indizienbeweisführung ein Jude schuldig gesprochen wurde, genügte dieser Presse, um in gehässigster Weise über uns Tiroler Bauern herzufallen. [...] Wenn man die Berichte aus Wiener Schwurgerichten liest, findet man alles erklärt. Denn da ist es geradezu an der Tagesordnung, daß Totschläger und Meuchelmörder freigesprochen werden. An den Portalen der Gerichtssäle warten dann schon Buchverleger, Zeitungsleute und Filmunternehmer, die dabei noch gute Geschäfte wissen. Die Verteidiger sehen ihre temperamentvoll vorgebrachten Rechtsverdrehungen mit Freisprüchen ihrer Klienten belohnt und damit ihren Ruhm, ihr horrendes Einkommen in stetem Steigen. Das sind doch Gründe genug, über unsere Tiroler Gerichte, in denen solche Mache scheints nicht einzuführen ist, maßlos loszuschimpfen. Wir aber sind stolz darauf, unbeeinflußbare Volksrichter zu besitzen, deren Rechtsempfinden unbestechlich fest ist, wie der Granit unserer Berge.« (*Die Alpenländische Heimatwehr*, Februar 1929)

In der Tiroler Presse kamen auch kritische Stimmen zu Wort, allerdings nur vereinzelt. Einiges Aufsehen erregte die emotionelle Stellungnahme der Präsidentin des Roten Kreuzes in Innsbruck, Ottilie Stainer, einer stadtbekannten Persönlichkeit, die an allen vier Prozeßtagen im Gerichtssaal anwesend gewesen war und die Verhandlung aufmerksam verfolgt hatte. Dabei war sie zur Überzeugung gelangt, daß die Verdachtsmomente gegen Halsmann nicht ausreichten, um ihn schuldig zu sprechen. Konnte sein Vater nicht auch ganz anders ums Leben gekommen sein, als der Staatsanwalt es dargestellt hatte? War es nicht zumindest denkbar, daß ein Unbekannter den beiden Touristen nachgeschlichen war und, als der Jüngere sich entfernte, Halsmann senior niederschlug, um ihn zu berauben? Mußte man nicht davon ausgehen, daß der Beschuldigte, in begreiflicher und mehr als entschuldbarer Verwirrung, seine Distanz zum Vater falsch einschätzte? Immerhin war der junge Student nahezu fremd im Gebirge. Warum hatten weder Gerichtshof, Staatsanwalt noch Verteidigung beim Prozeß die wichtige Frage gestellt, ob wirklich nur Philipp Halsmann als Täter in Frage kam? Ottilie Stainer zweifelte keinen Moment daran, daß ein Mord begangen worden war – aber nicht von Philipp Halsmann; der wahre Mörder mußte erst gefunden werden.

»In unserem katholischen Lande, dessen Bewohnern kraft dieses Bekenntnisses die Verpflichtung obliegt, den Nächsten zu lieben, wie sich selbst, da kann es nur eines geben: die Wahrheit und volle Klarheit an den Tag zu bringen, auch wenn es sich um einen lettländischen Juden handelt, vor dessen Rassenfremdheit nur der streng objektive Gerichtssaal selbst alle Unterschiede aufhob. Was sich besonders lieblose Jugend an Bemerkungen und Aussprüchen leistete, war kraß, war beschämend.« (*Tiroler Anzeiger*, 17. Dezember 1928)

Die Flut von Artikeln pro und kontra Halsmann in der österreichischen, aber auch internationalen Presse, und vor allem die damit einhergehende Kritik an der österreichischen Gerichtsbarkeit wurde im Wiener Justizministerium mit Sorge registriert. Das Ministerium forderte daher die Innsbrucker Oberstaatsanwaltschaft auf, über die hitzig diskutierte Causa detailliert Bericht zu erstatten. Besonders interessierte in Wien die Frage, was es mit der von vielen Seiten behaupteten antisemitischen Atmosphäre, in welcher der Prozeß angeblich stattgefunden hatte, und mit den Protesten gegen das Urteil auf sich habe. Die Oberstaatsanwaltschaft Innsbruck konnte das Ministerium beruhigen: »Die in einigen Presseberichten, insbesondere in auswärtigen Zeitungen aufgestellte Behauptung, daß im Prozesse Halsmann das Rassenmoment zu Ungunsten des Angeklagten eine Rolle gespielt habe, und daß die Verurteilung Halsmanns nicht nur im Auditorium, sondern in der gesamten Innsbrucker Öffentlichkeit, besonders aber in Kreisen der Intelligenz Empörung ausgelöst habe und als ungerecht empfunden worden sei, ist unrichtig. Das Rassenmoment kam nur insofern zum Ausdruck, daß Verwandte, Freunde und Bekannte der Familie Halsmann in erheblicher Zahl der Verhandlung beiwohnten, schon in deren Verlauf für den Angeklagten Stimmung zu machen suchten und nach dem Wahrspruch der Geschworenen in wüster Weise gegen Gericht und Geschworenenbank demonstrierten. Infolge dieser Demonstration verfiel auch ein anderer Teil des Auditoriums, vornehmlich Frauenspersonen, in einen Humanitätstaumel, in welchen bedauerlicherweise auch einige Persönlichkeiten mitgerissen worden sind. Der weitaus größte Teil der Bevölkerung Innsbrucks, besonders aber auch die Intelligenz, verurteilt aufs entschiedenste diese Demonstrationen und nicht minder die Kritik an dem Wahrspruch der Geschworenen.« (Bericht der Oberstaatsanwaltschaft Innsbruck an das Bundesministerium für Justiz in der Strafsache gegen Philipp Halsmann, 28. Dezember 1928)

Philipp Halsmann bekam in seiner Einzelzelle in der

»Schmerlinger Alm« zunächst gar nicht mit, daß er innerhalb weniger Wochen auf gewisse Weise berühmt geworden war. Er sorgte sich um seine Mutter und seine Schwester, die in Innsbruck ausharrten, um in seiner Nähe zu sein. Er befürchtete, daß seine Freundin Ruth Römer und deren Schwester und Schwager, die ihn vor dem Unglück so gastfreundlich in ihrem Haus am Bodensee beherbergt hatten, seinetwegen Unannehmlichkeiten gehabt haben könnten. Und er versuchte, sich an den erdrückend monotonen Gefängnisalltag zu gewöhnen und an das Essen im Gefängnis. Aus Rücksicht auf die angespannte finanzielle Situation seiner Familie machte er gar nicht den Versuch, die Erlaubnis einzuholen, sich das Essen von draußen bringen zu lassen, und begnügte sich mit der gewöhnlichen Sträflingskost: täglich 450 Gramm Schwarzbrot, morgens eine Suppe, mittags eine Suppe und eine zweite warme Speise, abends 30 Gramm Fett mit 30 Gramm Brot, dazu an Sonntagen 100 Gramm Fleisch in gekochtem Zustand ohne Knochen. Er war vollauf damit beschäftigt, sein bisheriges Leben umzustellen und sich den rigiden Erfordernissen der neuen Umgebung anzupassen. Im übrigen war es ihm verboten, Zeitungsartikel zu erhalten, die seinen eigenen Fall behandelten. Zumindest einen Beitrag, ein Pamphlet eher, bekam er doch zu lesen. Es war ausgerechnet der Hetzartikel eines in Salzburg erscheinenden Naziblattes namens *Der eiserne Besen*.

»Oesterreichs Schande!

Judenmachlojke beim Schwurgerichte in Innsbruck

[...] Die ganze Weltjudenpresse machte in Stimmung für den jungen Judenmörder. Geld wurde gesammelt, um ihm einen ›beriemten‹ Wiener Verteidiger zur Seite zu stellen. [...] Der Schwurgerichtssaal war von Juden aus aller Welt voll, jüdischer Schmus und jüdische Lozelachs durchschwirrten nur so die Luft, als ob man inmitten in Neupalästina wäre. Daß es selbstverständlich an impertinentesten Frechheiten von seiten des angeklagten Judenjünglings nicht fehlte, die nur eine zu milde Zurückweisung erfuhren, kann man sich wohl denken. [...] Die ganze Mischpoche des Angeklagten samt seinen verschiedenen mondänen, halbnackten ›Seelenfreundinnen‹ waren aufgeboten, um für ihn Zeugenschaft abzulegen, da ja doch der erschlagene Tate nicht mehr reden kann und es daher nicht schadet, wenn wenigstens der Junge seinem auserwählten Volke erhalten bleibt.« (*Der eiserne Besen*, Salzburg, 31. Dezember 1928)

Dieser Hetzartikel erschien auch als Sonderdruck, der als Flugblatt verteilt und verschickt wurde. Wer dafür verantwortlich war, daß Philipp diese Schmähschrift in die Zelle bekam, ist unklar. Sein Verteidiger oder sein Vertrauter, Richard Glaser, hätten sich wohl gehütet, so etwas an ihn weiterzugeben. Am ehesten kam ein Justizwachebeamter in Frage, der dem jüdischen Studenten eins auswischen wollte. Es spricht einiges dafür, daß auch der Schriftsteller Ödön von Horváth von dem Pamphlet Kenntnis erhielt. In seinem 1930 erschienenen Roman »Der ewige Spießer« läßt er jedenfalls einen österreichischen Antisemiten während einer Zugfahrt durch Tirol räsonieren: »›Den Halsmann sollns nur tüchtig einsperren bei Wasser und Brot!‹ krähte er. ›Ob nämlich der Judenbengel seinen Judentate erschlagen hat oder nicht, das ist wurscht! Da geht's um das Prestige der österreichischen Justiz, man kann sich doch nicht alles von den Juden gefallen lassen!‹«

Obwohl der Prozeß längst vorbei war, lieferte der Fall Halsmann den Zeitungen weiterhin reichlich Stoff. Das blutige Rätsel vom Zamsergrund hielt die Menschen in seinem Bann. Dunkle Gerüchte tauchten auf und wurden bereitwillig kolportiert, in Ginzling und Umgebung treibe sich ein Mann herum, der sich einmal als Vertreter einer Innsbrucker Privatdetektei ausgebe, dann wieder als reichsdeutscher Korrespondent und von den Leuten Verschiedenes erfahren wolle, was die Angaben der Belastungszeugen im Halsmann-Prozeß in Frage stellen könne. In Innsbruck gab es damals ein paar private Detektivunternehmen, darunter eines, das sich »Sherlok Holmes« nannte, doch ihre Besitzer dementierten unisono, einen Mitarbeiter ins Zillertal entsandt zu haben. Eine Wiener jüdische Wochenschrift setzte sich auf die Spur jenes »rätselhaften Dr. Weil«, der sich den beiden Halsmanns angeschlossen hatte und dann spurlos verschwunden war. Vielleicht war hier die Lösung des Falles zu finden? Wer war dieser Dr. Weil aus München, warum meldete er sich nicht?

Ein paar Monate später tauchte Weil plötzlich aus der Versenkung auf und erklärte alles. Er hatte zur Zeit der Verhandlung kaum Zeitungen gelesen und vom Halsmann-Prozeß gar nichts gehört, oder vielleicht hatte er ihn auch nicht mit der flüchtigen Bekanntschaft im Zillertal in Verbindung gebracht. Jedenfalls war ihm nicht bewußt geworden, daß er zuerst als wichtiger Zeuge und dann schon fast selber als Mordverdächtiger gesucht wurde.

Verschiedene Personen, die in der einen oder anderen Weise mit dem Fall zu tun hatten, erhielten Drohbriefe. Richard Glaser wurde in anonymen Schreiben davor gewarnt, sich weiterhin für den Verurteilten und seine Familie einzusetzen, er habe doch Frau und Kinder, die er gewiß liebe? Doch Richard Glaser ließ sich nicht einschüchtern, er hielt der Familie Halsmann, für die er seit Wochen seine Geschäfte vernachlässigte, weiterhin die Treue und setzte auch seine Besuche im Untersuchungsgefängnis fort. Auch im Landesgericht anerkannte man die selbstlosen Bemühungen Glasers und erteilte ihm die Genehmigung, seinen Schützling zweimal in der Woche im Untersuchungsgefängnis zu besuchen. Drohbriefe bekamen auch Frau Oberst Ottilie Stainer (den Rang verdankte sie der Tatsache, daß sie mit einem Oberst a. D. verheiratet war), die so mutig gegen das Urteil protestiert hatte, und der Wirt der Dominikushütte, Josef Eder, der wichtigste Zeuge der Anklage, der von Richard Preßburger beschuldigt worden war, er trage die Hauptverantwortung für das Urteil gegen Halsmann. Bei Josef Eder traf kurz vor Jahreswechsel 1928/29 ein in Innsbruck aufgegebenes anonymes Schreiben ein, das ein etwas unbeholfenes Gedicht enthielt:

»Hüttenwirt gib nur acht
In der Neujahrsnacht da wird sich's zeigen
Ob unschuldig er tut leiden.
Zeigt sich bei dir der Totengeist
Es dir dann richtig beweist,
daß ungesühnt er noch begraben
und sein Sohn kein Schuld tut haben.
Melde dieses dann sogleich,
sonst bist du selber bald a Leich.«

Josef Eder übergab das eigenartige Schreiben, das er als Morddrohung auffaßte, der Gendarmerie in Mayrhofen, die es nach Innsbruck weiterleitete, von wo es gekommen war. Sonst hatte Eder nichts zu melden, jedenfalls keine Geistererscheinung.

Die Meldungen von dem Fremden, der sich in Ginzling und beim Breitlahner herumtrieb, die diversen anonymen Drohbriefe und das obskure Gedicht angeblich bedrohlichen Inhalts wurden bei Gericht einer eingehenden Prüfung unterzogen und dann als unerheblich abgelegt. Solches Zeug langte bei jedem Mordfall ein, der öffentliches Interesse erregte, und das tat fast jeder. Aufmerksamer wurde da schon ein Konvolut gelesen, das nach den Weihnachtsfeiertagen bei der Staatsanwaltschaft einging. Es handelte sich um die Meinungsäußerungen von vier bekannten Innsbrucker Professoren zum Fall Halsmann, denen ein Begleitbrief von Professor Theodor Rittler beilag.

»Vier Professoren der Innsbrucker Universität haben der Hauptverhandlung gegen Philipp Halsmann wegen des Verbrechens des Mordes im Dezember 1928 als Zuhörer beigewohnt und zwar ordentl. Prof. der Philosophie Dr. Kastil während der ganzen Dauer, ordentl. Prof. der Philosophie und Psychologie Dr. Erismann fast während der ganzen Dauer, ordentl. Prof. des deutschen Rechtes Dr. Kogler fast während der ganzen Dauer und ordentl. Professor des Strafrechtes Dr. Rittler während eines erheblichen Teiles der vier Tage in Anspruch nehmenden Verhandlung.

Obwohl wir vier Kollegen – andere Mitglieder des Lehrkörpers der Universität waren nicht anwesend – zur Zeit des Verfahrens kaum miteinander in Berührung standen, sind wir doch, jeder für sich, zu der übereinstimmenden Meinung gelangt, daß wir als Geschworene den Angeklagten nicht des Mordes schuldig erkannt hätten. Bei der Wichtigkeit des Falles und der Gefahr, daß hier ein Unschuldiger wegen des schwersten Verbrechens verurteilt wurde, das das Strafgesetz aufstellt, halten wir es für unsere sittliche Pflicht, mit unserer Meinung hervorzutreten und die Gründe unserer Überzeugung den Faktoren mitzuteilen, von denen der Fortgang des Prozesses in erster Linie abhängt, der Staatsanwaltschaft und der Verteidigung. Wir bitten, unseren gewiß ungewöhnlichen Schritt nicht als Überheblichkeit auszulegen.

Wir glauben uns frei von dem Dünkel, alles besser zu wissen. Aus uns spricht nur die Sorge, daß im Fall Halsmann ein Fehlurteil vorliegen könnte, das nicht bloß dem Verurteilten, sondern auch der Justiz selbst schwersten Schaden bringen müßte. Dabei ist es uns ein Bedürfnis, auszusprechen, daß nach unserer Meinung, so wie die Dinge lagen, die Anklage gegen Ph. Halsmann erhoben werden mußte, daß alle an der Führung des Prozesses beteiligten Personen, insbesondere der Herr Vorsitzende und der Herr Staatsanwalt, in vollster Objektivität und mit größter Umsicht ihres Amtes walteten, und daß auch die Geschworenen sicher nur nach bestem Wissen und Gewissen geurteilt haben.

Indem wir unsere Meinungsäußerung der Staatsanwaltschaft und der Verteidigung übergeben, stellen wir noch die Bitte, von deren Veröffentlichung durch die Presse absehen zu wollen.

Im Namen der vier Professoren der Universität in größter Hochachtung

Prof. Dr. Th. Rittler

Innsbruck, 24. Dezember 1928«

Die Bitte, die Meinungsäußerungen nicht an die Presse weiterzugeben, war angesichts der aufgeheizten Atmosphäre in Innsbruck verständlich. Geholfen hat sie nichts. Irgendwo gab es eine undichte Stelle. Die Gutachten der vier Professoren erschienen in Auszügen in einer sozialdemokratischen Innsbrucker Zeitung, was die Gelehrten in der Folge zur Zielscheibe wütender Angriffe machen sollte. Professor Rittler, seit 1912 Ordinarius für Strafrecht und Strafprozeßrecht in Innsbruck, nahm in seiner Meinungsäußerung die Lückenhaftigkeit der Beweisführung im Verfahren gegen Philipp Halsmann aufs Korn. Es sei dem Staatsanwalt nicht gelungen, eindeutig zu widerlegen, daß der Mord auch von einem

Dritten hätte verübt werden können, außerdem sei nirgends ein Motiv für die Tat sichtbar geworden. Wenn man schon an der Ansicht festhalte, daß tatsächlich nur der Angeklagte als Täter in Frage komme, dann hätten angesichts der Persönlichkeit des Angeklagten und des fehlenden Motivs Zweifel an seinem Geisteszustand auftauchen müssen. Daher wäre es unumgänglich gewesen, seinen Geisteszustand zu untersuchen.

Dieser Meinung schloß sich auch der Philosoph und Psychologe Professor Theodor Erismann an. Auch er bezeichnete das fehlende Motiv als vorrangigen Grund, an der Täterschaft des Angeklagten zu zweifeln. Wenn er trotzdem ohne jede ersichtliche Veranlassung den Vater erschlagen haben sollte, »ist er ein pathologisches Individuum, das nicht vor die Geschworenen gehörte«, stellte er fest und zeigte sich erstaunt, daß offenbar niemand auf die Idee gekommen war, den Angeklagten auf seinen Geisteszustand zu untersuchen. Aber auch die Indizien, die anscheinend am stärksten gegen den jungen Halsmann sprachen, hätten einer genaueren Prüfung bedurft. »Kann man zum Beispiel der Angabe Philipp Halsmanns absolut trauen, daß er den Vater hinunterstürzen sah? Wenn sein Erinnerungsvermögen für alle Ereignisse nach dem gräßlichen Eindruck an der Leiche des toten Vaters ausgesetzt hat, könnte auch die vorangehende Zeit vom Vergessen betroffen sein, und die Mitteilung, Halsmann habe den Vater stürzen gesehen, nur eine Rekonstruktion darstellen, die sich ihm mit der Kraft einer Erinnerungsvorstellung aufdrängte. Ein Fall, der jedem Psychologen sehr geläufig ist, da er sehr oft vorkommt.«

Vielleicht sei Philipp Halsmann seinem Vater viel weiter voraus gewesen, als er selber annahm, und der Mord sei hinter seinem Rücken geschehen, von ihm unbemerkt, weshalb er dann beim Anblick des blutüberströmten Vaters automatisch an einen Absturz dachte, gab Erismann zu bedenken.

Ähnliche Einwände brachten der Philosoph und Pädagoge Alfred Kastil und der Rechtshistoriker Ferdinand Kogler vor. Der renommierte Brentano-Forscher Alfred Kastil, der aus Prag stammte, wo er in Künstler- und Schriftstellerkreisen verkehrt hatte, wies auf den ungünstigen Eindruck hin, den ein jüdischer Intellektueller wie Philipp Halsmann auf die Tiroler Geschworenen machen mußte: »Er ist von seiner eigenen ›Logik‹ mehr überzeugt als von seinem Gedächtnis. Mir ist dieser Typus des jüdischen Dialektikers von Prag her bekannt. Hier wirkte er vollkommen unverständlich und abstoßend.«

Diese Abneigung dürfe jedoch auf keinen Fall dazu führen, daß Halsmann für einen Mord verurteilt werde, den er von seinem ganzen Charakter her gar nicht begangen haben konnte. Und Kastil kam zur selben Schlußfolgerung wie seine Kollegen: Wenn Philipp geistig gesund war, dann war ein anderer der Mörder, wenn jedoch tatsächlich »Philipp Halsmanns Hand die Mordwaffe geführt hat, dann war es die Hand eines Wahnsinnigen«.

ACHTES KAPITEL

Innsbruck, den 30. Dezember 1928

Liebe Ruth!

Ich liebe und bewundre Dich. Ich finde es ganz unerhört, daß Du gekommen bist, um als Zeugin für mich zu sprechen. Es ist selbstverständlich, daß ich dagegen war. Ich hatte schon früher den Gerichtspräsidenten gebeten, während der Verhandlung Deinen Familiennamen nicht zu nennen, und er hatte den Takt, das anzuordnen. Aber ich weiß, daß man bei Dir eine Haussuchung vorgenommen hat. Vielleicht hast Du auch noch andere Unannehmlichkeiten gehabt? Das betrübt mich sehr, liebe Ruth, und am liebsten würde ich Dich – wenn ich nur wüßte wofür – um Verzeihung bitten. Es ist sogar möglich, daß Deine Schwester und Dein Schwager meinetwegen von der Polizei beleidigt worden sind. [...] Ich habe Dich nur kurz gesehen, aber Du hast mir in dem Pelzmantel, den ich zum ersten Mal sah und der Dir ausgezeichnet steht, wirklich sehr gut gefallen. Auch hat mich gefreut, daß die absolute Herrschaft der Männerhüte ein Ende gefunden hat. Nicht daß ich etwas gegen die Männerhüte gehabt hätte – sie waren hübsch und standen Dir gut – wohl aber gegen den Absolutismus. (Rasseneigenschaft!) Schon damals sagte ich, daß auch Frauenhüte Dir stehen würden. Es war taktlos, aber ich hatte recht.

Und nun drücke ich Dir fest die Hand, liebe Ruth! Ich blicke dabei in Deine ziemlich hellen und recht angenehmen Augen und sage Dir mit ein klein wenig erstaunter Stimme: Du bist ein ganz wundervoller Mensch, Ruth. Wirklich.
Dein Philja.

Innsbruck, den 11. Januar 1929

Liebe Ruth!

Gestern war ein glücklicher Tag für mich. Erstens gab es Fleisch. Zweitens bekam ich einen Brief. Dann kam meine Mutter, Liuba und Gr. (auf der Durchreise), und dann bekam ich noch drei Briefe, von Deiner Schwester, von Wo. und von Dir. […] Warum ich gegen Deine Zeugenaussage war? Sieh, Du bist noch jung und weißt vielleicht nicht, was der Ruf bei einem Mädchen bedeutet. Ich bin um zwei Jahre älter und weiß es. Du siehst also, daß meine Handlungsweise nur selbstverständlich war, Deine aber dagegen nicht. Deswegen habe ich unbedingt recht, meine diesbezüglichen Gefühle zu haben! Und niemand hat das Recht, sie mir zu verbieten! (staccato appassionato:) nein, nein und noch einmal nein! […] Einem hakenkreuzlerischen Blatt (es trägt den kraftstrotzenden Titel ›Der eiserne Besen‹) geht mein Schicksal so nahe, daß es gratis Zettel verteilt und sogar verschickt, in denen es sich meiner sehr herzlich annimmt, mir Komplimente macht und mich ein »grundgescheites Judenjüngel« nennt. Und obgleich ich sein Interesse, seine Teilnahme und seine Würdigung an meiner Person geradezu reizend finde, tritt die paradoxale Tatsache ein, daß mein Glaube an die ›menschliche Gerechtigkeit‹ trotz des kraftstrotzenden Namens gar nicht gekräftigt wird. […] Dein Philja.

Innsbruck, den 12. Januar 1929

Meine liebe Ruth!

Ich habe selten solche Briefe von Dir erhalten wie den letzten. Eigentlich nie. Und eigentlich waren meine Briefe nie so, wie ich es vielleicht wollte. Und fast nie habe ich Dir sagen können, was ich fühlte. Und nie habe ich gewußt, was Du fühltest. Aber auch nie hast Du es gesagt, oder fast nie.

Und so ist die Geschichte meiner Liebe zu Dir eine sehr traurige Geschichte. Ich weiß nicht mal – ich will nichts beschönigen und ganz offen sein – ich weiß nicht, ob es Liebe war. […] Ich sende Dir alle meine Gedanken, Ruth! Ich umarme Dich sehr fest und sehr zärtlich und ich küsse Dich und ich habe Dich sehr sehr lieb. Dein Philja.

Heute habe ich zum letzten Mal meine Mutter und Liuba gesehen, morgen fahren sie weg.

Philipp Halsmann. Briefe aus der Haft an Ruth Römer

Innsbruck, den 16. Januar 1929
Meine sehr liebe Ruth!
Du kannst Dir nicht vorstellen, wie mich Deine Briefe freuen. Erstens überhaupt und zweitens darum, weil sie immer netter und netter werden, so daß ich mich jedesmal über die Steigerung nicht nur unendlich freue, sondern auch staune. […] Man behandelt mich hier sehr gut, so daß ich das Gefühl der menschlichen Würde nicht eingebüßt habe. Und vielleicht ist das auch einer der Gründe der Behandlung. (Du siehst: die seltene Erscheinung einer Schlange, die sich mit gutem Erfolg!!! – in den Schwanz beißt.) Aber wirklich, man ist mehr als korrekt und menschlich, und ich wurde gestern z. B. in eine wärmere Zelle überführt, so daß ich nicht mehr friere. […] Alles Schöne, liebe Ruth! Ich denke oft an Dich! Dein Philja.

Im Winter 1928/29 wurden Tirol und ganz Österreich von einer Rekordkältewelle heimgesucht. Die Zeitungen berichteten Tag für Tag über die katastrophalen Folgen des strengen Frostes: Feuersbrünste brachen aus, weil die Menschen in ihrer Not die Öfen überheizten; es gab Todesfälle durch das Einatmen von Kohlengas beim Versuch, die Räume mit provisorischen Öfen zu heizen; es gab Störungen im Eisenbahnverkehr; in den Städten kam es zu zahlreichen Gasrohrbrüchen; Wasserleitungen platzten, und Brunnen froren ein; Schulen und andere öffentliche Gebäude mußten geschlossen werden, weil sie nicht mehr geheizt werden konnten; in Wien kam es zu einer empfindlichen Kohlenknappheit; die Arbeitslosigkeit erreichte neue Rekordhöhen; obwohl in den größeren Städten Asyle und Wärmestuben eingerichtet wurden, erfroren viele arme und alte Menschen in ihren eisigen Wohnungen oder in Obdachlosenquartieren.

Am 12. Februar wurden am Flugplatz von Innsbruck, in der Reichenau, um 7 Uhr früh 31,5 Grad minus gemessen. Am städtischen Friedhof in Wilten mußten die Gräber mit Hilfe von Dynamit aus dem Boden gesprengt werden, weil der Friedhofsgrund steinhart gefroren war. Die Gemeinderätin Marianne Schneider von der Großdeutschen Volkspartei beantragte die Ausgabe von heißem Tee an die frierenden Obdachlosen und den Ausbau der städtischen Wärmestuben. Der Gemeinderat beschloß Notstandsmaßnahmen gegen die Folgen der sibirischen Kälte. In den Schulen, die noch geheizt werden konnten, wurde den Kindern warme Milch verabreicht.

Auch im 1885 erbauten Innsbrucker Gefangenenhaus, das dem Justizgebäude angeschlossen war, bekamen die Häftlinge die Kälte empfindlich zu spüren. Aus unerfindlichen Gründen war es in manchen Zellen erträglich warm, während in anderen, direkt daneben liegenden Zellen grimmige Kälte herrschte. Philipp Halsmann wurde in dieser Zeit mehrmals verlegt, zuerst kam er von Zelle 44, in der er es warm gehabt hatte, in Zelle 45, in der er jämmerlich fror, und als er über die dort herrschende Kälte klagte, bekam er Zelle 54 zugewiesen, in der es wieder einigermaßen erträglich war. Die ganze Zeit über war er allein in der Zelle, was seinem eigenem Wunsch entsprach.

Mitte Jänner 1929 war Ita Halsmann mit ihrer Tochter nach Riga zurückgekehrt. Philipp hatte sie beschworen, nach Hause zu fahren, um sich dort zu erholen. Der tragische Tod ihres Mannes und der Prozeß gegen ihren Sohn hatten die 48jährige schwer mitgenommen, sie war abgemagert und vorzeitig gealtert. Dazu kam die unsichere finanzielle Situation, in der sich die Familie nach dem unerwarteten Tod des Ernährers befand. Morduch Halsmann hatte als Zahnarzt sehr gut verdient und seiner Familie ein sorgenfreies Leben geboten, doch für die Zukunft hatte er nur ungenügend vorgesorgt. Ita Halsmann hatte keine Ahnung von den finanziellen Verhältnissen, in denen sie ihr Mann zurückgelassen hatte, sie wußte nicht, wie es weitergehen sollte, und wollte sich in Riga mit ihren Verwandten beraten.

Die beiden Frauen fuhren zunächst nach Berlin, wo sie Efim Fuhrmann trafen, den aus Odessa stammenden Verwalter des Zinshauses in der Nettelbeckstraße, das Morduch Halsmann in der Inflationszeit günstig erworben hatte. Wenn Halsmann nach Berlin gekommen war, etwa um sich mit neuen zahnärztlichen Geräten einzudecken, hatte er meist in der Wohnung der Fuhrmanns in der Linienstraße übernachtet, die in ihm einen Freund gesehen hatten, dessen plötzlicher Tod auch für sie eine Tragödie war. Fuhrmann erklärte Ita Halsmann, daß das Haus in Berlin monatlich einen Reinertrag von rund 600 bis 700 Mark abwarf, allerdings war es mit 175 000 Mark belastet. Ita Halsmann fragte, ob sie das Haus nicht verkaufen könne, sie werde bald Geld brauchen, weil der Prozeß Unsummen verschlinge, und schließlich habe sie selber kein Einkommen. Der Verwalter riet von einem Verkauf ab, die Zeiten seien unsicher, man wisse nicht, was morgen mit dem Geld sein werde, Grundbesitz sei immer noch die sicherste Anlage. Er versprach jedoch, genauere Erkundungen einzuholen und mit der Bank zu sprechen.

In Berlin hatten die beiden Frauen noch eine weitere wichtige Verabredung. Sie trafen den Rechtsanwalt und linken SPD-Abgeordneten Kurt Rosenfeld, einen der bekanntesten Strafverteidiger Deutschlands, der unter anderen Rosa Luxemburg, Kurt Eisner und Carl von Ossietzky vor Gericht vertreten hatte. Nach der Revolution von 1918 war er für wenige Monate preußischer Justizminister gewesen. Kurt Rosenfeld war einer der Anwälte der »Roten Hilfe«, einer 1924 gegründeten Organisation, die für die Verteidigung demokratischer Rechte und gegen die Weimarer Klassenjustiz kämpfte. Die Anwälte der »Roten Hilfe«, linke Sozialdemokraten, Kommunisten und Liberale, engagierten sich in politischen Prozessen, aber auch in Kampagnen gegen die Todesstrafe oder ein repressives Sexualstrafrecht. Die Begegnung mit Rosenfeld hatte sein österreichischer Kollege Richard Preßburger eingefädelt, der sich von der Hilfe des prominenten Anwalts einiges erwartete. Rosenfeld hatte in den deutschen Zeitungen schon über den Fall Halsmann gelesen, außerdem hatte ihn Preßburger ausführlich informiert. Wie die meisten deutschen Linken hatte Rosenfeld keine besonders hohe Meinung von den Zuständen in Österreich, wo die arbeiterfeindliche Heimwehr offen nach der

Macht griff. In Tirol wurde die Heimatwehr, wie die Heimwehr dort hieß, noch dazu von Hauptmann Waldemar Pabst organisiert, einer der Mörder von Karl Liebknecht und Rosa Luxemburg und ein notorischer Antisemit. Diese Umstände waren mit ausschlaggebend dafür, daß sich Rosenfeld so lebhaft für den Innsbrucker Prozeß gegen den jungen jüdischen Studenten aus Riga interessierte, in dessen Verurteilung er einen Beweis für den unheilvollen Einfluß der austrofaschistischen Heimwehr sah. Kurt Rosenfeld versprach Ita Halsmann die Unterstützung der »Roten Hilfe«, um die fortschrittliche deutsche Öffentlichkeit für die Sache ihres Sohnes zu mobilisieren. Und tatsächlich war einer der wichtigsten Publizisten, die sich in den kommenden Wochen und Monaten in Deutschland für Halsmann einsetzten, der linke Schriftsteller und Rechtsanwalt Rudolf Olden, ebenfalls ein prominentes Mitglied der »Roten Hilfe«.

In der Untersuchungshaft wurde Philipp Halsmann wieder zu dem, was er schon als Kind gewesen war: ein Bücherwurm. In seiner Zelle stapelten sich die Bände, die er selber bestellte oder von Freunden und Bekannten geschickt bekam. Fast jeden Tag brachte der Aufseher neue Lektüre. Anatole France, Guy de Maupassant, Romain Rolland, Christian Morgenstern, E. T. A. Hoffmann, Gustav Meyrink, Bernard Shaw, Laurids Bruun, Ilja Ehrenburg, Leonid Leonow etc.: das alles las Halsmann bunt durcheinander, viele Bücher in der Originalsprache; von Ruth Römers Schwager, Walter Waentig, erhielt er eines Tages sogar ein Buch über das empfehlenswerte Gymnastiksystem von Müller, um in der engen Zelle seinen Körper zu trainieren, doch er schickte es wieder zurück an den Absender, dieses System habe er schon einmal in Dresden ausprobiert, mit negativem Erfolg.

Wenn er gerade nicht las, dann schrieb er, Gedichte, Prosaskizzen, vor allem aber Briefe, zahllose Briefe, er schrieb beinahe täglich an seine Mutter und an die Freundin, die ebenso eifrig antwortete. Die ausufernde Korrespondenz Halsmanns trieb die Beamten im Innsbrucker Gefangenenhaus manchmal schier zur Verzweiflung, denn sie waren verpflichtet, die ein- und ausgehenden Briefe der Häftlinge zu kontrollieren, und mußten daher täglich die langen Ergüsse des jungen Studenten und seiner Freundin lesen. Die meisten Häftlinge in der »Schmerlinger Alm« schrieben nur wenig, höchstens ein paar Zeilen an die Mutter, an die Frau, an die Geliebte, manche Insassen waren Analphabeten, die waren den zum Zensurdienst eingeteilten Beamten natürlich am liebsten, weil sie keine Arbeit machten. Einer der Justizbeamten ließ einmal Herrn Glaser gegenüber eine Bemerkung über die viele Arbeit fallen, die ihnen die Korrespondenz seines Schützlings bereite, man denke ja nicht daran, ihm das Briefschreiben zu verbieten, Gott bewahre, das könne man gar nicht, als Untersuchungshäftling dürfe er schreiben und Briefe empfangen, so viel er wolle, doch vielleicht könne Herr Glaser wenigstens auf das junge Fräulein einwirken, ihre Schreibwut ein wenig zu bremsen, die Justizbeamten kämen ja kaum mit dem Lesen nach.

Tatsächlich machte Richard Glaser bei Ruth Römers nächstem Besuch in Innsbruck eine Andeutung in diesem Sinn, von der sie Philipp informierte.

Innsbruck, den 7. März 1929

Meine liebe Ruth!
Dein Brief hat mich sehr betrübt. Schau, mein liebes Mädel, Herr Gl. ist ein wundervoller Mensch, aber auch er kann sich manchmal irren. Ich glaube nicht, daß Deine Briefe die

Zensur belästigen, denn gerade Deine Briefe können im Nu überflogen werden, und gerade Deine Briefe bedeuten mir so viel. Es war keine Phrase, als ich heute Herrn Gl. sagte, ich würde lieber einen Tag nichts essen, als einen Tag keine Briefe zu bekommen. Denn Du weißt nicht, was sie mir bedeuten und wie unwesentlich alles daneben ist. Es ist keine Redensart, liebe Ruth, ich habe Deine Briefe sehr, sehr nötig. Denke daran, meine Liebe, denn Du weißt vielleicht nicht, daß man so entgegenkommend war, mir zu sagen, daß die Arbeit des Zensurierens in keinem Verhältnis zu meiner Freude stehe.

Jetzt will ich Dir kurz das Neueste von mir mitteilen, vielleicht weißt Du es schon. Herr Gl. hat mir erzählt, daß meine Mutter und wahrscheinlich auch Liuba nach Wien zur Verhandlung fahren werden. Ruth, es ist eine sehr lange und unangenehme Reise und das beeinträchtigt meine Freude. Auch Herr Gl. fährt nach Wien. Vor allem meinetwegen. Bedenke, mein Liebling, Herr Gl. ist mir ja eigentlich ganz fremd. Es ist ganz unerhört, was er für mich und die Meinen getan hat. Und wenn Du wüßtest, wie nett, und besorgt um jede Kleinigkeit, wie unsäglich freundlich – ich möchte fast sagen liebevoll – er zu mir ist! Als er mir heute von seiner Fahrt nach Wien sagte, meinte ich, es sei ganz wundervoll, was er für mich mache, und er antwortete ganz naiv: ›Warum denn nicht, wenn man es kann?‹ Und weißt Du, Ruth, für dies Wort allein kann man ihn lieben. […] Alles Schöne und nochmals viel Glück Dein Philja.

Am 12. März wurde am Obersten Gerichtshof in Wien die von Dr. Preßburger eingebrachte Nichtigkeitsbeschwerde behandelt. Die Verhandlung mußte im provisorischen Justizpalast in der Herrengasse abgehalten werden, weil die Wiederaufbauarbeiten am traditionellen Gebäude am Schmerlingplatz nach dem Brand vom 15. Juli 1927, zu dem es im Gefolge der Arbeiterdemonstrationen nach den Freisprüchen von Schattendorf gekommen war, noch nicht abgeschlossen waren.

Der Fall Halsmann war längst zu einem internationalen Medienereignis geworden, weshalb der Oberste Gerichtshof für die Verhandlung außergewöhnliche Sicherheitsvorkehrungen anordnete und vor dem Eingang in der Herrengasse eine verstärkte Wache postieren ließ, die alle Besucher genau kontrollierte. Es wurden nur fünfzig Eintrittskarten ausgegeben.

Um halb neun Uhr morgens erschienen Ita und Liuba Halsmann in tiefer Trauer, begleitet vom Bruder des Ermordeten, dem Rigaer Kaufmann Moritz Halsmann. Als auch der Präsident des Obersten Gerichtshofes, Franz Dinghofer, der vor kurzem erst als Justizminister zurückgetreten war, den Saal betrat, ging ein Raunen durch die Zuhörer. Die Nichtigkeitsbeschwerde trug Richard Preßburger vor, der in Begleitung seines Berliner Kollegen Kurt Rosenfeld erschienen war. Die Anwesenheit des berühmten Berliner Anwalts wurde als kleine Sensation gewertet.

Dr. Preßburger brachte vor, daß bei der Verhandlung in Innsbruck wichtige von ihm gestellte Anträge vom Gericht abgewiesen worden seien. So wäre es unbedingt notwendig gewesen, den geforderten Lokalaugenschein durchzuführen. Nur dieser hätte der Verteidigung die Möglichkeit gegeben, die Geschworenen von der vorgefaßten Meinung abzubringen, daß an der Unglücksstelle ein Unfall völlig ausgeschlossen war. Auch habe das Innsbrucker Gericht wichtige Charakterzeugen nicht einvernommen und nur jenen Teil der Korrespondenz zwischen Vater und Sohn Halsmann zugelassen, der gewisse Differenzen zwischen den beiden nahelegte. Dr. Preßburger kritisierte das Gutachten der beiden Gerichtsärzte, wonach die Verletzungen nur auf Schläge zurückgeführt werden könnten, erwähnte die in Innsbruck herrschende Atmosphäre, die wesentlich zu dem ungerechten Urteil beigetragen habe, und legte als Beweis eine eidesstattliche Erklärung des Rigaer Lehrers Arvid Schulz vor, wonach der Zeuge Dr. Raimund Rainer den Hüterbuben Alois Graus im Gang des Innsbrucker Schwurgerichts an der Mutter des Angeklagten vorbeigeführt und dabei gesagt habe: »Bei einem Juden mußt du links halten, bei einem Nichtjuden darfst du rechts halten.«

Zahlreiche Zeugen hätten darüber hinaus bestätigt, daß auch der Kronzeuge der Anklage, der Hüttenwirt Josef Eder, in unmittelbarer Nähe der Geschworenen antisemitische, gegen den Angeklagten gerichtete Bemerkungen gemacht habe.

Weiters stellte Dr. Preßburger fest, daß zwei Geschworene während der Verhandlung mehrmals eingeschlafen seien. Das könne er durch schriftliche Aussagen nachweisen. Einer der Geschworenen sei gleich von mehreren Zeugen beobachtet worden, wie er aufwachte und sich den Schlaf aus den Augen rieb. Schlafende Geschworene, so Preßburger, seien geistig abwesend, während per Gesetz von den Geschworenen zwingend die geistige Anwesenheit verlangt werde.

Der Verteidiger beantragte daher, der Oberste Gerichtshof möge das Schwurgerichtsurteil vom 16. Dezember aufheben und eine neue Verhandlung vor einem anderen Gericht anordnen, wofür er das Landesgericht für Strafsachen Nr. 1 in Wien vorschlug.

Zur allgemeinen Überraschung schloß sich der Generalanwalt der Kritik des Verteidigers in wichtigen Punkten an.

Die Schuldfrage im ersten Prozeß habe sich vor allem auf die Ergebnisse des Lokalaugenscheins und das ärztliche Gutachten gestützt, das aber keine deutliche Sprache spreche. Einerseits führe das Gutachten der sachverständigen Ärzte aus, daß die Verletzungen des Toten nicht durch einen Absturz, sondern nur durch Schläge gegen den Kopf herbeigeführt worden sein könnten, andererseits sage es aber, daß die tiefe Wunde an der Stirn nicht mit dem gefundenen Stein beigebracht worden sein könne. Hier klaffe eine Lücke, weshalb eine Überprüfung des Gutachtens geboten erscheine. Selbst wenn das Gutachten richtig sei, könne die Tat ebensogut Totschlag wie Mord sein. Zeit und Ort der Begehung der Tat würden jedenfalls nicht für einen vorgefaßten Mord sprechen. Weiters wäre es wohl geboten gewesen, auch die von der Verteidigung beantragten Zeugen über das mangelnde Interesse des Angeklagten am Tode des Vaters und über die Krankheitserscheinungen des alten Halsmann zu hören. Das Gericht habe zwar die Mutter des Angeklagten und seine Schwester sowie zwei weitere Zeugen dazu vernommen, doch die Zurückweisung der anderen angebotenen Zeugen sei nicht am Platz gewesen, weil man schließlich nicht voraussehen konnte, ob nicht gerade diese Zeugen Eindruck auf die Geschworenen gemacht hätten. Den Vorwurf, wonach mehrere Geschworene während des Prozesses geschlafen hätten, wies der Generalanwalt als unerheblich zurück, denn dies sei zum einen nicht zweifelsfrei erwiesen und zum anderen stelle nur die nicht vollzählige Besetzung der Geschworenenbank einen Nichtigkeitsgrund dar.

Abschließend beantragte der Generalanwalt, der Beschwerde des Verteidigers stattzugeben, das Urteil aufzuheben und die Sache zur neuerlichen Verhandlung an die erste Instanz zurückzuverweisen.

Der Oberste Gerichtshof folgte den Anträgen und hob das Geschworenenurteil vom 16. Dezember 1928 auf. Gleichzeitig ordnete es eine neuerliche Verhandlung in Innsbruck an. Als Begründung für diese Entscheidung wurde das ärztliche Gutachten genannt, das tatsächlich einige dunkle Stellen enthalte und eine Überprüfung notwendig erscheinen lasse. Den Vorschlag Dr. Preßburgers, die Causa an ein anderes Gericht zu delegieren, lehnte der Kassationshof jedoch ab. Dafür sahen die obersten Richter keine Notwendigkeit.

Diese Entscheidung wurde in Innsbruck mit großer Genugtuung aufgenommen, weil man darin eine Anerkennung der Objektivität der Tiroler Gerichtsbarkeit und der korrekten Durchführung der ersten Verhandlung sah. Nur im Innsbrucker Institut für Rechtsmedizin reagierte man verärgert über die Kritik der obersten Richter am Sachverständigengutachten. Der 50jährige Institutsvorstand Professor Karl Meixner, selber aus Wien gebürtig, nahm die beiden Assistenzärzte, die das kritisierte Gutachten erstellt hatten, in Schutz und bescheinigte ihnen, sie hätten saubere Arbeit geleistet, das werde sich bei einer nochmaligen Untersuchung, die er persönlich leiten wolle, gewiß bestätigen.

Philipp Halsmann blieb auf Weisung des Obersten Gerichtshofes in Untersuchungshaft, weil eine Enthaftung angesichts der Schwere des ihm angelasteten Verbrechens nicht in Frage kam. Obendrein war er Ausländer und hatte keinen ordentlichen Wohnsitz in Österreich.

Innsbruck, den 14. März 1929

Meine liebe Ruth!

Man soll nicht ›hopp‹ sagen, bevor man nicht gesprungen ist. Ich habe Dir einen so hoffnungsvollen Brief geschrieben, und gestern erfuhr ich, daß die Sache nach Innsbruck rückverwiesen ist. Das gibt allem ein ganz anderes Gesicht, und das Thermometer meiner Stimmung hat wieder den Nullpunkt erreicht. Heute habe ich Mama und Liuba wiedergesehen. Mama sieht noch immer sehr schlecht aus, aber Liuba hat sich in Riga erholt. Ich habe Liuba 2 Monate nicht gesehen. Sie ist reizend, und ich habe sie sehr gern. Sie bleiben einige Zeit hier. Wieder meinetwegen allein und in der Fremde! Es ist schön und zugleich traurig. Herr Gl. war auch in Wien. Der Mann ist unerhört!

Im Keller war es totenstill und absolut nichts zu tun. Ich deklamierte laut und sehr ausdrucksvoll Gedichte. Aber ich habe ein sehr schlechtes Gedächtnis. Ich kenne drei russische von Lermontow, kein einziges deutsches, ein französisches von Géraldy. Außerdem kenne ich ca. 10–12 meiner Gedichte auswendig. [...] Ich wünsche Dir alles Schöne und Angenehme. Ich umarme Dich sehr herzlich und fest. Dein Philja.

Philipp Halsmann war im März 1929 vom Direktor des Innsbrucker Gefangenenhauses zu vierzehn Tagen Dunkelhaft verurteilt worden, weil er sich von einem anderen Häftling einen Zeitungsausschnitt – vermutlich seine Revisionsverhandlung betreffend – hatte zustecken lassen. Das wurde entdeckt und als schweres Vergehen gegen die Gefängnisordnung geahndet. In der Korrektionszelle im Keller befand sich nichts außer einem hölzernen Bettgestell, und auch der Häftling durfte nichts bei sich haben, kein Papier, kein Schreibzeug, keine Bücher, und er durfte auch keine Briefe empfangen. Am dritten Tag ersuchte Philipp den Direktor, ihm die restliche Strafe bedingt zu erlassen, was auch gewährt wurde, weil er sich bis dahin ordentlich geführt hatte.

In der Haft schrieb er neben zahllosen Briefen auch Gedichte, von denen er einige an seine Freundin Ruth Römer sandte. Am besten gefiel ihm selber ein Gedicht, das er ihr am 19. Februar 1929 schickte:

»Auf meinem Bauche wachsen Haare. –
Wer weiß warum?
Ich komm darüber nicht ins Klare
Und weine stumm.

Ich wühl in meines Bauches Haaren
In tiefem Schmerz.
Von dem Zuviel des Sonderbaren
Zerreißt mein Herz.

Die Seele stirbt und sucht das Wahre
Und leidet stumm.
Auf meinem Bauche wachsen Haare. –
Wer weiß warum? …«

Mit diesem Gedicht war er nach eigenem Bekunden »fast ganz zufrieden. Es ist technisch gut, und inhaltlich ist es bei seiner unerhörten Sinnlosigkeit unsäglich tief und ergreifend.«

NEUNTES KAPITEL

Als der Innsbrucker Anwalt Dr. Franz Pessler am Dienstag den 20. März in seiner Kanzlei in der Anichstraße die Morgenzeitung aufschlug, suchte er, wie gewöhnlich, als erstes die Rubrik Gerichtssaal, um sich über die Neuigkeiten in seinem Beruf zu informieren. An diesem Tag erwartete ihn eine Überraschung. Einer kurzen Notiz entnahm er, daß er die Verteidigung beim nächsten Halsmann-Prozeß übernommen habe. Er rief auf der Stelle Dr. Lehndorff, den Innsbrucker Substituten Preßburgers, an und fragte ihn, was diese Meldung zu bedeuten habe, mit ihm habe keiner gesprochen. Lehndorff war bestürzt. Am Vortag hatte in der Wohnung des Innsbrucker Geschäftsmannes Richard Glaser eine Besprechung mit der Mutter und Schwester des Angeklagten stattgefunden, bei der einhellig beschlossen worden war, für den nächsten Prozeß ihn, Dr. Pessler, als Verteidiger zu gewinnen. Wie es geschehen hatte können, daß die Zeitungen verfrüht Wind von der Sache bekommen hatten, konnte sich Lehndorff nicht erklären.

Wenige Stunden später sprach Richard Glaser in Pesslers Kanzlei vor und ersuchte ihn in aller Form, die Verteidigung Philipp Halsmanns zu übernehmen. Pesslers Ärger hatte sich rasch gelegt. Wie jeder andere Innsbrucker Anwalt hatte er den Halsmann-Prozeß aufmerksam verfolgt und insgeheim den Kollegen Lehndorff um die interessante Causa beneidet, über die sogar in ausländischen Zeitungen berichtet wurde. Er sagte daher zu, gab jedoch zu bedenken, daß es in Hinblick auf die Fülle des Materials und die zu erwartende Länge des neuen Verfahrens ratsam erscheine, einen zweiten

Anwalt hinzuzuziehen. Dafür schlug er Dr. Paul Mahler vor, mit dem er häufig zusammenarbeitete. Richard Glaser war einverstanden. Noch am selben Tag gab Pessler dem Vertreter einer Innsbrucker Tageszeitung ein Interview, in dem er versuchte, einiges von dem Porzellan zu kitten, das der Angeklagte und der Wiener Staranwalt mit ihrem Betragen und den Ausfällen gegen die Tiroler Geschworenen und einige Zeugen zerschlagen hatten. Franz Pessler, selber kein gebürtiger Tiroler, sondern in Linz an der Donau als Sohn des Reichstagsabgeordneten Gustav Ritter von Pessler geboren, stellte sofort klar, daß er keinerlei Vorbehalte gegen Tiroler Geschworene habe: »Ich habe wiederholt vor Tiroler Geschworenen verhandelt und sie als gerechte, wohlwollende Richter kennengelernt. Selbstredend darf der Angeklagte sie nicht verletzen und ungebührlich angreifen. Es ist fast menschenunmöglich, daß ein vor den Kopf gestoßener Richter ein objektiver Richter bleibt. Wenn Halsmann sein beleidigendes Wesen ablegt, so wird es ein ruhiges, versöhnliches Verhandeln geben.«

Die Bestellung eines neuen Anwalts war unvermeidlich geworden, weil Dr. Preßburger nach dem überraschenden Ausgang des ersten Prozesses keinen Zweifel daran gelassen hatte, daß er nie mehr in Innsbruck verhandeln wolle. Aber auch Halsmanns Familie hatte, nicht zuletzt unter dem Einfluß Richard Glasers, der als Ansässiger die Atmosphäre in Innsbruck gut einschätzen konnte, schon nach dem ersten Urteil erkannt, daß es besser sei, sich um einen neuen Verteidiger umzusehen, der möglichst nicht aus Wien kommen sollte, um die gereizte Atmosphäre zu beruhigen und allen Vorurteilen gegen das »rote Wien« von vornherein den Boden zu entziehen. Die nötigen Sondierungsgespräche, auch wenn sie noch so diskret erfolgten, konnten in einer

Stadt von der Größe Innsbrucks nicht lange verborgen bleiben, und so war es nicht weiter verwunderlich, daß ein lokales Blatt gleich nach Aufhebung des ersten Urteils meldete, die Familie Halsmanns trage sich mit der Absicht, für die nächste Verhandlung einen »arischen« Innsbrucker Anwalt für die Verteidigung zu gewinnen.

Innsbruck, den 23. März 1929

Meine liebe Ruth!
[...] Mir hat der Frühling einen neuen Verteidiger gebracht. Ich freue mich darüber wie ein Kind. Er ist ein sehr interessanter Mensch, ein ehemaliger Jesuitenzögling. Es tut mir leid, daß ich keine schriftstellerischen Fähigkeiten besitze, an Material fehlt es nicht. – Der neue Verteidiger ist noch jung – 36 Jahre. Er wird in Innsbruck jetzt wegen des schönen Prozesses beneidet und wegen des unangenehmen Angeklagten bemitleidet. – Vorgestern habe ich sehr viel Schlechtes über mich gehört. Ich bin sehr unsympathisch, abstoßend, saugrob usw.!

Der Verteidiger betrachtet es vorläufig als seine vornehmste Pflicht, mich umzubilden, mich sanft wie ein Lamm zu machen. (Lamm – erinnert es Dich nicht auch so anheimelnd an Blumenkränze, Weihgeräuche und Opfergesänge?) [...]

Philipp Halsmann und sein neuer Verteidiger verstanden sich auf Anhieb ausgezeichnet. Pessler fand scheinbar mühelos Zugang zu dem als schwierig und introvertiert geltenden Häftling, der seinerseits rasch Vertrauen zu ihm faßte. Als ihn der Anwalt nach dem ersten Besuch in der Verhörzelle fragte, was er beim nächsten Mal mitbringen solle, bat ihn Philipp – um ein Stück Apfelkuchen. Pessler beschrieb seinen Mandanten später, als er ihn besser kennengelernt hatte, als eine eigentümliche Mischung von Kind und Mann. Besonders bemerkenswert erschien ihm, daß Philipp neben seiner Pritsche immer eine Photographie seines Vaters stehen hatte. Daß ein Mörder es hätte ertragen können, ständig das Bild seines Opfers vor Augen zu haben, war für Pessler völlig undenkbar.

Der Anwalt behandelte den Studenten als ebenbürtigen Gesprächspartner, mit dem er offen die Probleme der Verteidigung diskutieren konnte. Er zeigte ihm das Beweismaterial, darunter die Photographien der schrecklichen Wunden am Kopf seines Vaters, die eindeutig gegen eine Unfallversion sprachen, und erklärte ihm die Blut- und Schleifspuren, die oben am Weg gefunden worden waren. Philipp war entsetzt, doch seine Überzeugung, wonach sein Vater durch einen Absturz ums Leben gekommen sei, ließ sich nicht so leicht erschüttern. Er wendete ein, er habe zur Zeit des Absturzes keine fremden Menschen in der Nähe gesehen, auch nicht, als er sich zu seinem im Bachbett liegenden Vater begeben habe. Pessler kannte dieses Argument bereits aus den Unterlagen des ersten Prozesses. Er blieb ganz ruhig, ging auf Philipps Argumentation ein und versuchte, eine gemeinsame Linie zu finden. Die beiden harmonierten ausgezeichnet, manchmal waren sie, trotz der tragischen Materie, beinahe ausgelassen. Einmal unterhielt sich Pessler mit Philipp unter Aufsicht des Schriftführers über die Stirnwunde, sie rätselten, wie sie zu erklären sei, und versuchten das Gewicht des Steines zu berechnen, der nötig gewesen war, um eine solche Wunde zu schlagen. Sie nahmen die jedem Gymnasiasten geläufige Formel $E = \frac{mv^2}{2}$. Die Wucht, die es brauchte, um einen Stirnknochen zu zertrümmern, war 16 Meterkilogramm. Die Armgeschwindigkeit eines Menschen in knieender Stellung war 8,6 Metersekunden. Die beiden kamen zum Ergebnis, daß ein Stein, der imstande war, eine solche Wunde zu schlagen, 4,3 Kilogramm wiegen müßte. Während sie in ihre Rechnung vertieft waren, betrat Oberlandesgerichtsrat Dr. Josef Ziegler die Verhörzelle. Dr. Ziegler sollte bei der nächsten Verhandlung den Vorsitz führen. Er schaute den beiden eine Weile zu, dann ersuchte er den Anwalt, diese Berechnungen zu unterlassen. Auf die Frage nach einer Begründung erklärte der Richter, es könne sich bei den Formeln schließlich um eine Geheimsprache handeln, in der die beiden verbotene Nachrichten austauschten. Häftling wie Verteidiger konnten sich nur mit Mühe das Lachen verbeißen.

In den nächsten Wochen entfaltete Pessler eine fieberhafte Tätigkeit und deckte das Landesgericht Innsbruck mit neuen Beweisanträgen ein. Zur nächsten Hauptverhandlung sollten alle Leumundszeugen für Philipp Halsmann geladen werden, die schon sein Vorgänger im ersten Verfahren genannt hatte – die meisten waren damals vom Gericht abgelehnt worden. Weiters wollte er die gesamte Korrespondenz zwischen Vater und Sohn, die dem Gericht vorlag, verlesen lassen, nicht nur jene Briefe, die auf ein gestörtes Verhältnis zwischen den beiden hindeuteten. Er beantragte, alle Personen als Zeugen zu laden, die den beiden Halsmanns zwischen dem 8. und 10. September des Vorjahres auf ihrer Tour im hinteren Zillertal begegnet waren, nicht nur jene, die Philipp als mürrisch und abweisend in Erinnerung hatten. Zu diesem Zweck sollte die Gendarmerie neue Erhebungen durchführen, um vielleicht bisher unbekannte Zeugen auszuforschen. Die Beamten sollten nach Möglichkeit alle Personen namhaft machen, die sich im fraglichen Zeitraum im Gebiet des Schwarzensteins, Schönbichlerhorns und Olperers herumgetrieben und in dortigen Gasthäusern oder Schutzhütten Station gemacht hatten, dann sollten sie überprüfen, ob eine dieser Personen im Verbrecheralbum vorkam. Von größter Wichtigkeit erschien ihm in diesem Zusammenhang, das Gipfelbuch vom Schönbichlerhorn einzuholen und dem Gericht vorzulegen. Außerdem hätten sich dem Vernehmen nach in der Zeit um den 10. September in der Nähe der Dominikushütte zahlreiche Arbeiter aufgehalten, die beim Bau einer neuen Hütte und des dorthin führenden Weges beschäftigt waren. Deren Namen sollten ausfindig gemacht, ihre Strafkarten eingeholt und Nachforschungen angestellt werden, ob sich einer von ihnen durch die Ausgabe von Schweizer Franken verdächtig gemacht hatte. Genauso sollte mit den Teilnehmern an der Treibjagd des Fürsten Auersperg verfahren werden, die angeblich am 10. September vorigen Jahres in der Nähe der Dominikushütte stattgefunden hatte.

Der ebenfalls neu bestellte Untersuchungsrichter, Dr. Georg Bickel, gab widerspruchslos allen Anträgen statt und schickte die Ansuchen umgehend an den Gendarmerieposten Mayrhofen weiter, wo die Beamten verständlicherweise wenig Freude damit hatten. Sie hatten bereits geahnt, daß ihnen der komplizierte Mordfall noch einige Arbeit machen würde, aber die Flut von Anträgen der neuen Verteidigung übertraf ihre schlimmsten Befürchtungen. Dabei waren die Gendarmen schon von sich aus aktiv geworden. Am 14. März 1929, einen Tag nach Aufhebung des Ersturteils durch den Obersten Gerichtshof, richtete der Postenkommandant ein Schreiben an die Staatsanwaltschaft Innsbruck, in dem er darauf hinwies, daß »der hiesige Posten« es für sehr wichtig erachte, bei einer neuerlichen Verhandlung gegen Halsmann die Geschworenen zum Tatort zu führen.

Dieser habe sich zwar durch inzwischen durchgeführte Wegausbesserungsarbeiten verändert, doch »der Posten« sei fest überzeugt, »daß wenn der Gerichtshof den ganz bestimmt ungefährlichen Hang in Augenschein genommen hat niemals glauben wird können, daß sich auch bei einem eventuellen Hinunterfallen über den Hang sich derartige Verletzungen wie sie Halsmann aufwies ein Mensch zuziehen kann. Im Interesse der Strafgerichtspflege glaubt der Posten die Staatsanwaltschaft auf diesen Umstand aufmerksam machen zu müssen.«

Staatsanwalt Siegfried Hohenleitner legte das Schreiben wohl amüsiert zu den Akten: Der Stil des Mayrhofner Postenkommandanten ließ einiges zu wünschen übrig, doch er war eifrig bei der Sache.

Die Gendarmen in Mayrhofen kamen in diesen Wochen kaum mehr aus ihren Uniformen. Sie klapperten alle Gaststätten entlang der Straße von Mayrhofen nach Ginzling und weiter zum Breitlahner ab und erkundigten sich nach Unbekannten, die um den 10. September vorigen Jahres eingekehrt waren. Im Weiler Ginzling gingen sie von Haus zu Haus und fragten, wer am 10. September an der Treibjagd des Fürsten Auersperg teilgenommen hatte. Hochgebirgsgendarm Moser schnallte sogar seine Schi an und stieg mit Fellen zum Schönbichlerhorn auf, um zu erkunden, ob das Gipfelbuch geborgen werden könne. Das erschien aussichtslos. Der Gipfel lag unter einer meterhohen Schneewächte begraben, und der Postenkommandant meldete nach Innsbruck, um an das Buch heranzukommen, müßte man diese Wächte entfernen, wofür mindestens zwei Mann, ausgerüstet mit Schi oder Schneereifen, Steigeisen, Eispickel und Schaufeln, nötig wären, und selbst dann wäre ein Erfolg der Aktion noch fraglich. Man müsse damit rechnen, daß das

Buch nicht vor der gänzlichen Schneeschmelze, mit der erfahrungsgemäß erst Mitte Juli zu rechnen sei, beigebracht werden könne. Im Mai war wenigstens der Saumweg vom Breitlahner zur Dominikushütte so weit ausgeapert, daß die Gendarmen auf Verlangen der Verteidigung Nachschau halten konnten, ob es durchlaufende Wege vom Tatort zu jener Stelle gab, wo die Straße zum neu errichteten Friesenberghaus gebaut wurde, das in der Bevölkerung oft die »jüdische Hütte« genannt wurde, weil es von jüdischen Alpinisten finanziert worden war, die in Alpenvereinshütten nicht mehr willkommen waren. Die Gendarmen fanden keine Wege, auf denen ortsfremde Personen durchkommen konnten. Das sei höchstens Ortskundigen, wie etwa heimischen Jägern, möglich, hieß es in einem Bericht nach Innsbruck. Nicht nur die Verteidigung bescherte den Beamten immer neue Aufträge, dasselbe machte die Staatsanwaltschaft, die ebenfalls bestrebt war, neues Beweismaterial zu sammeln, um sich für den zweiten Prozeß zu wappnen.

Oft mußten die Gendarmen auf bloße Gerüchte hin ausrücken. Zum Beispiel war der Staatsanwaltschaft zu Ohren gekommen, das Zimmermädchen Maria Stock, das damals im Gasthof Alpenrose im Zemmgrund in Dienst gestanden hatte, erzähle herum, der alte Halsmann habe zu ihr gesagt, er bestehe auf einem eigenen Zimmer, weil er sich vor seinem Sohn fürchte. Die Gendarmen ermittelten den Aufenthaltsort der Maria Stock und befragten sie zu ihren Äußerungen. Das Zimmermädchen wollte sich allerdings nicht daran erinnern, so etwas erzählt zu haben. Der alte Halsmann habe ihr nur gesagt, er wolle deshalb allein im Zimmer schlafen, weil das Waschen zu zweit zu umständlich sei.

Auch bei den Erhebungen über die Personen, die beim Bau der Straße zum Friesenberghaus beschäftigt gewesen waren, ergaben sich keine neuen Gesichtspunkte. Die Beamten ermittelten, daß der Wegbauunternehmer Friedrich Geisler zur besagten Zeit seine beiden Brüder Andrä und Otto sowie Franz Geisler, Andrä Dornauer, Josef Wegscheider, Josef und Franz Huber, Karl Mitterlehner und Stefan Auer beschäftigt hatte, und entnahmen den jeweiligen Strafkarten, daß von den Genannten drei vorbestraft waren, nämlich der Wegbauunternehmer selber sowie sein Bruder Andrä und der Josef Wegscheider; die beiden Geisler wegen vorsätzlicher leichter Körperbeschädigung, also Raufhandel, und Wegscheider wegen boshafter Beschädigung fremden Eigentums. Daraus ließen sich beim besten Willen keine Verdachtsmomente für den Fall Halsmann ableiten. Auch unter den Treibern und Jägern des Fürsten Auersperg fanden sich ein paar notorische Raufbolde, was im Zillertal nicht als Schande galt, gleichzeitig stellten die Gendarmen jedoch fest, daß die fragliche Treibjagd nicht, wie behauptet, im Zamsergrund, sondern im benachbarten Zemmgrund stattgefunden hatte, also viel weiter weg. Es hätte kein Jäger oder Treiber Gelegenheit gehabt, sich unbemerkt für ein paar Stunden zu entfernen, weil jeder während der Jagd einen festen Platz oder ein bestimmtes Gebiet zugewiesen bekam. Was die Ausgabe von Schweizer Franken oder anderen fremden Valuta betraf, war keine der genannten Personen auffällig geworden. Auch die Durchsicht der Fremdenbücher in den Schutzhütten im Zemmgrund, Zamsergrund und Schlegeisgrund ergab keine neuen Hinweise. In den Tagen im September des Vorjahres hatten meist österreichische und deutsche Bergfreunde in den Hütten übernachtet, dazu ein paar Engländer, ein Schweizer, ein Paar aus Neu-Titschein in der Tschechoslowakei und die beiden Halsmanns aus Riga. Polizeibekannte Verbrecher waren keine darunter.

Es verging kaum ein Tag, an dem beim Gendarmerieposten Mayrhofen nicht neue Anfragen aus Innsbruck zum Fall Halsmann eintrafen. Dabei war es nicht so, daß die Beamten nicht auch so schon genug Arbeit gehabt hätten. Im Zillertal gab es für die Ordnungshüter immer eine Menge zu tun. Die Bauern beklagten sich über die wachsende Zahl von Walzbrüdern und Landstreichern, die in hellen Scharen durch die Tiroler Täler zogen und immer unverschämter wurden, so daß die Frauen oft schon Angst haben mußten, allein auf dem Hof zu bleiben. Ende Februar hatte einer dieser frechen Burschen in der Nähe von Zell am Ziller einer gewissen Anna Schönherr am Heimweg aufgelauert, war plötzlich mit einem Messer aus dem Gebüsch gesprungen und hatte gerufen: »Geld oder Blut!« Die erschrockene Frau hatte ihm ihre Geldtasche vor die Füße geworfen und Reißaus genommen. Der Täter war immer noch flüchtig.

Viel Kopfzerbrechen bereitete den Gendarmen auch der mysteriöse Tod der Maria Gänsluckner, einer 27jährigen Krämerstochter aus Ried, deren Leiche am Ufer des Zillers aufgefunden worden war. Da man nahe der Fundstelle eine Blutlache entdeckt hatte, war zunächst ein Verbrechen vermutet worden. Erst nach langwierigen Nachforschungen fanden die Beamten heraus, daß die Blutspur von einem Viehhändler stammte, der ein totes Kalb von Merz nach Ried getragen und dieses auf dem Steg niedergelegt hatte, um zu verschnaufen. Weil Maria Mutter eines außerehelichen Kindes war, wurde auch der Kindesvater ausgeforscht und streng befragt, doch dieser konnte für die in Frage kommende Zeit ein einwandfreies Alibi erbringen. Die Gerichtskommission kam daher zum Schluß, die Maria Gänsluckner habe aus Gram darüber, daß der Bräutigam das Verhältnis mit ihr gelöst hatte, Selbstmord begangen.

Und dann waren da die Wilderer, seit alters her eine Plage im Zillertal. Vor allem die Jagd auf das begehrte Steinwild hatte in der Vergangenheit so häufig zu blutigen Konflikten zwischen Jägerschaft und Wilderern geführt, daß Bischof Johann Ernst Graf von Thun, der damalige Jagdherr im Zillertal, zu Beginn des 18. Jahrhunderts den Auftrag gegeben hatte, das gesamte Steinwild abzuschießen, weil er es für unvereinbar mit seiner hohen geistlichen Würde hielt, wegen einer eitlen Liebhaberei so viele Menschenleben aufs Spiel zu setzen. Das Steinwild war ausgerottet worden, nicht aber die Wilderei, die sich nun auf Rotwild und vor allem Gemsen verlegte. Am 18. März wurden im Zemmgrund zwei Wilderer aus dem italienischen Pustertal von Jägern gestellt. Da die Wildschützen zu den Waffen griffen, gab einer der Jäger einen Schuß auf sie ab, mit dem er gleich beide traf. Dem einen durchschlug die Kugel den Arm, den zweiten verletzte sie lebensgefährlich. Und wieder mußten die Gendarmen von Mayrhofen ins unwegsame Gelände ausrücken, um den Tatort aufzunehmen und die Spuren zu sichern.

Am 28. Mai saß Dr. Franz Pessler bis in die Abendstunden im Büro und ging mit seiner Kanzleikraft, Mathilde Maier, das umfangreiche Material im Fall Halsmann durch. Um halb acht rief ein Mann an, der sich Rupert Auer nannte und ihn unbedingt sprechen wollte, es gehe um Leben und Tod. Eine halbe Stunde später stand er in der Kanzlei, ein großer Mann, hager, blondes Haar, stechender Blick. Auf Mathilde Maier machte der Besucher einen unheimlichen Eindruck. Auer erklärte, er habe eine wichtige Aussage im Fall Halsmann zu machen, der Angeklagte sei unschuldig, er, Auer, sei in der Lage, ihn zu retten. Ein Freund, den er Alexander Berger nannte, habe mit eigenen Augen gesehen, wie der Wirt der Dominikushütte, Josef Eder, am Mordtag beim Tatort die blutigen Schleifspuren mit dem Fuß erzeugt hatte. Eder sei in der ganzen Gegend als großer Judenfeind bekannt. Einen Tag nach dem Unglück, so Auer, habe er mit seinem Freund den vermeintlichen Tatort aufgesucht. Auer beschrieb ihn, und er schien ihn tatsächlich zu kennen, auch die Wege in der Gegend, er sprach von Schleichwegen, die nur Eingeweihte fänden. Später habe Auer bei Eder zu Hause, in Ginzling, einen Bankdirektor aus Deutschland getroffen, der sich mit Eder über den Fall Halsmann unterhalten habe. Auer wußte über viele Einzelheiten des ersten Prozesses Bescheid und erklärte immer wieder, es sei für ihn eine Gewissenssache, Philipp Halsmann zu entlasten.

Dr. Pessler fragte ihn, ob er bereit sei, seine Aussage vor dem Staatsanwalt zu wiederholen, womit Auer einverstanden war. Am nächsten Morgen erschien er wieder in Pesslers Kanzlei. Gemeinsam gingen sie zu Staatsanwalt Hohenleitner, der mit ihnen zum Untersuchungsrichter wollte, doch der war im Zillertal unterwegs, um Erhebungen durchzuführen. Der Staatsanwalt trug nun Auer auf, nach Mayrhofen zu fahren, wo ja sein Freund Berger wohnte, dort werde der Untersuchungsrichter mit ihnen ein Protokoll aufnehmen. Dann schickte Hohenleitner ein Telegramm an Dr. Bickel, in dem er ihn von der neuen Entwicklung informierte und die Ankunft Auers avisierte. Doch Rupert Auer traf nie in Mayrhofen ein. Ein Alexander Berger war dort unbekannt.

Dennoch wurden wieder die Gendarmen in Trab gesetzt. Sie sollten herausfinden, ob sich im fraglichen Zeitraum ein deutscher Direktor in der Gegend aufgehalten hatte. Postenkommandant Franz Eicher meldete nach Innsbruck, daß keiner in Ginzling etwas über einen Bankdirektor oder auch Schuldirektor wisse, der in Eders Wohnung über den Fall

Halsmann gesprochen habe. Einzig im Gasthaus Altginzling hätten sich in jener Zeit ein gewisser Hans Nieland, Fabrikant, und ein Direktor N. Maier, beide aus Plauen in Deutschland, als Sommergäste aufgehalten, doch sei der Hüttenwirt den beiden deutschen Herren glaubhaft nie begegnet.

Pessler wollte die Spur nicht so leicht aufgeben und engagierte einen Wiener Privatdetektiv namens Leopold Zipperer, der sich in Begleitung seines Gehilfen, Julius Kratky, ins Zillertal aufmachte, um dort Nachforschungen anzustellen. Der pensionierte Polizeibeamte, der eine Detektei im fünfzehnten Wiener Gemeindebezirk betrieb, bemühte sich ebenfalls vergeblich, den geheimnisvollen Rupert Auer oder dessen Freund Alexander Berger ausfindig zu machen. Es gelang ihm nur, einen Peter Auer vulgo Preschmaschuster, Taglöhner, zirka 32 Jahre alt, aus dem Weiler Kasern im Ahrntal gebürtig, auszuforschen, der im Jahre 1923 im Zillergrund einen gewissen Josef Waldner ermordet hatte und seither flüchtig war. Dafür bestätigte Zipperer die Aussagen des Mannes, der sich Auer genannt hatte, wonach es in der Gegend des Tatortes zahlreiche Schleichwege gebe, von denen einige auch zum neu angelegten Weg aufs Friesenbergkar führen sollten. So hatte es sich der Wiener Detektiv jedenfalls von Einheimischen erzählen lassen, selber überprüft hatte er es nicht, was sich später als peinliches Versäumnis herausstellen sollte. Bei seinem Aufenthalt im Zillertal waren Leopold Zipperer und sein Gehilfe verschiedenen zweifelhaften Individuen begegnet, die auf der Suche nach Taglöhnerarbeit durch die Gegend zogen, schrieb der Detektiv in seinem Bericht für Franz Pessler. Mit einigen hatte Zipperer ein Gespräch angeknüpft, wobei sich herausgestellt hatte, daß sie in der Regel aus Südtirol stammten und keine Ausweispapiere bei sich trugen. Auf die Frage, ob sie keine Angst davor hätten, von den österreichischen Gendarmen angehalten zu werden, hätten sie nur gelacht und gemeint, sie bräuchten nur zu sagen, sie kämen aus Südtirol, dann ließe man sie in Ruhe ziehen.

Der Hinweis auf den flüchtigen Peter Auer schien Pessler vielversprechend, weshalb er dem nachging. Tatsächlich hatte im Jänner 1923 ein gewisser Peter Auer unterhalb des Heiliggeistjöchls im Zillergrund den Aufsichtsjäger Josef Waldner aus dem Hinterhalt erschossen. Die Behörden hatten einen Steckbrief gegen ihn erlassen, doch der Mörder war immer noch nicht gefunden.

In den nächsten Wochen ereigneten sich in den Tiroler Bergen zwei aufsehenerregende Raubmorde, denen Touristen zum Opfer fielen. Am 19. Juli 1929 wurde in der Gegend von Brandenberg ein älteres Ehepaar aus Niederösterreich, das sich dort zur Sommerfrische aufhielt, bei einem Spaziergang aus dem Hinterhalt erschossen und ausgeraubt. Anfang Juli wurde ein pensionierter Rechnungsrat aus Berlin auf dem Weg zur Darmstädter Hütte im Arlberggebiet erschlagen – mit wuchtigen Hieben mit einem Stein gegen den Kopf, ähnlich wie im Fall Halsmann. In beiden Fällen konnte der Täter nach wenigen Wochen gefaßt werden. Im Mordfall von Brandenberg wurde ein Bauernsohn aus dem Tiroler Unterland überführt, den die Zeitungen als verwegenen und gefühllosen Burschen beschrieben. Der Mord bei der Darmstädter Hütte konnte einem Wanderburschen namens Alfred Pröller aus der Tschechoslowakei, Sohn eines Polizeiinspektors, nachgewiesen werden.

Der Mord an dem Berliner Rechnungsrat bot heimischen Zeitungen Gelegenheit, wieder einmal das Unwesen der überhand nehmenden Walzbrüder anzuprangern, die im

Sommer 1929 zu Tausenden durch die Tiroler Täler zogen. Eine Innsbrucker Zeitung sprach von ungefähr 150 000 »Wandervögeln« aus Deutschland und Österreich, die allein im August Tirol heimgesucht hatten. Nach einem Bericht der *Tiroler Bauernzeitung* klopften bei manchen Bauern im Unterland täglich zehn und mehr Burschen an, um Arbeit oder etwas Essen zu erbitten, und oft benahmen sie sich dabei sehr keck und anspruchsvoll. »Was haben doch diese Burschen wochen- und monatelang in unseren Tälern herumzuwalzen«, fragte die Zeitung im Namen ihrer bäuerlichen Leser empört und forderte die Behörden auf, endlich energisch Abhilfe zu schaffen.

Internationale Zeitungen nahmen die beiden Morde zum Anlaß, wieder einmal vor den Gefahren für Leib und Leben zu warnen, die nichtsahnenden fremden Touristen in den österreichischen Alpen drohten. »Mordfreiheit in den Bergen«, hieß es in einem Berliner Blatt, und in Tirol hatte man wieder einmal Grund, sich über ungerechtfertigte Angriffe gegen den Fremdenverkehr, den Lebensnerv des Landes, zu entrüsten.

Vor allem der Mord bei der Darmstädter Hütte, der auffällige Parallelen zum Fall Halsmann aufwies, ließ bei Philipps Familie und Freunden kurzfristig Hoffnung aufkeimen, doch der überführte Täter kam für die Tat nicht in Frage. Für Franz Pessler waren die beiden Raubmorde vom Sommer 1929 immerhin ein Beweis, daß Wanderer auf vielbegangenen Wegen meuchlings überfallen, ausgeraubt und ermordet werden konnten, wobei dem Täter auch ein Stein als tödliche Waffe genügte.

Das war hinlänglich bekannt. Alte Zillertaler erinnerten sich mit Schauder an den vierfachen Raubmord, den zwei Handwerksburschen aus München verübt hatten. Die beiden, 17 und 18 Jahre alt, hatten in einem Wirtshaus in Mitterarnbach bei Stumm zwei Frauen und zwei Kinder, eines erst sechs Monate alt, mit eigens zu diesem Zweck mitgebrachten Steinen erschlagen und die Frauen beraubt. Die Täter waren kurz nach der Tat gefaßt und dem Landesgericht Innsbruck überstellt worden. Das war im Jahre 1889 gewesen, aber im Zillertal war die grausige Bluttat noch nicht in Vergessenheit geraten. Der Prozeß gegen »diese religionslosen, blutdürstigen Individuen« vor dem Schwurgerichtshof in Innsbruck war sogar in einem Büchlein dokumentiert worden.

ZEHNTES KAPITEL

Die Suche nach neuen Zeugen und Beweisen hatte kaum etwas zutage gefördert, was die Situation Halsmanns wesentlich verbessert hätte. Dr. Franz Pessler mußte daher nach anderen Möglichkeiten Ausschau halten, um die Unschuld seines Mandanten zu beweisen. Er beantragte ein Gutachten von Psychologen, das klären sollte, ob der Angeklagte bei seiner Wahrnehmung der tragischen Ereignisse, die zum Tod seines Vaters geführt hatten, nicht vielleicht einer Sinnestäuschung erlegen war. Pessler stützte sich dabei auf die Stellungnahme von Professor Theodor Erismann, die der Vorstand des Instituts für experimentelle Psychologie an der Universität Innsbruck zusammen mit drei Kollegen nach dem ersten Urteil der Verteidigung und der Staatsanwaltschaft überreicht hatte.

Pessler zitierte in seinem Antrag auch Professor Theodor Rittler, der dafür plädiert hatte, in Fällen, in denen es um geistig gesunde Menschen ging, den Psychologen und nicht den Psychiater zu Rat zu ziehen.

»Die Frage der Erinnerungslücken und der Erinnerungstäuschungen bei geistig gesunden Menschen gehört in die Kompetenz des Psychologen und nicht in die des Arztes. Die Psychologie ist zwar eine junge, aber trotzdem bereits eine selbständige und als solche heute allgemein anerkannte Wissenschaft. Das Seelenleben des gesunden Menschen fällt in ihr Arbeitsgebiet. [...] Die Zeiten, in denen es noch keine wissenschaftliche Psychologie gab und in denen der Psychiater als einziger sachverständiger Beurteiler in Fragen der Seelenkunde angesehen werden konnte, sind vorbei. Die

Wissenschaft hat sich weiter entwickelt und differenziert. Heute ist der Psychiater nur mehr Fachmann auf dem Gebiete des kranken Seelenlebens. Auf dem Gebiete des gesunden Seelenlebens hat er dem Fachpsychologen weichen müssen. Die Heranziehung von Psychiatern, wo es sich um die Beurteilung gesunder Menschen handelt, ist gefährlich. Denn der Psychiater ist immer auf Krankheitsfälle eingestellt. Er ist bereit, alle Abnormitäten in der Sphäre des Wahrnehmens, Erinnerns, Fühlens, Wollens auf Kosten der Krankheit zu stellen. Umgekehrt ist er gewohnt, den geistig Gesunden als den geistig Vollgültigen zu betrachten und mutet ihm daher ohne weiteres richtiges Denken, richtiges Wahrnehmen, richtiges Erinnern zu. Die Fachpsychologen wissen hier besser Bescheid. Sie haben die Fehlleistungen geistig Gesunder besonders erforscht.«

Der Staatsanwalt lehnte die Beiziehung eines Psychologen als Sachverständigen entschieden ab und verlangte statt dessen ein Gutachten der Medizinischen Fakultät Innsbruck. Ein Fakultätsgutachten also, an dem neben dem Psychiater auch der Chirurg, der Orthopäde, der Frauenarzt und der Zahnarzt mitwirken sollten, wie Pessler diese Forderung spöttisch kommentierte: Halsmann sei aber nicht krank, weshalb Ärzte nicht zuständig seien, schon gar nicht die gesamte Medizinische Fakultät.

Das Gericht schloß sich jedoch der Auffassung der Staatsanwaltschaft an und bestellte ein Fakultätsgutachten. Die Mitglieder der Medizinischen Fakultät verlangten zwar Einsicht in das Gutachten Erismanns, was ihnen gewährt wurde, doch von einer Ladung des renommierten Psychologen sah das Gericht nach wie vor ab. Erismann ließ sich dadurch nicht beirren. Auf Ersuchen Pesslers fuhr er auf eigene Faust ins Zillertal, wo er mit Hilfe eines Assistenten an der

Unglücksstelle Versuche mit einer 80 Kilogramm schweren Puppe unternahm, um herauszufinden, wie lang ein eventueller Mörder gebraucht haben konnte, um den alten Halsmann mit Steinhieben niederzuschlagen, zum Bach zu schleppen und sich dann zu verstecken. Die Versuche ergaben, daß für die Ermordung mit insgesamt siebzehn Schlägen mittels zwei verschiedenen Steinen und für den Raub siebenunddreißig Sekunden genügten, um sich zu verstecken, brauchte man noch einmal zwölf Sekunden, also nicht einmal eine Minute für den ganzen Vorgang.

Neben dem Fakultätsgutachten, das die Möglichkeit einer Sinnestäuschung untersuchen sollte, mußte das Gericht auch ein neues gerichtsmedizinisches Gutachten in Auftrag geben. Schließlich war das erste Urteil wegen Mängeln des medizinischen Gutachtens aufgehoben worden. Als Sachverständige wurden diesmal zwei erfahrene Gerichtsmediziner bestellt: Professor Dr. Karl Meixner, Leiter des Instituts für gerichtliche Medizin in Innsbruck, und Professor Dr. Anton Werkgartner aus Wien.

Im Frühjahr 1929 trat der Fall Halsmann in eine neue Phase: Er beschäftigte eine wachsende Zahl von Gutachtern, die oft gegensätzliche Meinungen vertraten. In der Folge kam es zu einem regelrechten Krieg der Sachverständigen, die heftig gegeneinander polemisierten, wobei sie es auch nicht an ganz und gar unwissenschaftlichen Unterstellungen und persönlichen Seitenhieben fehlen ließen. Es ging vor allem um die Frage, ob Psychiater, also Ärzte, oder Psychologen als Sachverständige herangezogen werden sollten. Während es in Deutschland längst üblich war, Fachpsychologen als gerichtliche Sachverständige zu bestellen, war das in Österreich noch ungebräuchlich, und die Fachärzte für Psychiatrie verteidigten verbissen ihr Monopol bei Gericht.

Naturgemäß spielten in diesem Disput Zeitungen eine wichtige Rolle, die den Konflikt noch weiter anheizten. Einmal wurden die Psychiater von Journalisten als »Narrenärzte« bezeichnet, die von der Psychologie des gesunden Menschen nichts verstünden, dann wieder wurde den Psychologen jegliche Kompetenz für gerichtliche Gutachten abgesprochen. Der Streit zwischen psychiatrischen und psychologischen Sachverständigen, der sich in einer ganzen Reihe wissenschaftlicher Abhandlungen niederschlug, weckte auch das Interesse ausländischer Experten, die für die eine oder andere Seite Stellung bezogen.

Von all dem drang nur ein schwaches Echo in die Einzelzelle im Innsbrucker Gefangenenhaus. Im April 1929 bekam Philipp vom Direktor wieder die Erlaubnis, das *Berliner Tageblatt* zu abonnieren, die ihm ein Monat zuvor strafweise gestrichen worden war. Doch die Seiten mit den Artikeln, die seinen Fall betrafen, wurden vorher sorgfältig entfernt, und bei den Gesprächen mit seinem Verteidiger war stets ein Justizwachebeamter zugegen. Sobald Dr. Pessler vorsichtig andeutete, Philipp sei an jenem Nachmittag des 10. Septembers 1928, als er den Vater stürzen gesehen haben wollte, möglicherweise einer Sinnestäuschung zum Opfer gefallen, reagierte der Häftling abweisend, und das Gespräch begann zu stocken. Dr. Pessler und Professor Erismann, der die Verteidigung unentgeltlich beriet, waren am Verzweifeln. Der Angeklagte schien fest entschlossen, auch im zweiten Verfahren nur bedingt mit seiner Verteidigung zu kooperieren. In den Gesprächen mit Untersuchungsrichter Dr. Georg Bickel, der die neue Voruntersuchung leitete, ließ er sich jedenfalls nichts entlocken, was seiner Verteidigung nützen konnte.

»Wenn ich heute gefragt werde, wie viele Meter mein

Vater zur Zeit des Absturzes von mir etwa entfernt gewesen sein dürfte, so muß ich hiezu sagen, daß ich die bezügliche Entfernung nicht zuverlässig angeben kann. Es kann sein, daß es 7, 10 oder 15 m von mir weg war und kann ich auch die Möglichkeit nicht ausschließen, daß die Entfernung unter 7 oder über 15 m betrug. Wenn ich früher nämlich überhaupt irgendwelche Ziffern angab, so geschah es nur annäherungsweise, was ich auch damals besonders betonte«, sagt der Angeklagte am 8. Mai vor dem Untersuchungsrichter. Dr. Bickel zeigt ihm die Situationsskizze des Tatorts, die am 11. September 1928 angefertigt wurde. Die Lage der Leiche und die verschiedenen am Tatort gefundenen Spuren sind eingezeichnet. Der Angeklagte relativiert nun die damaligen Aussagen ein wenig und beruft sich darauf, diese hätten sich auf konstruktive Erwägungen gestützt.

»Man wird mir zugeben müssen, daß, wenn man auf einer Bergpartie begriffen ist, nicht ohne weiteres wird angeben können, wo man zu einem bestimmten Augenblicke gerade gestanden ist. Die Bestimmung eines solchen Punktes wird sehr schwer fallen und wenn man, wie im gegebenen Falle, die Aufregung noch hinzurechnet, die mich infolge des Unfalles meines Vaters ergriffen hatte, wird man es begreiflich finden, daß Irrungen möglich sind. Die von mir bezeichneten Stellen bei Punkt 8 und Punkt 5 der Skizze sind also nur jene Punkte, wo ich und mein Vater nach meiner Auffassung zur kritischen Zeit gestanden haben dürften. Ob es nun in Wirklichkeit gerade jene Punkte sind, kann ich natürlich nicht mit absoluter Sicherheit behaupten und verweise ich in dieser Richtung auf meine obigen Darlegungen.«

Er will sich nicht genau festlegen, bleibt aber im großen und ganzen bei der Darstellung, die ihm schon im ersten Verfahren zum Verhängnis wurde. Er spricht unbeirrt von einem Unfall des Vaters und von einer Entfernung zwischen sieben und fünfzehn Metern, die ihn vom Vater trennten, vielleicht ein bißchen weniger, vielleicht ein bißchen mehr. Zur Zeit des Absturzes des Vaters habe er keine fremden Menschen in der Nähe gesehen, auch nicht, als er zu seinem im Bachbett liegenden Vater eilte. Wenn die beiden Halsmanns zur Zeit des Unglücks so nahe beieinander waren, kommt ein unbekannter Dritter als Täter nicht in Frage, jedenfalls müßte Philipp diesen gesehen haben.

Auch in der Unterredung mit den Referenten der Medizinischen Fakultät bleibt der Angeklagte bei der Version, sein Vater sei nach seinem Ermessen vom Weg abgestürzt. Immer wieder wird er gebeten, die Ereignisse genau zu schildern, ganz präzis auf die Fragen zu antworten, sich in keinen Vermutungen und Konstruktionen zu ergehen.

»Was haben Sie gesehen?«

»Ich habe den Vater in einer schräg nach rückwärts geneigten Stellung mit dem Gesicht mir zugedreht gesehen.«

»Und das nächste?«

»Ich lief sofort zurück, die Gestalt des Vaters ist vollständig verschwunden, einen Fall habe ich nicht gesehen.«

»Wie weit sind Sie zurückgelaufen?«

Halsmann zögert mit der Antwort, er denkt nach.

»Es war nicht sehr kurz, auch nicht sehr lang, etwa Korridorlänge. Beim Untersuchungsrichter habe ich 12 Meter angegeben, es kann aber vielleicht etwas mehr gewesen sein.«

»Was war Ihr inneres Erleben dabei?«

»Ich habe gedacht, daß ein Absturz gewesen ist, habe mich nicht gewundert, als ich Vater unten liegen sah … ich bin zum Rand gelaufen, dort einen Augenblick stehen geblieben, sah Vater auf dem Bauch im Wasser liegen, der Rucksack war auf den Kopf gerutscht ... ich hatte das Gefühl, Hilfe ... bin hinuntergestiegen so schnell wie möglich.«

»Ist der Abstieg glatt gegangen?«

»Das weiß ich nicht.«

»Was war unten beim Bach?«

»Vater hat gelebt, das sah man sofort, ich habe gesagt, Papa, Papa, habe keine Antwort bekommen. Vater hat geatmet. Die Atmung war ganz schwach, der Mund war offen, ich habe Atembewegungen um den Mund herum bemerkt. Vater hat auch die Hände ein wenig bewegt.«

Halsmann zeigt leichte Bewegungen mit den Fingern. Er habe dann den Vater umgedreht und versucht, sein Gesicht aus dem Wasser zu bringen. Er zeichnet eine rohe Skizze, der zu entnehmen ist, daß der Vater schräg im Bachbett lag, die Füße dem Rand zugedreht, den Kopf im Bachbett, und zwar flußabwärts. Er habe ihn so gedreht, daß der Kopf zum Uferrand hin schaute.

»Haben Sie etwas von den Verletzungen gesehen?«

»Ich habe gesehen, daß das Wasser ringsum rot war, der Kopf war schrecklich zerschlagen und hat geblutet. Auf dem Rücken war alles voll Blut.«

»Wie war die Stirn?«

»Ich kann mich nicht erinnern, ich halte es für möglich, daß das ... nicht gewesen ist.«

Er stockt mitten im Satz und fährt sich mit der Hand an die Stirn – mit »das« meint er offenbar die tiefe Stirnwunde, die sein Vater aufwies. Einer der Ärzte, die Halsmann in der kahlen Verhörzelle gegenübersitzen, läßt nicht locker und sagt, es sei doch ausgeschlossen, daß er zwar Atembewegungen um den Mund wahrgenommen, aber die klaffende Stirnwunde nicht bemerkt habe.

»Ich glaube, ich habe nichts ... gesehen, ich habe wenigstens nicht die Erinnerung an die Stirnwunde, es ist möglich, daß ich es übersehen habe, aber das halte ich für unwahrscheinlich.«

Die Referenten der Medizinischen Fakultät halten das für völlig undenkbar. Doch keiner, auch nicht Philipp selber, spricht den Verdacht aus, daß die tiefe Stirnwunde zum Zeitpunkt, als der Sohn sich um den Vater bemühte, vielleicht noch gar nicht da war und dem Sterbenden erst später zugefügt wurde, als Philipp sich entfernt hatte, um Hilfe zu holen.

Wenige Tage später kommen die Referenten noch einmal auf die Verletzungen des Vaters zu sprechen. Sie erklären dem Sohn, warum diese unmöglich durch einen Absturz hervorgerufen worden sein können. Der Angeklagte schüttelt ungläubig den Kopf. Dann bringt er die Sprache auf die Theorie von einer negativen Erinnerungslücke, die Professor Erismann geäußert hat.

»Ich weiß, daß Professor Erismann gesagt hat, daß ich vielleicht eine falsche Erinnerung habe. Ich habe betont, ich kann das nicht behaupten. Wenn das aber so wäre, dann wäre die Sache erklärt. Dann würde ich erklären, daß ein Dritter schuldig ist. Warum ich die Möglichkeit eines Dritten ausschließe, ist das, daß ich es selbst gesehen habe, wie Vater abstürzte. Wenn aber dieses Bild nicht stimmt, könnte ich mir die Möglichkeit eines Dritten vorstellen.«

Mit dem nächsten Satz schränkt er das Gesagte wieder ein: Er jedenfalls habe noch nie davon gelesen oder gehört, daß man eine Erinnerung haben könne, die mit der Wirklichkeit nicht übereinstimme, sagt Halsmann mit einer gewissen Überheblichkeit. Daß er kein Psychologe ist, sondern Student der Elektrotechnik, kommt ihm gar nicht in den Sinn.

»Haben Sie für die ganze Zeit den Eindruck, als ob Sie von einem bestimmten Punkt an nichts mehr gewußt hätten?«

»Ich glaube eigentlich kaum. Ich bin gegangen, ohne darauf zu achten, zu gehen, ziemlich automatisch, auf einmal habe ich diesen Schreck und habe das gesehen. Das ist das Komische, daß ich mich manchmal frage, habe ich zuerst den Schreck gehabt und dann den Schrei gehört, oder umgekehrt. Es muß aber selbstverständlich so gewesen sein, daß ich zuerst den Schrei hörte und erst beim Anblick des zurückgeneigt stehenden Vaters erschrak. Ich kann mir jetzt nach acht Monaten nicht mehr alles so vergegenwärtigen. Erschreckt habe ich mich erst, als ich Vater stürzen sah. Abstürzen sah ich ihn nicht, das ist ausgeschlossen, ich habe das ruhende Bild gesehen.«

Als er gebeten wird, seinen allgemeinen Gemütszustand zu beschreiben, bezeichnet er sich als Melancholiker, der erst aus sich herausgeholt werden müsse. Er habe jedoch trotz seiner melancholischen Art viel Sinn für Humor und verstehe es, Witze zu machen. Er sei den Menschen anfangs unsympathisch, weil er schwarz sei und meist verdrossen wirke, schließlich hätten ihn die meisten Menschen dann aber doch gern. Als Beweis führt er die vielen Briefe an, die er seit seinem Prozeß erhalten habe. Die Frage nach periodenhafter Schwermut verneint er. Ob er je einen Nervenarzt konsultiert habe?

Ja, einmal, im Vorjahr, einen gewissen Dr. Maus in Dresden. Er sei damals traurig gewesen, außerdem habe er sich seit einiger Zeit für Psychiatrie interessiert, doch besondere Bedeutung habe er dem Besuch nicht beigemessen.

Am 5. Juni wurde das Fakultätsgutachten dem Gericht überreicht. Darin setzte sich die Medizinische Fakultät ausführlich mit der Meinung Professor Erismanns auseinander. Sie hielt dieser entgegen, daß sich Erinnerungslücken »im Sinne des ärztlichen Sprachgebrauchs« beim Angeklagten nicht nachweisen ließen. Doch von solchen hatte der Psychologe gar nicht gesprochen, sondern nur von Erinnerungslücken überhaupt, wie sie auch bei einem geistig völlig gesunden Menschen auftreten können. Auch den Mitgliedern der Fakultät, die eine Reihe ausführlicher Gespräche mit Halsmann geführt hatten, war nicht verborgen geblieben, daß der Angeklagte seine Unschuld mit beeindruckender innerlicher Überzeugung und Ehrlichkeit beteuert hatte. Für dieses Verhalten fanden sie in ihrem Gutachten die befremdliche Erklärung, der Sohn habe den Vatermord völlig verdrängen können.

»Es bliebe unter den gegebenen Verhältnissen nur die Annahme, daß sich beim Angeklagten gegenüber den Erlebnissen während der kritischen Zeitstrecke ein Verdrängungsmechanismus geltend gemacht hat. Wir wissen aus der Psychologie des Alltags, die gerade in dieser Hinsicht durch die Psychoanalyse Freuds wertvolle Vertiefung erfahren hat, daß ganz allgemein affektiv peinlich betonte Erlebnisse, darunter besonders auch solche, die mit dem sittlichen Ideal der Persönlichkeit in Widerspruch stehen, aus der Bewußtseinshelligkeit verdrängt und durch Ersatzprodukte vor dem eigenen Ich und vor anderen gedeckt werden können.«

Auch auf der Suche nach einem möglichen Motiv für den Vatermord ergingen sich die Sachverständigen in Spekulationen. Schon Professor Erismann hatte die entfernte Möglichkeit einer Bindung des Angeklagten an seine Mutter im Sinne der Freudschen Lehre vom Ödipus-Komplex angedeutet, diese jedoch mit dem Hinweis verworfen, »man müßte denn schon eine der Theorie von Freud entsprechende erotische Leidenschaftlichkeit für die ältliche Mutter annehmen, wozu im vorliegenden Fall wahrscheinlich nicht die mindeste Veranlassung besteht«. Die Mitglieder der Fakultät griffen die Bemerkung dankbar auf und stellten fest, das Vorhandensein einer solchen Leidenschaft und damit auch eines wirksamen Ödipus-Komplexes erscheine ihnen gar nicht unwahrscheinlich, ohne daß sie diese Annahme begründeten.

Die Verteidigung protestierte heftig gegen das Gutachten. In einer dem Gericht übermittelten Stellungnahme polemisierte sie gegen einzelne Mitglieder der Fakultät, die bereits in der Vergangenheit ihre Voreingenommenheit gegenüber dem Angeklagten bewiesen hätten. Die Kritik konzentrierte sich auf Professor Eduard Gamper, Oberarzt der Neurologisch-Psychiatrischen Klinik in Innsbruck. Gamper habe schon vor dem ersten Prozeß öffentlich geäußert, er halte den Angeklagten für schuldig, dieser habe vermutlich in einem Dämmerzustand gehandelt und wisse nichts mehr von der Tat. Dann stellte die Verteidigung die Objektivität der Medizinischen Fakultät insgesamt in Frage: Dort herrsche »starke Verstimmung«, weil der Oberste Gerichtshof das erste Gutachten von zwei Mitgliedern derselben aufgehoben habe, außerdem hätten einige Angehörige der Fakultät die Verteidiger mehrfach darauf hingewiesen, Professor Erismann sei doch Jude, was übrigens nicht der Wahrheit entspreche, denn »Professor Erismanns Eltern waren beide Urarier. Sein Vater war Schweizer, sein Großvater Pfarrer.«

Auch über Franz Pessler wurden, noch bevor der zweite Prozeß begonnen hatte, in Innsbruck Gerüchte in Umlauf gesetzt, er sei Jude. Pessler versuchte erst gar nicht, dem entgegenzutreten.

Für den 12. Juni ordnete das Gericht einen Lokalaugenschein am Tatort an, bei dem auch der Angeklagte befragt werden sollte. Philipp Halsmann versprach den Verteidigern, sich beim Lokalaugenschein von seiner besten Seite zu zeigen und keinen Streit mit dem Untersuchungsrichter oder anderen zu suchen.

»Immer schön ruhig und höflich bleiben«, sagte Dr. Pessler.

Der Angeklagte wurde am 11. Juni vormittags von zwei Gendarmen in einer geschlossenen Kutsche zum Bahnhof gebracht, wo zwei weitere Beamte warteten. Die zuständigen Stellen wollten kein Risiko eingehen. Die starke Eskorte sollte eine Flucht verhindern, doch mehr noch den Häftling beschützen, der die ganze Zeit über ohne Fesseln blieb – eine besondere Vergünstigung, die er sich durch sein gutes Verhalten während der Haft verdient hatte. Zu fünft stiegen sie in den Personenzug, der sie in etwas weniger als einer Stunde nach Jenbach brachte, wo sie in einem Gasthaus zu Mittag aßen. Philipp war beeindruckt von den Schwalbennestern, die sich in den Ecken des Speisesaals und sogar auf der Lampe in der Mitte befanden. In einem Brief an Ruth Römer beschrieb er, wie die Schwalbeneltern ihre Jungen fütterten, die ihre Schnäbel so weit aufrissen, »daß man dahinter unwillkürlich eine Art Taschenspielertrick vermutet«. Von Jenbach fuhren sie mit der Zillertalbahn bis Mayrhofen, wo die Nachricht vom Kommen des »Mörders vom Zamsergrund« zahlreiche Gaffer angelockt hatte, die den Weg durch den Ort säumten. Alles blieb friedlich, und es wurden keine Schmähungen laut. Zu Fuß ging es weiter bis zum Gasthof Breitlahner, den sie gegen Abend erreichten. Die übrigen Teilnehmer des Lokalaugenscheins waren früher eingetroffen und saßen schon beim Abendessen: die beiden medizinischen Sachverständigen, Professor Karl Meixner und Professor Anton Werkgartner, die Assistenten Dr. Fritz und Dr. Vonbun von der Psychiatrisch-Neurologischen Klinik in Innsbruck, die das erste, vom Höchstgericht verworfene medizinische Gutachten verfaßt hatten, Professor Raimund Klebelsberg vom Geologischen Institut der Universität Innsbruck als alpiner Sachverständiger, Staatsanwalt Siegfried Hohenleitner, Verteidiger Franz Pessler, Untersuchungsrichter Georg Bickel, ein Schriftführer vom Gericht, zwei Photographen von der Landespolizeistelle in Innsbruck, einige Zeugen, unter ihnen der Lokomotivführer Karl Nettermann und ein paar Beamte vom Gendarmerieposten Mayrhofen. Als Gerichtszeugen waren zwei Bauern aus der Gegend, Jakob Moser und Hans Dengg, verpflichtet worden. Der Wirt der Dominikushütte, Josef Eder, der ebenfalls als Zeuge geladen worden war, sollte erst am Tatort zu der Gesellschaft stoßen.

Am Mittwoch den 12. Juni brach am frühen Morgen eine veritable Expedition in den Zamsergrund auf. Beim steilen Anstieg gleich hinter dem Gasthof, dem sogenannten Breitlahnerschinder, geriet Halsmann außer Atem, weil er infolge des langen Gefängnisaufenthalts keine körperliche Anstrengung mehr gewöhnt war. An manchen Stellen lag der Weg noch unter breiten Lawinenkegeln begraben, aus denen zersplitterte Stämme ragen.

Der Lokalaugenschein dauerte von acht Uhr morgens bis zum Einbruch der Dunkelheit. Professor Raimund Klebelsberg untersuchte das Gelände oberhalb des Tatorts und kam zum Schluß, daß Steinschlag hier auszuschließen war. Klebelsberg war ein bekannter Alpinist mit großer Erfahrung. Er hatte 1929 die Geschäftsführung des Deutschen und Österreichischen Alpenvereins übernommen, in dem er eine radikal deutsch-völkische Linie vertrat. Es gibt jedoch keinen Hinweis, daß er sich bei seinem Gutachten von feindseligen Gefühlen gegenüber dem Angeklagten hätte leiten lassen. Der Hang über der kritischen Stelle war dicht bewachsen und auch die Bodenbeschaffenheit so, daß Steinschlag nicht in Frage kam.

Wieder wurden am Tatort Messungen durchgeführt, die Polizeiphotographen machten Aufnahmen, der Untersuchungsrichter ließ sich von den Zeugen die damalige Situation erklären, und auch der Angeklagte wurde mehrmals befragt und angewiesen, mit Hilfe einer Skizze zu erläutern, wie sich die tragischen Ereignisse zugetragen hatten. Wo war der Vater stehengeblieben, um seine Blase zu entleeren? Wo hatte er den Vater fallen sehen? Wieviel Schritte war er zurückgelaufen? Wieviel Zeit hatte das wohl in Anspruch genommen? Was hatte er damals genau gesehen?

»Ich habe zur Zeit der Ereignisse weder am Abhang noch am Wege irgendwelche Blutspuren bemerkt und deswegen wundere ich mich, daß die vernommenen Zeugen jene Blutspuren gesehen haben, von denen sie sprachen. Mich hat auch niemand auf die Blutspuren aufmerksam gemacht und wurden sie mir seinerzeit auch vom Untersuchungsrichter nicht gezeigt«, gab Philipp Halsmann zu Protokoll.

Während Untersuchungsrichter Bickel gerade unten beim Bach stand, trat ein unvorsichtiger Gendarm am Hang einen Stein los, dem Bickel gerade noch ausweichen konnte. Er nahm den Zwischenfall mit Humor: »Ich bin nur froh, daß uns ein Universitätsprofessor gerade erklärt hat, daß es hier keinen Steinschlag geben kann, sonst hätt mich der Brocken glatt erschlagen können«, sagte er.

Zu Mittag wurde eine kurze Pause eingelegt. Die Gendarmen entdeckten, daß sie vergessen hatten, für den Häftling Proviant einpacken zu lassen, doch der Untersuchungsrichter gab Philipp Wurst und Brot von seiner Ration ab. Es war ein schöner Frühsommertag. Der Wind trieb Schäfchenwolken über das Pfitscher Joch, und die Schneefelder des Olperer gleißten in der Junisonne. Auf dem Steilhang jenseits des Zamserbaches weidete Fleckvieh, dessen Glockengebimmel das Rauschen des Wildwassers übertönte. Philipp saß auf einem Fels und hielt das Gesicht in die Sonne.

Am Nachmittag wurden mit einer mitgebrachten Puppe Fallstudien angestellt, wie sie schon Professor Erismann unternommen hatte. Wie weit rollte ein Körper, wenn er vom Weg stürzte? Die Puppe blieb jeweils nach wenigen Metern liegen, kollerte nie bis zum Bach. Dann ließ der Untersuchungsrichter Versuche machen, wie weit man am Weg einen menschlichen Ruf hören konnte. Es wurde darüber diskutiert, ob der Zamserbach am Unglückstag mehr Wasser geführt und deshalb lauter gerauscht hatte. Erst als die Dämmerung hereinbrach, erklärte Bickel den Lokalaugenschein für beendet. Im Gasthof Breitlahner aß Philipp mit sichtlichem Appetit und bestellte eine zweite Portion gemischtes Kompott, was ihm später von einer Zeitung als Beweis für Gefühlskälte angekreidet werden sollte. Der Mörder, der seelenruhig Kompott ißt. In einem Brief an Ruth Römer schwärmte er davon, daß er endlich wieder einmal in einem weichen Bett und auf einem weichen Kissen schlafen konnte. Am nächsten Tag marschierte die Gesellschaft geschlossen nach Mayrhofen, wo wiederum Neugierige zusammenliefen. Am Nachmittag wurde Halsmann von den eskortierenden Gendarmen im Innsbrucker Gefangenenhaus abgeliefert. Beim Abschied bedankte er sich bei ihnen und sagte, sie hätten ihn so gut behandelt, daß er kein einziges Mal an Flucht gedacht habe.

ELFTES KAPITEL

Die Vorbereitungen für den zweiten Prozeß nahmen bedeutend mehr Zeit in Anspruch, als das Gericht anfangs angenommen hatte. Verteidigung wie Staatsanwaltschaft stellten immer neue Anträge, diesen oder jenen Sachverhalt noch einmal zu überprüfen, Untersuchungen durchzuführen und neue Zeugen ausfindig zu machen. Dem Hirten Alois Riederer aus dem Pfitschtal, der Philipp Halsmann zur Unglücksstelle begleitet hatte, konnte die Zeugenladung nicht zugestellt werden, weil er als Südtiroler seinen Militärdienst beim italienischen Heer ableistete. Die wiederholten Ansuchen der österreichischen Behörden, Riederer für den Prozeß zu beurlauben, wurden vom italienischen Kriegsministerium abschlägig beschieden. Die Korrespondenz der beiden Halsmanns und die Tagebuchaufzeichnungen des Sohnes mußten neu aus dem Russischen übertragen werden, weil der Übersetzer im ersten Prozeß zu viele Fehler gemacht hatte. Alles das dauerte. Am 23. Juli 1929 erging vom Landesgericht Innsbruck neuerlich eine Aufforderung an den Gendarmerieposten Mayrhofen, das Gipfelbuch vom Schönbichlerhorn einzuholen und nach Innsbruck zu übersenden, was Anfang August endlich geschah. Die Durchsicht der Eintragungen brachte nichts Neues.

Der Angeklagte, der die Untersuchungshaft bisher beachtlich gut ertragen hatte, wurde zunehmend ungeduldig und gereizt. Er hatte gehofft, der zweite Prozeß würde im Juni stattfinden. Das lange Warten zermürbte ihn. In Briefen an seine Freundin klagte er darüber, daß es ihm physisch und psychisch immer schlechter gehe. Als ein paar kleine

Kätzchen im Gefängnishof auftauchten, in dem die Häftlinge täglich eine Stunde lang ihre Runden drehten, war er außer sich vor Freude. Begeistert schrieb er an Ruth, wie possierlich die Tiere seien. Doch die Kätzchen verschwanden bald, und die Gefängnistage schlichen wieder ereignislos dahin. Immer dasselbe: um halb sieben Aufstehen, bis acht Uhr Waschen, Aufräumen und Frühstück, von acht bis neun Spaziergang im Hof, außer bei starkem Regen, um elf Uhr Mittagessen. Dann hatte der Häftling zwei Stunden Zeit, um zu arbeiten, zu schreiben, um ein Uhr kam für gewöhnlich die Zeitung, das *Berliner Tageblatt*, dessen Lektüre zwei Stunden in Anspruch nahm, weil er buchstäblich alles las, vom Leitartikel bis zur kleinsten Anzeige. Dann arbeitete er wieder eine oder zwei Stunden für den bevorstehenden Prozeß, empfing Besuche, sprach mit den Verteidigern, um vier Uhr wurde das Abendessen gebracht, und dann las er, weil er für alles andere zu müde war. Er verschlang in dieser Zeit Stöße von Büchern, die er von seiner Schwester, Ruth Römer und anderen Freunden bekam. Er las alles durcheinander, mehrere Bücher gleichzeitig, und schrieb der Freundin über seine Lektüre.

»Ein sehr merkwürdiges Buch ist ›Das Schloß‹ von Kafka. Man versteht anfangs gar nichts, man will verstehen, und das Buch saugt einen auf. Und die merkwürdige Atmosphäre, so unwirklich, und doch so schlicht erzählt. Man hat das Gefühl, man lese einen seltsamen komplizierten Traum. ...« (26. 5. 1929)

»Ich habe ›Kristin Lavrants Tochter‹ beendet und fand es, obgleich die Undset ein Mensch weiblichen Geschlechts ist, gar nicht schlecht. Es wäre noch besser, wenn es straffer geschrieben wäre, aber da gehen unsere Ansichten (siehe

Dreiser) ja auseinander. Dann las ich ›Brackwasser‹ von Hauser. Es hat mir sehr gut gefallen. [...] Ich habe ›Julio Jurenito‹ von Ehrenburg gelesen, es ist sehr klug und originell. Vor fünf Minuten beendete ich ›König Haber‹ von Neumann. Es ist großartig. Wenn Du das lesen wirst, wirst Du vielleicht verstehen, was ich unter Straffheit und Spannung verstehe ...« (31. 5. 1929)

»Dann las ich Polgars ›Kritisches Lesebuch‹. Das Buch enthält zwar nur eine Sammlung von Kritiken über Theaterstücke und Aufführungen, aber es ist doch fesselnd. Die Sprache ist wie geschliffener Kristall, und dazwischen blitzt wie ein leuchtender Tautropfen ein geistvolles Wort. [...]« (6. 6. 1929)

»Conrads ›Lord Jim‹ ist sehr gut und interessant, aber seine Art zu erzählen gefällt mir gar nicht, das ganze Buch ist vollgestopft von Reflexionen, die man sehr gut entbehren könnte; und warum läßt er seine Geschichten erzählen? Das schadet der Klarheit und der Konzentration. [...] Ein sehr gutes Buch ist Alfred Neumanns ›Teufel‹. Es packt, es ist interessant, die Charaktere sind von großartiger Plastik, manches ist ergreifend und sogar erschütternd. [...] Gestern las ich ›Le Procès des Pogromes‹ von Torrès ... Das Buch und vor allem die Rede von Torrès hat mich sehr erschüttert. Er soll ganz unglaublich sprechen, aber auch die geschriebene Rede wirkte auf mich unsagbar. ...« (7. 7. 1929)

Ruth Römer erwähnte in ihren Briefen oft Gedichte, die sie gerade las, und er fragte sich sofort, warum er selber keine mehr schrieb. Die Gelegenheit sei günstig. »Nun, weil ich mich geniere, meine eigenen Gefühle in Versen zu besingen. Aber ob ich überhaupt fähig bin, etwas Ernstes zu schreiben? Ich suchte mir ein Thema und versuchte. Wie gefällt es Dir?

– Antwort wird nicht gegeben –
Aber die Frage schreit,
Sag, wozu ist das Leben?
Sag, wozu ist mein Leid?

Frage tönt in die Weite,
Frage schallt jeder Zeit ...
Noch keine Antwort bis heute –
Wird mir endlich Bescheid?

Dann kommt das Ende vom Leben ...
Niemand hört, wie es summt;
Antwort wird nicht gegeben,
Nur eine Frage verstummt. –

Selbst hat man nicht die geringste Möglichkeit der Kritik; man muß es zuerst ganz vergessen, und es dann als etwas Fremdes lesen.«
(an Ruth Römer, 22. Juni 1929)

Wenn ihn seine Mutter besuchte, gab sich Philipp Mühe, seine Niedergeschlagenheit zu verbergen. Ita Halsmann verbrachte mit ihrer Tochter Liuba die meiste Zeit in Innsbruck, obwohl sie der Aufenthalt in der fremden Stadt und die häufigen Gefängnisbesuche psychisch und physisch schwer belasteten, was dem Sohn nicht verborgen blieb. Er sprach mit Richard Glaser darüber, und gemeinsam redeten sie der Mutter zu, für ein paar Wochen nach Hause zu fahren, um sich vor Beginn des zweiten Prozesses zu erholen, der für September angesetzt war. Sie lehnte ab, weil sie den Sohn nicht allein lassen wollte, und erst als sie im Juli einen Nervenzusammenbruch erlitt und der Arzt strengste Schonung verordnete, gab sie nach und reiste mit Liuba nach Riga. Von seinen Verteidigern wurde Philipp eingetrichtert, er müsse lernen, sich höflich auszudrücken, vor allem dürfe er nie den Titel des Angesprochenen vergessen, das sei vor einem österreichischen Gericht unverzeihlich. Das erschien ihm unglaublich, das war ja nicht einmal in Deutschland so schlimm, vom heimatlichen Riga ganz zu schweigen. Doch er gelobte, das bis zum Prozeß zu üben.

Am Montag, dem 9. September, fast auf den Tag genau ein Jahr nach dem Tod Morduch Halsmanns, beginnt im Landesgericht Innsbruck die zweite Schwurgerichtsverhandlung, für die diesmal keine Eintrittskarten ausgegeben wurden. Der Andrang ist groß, noch größer als beim ersten Mal. In den Straßen um das Gerichtsgebäude sind Polizisten postiert, die blitzende Pickelhauben und Handschuhe mit großen weißen Manschetten tragen, und der Eingang wird von Gendarmerie bewacht, um Ausschreitungen zu verhindern. Die Zuhörer, manche von ihnen in Lederhosen, werden nur paarweise in den Saal gelassen, in dem immer noch der alte Kaiser hängt. Neben Schaulustigen sind zahlreiche Journalisten aus Wien und dem Ausland gekommen, für die die beiden ersten Bankreihen im Auditorium reserviert wurden. Die öffentliche Anklage vertritt wieder Siegfried Hohenleitner. Sonst sind lauter neue Gesichter zu sehen. Bei Aufhebung des Urteiles muß die neue Verhandlung von anderen Richtern geführt werden. Den Vorsitz führt Oberlandesgerichtsrat Josef Ziegler, ein gutgeschnittener Kopf mit grauem Spitzbart. Auf dem Tisch vor ihm liegen, neben einem Stoß Akten, ein kleiner Rucksack mit dunklen Flecken, ein Stein und ein Paar Bergschuhe.

Die Auslosung der zwölf Hauptgeschworenen und zwei Ersatzgeschworenen geht rasch vonstatten. Der öffentliche Ankläger und die Verteidigung haben das Recht, je acht

Geschworene abzulehnen – die Verteidigung schöpft dieses Recht aus. Schließlich werden folgende Personen ausgelost: Franz Biegel, Kaufmann in Innsbruck; Alois Demetz, Kaufmann in Innsbruck; Georg Duftner, Kaufmann in Kramsach; Engelbert Erlsbacher, Kaufmann in Innsbruck; Jakob Fuchs, Gastwirt und Gutsbesitzer in Kössen; Johann Geiger, Bauer in Pettneu; Nikolaus Janes, Weinhändler in Wörgl; Fritz Klausner, Restaurateur in Kitzbühel; Heinrich Landerer, Werkmeister in Völs; Franz Larcher, Gastwirt und Bauer in Ried in Tirol; Alfons Rapp, Hausbesitzer in Matrei am Brenner; Josef Pfefferle, Krämer in Arzl.

Halsmann ist in einem dunklen Anzug erschienen, am Ärmel einen Trauerflor. Er ist in der Haft blaß und mager geworden – lange Arme und Beine, knochige, große Hände, schlechte Haltung –, Beobachter glauben einen typischen Studierrücken zu erkennen. Er trägt eine randlose Brille. Noch vor der Befragung des Angeklagten kommt es im Gerichtssaal zu einer neuerlichen Auseinandersetzung über die Zulässigkeit psychologischer Gutachten. Paul Mahler, der zweite Verteidiger, ein großer, fülliger Mann, stellt den Antrag, einen Psychologen als Sachverständigen beizuziehen, der über die Frage Auskunft geben soll, ob Philipp Halsmann durch den Schrei, den er an der Unglücksstelle hörte, und dann das Bild eines Menschen, den er für den abstürzenden Vater halten mußte, eine positive Erinnerungstäuschung erleiden konnte. Weiters fordert er das Gericht auf, unter Leitung von Professor Erismann am Tatort Versuche mit einer Puppe unternehmen zu lassen, um zu beweisen, daß ein eventueller Dritter genug Zeit hatte, um die Tat zu begehen, den Schwerverletzten zu berauben und sich dann zu verstecken. Schließlich legt er noch psychologische Gutachten von Professor William Stern in Heidelberg und

Professor Pater Alois Mager, Psychologe an der Theologischen Fakultät in Salzburg, vor, die verlesen werden sollen.

Der Gerichtshof lehnt die beiden letzten Beweisanträge sofort ab, über die Beiziehung eines Psychologen will er später Beschluß fassen. Das ist ohne neuerliche Verzögerung möglich, weil das Gericht unter dem Druck der Verteidigung den Bonner Psychologen Professor Günther Störring eingeladen hat, der Verhandlung beizuwohnen. Die Entscheidung, ob er als Sachverständiger gehört werden soll, behält sich das Gericht vor. Geheimrat Störring sitzt im Publikum und macht sich eifrig Notizen.

Dann beginnt die Einvernahme des Angeklagten.

Vorsitzender: »Bekennen Sie sich schuldig?«

Angeklagter (mit fester Stimme): »Nein, ich bin vollkommen unschuldig.«

Vorsitzender: »Erzählen Sie uns über Ihre Jugend und das Familienleben in Ihrem Elternhaus.«

Der Angeklagte erzählt ein zweites Mal von einer glücklichen Kindheit in Riga, von einem herzlichen Familienleben, vom Beruf des Vaters, von dessen Herzleiden, von den Reisen mit den Eltern, vom Studium in Dresden, und dann von der verhängnisvollen Reise im Sommer 1928, von der Tour ins Zillertal, der Besteigung des Schönbichlerhorns, dem Abstieg zum Zamsergrund.

Vorsitzender: »Vor der Dominikushütte hatten Sie wegen der Rast eine Auseinandersetzung.«

Angeklagter: »Wir haben überhaupt keine Auseinandersetzung gehabt.«

Vorsitzender: »Ich werde Ihnen eine Stelle aus dem Protokoll der psychiatrischen Untersuchung vorlesen, wo Sie selbst sagten: ›Eine halbe Stunde vor der Hütte forderte ich ihn auf zu bleiben, und ich bin überzeugt, daß das Unglück nicht geschehen wäre, wenn er gerastet hätte.«

Angeklagter: »Das ist doch keine Auseinandersetzung. Ich habe nur versucht, den Vater zu veranlassen, mit mir zu bleiben.«

Vorsitzender: »Wann sind Sie zur Dominikushütte gekommen?«

Angeklagter: »Nach meiner Schätzung um zwei Uhr. Ich war ziemlich müd, apathisch und abgespannt und vollkommen gleichgültig.«

Vorsitzender: »Waren Sie auch schläfrig?«

Angeklagter: »Schläfrig war ich auch.«

Um zwölf Uhr wird die Verhandlung unterbrochen und Halsmann ins benachbarte Gefangenenhaus gebracht. Um 15.30 Uhr wird die Verhandlung fortgesetzt. Dr. Pessler stellt den Antrag, dem Angeklagten zu erlauben, am nächsten Tag, dem Todestag seines Vaters, dessen Grab in der kleinen jüdischen Abteilung des Innsbrucker Westfriedhofs zu besuchen, um dort in Anwesenheit des Rabbiners das Totengebet zu sprechen. Das wird gestattet, allerdings muß der genaue Zeitpunkt des Besuches geheim gehalten werden, um eventuelle Kundgebungen zu verhindern. Dann wird das Verhör fortgesetzt. Der Angeklagte schildert zum wiederholten Mal den Hergang des Unglücks. Zuerst sei der Vater vor ihm gegangen, dann sei der Vater stehengeblieben, um seine Notdurft zu verrichten, und habe ihn aufgefordert, weiterzugehen. Plötzlich habe Philipp einen leisen, aber deutlichen Aufschrei gehört, worauf er sich umdrehte.

Vorsitzender: »Was haben Sie gesehen?«

Angeklagter: »Ich habe blitzartig und undeutlich etwas gesehen; ich war der Ansicht, ich hätte meinen Vater abstürzen gesehen; ich sah aber keine Bewegung, ich sah nur eine Person in unwahrscheinlich geneigter Stellung.«

Vorsitzender: »Sie sagten, Sie hätten das Bild des Abstürzens nur undeutlich gesehen?«

Angeklagter: »Ja.«

Vorsitzender: »In der ersten Verhandlung haben Sie aber gesagt, das Bild hätten Sie gesehen wie auf einer photographischen Platte fixiert.«

Angeklagter: »Damit wollte ich das gleiche ausdrücken wie heute. Das Momentbild des nach rückwärts geneigten Vaters war wie auf einer photographischen Platte fixiert. Mit fixiert meine ich nicht deutlich, sondern bewegungslos und fix. Auch kommt mir vor, als sei das Bild, das ich sah, unwahrscheinlich klein gewesen. Dazu kommt, daß ich gegen die Sonne schaute.«

Vorsitzender: »Wie lange haben Sie gebraucht, um zu Ihrem Vater zu kommen, nachdem Sie den Schrei gehört hatten?«

Angeklagter: »Ich schätze, es sind zwei bis fünf Minuten gewesen.«

Vorsitzender: »Sie haben aber beim Lokalaugenschein eine Stelle angegeben, auf der Sie gestanden seien, und die viel näher liegt als die heute von Ihnen behauptete, nur wenige Schritte von Ihrem Vater.«

Angeklagter: »Diese Stelle habe ich nicht aus meiner Erinnerung, sondern aus konstruktiver Erwägung angegeben, weil ich an Ort und Stelle sah, daß das der einzige Punkt ist, von dem aus man zwar den Wegrand, aber nicht den Abhang sehen kann.«

Vorsitzender: »Wie fanden Sie Ihren Vater?«

Angeklagter: »Mein Vater lag auf dem Bauch mit dem Gesicht im Wasser. Ich habe dann sein Gesicht zur Seite gedreht und auf einen Stein gelegt. Einzelne Verletzungen habe ich nicht beobachtet. Es war alles voller Blut. Auch das Wasser im Umkreis war blutig. Ob auch meine Hände blutig waren, weiß ich nicht. Ich habe den Kopf des Vaters zweimal auf einen Stein gelegt. An welcher Stelle ich wieder den Abhang hinaufgeklettert bin, weiß ich nicht.«

Vorsitzender: »Wie erklären Sie sich den Vorfall, wegen dem Sie unter Anklage stehen?«

Angeklagter (mit erhobener Stimme): »Ich kann mir nicht erklären, wie das Unglück geschah. Ich weiß nur, daß ich vollkommen unschuldig bin. Wie ich das beweisen kann, weiß ich noch nicht. Ich weiß nur, daß man mich hier ein Jahr lang zurückgehalten hat, wegen einer Sache, mit der ich gar nichts zu tun gehabt habe. Der erste Untersuchungsrichter hat nur solche Sachen zusammengetragen, die mir schaden konnten, aber nichts, was für mich hätte sprechen können.«

Der Staatsanwalt geht im Verhör noch einmal auf Halsmanns Studienzeit in Dresden ein. Nicht ohne Stolz erzählt der Angeklagte, daß er zum Vertreter der lettländischen Studenten an der Technischen Hochschule gewählt wurde, obwohl er Jude ist. Dann läßt sich auch der Staatsanwalt den Hergang des Unglücks schildern. Halsmann sagt, er habe zur Zeit des Vorfalles in einer Hand seinen Gummimantel getragen und in der anderen den Photoapparat. Wie hätte er da die Hand gegen den Vater erheben können?

Staatsanwalt: »Ganz einfach. Indem Sie die Sachen weglegten.«

Verteidiger Dr. Pessler befragt den Angeklagten zu seiner Kurzsichtigkeit, heute trage er eine andere Brille als gewöhnlich. Halsmann sagt, die Brille, die er in der Zelle gelassen habe, sei stärker. Warum er nicht die stärkere Brille trage?

Halsmann: »Sie ist ja schwarz, und mit der schwarzen Brille sehe ich noch schwärzer und unsympathischer aus als so.«

Der Verteidiger beantragt die Einvernahme neuer Zeugen, um die Frage zu klären, ob an der Unglücksstelle nicht doch ein Unfall möglich sei. So soll Untersuchungsrichter Georg Bickel gehört werden, der beim Lokalaugenschein beinahe durch einen herabstürzenden Stein erschlagen worden wäre. Auch der erste Untersuchungsrichter, Dr. Kasperer, sei zu befragen, warum er sich in der Untersuchung ausschließlich auf Halsmann konzentrierte und keinen anderen Spuren nachging.

Dann sagt der Verteidiger: »Der Untersuchungsrichter Kasperer hat von der Unfallstelle eine Skizze angefertigt und jene Stelle, an welcher der mit Blut befleckte Stein, an dem Haare des alten Halsmann klebten, gefunden worden war, mit einer Neun und einem Kreis bezeichnet. Ich richte an den Hohen Gerichtshof die Frage, wieso es gekommen ist, daß bei der Vervielfältigung dieser Skizze ein Hakenkreuz daraus wurde?«

Der Vorsitzende fragt zurück, was das mit dem gegenwärtigen Verfahren zu tun habe.

Verteidiger Dr. Mahler will vom Angeklagten in bezug auf das psychiatrische Gutachten, in dem es heißt, eine krankhafte Veränderung seiner Organe sei nicht festgestellt worden, wissen, ob seine inneren Organe überhaupt untersucht worden seien?

Halsmann verneint das.

Darauf sagt Dr. Mahler mit Hohn in der Stimme: »Ich danke schön!«

Abschließend verliest Oberlandesgerichtsrat Josef Ziegler eine Reihe von Zuschriften, die das Gericht erreichten. Die meisten stammen von wohlmeinenden Menschen, die glauben, sie hätten etwas mitzuteilen, was der Sache dienlich sein könnte. Vom Pfarramt Gutenstein in Niederösterreich ist ein Schreiben gekommen, in dem der Pfarr-Auxiliar Anselm M. Thorwarth mitteilt, im Jahre 1924 sei in Gutenstein ein Pharmazeut namens Paul Trebesiner infolge eines epileptischen Anfalls an einer sonst völlig ungefährlichen Stelle abgestürzt und mit zerschmettertem Schädel tot liegen geblieben. Der Zahnarzt Samuel Lorand aus Bihać in Südslawien gibt bekannt, er sei einmal in seiner Wohnung infolge plötzlicher Herzschwäche so unglücklich gegen ein Möbelstück gefallen, daß er am Kopf und an der Stirn stark blutende Wunden davontrug. Die Gerichtsoffizialsgattin Toni Thelsinger aus Innsbruck berichtet in einem langatmigen Schreiben, sie sei einmal als Mädchen beim Edelweißpflücken abgestürzt und schwer verletzt liegen geblieben. Damals sei ein englischer Tourist, dem sie kurz zuvor den Weg gewiesen habe, in Verdacht geraten, und nur ihre eigene Aussage habe den Fremden vor argem Ungemach bewahren können. Aus Paris schreibt eine gewisse Irma Gilly, sie habe einmal mit Vater Halsmann einen Walzer getanzt, da sei dieser plötzlich schwindlig geworden und wäre ohnmächtig hingefallen, wenn sie ihn nicht aufgefangen hätte. Das ist der einzige Hinweis, der zumindest am Rand etwas mit dem gegenständlichen Fall zu tun hat. Der Vorsitzende liest nur einen Teil der eingegangenen Briefe vor. Neue Hinweise ergeben sich aus ihnen keine, aber das hat auch niemand erwartet.

Der zweite Halsmann-Prozeß wird begleitet von einer Flut von Briefen, viele anonym, in denen Gerüchte, Verdächtigungen und Theorien geäußert werden, die meisten haltlos und nur den Fortgang des Verfahrens störend. Verteidiger

Dr. Mahler teilt dem Gerichtshof mit, er habe ein Schreiben erhalten, das angeblich von einem Wildschützen aus dem Pfitschtal stammt, der damals in der Gegend gewildert und mit einem Fernglas den Absturz des alten Halsmann beobachtet haben will. Der Wilderer schreibt, der Sohn sei unschuldig:

»Ich habe alles gesehen, aber ich will mich nicht von allen Leuten im Schwurgerichtssaal anstarren und ausbeichten lassen, darum nenne ich meinen Namen nicht, wenn ihr aber Halsmann verurteilt, so ist das ein Verbrechen.«

Ein anderer anonymer Schreiber will wissen, daß der wahre Mörder unter den Zeugen aus dem Zillertal zu finden sei. Ein dritter Anonymus lenkt den Verdacht ganz unverblümt auf den Wirt der Dominikushütte, der sei der Täter, er sei zur kritischen Zeit nicht in seiner Hütte gesehen worden und habe im übrigen Schulden. Daß Josef Eder zur Zeit des Mordes ein Bein im Gips hatte und an zwei Stöcken ging, was ihn als Mörder mit einiger Sicherheit ausscheiden läßt, scheint den anonymen Denunzianten nicht zu kümmern. Manche Menschen bieten sich dem Gericht aus krankhaftem Geltungsdrang oder blanker Geldgier als Zeugen an, obwohl sie, wie sich meist bald herausstellt, den Fall nur aus der Zeitung kennen. Die Verteidigung hat 10 000 Schilling Belohnung für zweckdienliche Angaben ausgeschrieben, die zur Festnahme des wahren Täters führen. Plakate mit dieser Ankündigung wurden in allen Orten des Zillertales angeschlagen. Aber es gibt auch noch andere Motive dafür, eine fiktive Zeugenaussage zu machen: Als die 63jährige Anna Maria Gründler aus Fließ im Bezirk Landeck von der Salzburger Polizei wegen Landstreicherei aufgegriffen wird und in ihre Heimatgemeinde abgeschoben werden soll, erzählt die oftmals vorbestrafte Frau, sie sei vor einem

Jahr durch den Zamsergrund gewandert und habe dort den Absturz des alten Halsmann beobachtet. In Innsbruck, wohin die vermeintliche Zeugin überstellt wird, gibt sie dann zu, sie habe die Geschichte frei erfunden, weil sie lieber wegen falscher Zeugenaussage ins Gefängnis gesteckt werden wollte, als in Fließ ins Armenhaus zu kommen.

Die Phantasie der Menschen, die sich anbieten, bei der Klärung des Falles mitzuhelfen, kennt keine Grenzen. Ein Hobbydetektiv weist das Gericht auf die Möglichkeit hin, daß der alte Halsmann im Kampf »mit einer Ziege oder einem anderen weidenden Tier« vom Weg gestoßen und tödlich verletzt worden sein könnte. Dazu kommen jede Menge Briefe, in denen der Angeklagte, die Verteidiger, der Staatsanwalt oder der Gerichtshof oft unflätig beschimpft werden. Wichtigtuer, Schwätzer, Querulanten und Narren werden vom Halsmann-Prozeß angezogen wie die Motten vom Licht. Und natürlich tragen auch Hellseher, Pendler und Kartenaufschläger dem Gericht und der Familie des Angeklagten ihre Dienste an.

Am selben Tag, an dem der zweite Halsmann-Prozeß beginnt, melden die Innsbrucker Zeitungen in großer Aufmachung, daß der Doppelraubmörder von Brandenberg vor Untersuchungsrichter Bickel ein volles Geständnis abgelegt hat. Der Mörder ist ein 28jähriger Maurer aus Wörgl, der sich beschäftigungslos in der Gegend herumtrieb. Das Gewehr, mit dem er die Tat verübte, hatte er bei sich, weil er eigentlich wildern wollte, und den Raubmord verübte er aus einem momentanen Antrieb heraus, weil ihm die Gelegenheit dazu gerade günstig erschien.

Am zweiten Prozeßtag wird der Angeklagte um sieben Uhr morgens von zwei Justizwachebeamten zum Grab seines Vaters geführt, das durch eine provisorische Tafel gekennzeichnet ist. Am Friedhof wird er vom Tiroler Landesrabbiner, Josef Link, der Mutter, der Schwester und Richard Glaser erwartet. Philipp spricht gemeinsam mit dem Rabbiner Kaddisch, der das Gebet auf hebräisch und deutsch vorsagt. Nach Beendigung des Gebetes geht Philipp zu seiner Mutter, umarmt sie und sagt: »Mutter, du weißt, ich bin unschuldig.« Dann wird er ins Justizgebäude geleitet, wo er rechtzeitig zum Beginn der Verhandlung eintrifft.

An diesem Tag herrscht im Gerichtssaal gereizte Stimmung. Staatsanwalt und Vorsitzender verwahren sich gegen die Angriffe der Verteidigung auf den Untersuchungsrichter des ersten Verfahrens, die am Vortag geführt wurden. Dr. Mahler stellt klar, die Verteidigung wolle Zusammenstöße vermeiden. Nun werden Verhörprotokolle und Zeugenaussagen verlesen, darunter die Feststellung Halsmanns, er habe so wie sein Vater nie etwas auf rituelle Dinge gegeben. Einer der beisitzenden Richter fragt den Angeklagten, ob er das wirklich so gesagt habe?

Halsmann: »Jawohl, das habe ich gesagt.«

Beisitzer: »Dann verstehe ich nicht, warum Sie heute in Begleitung eines Rabbiners am Grab Ihres Vaters waren.«

Halsmann: »Es ist bei uns Sitte, daß der älteste oder einzige Sohn sich am ersten Todestag des Vaters an dessen Grab begibt und ein offenes Bekenntnis zum Judentum ablegt. Das habe ich heute getan.«

Dr. Mahler: »Die Not lehrt auch einen Juden beten.«

Dann kommt es zum Eklat. Professor Meixner sagt, am Vortag habe Dr. Pessler die Mitglieder der Innsbrucker Medizinischen Fakultät als Betrüger und Lumpen hingestellt, indem er unterstellte, Halsmann sei körperlich nicht untersucht worden, das sei unwahr, er sei sehr wohl genau untersucht worden, die Fakultät wolle eine solche Beleidigung nicht auf sich sitzen lassen. Bei den letzten Worten ist Professor Meixner laut geworden. Pessler repliziert im selben Ton, nicht er habe die Frage gestellt, sondern sein Kollege Mahler, im übrigen betrachte er Meixners Auftritt als Kriegserklärung. Pessler schlägt mit der Faust auf das Pult. Der Vorsitzende versucht zu vermitteln, und Meixner entschuldigt sich schließlich bei Pessler, er habe ihn nicht persönlich beleidigen wollen. Pessler sagt, er nehme die Entschuldigung nicht an, und Mahler fügt hinzu, wenn die Verteidigung auf so ungeheuerliche Weise angegriffen werde, bloß weil sie ein Gutachten beleuchten wolle, dann könne vor diesem Gericht nicht weiter verhandelt werden. Pessler setzt nach und sagt, im Fakultätsgutachten heiße es, ohne vorherigen Schock könnten keine Irrtümer entstehen, der Sachverständige habe jedoch gerade vor dem Gerichtshof das Gegenteil bewiesen, indem er die beiden Verteidiger ohne Schock miteinander verwechselte, weshalb er, Pessler, eine psychiatrische Untersuchung des Sachverständigen beantrage. Meixner erleidet daraufhin einen Wutanfall und beginnt zu brüllen, Pessler brüllt zurück, Fäuste krachen auf die Tische, die Geschworenen betrachten mit Staunen die Vorstellung der Akademiker, und der Vorsitzende hat Mühe, wieder Ruhe herzustellen.

Als wichtige Zeugen werden an diesem Tag die Tourengeher Karl Nettermann und Max Schneider vernommen. Sie bleiben bei ihren Aussagen im ersten Prozeß. Der Hüttenwirt Eder habe als erster den Verdacht geäußert, daß hier ein Verbrechen vorliege, dann habe sein Hund den blutigen Stein gefunden, schließlich hätten sie alle gemeinsam die Schleifspuren und die Blutspritzer an den Büschen entdeckt. In der Befragung gelingt es der Verteidigung, den Leipziger Max Schneider aus dem Konzept zu bringen.

Dr. Mahler: »Am Tage nach dem Ereignis waren Sie doch dabei, als die Gendarmerie das Geld beim Toten sicherstellte. Wo hatte der Tote das Geld?«

Schneider: »Auf der Brust in einem Beutel, den er unter dem Hemd trug.«

Dr. Mahler: »Jetzt sehen auch die Geschworenen eine positive Wahrnehmungstäuschung. Es ist ja einwandfrei erwiesen, daß der Vater Halsmann sein Geld in einer am Hosenbund eingenähten Tasche trug. Jeder Mensch kann natürlich einer Wahrnehmungstäuschung unterliegen, nur dem Angeklagten wird das nicht zugebilligt.«

Der Staatsanwalt beantragt einen neuerlichen Lokalaugenschein, an dem auch die Geschworenen teilnehmen sollen. Pessler möchte dazu den Wiener Privatdetektiv Leopold Zipperer laden lassen, der oberhalb der Mordstelle einen Schleichweg gefunden habe, welcher zur Friesenbergalpe führe, außerdem könne er bestätigen, daß damals beim Wegbau nicht nur Einheimische beschäftigt wurden, wie es immer geheißen habe, sondern auch sogenannte Baraber, italienische Hilfsarbeiter. Das Gericht gibt den Anträgen statt und setzt als Termin für den Lokalaugenschein Samstag den 14. September fest. Nun hat es der Vorsitzende eilig. Er hofft, die Verhandlung in zwei Wochen abschließen zu können.

Bei den Zeugeneinvernahmen kommt es immer wieder zu Zwischenfällen. Der Fügener Sprengelarzt Dr. Raimund Rainer wird von einem der Verteidiger gefragt, ob es stimme, daß er bei der letzten Hauptverhandlung am Gang vor dem Schwurgerichtssaal zum Zeugen Graus gesagt habe, bei Juden mußt du links halten, bei Christen rechts.

Der Arzt stellt das in Abrede. »Ich habe nur die Zeugen aus dem Zillertal darauf aufmerksam gemacht, daß ja keiner das Wort Jude gebrauchen solle, sonst heißt es gleich, das ganze ist eine Judenhetzerei.«

Pessler will dazu zwei Zeugen laden lassen, die den Ausspruch Rainers gehört hätten, und stellt fest, daß »links halten« in der Gaunersprache »falsch aussagen« bedeute. Als Beweis legt er ein Wörterbuch der Gaunersprache vor. Der Zeuge Rainer repliziert auf die Behauptung Pesslers, dazu sei es nötig, die Gaunersprache zu beherrschen: »Ich erhalte jedoch heute vom Verteidiger zum erstenmal Unterricht in derselben. Besten Dank, Herr Doktor!«

Der Antrag der Verteidigung wird wegen Unerheblichkeit abgewiesen.

Dann wird der zwölfjährige Hirte Alois Graus, wohnhaft beim Hoiserbauern im Südtiroler Pfitschtal, einvernommen, der gesehen haben will, wie die beiden Halsmanns beim Abstieg vom Furtschaglhaus heftig stritten.

Vorsitzender: »Hast du etwas Besonderes bemerkt?«

Graus: »Sie haben halt mit den Händen herumgeschlagen.«

Vorsitzender: »Wer von den beiden hat mit den Händen gefuchtelt?«

Graus: »Der junge.«

Vorsitzender: »Was hast du dir dabei gedacht, wie du sie mit den Händen herumschlagen gesehen hast?«

Graus: »Ich hab gemeint, daß sie streiten.«

Vorsitzender: »Hast du auch einen Streit gehört?«

Graus: »Nein, sie waren zu weit weg.«

Vorsitzender: »Bei der ersten Verhandlung hast du aber gesagt, daß es der alte Herr war, der mit den Händen herumgefuchtelt hat.«

Der Zeuge wirkt eingeschüchtert und sagt ganz leise: »Nein, es war der junge.«

Vorsitzender: »Zeig uns die Bewegungen, die er mit den Händen gemacht hat.«

Der Hirte hebt zaghaft eine Hand und bewegt sie kaum sichtbar. Im Auditorium bricht Heiterkeit aus, auch der Vorsitzende hat Mühe, das Lachen zu verbeißen. Ein paar Tage später erreicht das Gericht wieder ein Brief, in dem jemand den Vorschlag macht, den jüdischen Kabarettisten Armin Berg als Zeugen zu befragen, ob es nicht gang und gäbe sei, daß Juden beim Reden stärker mit den Händen fuchteln als Christen.

Ernst und gereizt wird die Stimmung wieder beim Verhör der Gendarmen, die am Tatort die ersten Erhebungen durchgeführt haben. Rayonsinspektor Otto Moser hat in einem Bericht geschrieben, der Angeklagte sei während der Obduktion seines Vaters, die in einem Schuppen unter dem Fenster seines Zimmers durchgeführt wurde, auffallend teilnahmslos gewesen, worauf Moser gefragt wird, ob der Sohn überhaupt sehen konnte, daß sein Vater dort obduziert wurde.

Moser: »Oh ja, von seinem Fenster aus hätte er es sehen können.«

Dr. Mahler: »Ich muß hier namens Halsmann erklären, daß er nicht die geringste Ahnung davon hatte, daß sein Vater unter seinem Fenster obduziert wurde.«

Vorsitzender (zum Zeugen): »Kann das stimmen?«

Moser: »Das kann schon stimmen.«

Dr. Mahler: »Das ist doch die reine Stimmungsmache gegen den Angeklagten, daß man über sein Verhalten während der Obduktion berichtet, wenn er gar nichts davon wußte. Das ist wirklich stark.«

Als nächster wird Mosers Kollege August Feistmantel befragt. Er erklärt, er habe den Auftrag erhalten, eine Skizze vom Tatort anzufertigen und die gefundenen Blutspuren einzuzeichnen.

Dr. Pessler: »Ist der Tatort vor dem Eintreffen der Gerichtskommission nach weiteren Spuren oder einem Werkzeug abgesucht worden?«

Feistmantel: »Nein, das ist nicht geschehen.«

Dr. Pessler: »In Ihrer Meldung steht das aber drinnen. Dann ist entweder Ihre Meldung falsch oder Ihre Aussage.«

Feistmantel: »Ich habe keinen Auftrag gehabt, das Gelände zu durchsuchen.«

Dr. Pessler: »Als Gendarm müssen Sie auch ohne Auftrag handeln.«

Feistmantel: »Das ist nicht richtig, ich bin zugeteilter Gendarm und habe nur zu machen, was mir mein Chef sagt.«

Dr. Mahler: »Es waren beim Lokalaugenschein acht Herren vom Gericht und Gendarmen; ist da wenigstens die Umgebung der Leiche in einer Weite von anderthalb Meter Umkreis genau abgesucht worden?«

Feistmantel: »Während der Anwesenheit des Untersuchungsrichters haben wir nur getan, was er angeordnet hat. Ich kann nicht sagen, ob die Umgebung abgesucht wurde.«

Dr. Pessler: »Ist Halsmann auf Blutspuren untersucht worden? Das gehört doch zum Abc, wenn man einen Mörder überführen will.«

Feistmantel: »Ich weiß nicht, ob es geschehen ist, ich hab es jedenfalls nicht gemacht.«

Rayonsinspektor August Feistmantel hinkt sichtbar. Auf Befragen gibt er an, er sei bei der Arbeit am Tatort gestürzt und habe sich am Knie verletzt, worunter er heute noch leide. Ein alpinistisch geübter Gendarm konnte dort also stürzen, ein herzkranker Tourist aus dem Flachland nicht, kommentiert Pessler bissig. Doch auch die Verteidigung ist längst davon überzeugt, daß Morduch Halsmann einem Mord zum Opfer gefallen ist.

Die Gendarmen aus Mayrhofen machten an diesem Tag keine gute Figur vor Gericht. Es gelang der Verteidigung, ihnen eklatante Versäumnisse nachzuweisen. Auch der Gerichtshof und die Geschworenen schienen Zweifel an den Aussagen der Gendarmen zu hegen. Als jedoch Dr. Mahler den Staatsanwalt aufforderte, gegen Moser Anklage wegen falscher Zeugenaussage zu erheben, weil dieser unterstelle, Halsmann habe ungerührt die Obduktion seines Vaters beobachtet, was nicht der Wahrheit entspreche, schlug die Stimmung sofort wieder um. Staatsanwalt Hohenleitner warf der Verteidigung vor, sie wolle bloß gegen Zeugen vorgehen, die ihr nicht genehm seien, und der Schwurgerichtshof lehnte den Antrag ab. Der Vorsitzende richtete eine scharfe Mahnung an die beiden Verteidiger und sagt, der Gerichtshof werde es künftig nicht mehr zulassen, daß Zeugen beleidigt und Angriffe gegen behördliche Organe geführt würden. Er werde nötigenfalls mit Ordnungsstrafen vorgehen. Pessler beharrte dennoch darauf, daß die Verteidigung zur Gendarmerie kein Vertrauen mehr habe.

Mit größter Spannung erwarten alle die Einvernahme von Josef Eder. Für seinen Auftritt vor dem Innsbrucker Gericht hat der Wirt der Dominikushütte, ein untersetzter, stämmiger Mann, städtische Kleidung angelegt, dazu trägt er einen Tiroler Hut mit einem riesigen Gamsbart. Eder erzählt, wie er zum ersten Mal zur Unglücksstelle kam und dort nach Spuren eines Absturzes suchte, jedoch keine fand.

Eder: »Nun machte mich der Nettermann aufmerksam, daß mein Hund immer auf der Erde herumschnuppert. Ich ging hin und hab den Hund weggejagt. Dann hab ich mich gebückt und sah auf der Erde einzelne Blutstropfen. Ich hab mit meinem Stock das Erdreich aufgerührt, und je tiefer ich in die Erde gekommen bin, auf umso mehr Blut bin ich gestoßen. Ich hab mich auch umgeschaut, wo das Blut hinzieht. Da sah ich, daß am Gras überall Blutspritzer waren, aber nicht nur am Gras, sondern auch auf den Stauden unterhalb der Mauer war etwa 80 Zentimeter hoch noch Blut. Am Rand dieser Blutspuren standen zwei Rucksäcke, die dem Nettermann und dem Schneider gehörten. Ich befahl ihnen, sie ein Stück wegzutragen. Gleich neben den Rucksäcken zog sich rechter Hand eine Schleifspur hin.«

Vorsitzender: »Wie sah die Schleifspur aus?«

Eder: »Das Gras war glatt niedergestrichen, und es sah so aus, als hätte man dort ein blutiges Schwein drübergezogen.«

Vor dem Lokalaugenschein ordnet das Gericht eine Lichtbilderdemonstration für die Geschworenen an, damit diese einen Eindruck bekommen, wie der Unglücksort zur Zeit der Tat ausgesehen hat. Auf dem Tisch des Staatsanwalts wird ein Projektionsapparat aufgebaut, dahinter eine Leinwand, die Erläuterungen liefert der Leiter der Innsbrucker Gerichtsmedizin, Professor Karl Meixner, der einen Zeigestock benützt. Während er die Bilder erklärt, ermahnt er die Geschworenen, beim Lokalaugenschein vorsichtig zu sein, weil die Stelle dort ein Rutschterrain sei und man sich bei einem Ausgleiten schwere Verletzungen zuziehen könne. Einmal steht der Angeklagte auf und sagt zum Sachverständigen: »Bitte, Herr Professor, reichen Sie mir den Stab!« Das klingt nicht wie eine Bitte, sondern wie ein Befehl. Er nimmt den Stock und zeigt ein Detail auf dem Bild, das der Professor seiner Ansicht nach falsch erklärt hat. Dann wird der Angeklagte aus dem Saal geführt. Nun werden im verdunkelten Saal Bilder vom abgetrennten Kopf der Leiche gezeigt, mit den schrecklichen Verletzungen, von allen Seiten, von ganz nah, der Sachverständige zeigt die Richtung, in der die Schläge geführt wurden, erläutert, daß der Schädelknochen durch die zahlreichen wuchtigen Hiebe stellenweise regelrecht zerklopft wurde, so daß eine Zusammensetzung nicht mehr gelang, obwohl sich ein geübter Präparator lang damit abmühte. Das nächste Bild. Die tiefklaffende Stirnwunde.

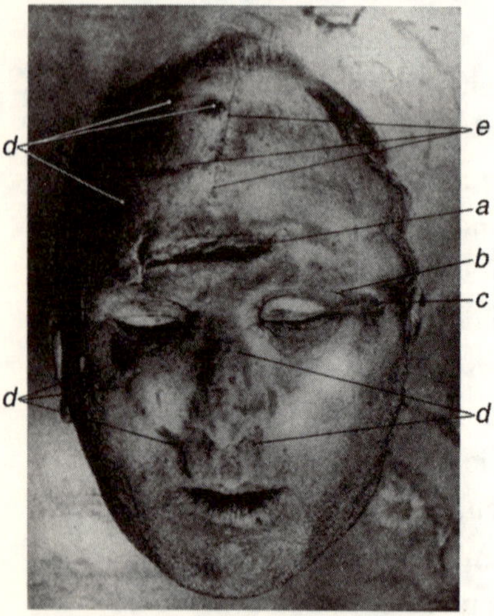

a) Durch beide Stirnhöhlen und die vorderen Schädelgruben ins Innere des Hirnschädels führende Wunde. b) und c) Kleine, auf den oberen äußeren Rand der linken Augenhöhle führende Quetschwunden. d) Abschürfungen. e) Zur Untersuchung des Gesichtsschädels an dem gehärteten Kopf angelegter wiedervernähter Schnitt

Aus dem Auditorium sind entsetzte Ausrufe zu hören. Um halb zehn Uhr abends beendet der Vorsitzende die grausige Vorstellung, weil alle Beteiligten früh am nächsten Morgen zum Lokalaugenschein ins Zillertal aufbrechen müssen.

ZWÖLFTES KAPITEL

Der Auftrieb ins Zillertal war diesmal noch größer als drei Monate zuvor. Die zwölf Hauptgeschworenen und zwei Ersatzmänner wurden in einem vom Militär zur Verfügung gestellten Wagen ins Zillertal gebracht, die Journalisten und Verteidiger Franz Pessler mit einem Postautobus, die Mitglieder des Gerichtshofes fuhren mit einem privaten Auto, und Staatsanwalt Siegfried Hohenleitner nahm das eigene Motorrad. Nur Dr. Mahler und Geheimrat Störring aus Bonn, den die Verteidigung gern beim Lokalaugenschein dabei gehabt hätte, blieben in Innsbruck zurück. Der deutsche Professor hatte ein schwaches Herz, und Mahler laborierte an einem hartnäckigen Fußleiden. »Mein Gott, heut ischt der Dreizehnte und Freitag obendrein!«, sagte einer der Geschworenen, als er in den Wagen stieg.

In den Ortschaften, die der Konvoi passierte, säumten Menschen die Straße, die alle »den Halsmann« sehen wollten, doch der Angeklagte war schon in den frühen Morgenstunden mit dem Zug nach Jenbach und von dort mit der Zillertalbahn nach Mayrhofen gebracht worden. In Mayrhofen hielt ein Wiener Filmoperateur namens Rudi Mayer, der ebenfalls zum Lokalaugenschein angereist war, die Eskorte an und fragte den vorausschreitenden jungen Mann in Zivil, den er für einen Kriminalbeamten hielt, nach dem Weg.

»Verzeihen Sie, ich bin der Angeklagte«, sagte Halsmann und verwies Mayer an die begleitenden Gendarmen.

Bis zum Abend trafen alle Beteiligten im Gasthof Breitlahner ein, wo sie übernachteten. Die Wirtsleute hatten

Mühe, die große Gesellschaft unterzubringen, denn der Gasthof war zu dieser Jahreszeit gut besucht, vor allem von deutschen Gästen, die sich über den Fall Halsmann gut informiert zeigten und mehrheitlich bekundeten, sie hielten den Angeklagten für unschuldig.

Tatort in Richtung Breitlahner gesehen

Im Gegensatz zur gereizten Stimmung im Gerichtssaal war die Atmosphäre beim Lokalaugenschein am nächsten Tag entspannt und heiter, fast wie bei einer Bergpartie. Es war ein wolkenloser, heißer Septembertag, und die Teilnehmer waren passend für eine Wanderung ins Gebirge gekleidet. Oberlandesgerichtsrat Ziegler trug zünftige Bundhosen, eine dicke Joppe, derbe Bergschuhe und einen festen Stock, einer der beisitzenden Richter hatte sogar kniefreie Lederhosen an. Nur Halsmann sah aus wie ein Städter, der sich ins Hochgebirge verirrt hatte: taubengrauer Anzug mit Trauerflor am Ärmel, dazu ein eleganter, heller Hut mit breitem schwarzem Band. Wie schon beim Lokalaugenschein im Juni trug er keine Handfesseln.

Am Tatort wurde Halsmann aufgefordert, die Stelle zu bezeichnen, die er am 11. September vor einem Jahr als seinen Standpunkt angegeben hatte. Er sagte, heute wolle er nicht mehr ausschließen, daß er sich damals geirrt habe und viel weiter weg gewesen sei. Er erinnerte an seine erste Aussage gegenüber den Gendarmen, wonach er zwei bis fünf

Lokalaugenschein

Minuten zur Absturzstelle gebraucht habe. Dann wurden verschiedene Messungen und Laufversuche unternommen – wie lange konnte der Sohn zur Absturzstelle gebraucht haben, wenn man einmal davon ausging, daß er nicht bloß zehn bis zwölf Meter von seinem Vater entfernt war, sondern rund 180 Schritt? In dieser Entfernung fand man nämlich talauswärts eine zweite Stelle, von der aus man zwar die Absturzstelle sehen konnte, nicht aber den darunter liegenden Hang, so wie es Halsmanns Darstellung entsprach. Der Angeklagte benötigte einmal 25 und dann 29 Sekunden, um diese Strecke im Laufschritt zurückzulegen. Schließlich mußte er noch zum Bach hinunter klettern und wieder hinauf, dafür brauchte er zehn beziehungsweise zwanzig Sekunden. Alle diese Laufversuche absolvierte der Angeklagte in schwarzen Halbschuhen, die sich für das Gelände wenig eigneten. Als ihn ein Geschworener darauf hinwies, sagte er heftig: »Meine Bergschuhe habe ich nicht bekommen, die sind ja Corpora delicti.«

Beim Auftritt des Wiener Privatdetektivs Leopold Zipperer machte sich Mißstimmung breit . Der Zeuge der Verteidigung hatte angegeben, er habe oberhalb der Mordstelle einen Schleichweg durchs dichte Erlengebüsch entdeckt, der bis zum neu errichteten Weg in Richtung Friesenberghaus führe; ein Weg, auf dem sich ein unbekannter Mörder anschleichen und nach vollbrachter Tat wieder ungesehen entfernen hätte können. Als Zipperer aufgefordert wurde, den Schleichweg zu zeigen, kraxelte er in Begleitung des Staatsanwalts und des Geschworenen Engelbert Erlsbacher, ein passionierter Jäger und Bergsteiger, den Hang hinauf, wo der vermeintliche Steig nach wenigen Metern in dichtem Staudenwerk endete. Kleinlaut mußte der pensionierte Wiener Polizeibeamte, der im Gebirge keine gute Figur machte, zugeben, daß er den Schleichweg nie weiter verfolgt hatte.

»Das ist eine aufgelegte Irreführung«, sagte Erlsbacher entrüstet, als sie wieder unten am Weg standen. Staatsanwalt Hohenleitner erklärte, er behalte sich vor, gegen Zipperer Anklage wegen falscher Zeugenaussage zu erheben. Auf jeden Fall war es eine peinliche Schlappe für die Verteidigung.

Dann ersuchte Halsmann den Vorsitzenden, ein paar Worte an die Geschworenen richten zu dürfen: »An dieser Stelle, der Todesstelle meines Vaters, wiederhole ich noch einmal: Ich bin völlig unschuldig. Ich bitte Sie, glauben Sie mir das, meine Herren Geschworenen!«

Der Wirt der Dominikushütte, Josef Eder, hatte etwa fünfzig Meter vom Tatort entfernt ein provisorisches Buffet aufgebaut, bei dem sich die Teilnehmer des Lokalaugenscheins mit heißen Würsteln, Speckbroten, Bier und Schnaps labten. Das Buffet fand regen Zuspruch.

Anschließend stieg die Gesellschaft die kurze Strecke bis zur Dominikushütte hinauf. Auf dem Weg dorthin zeigte

Pessler den Geschworenen einige Stellen, wo gleich neben dem Steig senkrechte Felswände zum Wildbach abfielen. Dort wäre ein als Absturz getarnter Mord viel leichter auszuführen gewesen. Bei der Dominikushütte wurde Mittagsrast gehalten. Halsmann weigerte sich beharrlich, Eders Hütte zu betreten, und blieb im Freien sitzen, umringt von Gendarmen, die ihn fürsorglich in Decken hüllten, weil er vom vielen Laufen verschwitzt war. Pressephotographen umlagerten die Gruppe, unter ihnen auch der Filmoperateur Rudi Mayer, der schon den Lokalaugenschein hatte aufnehmen wollen, was jedoch vom Gericht untersagt worden war. Die Photographen schienen Halsmann wenig zu stören, doch wenn er bemerkte, daß Mayer die Kamera auf ihn richtete, hielt er die Hand vors Gesicht. »Ich will nicht in die Wochenschau, ich bin kein interessanter Mensch«, sagte er.

Rudi Mayer, drei Jahre älter als Halsmann, war Kameramann, oder Kinooperateur, wie man das damals nannte, im Familienunternehmen »Mayer's Filmaktualitätenbüro«, das sein Vater, Gustav Mayer, gegründet hatte. Das Unternehmen stellte die ersten österreichischen Wochenschauen her, für die es wichtige politische und gesellschaftliche Ereignisse wie den Brand des Wiener Justizpalastes 1927, aber auch aufsehenerregende Kriminalfälle dokumentierte. Im Frühjahr 1929 war Mayer von Prinz Ferdinand von Liechtenstein und dem ungarischen Abenteurer und Forscher Ladislaus Eduard Almásy, der durch den Roman von Michael Ondaatje, »Der englische Patient«, bekannt wurde, als Kameramann verpflichtet worden, um ihre Expedition durch Ostafrika zu begleiten, von der Rudi Mayer im Sommer zurückgekehrt war. Die Fahrt ins Zillertal unternahm er wieder fürs väterliche Unternehmen – den spektakulären Prozeß gegen Halsmann wollte man sich nicht entgehen lassen.

Die aus der Hauptstadt Zugereisten stifteten in dem Prozeß bloß Verwirrung, der Kinooperateur Mayer war keine Ausnahme. Eine Woche nach dem Lokalaugenschein herrschte helle Aufregung im Zillertal. Ein Geschworener des ersten Prozesses hatte sich auf eigene Faust zum Tatort aufgemacht, um dort ein wenig Sherlock Holmes zu spielen, und hatte beim Herumstöbern in den Büschen oberhalb des Weges eine Hacke gefunden! War das die Waffe, mit der dem Ermordeten die schreckliche Stirnwunde beigebracht worden war? Die Gendarmerie Mayrhofen meldete den Fund unverzüglich nach Innsbruck, und um vier Uhr morgens wurde von dort eine Gerichtskommission ins hintere Zillertal in Marsch gesetzt, der sich auch ein Konzipient von Dr. Mahler anschloß, um die Interessen der Verteidigung zu wahren. Als die Kommission das Corpus delicti zum Gasthof Breitlahner brachte, erkannte der Wirt die Hacke sofort als sein Eigentum, er hatte sie schon vermißt. Er hatte die Hacke vor einer Woche dem Wiener Kinooperateur geliehen, der damit Stauden ausschlagen wollte, die ihm bei den Aufnahmen die Sicht verstellen konnten. Dann hatte Mayer das Werkzeug einfach liegen lassen, gedankenlos wie Großstädter nun einmal sind, weil sie keine Ahnung haben, welchen Wert ein solches Werkzeug für Landleute besitzt.

Vom Gasthof Breitlahner gaben die Journalisten fernmündlich ihre Berichte durch. Die Innsbrucker Postdirektion hatte am Vortag die Leitung überprüfen lassen, damit es keine Pannen gebe. Das Telephonfräulein in Mayrhofen machte dankenswerterweise Überstunden. In Innsbruck war man besorgt, daß der Halsmann-Prozeß der internationalen Reputation der Stadt und des ganzen Landes schaden könnte. Das erklärt auch die Empfindlichkeit, mit der Tiroler Zeitungen immer wieder auf kritische Stimmen von außen, voran aus Wien, reagierten. Am Tag vor dem Lokalaugenschein hatte die *Neue Freie Presse* einen Leitartikel von Emil Kläger gebracht, in dem sich der bekannte Autor in dunklen Andeutungen über die bedrohliche Stimmung im Innsbrucker Schwurgerichtssaal erging:

»Die Atmosphäre ist elektrisch geladen. Lärm grollt über den kleinen Schwurgerichtssaal hin, in dem sich das schwere, heiße Ringen um eine Wahrheit vollzieht, von den Parteienplätzen her zischt es heftig auf. [...] Scharfe Kugeln pfeifen von der Verteidigerbank ins Ungewisse. Wohin zielen sie? Nicht so sehr auf eine Zeugenaussage. Sie schießen, sonderbar, über die Objekte hinaus, die sichtbar im Raume sind, mit anscheinend unverständlicher Erbitterung. Nur vage Umrisse sind zu ahnen von einer Gegnerschaft, die sich irgendwo außerhalb des Prozeßschauspieles befinden mag, die getroffen werden soll. Man hat das unheimliche Gefühl: die beiden Anwälte hinter dem Angeklagten zielen wie angstvoll nach etwas Unsichtbarem. Es wird ungemütlich, eine verhaltene Feindseligkeit entwickelt sich. – Das Problem des Prozesses ist vor allem diese Furcht vor lautlosen Stimmungen, vor unsichtbaren Einflüssen, ist die Angst der Verteidigung vor einem Femgericht, das gar nicht im Schwurgericht seinen Sitz hat. Ist diese Angst berechtigt? Man mag gewisse Anzeichen so deuten. Die Anwälte scheinen gründlicher informiert zu sein. Sie klagen über Behinderungen, sie sind Innsbrucker, mit dem heimatlichen Boden innigst vertraut, mit ihm verwachsen. [...] Nun regt sich immer stärker das von außen Kommende, Unsichtbare. Der Angeklagte ist landfremd, ist allen Leuten, die darüber zu urteilen haben, ob er den eigenen Vater ermordet hat, im Wesen fremd, ein anderes Menschengewächs, das dem Tiroler vielleicht nicht sympathisch ist, das er nicht mag. Das aber machte doppelte

Vorsicht, doppelte Gewissensstrenge nötig, doppelte Wachsamkeit gegen das Übergreifen von Stimmungen ins Haus der Justiz.« (*Neue Freie Presse*, 12. September 1929)

Der christliche *Tiroler Anzeiger* antwortete auf Klägers Stimmungsbericht mit einem geharnischten Artikel, betitelt »Freche Verleumdungen gegen Tirol«. Dort wurde der Verteidigung vorgeworfen, sie erweise mit diesen von ihr ausgestreuten Gerüchten von einem Femegericht dem Angeklagten keinen guten Dienst, denn jeder Innsbrucker, jeder Tiroler, müsse ein solches Gerede als unverschämte Beleidigung empfinden.

Wie zur Bestätigung der vagen Verdächtigungen des liberalen Wiener Blattes hielt drei Tage nach dem Lokalaugenschein ein Pater namens Anselm Maria Wimmer in der Innsbrucker Servitenkirche, nicht weit vom Gerichtsgebäude gelegen, eine Predigt, in der er auf den laufenden Prozeß einging. Der Gottesmann sprach vom Gewissen und davon, daß dieses bei manchen Menschen schon ganz abgestorben sei. Als Beispiel führte er Philipp Halsmann an, dessen Namen er ausdrücklich nannte: Der habe den eigenen Vater auf bestialische Weise ermordet, und nun leugne er die Tat und zeige keinen Funken Reue. Die Predigt wurde zum Stadtgespräch, denn der Servitenpater war eine bekannte Figur. Pater Wimmer organisierte religiös-soziale Kulturabende, in denen er über aktuelle Fragen wie etwa über »Die tödlichen Gefahren des Bolschewismus« sprach, und er redigierte auch das Monatsblättchen seines Ordens, in dem er eifrig die Trommel für die Heimatwehr rührte, die den Schutz der Heimat vor der »internationalen roten Gefahr« garantiere. »Die Heimatwehr steht da wie die geballte deutsche Faust, die bereit ist, die Frevler auseinanderzutreiben, wenn es nicht mehr anders geht«, hieß es in einem Artikel

Wimmers. Die Innsbrucker Sozialdemokraten nannten den streitbaren Ordensbruder »Heimatwehr-Wimmer« und warfen ihm vor, er wolle eine »Stahlhelmkirche« errichten.

Die Heimatwehr war in Tirol der unbestritten stärkste paramilitärische Wehrverband, der sozialdemokratische Republikanische Schutzbund dagegen war ausnehmend schwach. Der Führer der Heimatwehr, der Abgeordnete der Tiroler Volkspartei Richard Steidle, zählte 1919 zu den Gründern des Tiroler Antisemiten-Bundes. 1923 wurde Steidle zum Bundesführer der österreichischen Heimwehr ernannt. Im März 1929 veröffentlichte er eine Erklärung, die eine halbherzige Absage an den Antisemitismus darstellte: Die Heimwehr bekämpfe nur die destruktiven Elemente des Marxismus und die bösartigen Vertreter der Asphaltdemokratie, die sich nun einmal hauptsächlich aus Individuen jüdischer Abkunft rekrutierten, die aus dem Osten zugewandert seien, sagte Steidle dort und räumte ein, daß es ungerecht wäre, »diese entarteten Elemente mit der staatstreuen Judenschaft in einen Topf zu werfen«.

Mit dieser lahmen Distanzierung versuchte Steidle, einflußreiche jüdische Kreise zu beruhigen, auf deren finanzielle Unterstützung die Organisation angewiesen war.

Im Gerichtssaal konnte die Verteidigung in den Tagen nach dem Lokalaugenschein einige Erfolge verbuchen. Revierinspektor Johann Weiler von der Gendarmerie Mayrhofen, der den Beschuldigten am 10. September 1928 im Gasthof Breitlahner bewacht hatte, bestätigte auf Befragen, daß Philipp Halsmann von den Beamten untersucht worden war: »Am Körper des Angeklagten war kein Blut. Sein Oberkörper war nackt, aber nicht blutig. Auch an der Hose und an der übrigen Kleidung stellten wir kein Blut fest. Der Angeklagte ist von uns auf Blutspuren untersucht worden.«

Dann wollte Pessler von Weiler wissen, ob er bei dem Beschuldigten einen Photoapparat gesehen habe? Nein, Weiler hatte keinen gesehen. Halsmann erklärte, der Apparat sei ihm schon vorher abgenommen worden, zusammen mit seinem Reisepaß. Nun beantragte Pessler die Herbeischaffung des Photoapparates. Der Angeklagte habe diesen während der Wanderung die ganze Zeit bei sich gehabt, auf dem Weg zur Dominikushütte habe er noch Aufnahmen von seinem Vater gemacht. Wenn jemand im Affekt zuschlage, müsse man davon ausgehen, daß er den erstbesten Gegenstand benütze, der ihm in die Hände komme, das wäre in diesem Fall der Photoapparat gewesen, den er in der Hand hielt, es sei daher wichtig, festzustellen, ob daran Spuren von Schlägen festzustellen seien.

Der Antrag auf Vorweisung des Photoapparates wurde vom Gerichtshof zugelassen, der gleichzeitig feststellte, der Apparat sei derzeit unauffindbar. Der mit der Verwahrung dieser Gegenstände betraute Beamte befand sich im Urlaub.

Der Photoapparat Halsmanns sollte auch nach der Rückkehr des zuständigen Beamten nicht auftauchen. Wer ihn an sich genommen hatte, blieb unaufgeklärt. Auch die Aufnahmen, die Philipp während der Bergtour im Zillertal gemacht hatte, waren in Verstoß geraten. Als Dr. Pessler den Antrag stellte, sie den Geschworenen zu zeigen, weil sie einen Beweis für das gute Einvernehmen zwischen Vater und Sohn darstellten, waren sie unauffindbar. Erst nach Beendigung des Prozesses waren die Bilder wieder da und wurden dem Verteidiger übergeben. Zu spät. War jemand bei Gericht bemüht, die Verteidigung zu behindern? Dr. Pessler jedenfalls schien das zu glauben.

Das große Interesse, das der Prozeß fand, wurde für die Verteidiger manchmal zum Fluch. Sie wurden mit anonymen

Briefen, Hinweisen und gutgemeinten Ratschlägen bombardiert, die ihnen sogar bei laufender Verhandlung zugesteckt wurden. Eines Morgens verlor Dr. Mahler die Geduld, knüllte einen eben erhaltenen Brief zusammen und warf ihn an die Wand. Als er darauf vom Vorsitzenden ermahnt wurde, brach es aus ihm heraus: »Es muß einen aber, Hoher Gerichtshof, auch wirklich ärgern, wenn die Verhandlung noch nicht einmal eine halbe Stunde dauert und man schon mit zwei Telegrammen und fünf anonymen Briefen beglückt wird, die immer dieselbe Grundnote enthalten: der Zeuge Eder, der Zeuge Eder und wieder der Zeuge Eder. Wir würden froh sein, endlich einmal von der Flut dieser Zuschriften Ruhe zu haben. Ich habe zum Beispiel am Samstag nicht weniger als fünfzehn anonyme Briefe, und gestern, Sonntag, sieben solcher Zuschriften erhalten. Sogar um Mitternacht wurde ich heute aus dem Bett geläutet. Es wurde mir ein anonymer Brief aus Bad Gastein überbracht, in dem es wieder heißt: Eder. Jeder Esel glaubt, er müsse die Verteidigung auf dieses oder jenes aufmerksam machen und ihr sogar Ratschläge für das Plädoyer erteilen.«

Ein Wiener Morgenblatt beschaffte sich einen Brief Halsmanns und beauftragte einen Graphologen namens Artur Holz, aufgrund von drei Zeilen ein Gutachten zu erstellen. Es ist erstaunlich, was der Experte aus wenigen Zeilen herauszulesen vermochte:

»Hier liegt die Schrift eines Menschen vor, der weichherzig ist und gleichzeitig verweichlicht, verwöhnt. Es ist unbedingt Intelligenz bei dieser Veranlagung erkenntlich, die eine geistige Selbständigkeit beweist, denn gefühlsmäßig ist etwas Anlehnungsbedürftiges, mädchenhaft Schamhaftes, Schwankendes, Beeinflussung Erwartendes, Unsicheres im Wesen graphologisch festzustellen. Im Zusammenhang

Darunter hat sich zum Teil in Badekostümen eine Gesellschaft angeregter Damen und Herren im Kasino von Cannes um den Spieltisch versammelt. Alle sind guter Laune. Einige lächeln, die meisten spielen, ordnen ihre Karten und Gelder, einer legt mit einer weiten Gebärde einen Einsatz auf den Tisch, mehrere sehen interessiert zu. Trotzdem die Gier des Spiels

die illustrierten Blätter, die sie sind, und unsere Zivilisation nicht unsere Zivilisation, wenn nicht gleich darauf ein schief ins Bild gestellter Frauenkopf zu sehen wäre, mit gemalten Augenbrauen, geöffnetem Mund, zum Zubeißen ansetzenden, schimmernden Zähnen und den mattverhaltenen Augen eines Kino-Vampirs — ein Frauenantlitz, das fragt: „Finden Sie mich interessant?"

Ein Brief Philipp Halsmanns und seine Analyse.

Ein Gutachten von Albert Geßmann. — Mehr als 15.000 Sympathiekundgebungen.

Sehr geehrter Herr Coudenhove-Kalergi!

Mein armer Vater war Mitglied der Paneuropa-Bewegung und sehr stolz auf sein Abzeichen, das er immer trug. Ich selbst sympathisierte und sympathisiere stets mit allen Fibern mit dieser Bewegung, und ich kann daher gar nicht sagen, welche innere Hilfe für mich jetzt ein Brief ihres Führers, eines Menschen, den ich von allen europ. Politikern mit am meisten verehre, bedeutete.

Ich sende Ihnen und Ihrer verehrten Frau Gemahlin meinen heissen herzlichen Dank für Ihren Brief u. die Bücher, die mich ausserordentlich interessieren. und bin mit besten Grüssen in ausserordentlicher Hochschätzung und tiefster Dankbarkeit.

Fast sechs Wochen sind seit dem Innsbrucker Urteil verflossen. Philipp Halsmann hat sich vorläufig in das Unvermeidliche fügen und sich in Geduld schicken müssen. Er weiß leider schon aus Erfahrung, daß die Erledigung einer Nichtigkeitsbeschwerde lange Zeit in Anspruch nimmt, viel mehr Zeit, als diejenigen, die sie zu erledigen haben, ahnen.

Schrift: mittelgroß, steil, eng, teigig, hohes Formniveau, Harmonie bedeutend, vorwiegend Girlandenduktus, Zeilen- und Wortabstand groß, einfache, individuelle, gefällige Formen.

Ein besonderer Fall. Der Mann verdient größte Aufmerksamkeit, er verspricht eine ungeahnte Entwicklung. Ein

Eines der graphologischen Gutachten

damit ist Empfindlichkeit im Wesen verankert, die in Schwächezuständen ausartet, den Schreiber kindisch und kapriziert werden läßt und schließlich mißtrauisch und reizbar macht. [...] Es sind starke Konflikte zwischen dem Begriffe Können und Wollen vorhanden, die eigenartigerweise zum Abreißen eines vorsätzlich gewählten Gedankens führen können, unter gleichzeitiger Überspringung der notwendigen Assoziation in geistiger Beziehung; dadurch wird bei dieser Art der Veranlagung eine Kontrastwirkung in der negativen und positiven Durchführung von Angelegenheiten erreicht, die also einerseits zu einem Rückzug und zu innerlicher Kränkung führt und im anderen Falle zu spontan einsetzender, nervenaufpeitschender, spiralförmig in die Höhe steigender, explosiver Entladung übergeht.

Allerdings sind diese unvorhergesehenen Momente von Jähzorn sofort wieder vergessen. Dies erscheint umso plausibler, als Rachsucht bei dem Schreiber schon deshalb nicht zur Veranlagung gehört, weil dazu Brutalität notwendig ist, über die der Herr nicht verfügt.« (*Der Morgen*, 16. September 1929)

Das Gutachten wurde der Verteidigung unentgeltlich zur Verfügung gestellt, die jedoch darauf verzichtete, von dem Elaborat Gebrauch zu machen. Schließlich langte aber doch ein Hinweis von außen ein, der ihr brauchbar erschien. Dr. Pessler verlas im Gerichtssaal das Telegramm eines in Bad Gastein zur Kur weilenden deutschen Gerichtschemikers, der erklärte, aufgrund seiner langjährigen Erfahrung halte er es für völlig undenkbar, daß der Angeklagte der Mörder sei, wenn seine Kleidung keinerlei Blutspuren aufweise. Der Staatsanwalt bemerkte spitz, er finde es merkwürdig, daß ein Sachverständiger aus der Entfernung so eine Meinung äußern könne, ohne näher mit der Materie vertraut zu sein. Das Gericht lehnte es denn auch ab, den deutschen Chemiker vorzuladen.

Ein wichtiger Zeuge war ein Innsbrucker Augenarzt, der den Angeklagten untersucht und festgestellt hatte, dieser sei hochgradig kurzsichtig. Die Brille, die Halsmann während der Wanderung im Zillertal getragen hatte, wies dreieinhalb Dioptrien auf, dabei benötige er acht. Das bedeutete, daß Halsmann nicht einmal auf kürzere Entfernung ihm gut bekannte Personen verläßlich erkennen konnte.

Es gelang den Verteidigern auch, einige Mißverständnisse auszuräumen, die im ersten Prozeß eine Rolle gespielt hatten. Als wichtiges Verdachtsmoment gegen den Angeklagten war gewertet worden, daß sein Vater in Gegenwart von Fremden oft davon gesprochen hatte, sein Sohn wolle ihn beerben. Sprach daraus nicht eine Vorahnung, daß ihm dieser nach dem Leben trachtete? Schon damals wurde darauf hingewiesen, daß das in ostjüdischen Kreisen eine übliche Redewendung sei. Der Bruder des Ermordeten, der 57jährige Kaufmann Moritz Halsmann aus Riga, erzählte in der Verhandlung, Morduch Halsmann habe seinen Sohn gern scherzhaft »naslednik«, russisch für Erbe, genannt, das sei eine Angewohnheit gewesen, sogar seinen Hund habe er manchmal in Gesellschaft »naslednik« gerufen.

Aus Riga waren diesmal noch mehr Verwandte, Lehrer und Freunde als Zeugen gekommen als zum ersten Prozeß. Auch die Schwester und die Mutter sagten aus, obwohl Ita Halsmann von den Strapazen sichtbar gezeichnet war und im Gerichtssaal beinahe einen Zusammenbruch erlitt. Ein Pressephotograph macht von den beiden Frauen beim Verlassen des Gerichtsgebäudes eine Aufnahme, die in mehreren Zeitungen erschien. Auf dem grob gekörnten, verschwommenen Bild ist links die Mutter von Philipp Halsmann zu sehen, in einem schwarzen Kleid, in der linken Hand eine große Handtasche, die sie wie schützend vor sich hält. Neben ihr die Tochter Liuba, ein wenig größer, noch schlanker, das dunkle Kleid kürzer, oberhalb der Knie endend, den rechten Arm in die Mutter eingehängt, offensichtlich um diese zu stützen. Sonst sind auf dem Bild keine Personen zu sehen, als sollte unterstrichen werden, wie einsam und allein die beiden Frauen in der fremden Stadt sind.

Alle Charakterzeugen, die gehört wurden, stellten dem Angeklagten nur das beste Zeugnis aus, keiner hielt ihn der Tat für fähig. Einzig der 25jährige Student Rafael Jungelsohn aus Riga, der jahrelang mit Halsmann befreundet gewesen war, hatte sich in früheren Aussagen abfällig über den Freund geäußert.

Vorsitzender: »Warum haben Sie Halsmann in einer Aussage als Egoisten bezeichnet?«

Jungelsohn: »Ich stellte mich nach meinem Militärdienst immer mehr auf die Seite der sozialistischen Bewegung. Halsmann schrieb mir damals einen Brief, in dem er mich davon abhalten wollte. Ich habe ihm deshalb auch Vorwürfe gemacht und es als egoistisch bezeichnet, daß er nur auf sein Fortkommen als Individuum, nicht aber auf das Fortkommen der ganzen Menschheit bedacht sei.«

Vorsitzender: »Haben Sie etwas über die Damenbekanntschaften des alten Halsmann mitzuteilen? Sie haben doch laut einem Polizeiprotokoll erwähnt, daß es zwischen Sohn und Vater wegen der Damenbekanntschaften des Letzteren Unstimmigkeiten gegeben habe.«

Jungelsohn: »Ich habe nie behauptet, daß der alte Herr Bekanntschaften mit Damen hätte, ich habe nur bei der Polizei bekanntgegeben, daß in Riga solche Gerüchte in Umlauf sind.«

Halsmann (ruft dazwischen): »Diese Gerüchte sind von Innsbruck aus nach Riga gegangen. In Riga hat das sicher niemand behauptet, denn das wäre eine offenkundige Verleumdung meines toten Vaters.«

Dr. Mahler (zum Zeugen): »Ist nach Ihrer Überzeugung jeder ein Egoist, der Privatkapital besitzt oder ein solches zu erwarten hat?«

Jungelsohn: »Ja.«

Dr. Mahler: »Das ist aber eine sehr jugendliche Auffassung.«

Der Staatsanwalt sieht ein, daß mit dem jungen Mann mit

den überspannten sozialistischen Ideen vor den Tiroler Geschworenen kein Staat zu machen ist, und verzichtet auf dessen Befragung.

Große Hoffnung setzt er dagegen in den Zeugen Eduard Friedmann aus Andritz bei Graz, der sich erst nach Beginn des zweiten Prozesses bei ihm gemeldet hat. Der Zeuge hat zwischen 1921 und 1928 in Riga gelebt und will dort erfahren haben, daß der Zahnarzt Halsmann tatsächlich ein großer Damenfreund war. Aus diesem Grund sei es in der Familie häufig zu schlimmen Zerwürfnissen gekommen, die von seiten des Sohnes, der die Mutter unterstützte, aggressiv geführt wurden.

Da wäre endlich das langgesuchte Motiv.

Doch in der Vernehmung muß Friedmann zugeben, daß er die Familie Halsmann gar nicht kannte. Er hat dieses Gerede in Riga im Kaffeehaus aufgeschnappt, und zwar von ortsfremden Reisenden, die sich dort zu Geschäften aufhielten, diese wieder wollten die Gerüchte von Einheimischen gehört haben. Friedmann hat nur verleumderischen Tratsch nachgeplappert, den er in Riga gehört hat, und hinterläßt insgesamt als Zeuge keinen guten Eindruck. Am folgenden Tag verliest Dr. Pessler ein Telegramm des österreichischen Honorarkonsuls in Riga, in dem es lakonisch heißt:

»Zeuge Friedmann als lästiger Ausländer aus Lettland ausgewiesen.«

Der Zeuge, der endlich ein Tatmotiv liefern sollte, ist zu einer Blamage für den Staatsanwalt geworden.

In der Verhandlung kommt auch jener geheimnisvolle Rupert Auer zur Sprache, der sich im Mai bei Pessler gemeldet hat, weil er angeblich Halsmanns Unschuld beweisen wollte. Der Zeuge hatte sich jedoch aus dem Staub gemacht, noch ehe er vom Untersuchungsrichter vernommen werden konnte; der Freund im Zillertal, der seine Worte bestätigen sollte, war erfunden. Pessler räumt ein, der angebliche Auer habe offenbar viel gelogen, trotzdem habe er in der Sache Kenntnisse verraten, die nur der wahre Täter oder ein Augenzeuge besitzen konnte. Deshalb beantragt der Verteidiger, den Freund der Familie Halsmann, Richard Glaser, dessen Frau Hedwig und deren Dienstmädchen zu vernehmen. Eine Begegnung mit Auer hatte in der Wohnung der Glasers stattgefunden. Weiters solle Glaser Einsicht in das Verbrecheralbum nehmen, vielleicht könne er dort Rupert Auer unter seinem richtigen Namen ausfindig machen. Dann sollen noch die Akten über den Doppelraubmord in Brandenberg und den Mord bei der Darmstädter Hütte herbeigeschafft werden. Der Verteidiger will Glaser auch noch den beiden Tätern gegenüberstellen lassen, um herauszufinden, ob vielleicht einer von ihnen mit dem verschwundenen Rupert Auer identisch ist. Und zu guter Letzt soll der Brief eines gewissen Karl Hartmann aus Zürich verlesen werden, in dem dieser mitteilt, er sei einmal auf einer Bergtour in der Schweiz von einem Unbekannten angefallen worden, der mit einem großen Stein auf ihn losging, er habe den Unhold nur mit Mühe und Not abwehren können.

Doch von wohlmeinenden Briefschreibern und ihren Erlebnissen, die in keinem ersichtlichen Zusammenhang mit der verhandelten Causa stehen, haben die Richter endgültig die Nase voll. Auch die übrigen Anträge der Verteidigung werden rundweg abgelehnt. Unerheblich.

Dann legt Pessler einen Brief vor, dessen anonymer Schreiber sich als Täter ausgibt. Der Verteidiger beantragt, den Brief auf Fingerabdrücke zu untersuchen und die Handschrift mit anderen anonymen Schreiben, die dem Gericht vorlagen, zu vergleichen. Die daktyloskopische Untersuchung bleibt ergebnislos, die Schriftvergleiche werden gar nicht erst angeordnet. Der Staatsanwalt sagt, bei anonymen Briefen sei größte Vorsicht geboten. Wenig hilfreich ist auch ein publizistischer Auftritt von Richard Preßburger, der in der Wiener jüdischen Wochenzeitung *Die Stimme* eine neue Version lanciert, wie Morduch Halsmann seiner Ansicht nach zu Tode gekommen sein könnte:

»›Ich‹, sagte Dr. Preßburger, ›konstruiere diesen tragischen Fall folgendermaßen: Der alte Halsmann, ein starker Vollblutfünfziger, unternahm öfters Bergtouren. Er tat es aus Eitelkeit, um damit zu protzen. Bei diesen Touren wurde er oft schwindlig und erlitt Herzanfälle. An dem kritischen Tage marschierte er neun Stunden ununterbrochen mit seinem Sohne. An der abschüssigen Stelle wurde er schwindlig und fiel in die Tiefe. Auf seine Hilferufe eilte der junge Halsmann herbei, und als er den schwerverwundeten Vater sieht, rennt er verzweifelt Hilfe suchen. Auf der unglücklichen Stelle befand sich auch ein junger Hirte, der dann mit ihm zusammen rennt. Es vergeht eine halbe Stunde, bis der junge Halsmann zurückkehrt mit der Rettungsexpedition. In der Zwischenzeit kommt ein Straßenräuber des Weges (die Gegend wimmelt von Räubern), beraubt den verwundeten Halsmann seiner Barschaft und versetzt ihm mit dem Stein die tödlichen Stöße. Dies ist der blutige Stein, den der junge Halsmann anfangs nicht sah. In diesem Falle ist daher ein Zusammenhang zwischen dem Fall in die Tiefe und dem Raubmord. Der Beweis dafür ist, daß man erst viele Wochen nach dem tragischen Vorfall die blutigen Banknoten neben dem Bach fand. Die wurden wahrscheinlich vom Raubmörder dort hingeworfen, da er diese Beweise nicht bei sich tragen wollte.

Ich bin überzeugt, daß die Wahrheit den Endsieg davontragen wird‹, schloß Dr. Preßburger.« (*Die Stimme*, Wien, 19. September 1929)

Richard Preßburger war sicher ein großer Anwalt, ein gutes Gedächtnis besaß er offenbar nicht. Seine Darstellung des Falles, den er vor nicht langer Zeit selber verhandelt hatte, strotzte von Ungenauigkeiten. Der alte Halsmann war zum Zeitpunkt seines Todes nicht fünfzig Jahre alt, sondern 48. Der Hirte Riederer war nicht zur Stelle gewesen, als das Unglück geschehen war, sondern mußte erst vom Sohn geholt werden. Die blutigen Banknoten waren nicht weggeworfen, sondern sorgfältig unter Steine gelegt worden, so daß man sie entdecken mußte. Auch Preßburgers neue Version konnte nicht das viele Blut erklären, das auf dem Saumweg gefunden worden war. Und schließlich bewirkte die leichtfertige Behauptung, daß es im hinteren Zillertal von Räubern wimmle, genau das, was die beiden Innsbrucker Anwälte von Anfang an hatten vermeiden wollen: Sie nährte in vielen Tirolern den Verdacht, daß den Sympathisanten Halsmanns jedes Mittel recht war, um ihr Land schlecht zu machen und die Fremden davon abzuhalten, nach Tirol zu kommen.

Die Entscheidung des Gerichts, zum zweiten Prozeß keine Eintrittskarten auszugeben, sollte sich in der zweiten Verhandlungswoche rächen. Der Halsmann-Prozeß war in Innsbruck längst zum Tagesgespräch geworden, es gab sogar einen Gassenhauer nach der Melodie eines bekannten Schlagers, der mit den Worten »Halsmann, armer Halsmann ...« begann. Der Andrang zum Prozeß war ungeheuer groß. Vor einer Nachmittagsverhandlung kam es in der Schmerlingstraße zu einem regelrechten Tumult. Als der Schwurgerichtssaal schon voll besetzt war und der Eingang zur Straße gesperrt werden sollte, versuchte die draußen verbliebene Menge, das Tor zu stürmen. Alle im Gebäude verteilten Gendarmen und eine Abteilung der Polizei mußten aufgeboten werden, um Ruhe und Ordnung wiederherzustellen.

Es hatte sich in Innsbruck herumgesprochen, daß im Prozeß auch Pikanterien wie Liebesbriefe und schriftstellerische Ergüsse des Angeklagten verlesen werden sollten, denen die Angehörigen der Medizinischen Fakultät in ihrem Gutachten eine das Physische stark betonende, derbe Erotik attestiert hatten. So etwas wollte man unbedingt hören. Die Verteidigung stellte den Antrag, auf die Verlesung zu verzichten.

Dr. Pessler: »Das sind Liebesgedichte, wie sie vielleicht jeder junge Mensch verfaßt, der mit seinem sexuellen Trieb zu kämpfen hat. Ich finde es nicht richtig, daß solche Gedichte hier zur Unterstützung einer Anklage wegen Vatermordes verwendet werden sollen.«

Dr. Hohenleitner: »Die Gedichte sind auch bei der Abfassung des psychiatrischen Gutachtens vorgelegen, ich bestehe auf ihrer Verlesung.«

Halsmann: »Die Gedichte sind eine bewußte oder unbewußte Persiflierung von Dichtern wie Ringelnatz, Morgenstern, Kästner und Peter Panter. Wenn die Gedichte verlesen werden sollen, möchte ich bitten, die Geschworenen auch mit den Dichtern bekannt zu machen, weil sie sonst meine Gedichte nicht verstehen können. Die Gedichte sind doch nicht für die Öffentlichkeit gemacht worden, sondern nur für zwei oder drei mir näher stehende Personen.«

Nach kurzer Beratung beschließt das Gericht, einige Gedichte zu verlesen, jedoch während der Verlesung die

Öffentlichkeit auszuschließen. Der Saal wird unter Protesten des Publikums geräumt.

Am nächsten Verhandlungstag erläutert Professor Karl Meixner vom Gerichtsmedizinischen Institut in Innsbruck das forensische Gutachten, das er zusammen mit Professor Anton Werkgartner im Juli vorgelegt hat. Der Angeklagte ersucht, während des Vortrags nicht anwesend sein zu müssen, und wird aus dem Saal geführt. Wieder wird ein Bildwerfer aufgebaut, und wieder werden Photographien von den entsetzlichen Wunden des Toten gezeigt. Die beiden Gutachter belasten Halsmann schwer. Die zahlreichen Verletzungen wurden eindeutig durch Hiebe hervorgerufen, auf keinen Fall durch einen Sturz. Der gefundene blutige Stein weist an seinem breiteren Ende abgequetschte Haare auf, mit einer Lupe kann man noch ungefähr 50 Haare zählen, die mit denen Morduch Halsmanns übereinstimmen. Meixner sagt, die frühere Erklärung des Angeklagten, wonach die Blutspuren auf dem Stein dadurch entstanden sein könnten, daß er sich daran die Hände abwischte, nachdem er versucht hatte, seinen Vater aus dem Wasser zu ziehen, sei völlig unglaubwürdig. Es sei unwahrscheinlich, daß alle Wunden mit ein und demselben Stein zugefügt wurden, doch auszuschließen sei das nicht. Daß nur ein Stein mit Blutspuren gefunden wurde, beweise gar nichts, schließlich könne der Täter andere Steine ins Wasser geworfen haben. Tatsächlich ist auch die goldene Brille des Opfers nie gefunden worden – die konnte der Täter an sich genommen haben.

»Versuchen wir nun, uns aus den Befunden, an den von der Leiche des Morduch Max Halsmann aufbewahrten Präparaten und aus den übrigen Untersuchungsergebnissen ein Bild zu machen, wie der Vater Halsmann ums Leben kam, so ergibt sich folgendes:

Wie Morduch Max Halsmann auf dem Wege zu Sturz kam, können wir nicht sagen. Er kann niedergestoßen, niedergerungen worden sein, er kann durch einen Schlag, z. B. auf den Kopf, der nicht einmal eine Wunde erzeugt zu haben braucht, hingestreckt worden sein. Letzteres ist ja ein alltägliches Vorkommnis. Spuren von Würgen waren an der Leiche nicht festzustellen.

An den Händen befanden sich keinerlei Verletzungen. Wurde Morduch Max Halsmann niedergeschlagen, so hatte ihn schon der erste oder einer der ersten Schläge betäubt, denn sonst hebt ein auf diese Weise Angegriffener die Hände zum Schutz empor und trägt an ihnen Verletzungen davon.

Dann wurde auf den bewußtlos daliegenden Halsmann in rascher Folge blindwütig losgeschlagen, wobei offenbar der am Wege gefundene, schon oft erwähnte Stein als Waffe diente. Daher rührten zweifellos die vertretene Blutpfütze am Wege, wo beim Aufwühlen des Bodens immer mehr Blut zum Vorschein kam, die zahlreichen, in ihrer Umgebung gefundenen und an den Büschen ziemlich hoch hinaufreichenden Blutspritzer und die vom Zeugen Nettermann als Fleischstückchen gedeuteten roten Körner, die nach der Gendarmeriemeldung noch am nächsten Tage als Fleischteilchen befunden wurden. Tatsächlich sind ja im Bereiche der großen Gruppenwunde der rechten Hinterhauptsgegend die weichen Schädeldecken klein zerklopft. […]

Ganz unwahrscheinlich erscheint es uns, daß Morduch Max Halsmann durch Hinabrollen bis ins Wasser in jene Lage gelangt ist, die von Riederer bezeugt wird. Vielmehr glauben wir, daß er vorher im Bereiche der großen Blöcke liegen bleiben mußte und von fremder Hand ins Wasser gezogen oder gewälzt wurde. Um ihn aber so weit zu bringen, daß er weiter geschwemmt worden wäre, hätte jemand an jener Stelle, wahrscheinlich unter Gefährdung des eigenen Lebens, in den reissenden Bach hineintreten müssen.

Bei der Führung der zahlreichen Hiebe muß der Täter Blutspuren wenigstens an den Händen oder an einer Hand in Gestalt von Spritzern davon getragen haben. Falls Philipp Halsmann seinen Vater erschlagen hat, so war es ihm, da er damals mit nacktem Oberkörper ging, ein Leichtes, die Blutspuren durch Eintauchen in den Bach zu beseitigen.

An den Schuhen des Philipp Halsmann sind Blutspuren gegenwärtig nicht zu finden. Dies läßt nicht ausschließen, daß sie damals Blutspuren aufwiesen. Denn Philipp Halsmann hat die Schuhe noch am nächsten Tage getragen, als es in Strömen regnete, wodurch selbst größere Blutspuren weggewaschen werden mußten. Er wurde, wie aus dem Übernahmsbericht hervorgeht, noch in den Bergschuhen eingeliefert.

Die Harnblase des erschlagenen Morduch Max Halsmann enthielt nur ganz wenig Harn. Zwingende Schlüsse auf den Zeitpunkt der letzten Harnentleerung sind aus diesem Befunde nicht zulässig. Denn während größerer körperlicher Anstrengungen, die mit starkem Schwitzen verbunden sind – die beiden Halsmanns sind, wie von allen Zeugen bestätigt wird, sehr rasch gegangen – sinkt die Harnausscheidung stark. Immerhin ist es möglich, daß der alte Halsmann kurze Zeit vor dem Tode Harn gelassen hat.« (Gutachten von Prof. Dr. Karl Meixner und Prof. Dr. Anton Werkgartner)

Professor Werkgartner schließt sich den Ausführungen Meixners an und geht noch einmal auf eine offensichtliche Schwachstelle des Gutachtens ein, das Fehlen von Blutspuren an Philipp Halsmann, der wenige Stunden nach dem Tod seines Vaters von Gendarmeriebeamten untersucht wurde. Professor Meixner hat gesagt, Halsmann hätte die Spuren durch Eintauchen in den Bach beseitigen können, schließlich sei er damals mit nacktem Oberkörper gegangen. Professor Werkgartner sagt, es komme vor, daß der Täter bei einem solchen Mord nur ganz unscheinbare oder gar keine Blutspuren davontrage, denn: »Es hat den Anschein, als ob das Blut vom Täter wegspritze.« Um diese Behauptung zu untermauern, erzählt er den Geschworenen einen Fall aus seiner Praxis, in dem eine Frau ihr Opfer mit mehreren Beilhieben erschlug. Die Täterin habe nur geringfügige Blutspuren an der Schürze aufgewiesen, obwohl die Gegenstände neben der Mordstelle reichlich mit Blut bespritzt waren. Im übrigen habe Halsmann am Tag der Tat eine dunkelbraune Hose getragen, so daß die Gendarmen bei der künstlichen Beleuchtung des Zimmers durch bloßes Anschauen Blutspuren kaum hätten feststellen können.

Zumindest diese Behauptung kann die Verteidigung sofort widerlegen. Die Hose, die der Angeklagte am 10. September 1928 trug, war nicht dunkelbraun, sondern hellgrau. Das ist aktenkundig.

Als Werkgartner seine Ausführungen beendet hat, fragt der Vorsitzende beiläufig:

»Wünschen die Herren Geschworenen den Kopf des Toten zu sehen?«

Einer der Geschworenen ruft laut: »Ja!« Die anderen nicken.

Der Vorsitzende verfügt, die Vorführung unter Ausschluß des Publikums im Beratungszimmer durchzuführen. Im Auditorium werden Proteste laut. Die Geschworenen begeben sich ins Richterzimmer, wohin ein Gerichtsdiener den im obersten Halsbereich abgetrennten Kopf bringt, der in einem mit Kayserlingscher Flüssigkeit gefüllten Glasbehälter schwimmt. Die Geschworenen besichtigen das unheimliche Schaustück eingehend.

Zurück im Verhandlungssaal, wird darüber gestritten, wie schwer der Stein sein mußte, mit dem der Täter die Stirnwunde schlug. Dr. Pessler legt genaue Berechnungen vor, wonach dazu ein mindestens vier Kilogramm schwerer Stein nötig gewesen wäre. Er beruft sich auch auf seine Erfahrungen als Artillerist im Weltkrieg und ersucht, einen Schießsachverständigen zu laden. Der auf dem Richtertisch liegende Stein, auf dem noch Blutspuren zu sehen sind, wiegt 690 Gramm. Der Gerichtshof lehnt diesen Antrag ab.

Erst nach der Verhandlung wird bekannt, daß es sich bei dem Fall, auf den sich Werkgartner bezog, offenbar um den Fall Karoline Kudisch handelte, das wird auch von Werkgartner selber bestätigt. Dieser Fall hatte sich jedoch etwas anders zugetragen, als Werkgartner ihn erzählte. Das weibliche Opfer war mit wenigen Hieben erschlagen worden, noch dazu mit einem Beil, also einem Werkzeug mit Stiel, das dem Täter eine gewisse Entfernung zum Opfer erlaubt. Die Verletzungen des Mordopfers waren ganz anderer Natur als bei Morduch Halsmann gewesen, das Blut hatte nicht so gespritzt. Außerdem war neben dem Opfer ein Kübel mit blutigem Wasser gefunden worden, was darauf hindeutete, daß sich jemand nach der Tat gereinigt hatte. Die Kudisch, die übrigens erst zwei Tage nach der Tat verhaftet worden war, also reichlich Zeit gehabt hätte, sich noch gründlicher zu säubern, hatte einige Blutspuren aufgewiesen, bei denen allerdings keine Übereinstimmung mit der Blutgruppe des Opfers nachgewiesen werden konnte. Und schließlich vergaß Professor Werkgartner noch ein wesentliches Detail zu erwähnen: Karoline Kudisch war von den Geschworenen rechtskräftig freigesprochen worden.

Daß die Verteidigung darauf verzichtet, sich noch im Verlauf des Prozesses über den Fall Kudisch kundig zu machen, der 1926 am Wiener Straflandesgericht I verhandelt wurde, ist ein gravierendes Versäumnis. Das wird erst nach der Verhandlung von renommierten Juristen nachgeholt werden, darunter dem Wiener Universitätsprofessor Josef Hupka, der die medizinischen Sachverständigen im zweiten Halsmann-Prozeß scharf kritisiert. Doch da ist es bereits zu spät.

Am 20. September soll das Fakultätsgutachten verlesen werden. Die Verteidigung legt dagegen Protest ein. Das Gutachten sei nicht rechtmäßig zustande gekommen, entgegen den gesetzlichen Bestimmungen hätten an den Beratungen und der Beschlußfassung nicht nur das Professorenkollegium der Medizinischen Fakultät, sondern auch Dozenten und sogar Assistenten teilgenommen. Vor allem aber seien im bisherigen Verfahren neue Momente aufgetaucht, die zur Zeit der Erstattung des Gutachtens nicht bekannt waren, voran das Gutachten des Augenfacharztes über die hochgradige Kurzsichtigkeit Halsmanns. Und auch zahlreiche entlastende Zeugenaussagen konnten der Fakultät nicht bekannt gewesen sein.

Der Gerichtshof weist die Kritik am Zustandekommen des Gutachtens zurück, will aber der Fakultät Gelegenheit geben, zu den Neuerungen, die der bisherige Prozeßverlauf gebracht hat, Stellung zu beziehen. Besonders wichtig erscheint in diesem Zusammenhang das Gutachten über die Kurzsichtigkeit des Angeklagten.

Die Hauptverhandlung wird daher auf unbestimmte Zeit vertagt.

Während der Vorsitzende Dr. Ziegler diesen Beschluß verliest, springt Halsmann auf und ruft:

»Kann man denn dagegen nichts machen? Das ist doch

entsetzlich. Das ist unglaublich. Man hält mich hier ein ganzes Jahr lang für etwas fest, was ich nicht getan habe. Ich kann nicht mehr!«

Die Verteidigung versucht einzulenken. Vielleicht kann man den Prozeß doch weiterführen. Sie erklärt sich nun mit der Verlesung des Fakultätsgutachtens einverstanden, nur soll den Geschworenen zuerst das psychologische Gutachten von Professor Erismann zur Kenntnis gebracht werden, das wäre zum Verständnis des Fakultätsgutachtens unerläßlich.

Staatsanwalt: »Der Kompromiß Dr. Pesslers ist nicht gangbar, denn er ist ungesetzlich.«

Dr. Pessler: »Ich gebe meinen letzten Tropfen Herzblutes, daß der Angeklagte unschuldig ist. Ich bitte um Vergebung.«

Vorsitzender: »Ich bitte um Beratung.«

Der Gerichtshof zieht sich ein zweites Mal zurück. Es bleibt bei der Vertagung. Der Vorsitzende bedankt sich bei den Geschworenen und entläßt sie. Man wird sie verständigen, wenn der Prozeß fortgesetzt werden kann. Als Halsmann abgeführt wird, ruft ihm ein Freund aus Dresden zu: »Nur Mut, alles wird gut werden.«

Halsmann schüttelt den Kopf und sagt mutlos: »Sie werden mich ja doch verurteilen.«

DREIZEHNTES KAPITEL

Am Sonntag den 22. September, zwei Tage nach Abbruch der Verhandlung, reisten die beiden Verteidiger Halsmanns mit dem Arlberg-Expreß nach Wien, wo sie um 20.15 Uhr am Westbahnhof eintrafen. Im Hotel Kummer in der Mariahilfer Straße wurden sie von Richard Preßburger und dem Anwalt der deutschen »Roten Hilfe«, Kurt Rosenfeld erwartet, der auf Wunsch von Halsmanns Familie nach Wien gekommen war, um die Verteidigung zu unterstützen. Pessler faßte den Verlauf der Verhandlung bis zum Abbruch zusammen und erzählte von einer ungewöhnlichen Initiative der Journalisten, die aus Innsbruck über den Prozeß berichtet hatten. Sie hatten nach der Vertagung gemeinsam ein Telegramm an den österreichischen Bundespräsidenten Wilhelm Miklas geschickt, in dem sie der Innsbrucker Justiz schwere Fehler vorwarfen. Pessler hatte das Telegramm mitgebracht:

»Die in Innsbruck zur Berichterstattung über den Halsmann-Prozeß versammelten Vertreter der nachstehend angeführten in- und ausländischen Zeitungen halten es für ihre Pflicht, im Namen der Menschlichkeit, Sie, Herr Bundespräsident, davon in Kenntnis zu setzen, daß die bisherigen zehn Verhandlungstage sie überzeugt haben, daß im Verfahren große und schwere Unterlassungssünden begangen wurden und daß das Fakultätsgutachten von nicht mehr zutreffenden Voraussetzungen ausgeht. Alle hier unterzeichneten Berichterstatter sind zu der ehrlichen und nur auf Tatsachen sich aufbauenden Überzeugung gelangt, daß hier ein verhängnisvoller Justizirrtum vorliegt. Durch die heute eingetretene Vertagung auf unbestimmte Zeit ist für den ihrer

Überzeugung nach vollkommen unschuldig über ein Jahr in Haft befindlichen Angeklagten Philipp Halsmann und seine Familie eine so grausame Situation geschaffen worden, daß es ihnen geboten scheint, den ungewöhnlichen Schritt zu tun, Sie, Herr Bundespräsident, davon zu verständigen und an Sie die ergebene Bitte zu richten, im Interesse der Menschlichkeit und der österreichischen Justiz mit den Ihnen verfassungsrechtlich zu Gebote stehenden Machtmitteln einzugreifen.«

Diesen Text hatten die Vertreter von 31 Zeitungen und Agenturen unterzeichnet, darunter der *Vossischen Zeitung*, des *Berliner Tageblatts*, des *Ullstein Nachrichtendienstes*, der *Frankfurter Zeitung*, der *Dresdner Neuesten Nachrichten*, von *L'Evènement* aus Paris, *Sewodnja* aus Riga, der *New York Times*, der *Chicago Tribune* und auch der wichtigsten Innsbrucker Blätter. Der Redakteur des christlichen *Tiroler Anzeigers* zog allerdings wenig später seine Unterschrift wieder zurück – auf Druck der Staatsanwaltschaft, wie Pessler behauptete, was der Unterzeichner, Franz Baldauf, Schriftleiter des *Tiroler Anzeigers*, zurückwies.

Die Anwälte Halsmanns wollten sondieren, wie das Telegramm in der Präsidentschaftskanzlei aufgenommen worden war, und gemeinsam mit Dr. Preßburger bei Justizminister Franz Slama und anderen wichtigen Persönlichkeiten vorsprechen. Dr. Kurt Rosenfeld sollte sich eher im Hintergrund halten, um keine unerwünschten politischen Gerüchte aufkommen zu lassen, die der Sache höchstens schaden konnten. Die Fahrt der Verteidiger Halsmanns nach Wien und ihr Treffen mit Preßburger und Rosenfeld löste trotzdem eine Lawine von Gerüchten aus. Einige Zeitungen wollten wissen, daß die Überprüfung und eventuelle Ergänzung des Fakultätsgutachtens nicht von der Medizinischen Fakultät in Innsbruck durchgeführt werden solle, sondern von einem auswärtigen Gelehrten, und sie nannten auch gleich einen Namen: den bekannten Psychiater Julius Ritter von Wagner-Jauregg, der 1927 den Nobelpreis für Medizin erhalten hatte. Diese sensationelle Nachricht wurde durch eine Radiomeldung in den Schatten gestellt, die am Montag nachmittag ganz Wien elektrisierte. Im staatlichen Rundfunksender Ravag, so hieß es, sei die Freilassung Philipp Halsmanns verlautbart worden. Der wahre Mörder sei gefunden und bereits in Haft genommen, es handle sich um einen der Zeugen aus dem Zillertal. Die Nachricht lief wie ein Lauffeuer durch die Stadt und versetzte die Menschen in regelrechte Hysterie. In den Straßen bildeten sich spontan Ansammlungen, die Leute debattierten erregt, die einen ließen Halsmann hochleben, andere schmähten ihn. Journalisten und völlig unbeteiligte Personen riefen bei der Ravag und in Innsbruck an, um zu erfahren, was es mit der unerwarteten Wende auf sich hätte. Die Mitarbeiter der Ravag teilten mit, der Sender habe keine derartige Meldung verlautbart, und auch in Innsbruck wollte man von einer Freilassung Halsmanns nichts wissen. Bald regte sich der Verdacht, da habe sich ein Radioamateur einen üblen Scherz erlaubt und auf der Wellenlänge der Ravag eine Falschmeldung gesendet. Ein »bübisches Attentat«, hieß es dazu aus der Ravag entrüstet. Die Generaldirektion der Post- und Telegraphenverwaltung ordnete eine strenge Untersuchung an, und die Polizei wurde eingeschaltet, um den Täter auszuforschen. Einen ganzen Tag lang wurde versucht, auf Welle 516,3 einen illegalen Funkspruch aufzufangen. Schließlich brachten die Erhebungen jedoch ein überraschendes Ergebnis. Weder die Polizei noch die Generalpostdirektion konnten auch nur eine einzige Person ausfindig machen, die

die mysteriöse Meldung selber gehört hatte. Alle befragten Personen gaben an, sie hätten die Nachricht von anderen erfahren. Offenbar handelte es sich bei der geheimnisvollen Radionachricht nicht um eine Mystifikation, sondern die Wiener waren einer Massenpsychose zum Opfer gefallen. Die Falschmeldung war gar nicht über den Rundfunk verbreitet worden: Irgend jemand hatte ein entsprechendes Gerücht von der Rundfunkmeldung in Umlauf gebracht, und es hatte sich blitzartig verbreitet.

Am 25. September um 10 Uhr morgens sprachen Preßburger, Pessler und Mahler bei Justizminister Franz Slama vor. Sie überreichten ihm eine Eingabe, in der sie ersuchten, zu verfügen, daß die Staatsanwaltschaft Innsbruck von der Anklage gegen Philipp Halsmann zurücktrat. Die Beweislage habe sich so radikal verändert, daß die Anklage nicht mehr aufrechterhalten werden könne. Darüber hinaus habe es Vorkommnisse gegeben, die eine Befangenheit der Geschworenen und deren Abhängigkeit von einem »vergifteten Milieu« nahelegten. Als Beweis dafür wurden die Ankündigung des Geschworenen Demetz, man werde den Juden schon eintunken, die über Pessler und Professor Erismann in Umlauf gesetzten Gerüchte, diese seien Juden, und die Predigt von Pater Wimmer genannt.

Der Justizminister empfing die Delegation freundlich, aber unverbindlich. Er versprach, sich umgehend von der Innsbrucker Oberstaatsanwaltschaft berichten zu lassen, mehr wollte er nicht zusagen. Einen Tag vorher hatte er bereits in der Presse eine knappe Erklärung zu dem Fall abgegeben.

»Ich kann mich derzeit unmöglich über meinen Standpunkt in der Angelegenheit des Halsmann-Prozesses äußern. Ich habe jedenfalls nicht die Absicht, mich in ein laufendes Verfahren einzumischen, zumal, da ich auch nicht entsprechend über den Stand des Verfahrens in Innsbruck informiert bin. Ich habe vorläufig nur zwei Telephongespräche mit Innsbruck geführt und nicht einmal einen schriftlichen Bericht über den derzeitigen Stand der Angelegenheit in Händen. Es ist mein grundsätzlicher Standpunkt, daß ich zu einem noch nicht abgeschlossenen Verfahren keine wie immer geartete Stellung abgebe.«

Inzwischen hatte die Affäre im In- und Ausland für so viel Aufsehen gesorgt, daß Bundeskanzler Ernst Streeruwitz den Justizminister um eine Stellungnahme zu dem Fall ersuchte. In seiner Note referierte Slama in großen Zügen die bisherige Entwicklung der Causa und schloß mit der Einschätzung:

»Nach den bisherigen Berichten der Staatsanwaltschaft, die sich allerdings noch nicht mit der mir überreichten Eingabe der Verteidiger befaßten, sprechen weder sachliche Gründe noch Zweckmäßigkeitserwägungen dafür, die Anklage fallen zu lassen und die Entscheidung dem hiezu berufenen Geschworenengericht zu entziehen.«

Die Reise der Verteidiger nach Wien hatte sich damit als Fehlschlag erwiesen. Das wurde in Innsbruck mit großer Erleichterung aufgenommen. Der Prozeß blieb vertagt und, noch wichtiger, beim Schwurgericht Innsbruck. Allerdings übte das Landesgericht Innsbruck nun Druck auf die Medizinische Fakultät aus, das Gutachten möglichst rasch zu ergänzen, damit der Prozeß innerhalb der gesetzlichen Frist von 30 Tagen fortgesetzt werden konnte. Man wollte nicht riskieren, daß der Prozeß aus diesem Grund doch noch platzen könnte. Oberlandesgerichtsrat Ziegler sprach mehrmals persönlich auf der Medizinischen Fakultät vor, um die Sachverständigen zur Eile zu mahnen.

Halsmann hatte große Hoffnungen in die Wien-Fahrt

seiner Verteidiger gesetzt. Als sie mit leeren Händen zurückkehrten, war er schwer enttäuscht. Seine Mutter und Schwester hatten schon alles für die Abreise aus Österreich vorbereitet. »Wir wollen fort von hier, möglichst bald, wir haben ja hier nichts zu suchen«, sagte Liuba Halsmann zu einem Journalisten, dem sie auch anvertraute, daß es immer schwieriger werde, für den inhaftierten Bruder Lesestoff zu besorgen. Er verschlinge Bücher, und sie wüßten schon nicht mehr, woher sie neue Titel kriegen sollten. Aus Berlin, Dresden und Paris würden paketweise Bücher für ihn geschickt. Einmal habe sie in einer Woche nicht weniger als 41 Bücher von der Post abgeholt – in zehn Tagen hatte er sie ausgelesen. Seine Freundin Ruth schickt ihm »Lasik Roitschwanz« von Ilja Ehrenburg, »Segen der Erde« von Knut Hamsun und »Die drei Sprünge des Wang-lun« von Alfred Döblin, der Philipp allerdings nicht gefiel. Die beiden korrespondierten über Literatur, modernen Tanz, Theaterstücke, Filme, Träume und natürlich über die Liebe. Der anfangs ironisch distanzierte Ton der Briefe wurde immer gefühlvoller, inniger.

Ruth Römer reiste mehrmals nach Innsbruck, um den Freund zu sehen, bekam jedoch keine Besuchserlaubnis. Sie freundete sich mit Liuba Halsmann an und lud sie nach Gaienhofen ein, um sich ein paar Tage im Haus von Ruths Schwager, Walter Waentig, zu erholen. Das jüdische Osterfest feierte Ruth mit Philipps Mutter und Schwester und der Familie Glaser in Innsbruck, und Philipp fragte sie in einem Brief, wie ihr der Osterabend gefallen habe. Hoffentlich habe sie sich nicht gelangweilt. Er schrieb auch, er lese jetzt sogar den Talmud. »Man warf mir gerade in dem letzten Jahr oft vor, ich sei zu talmudistisch in meinem Denken, da wollte ich wenigstens den Talmud kennenlernen.« Er schrieb über den Alltag im Gefängnis, über die unerträgliche Eintönigkeit und den Bewegungsmangel, unter dem er litt. Die Gefangenen durften täglich eine Stunde im Hof spazierengehen, im Kreis, immer in derselben Richtung. Als Philipp ersuchte, seine Runden im Laufschritt zurücklegen zu dürfen, um in dieser einen Stunde mehr Bewegung zu machen, wurde das von der Direktion abgelehnt. Ein Gefängnishof war schließlich kein Sportplatz. Sonst war der Häftling mit der Behandlung im Gefängnis zufrieden, und auch für die Gendarmen, mit denen er Kontakt hatte, fand er lobende Worte. Sie seien immer gut zu ihm gewesen.

Auch anderweitig wurde die Gendarmerie mit Lob bedacht. Als einige Blätter meldeten, gegen die beiden Gendarmeriebeamten Otto Moser und August Feistmantel aus Mayrhofen sei ein Disziplinarverfahren eingeleitet worden, weil sie es angeblich bei den ersten Erhebungen verabsäumt hätten, den Tatort und den Beschuldigten mit der gebotenen Sorgfalt auf Spuren zu untersuchen, wurde das vom Landesgendarmeriedirektor umgehend dementiert. Das Landesgericht Innsbruck äußerte sich sogar ausdrücklich positiv über die Beamten des Postenkommandos Mayrhofen, die in diesen schwierigen Zeiten »großen Diensteifer« bewiesen hätten. Eine entsprechende Meldung wurde auch ans Justizministerium in Wien geschickt. Anfang Oktober erschien ein Erlaß der zuständigen Behörde, wonach die österreichische Gendarmerie in Zukunft »nach Maßgabe der zur Verfügung stehenden Mittel« Photoapparate erhalten solle, damit die Beamten an Tatorten in entlegenem Gelände gleich selber Aufnahmen machen könnten und nicht erst auf die Experten der Polizeidirektion warten müßten. Man könne davon ausgehen, daß dieser Erlaß durch die Erfahrungen angeregt wurde, welche die Gerichtsbehörden mit den Erhebungen der Gendarmerie im Fall Halsmann gemacht hatten, kommentierte ein Innsbrucker Blatt die Modernisierung der Gendarmerieausrüstung.

Im Oktober ereignete sich ein weiterer Vorfall, der das »vergiftete Milieu« bestätigte, vor dem die Verteidiger in ihrer Eingabe an den Justizminister gewarnt hatten. Die Tiroler Nationalsozialisten betrachteten den aufsehenerregenden Prozeß gegen den jüdischen Studenten als großartige Gelegenheit, endlich eine breitere Öffentlichkeit auf sich aufmerksam zu machen. Selber trauten sie sich allerdings nicht zu, die Affäre wirkungsvoll propagandistisch zu nützen. Deshalb luden sie einen deutschen Parteigenossen nach Innsbruck ein. In der Nacht zum 9. Oktober wurden in ganz Innsbruck rote Plakate geklebt, auf denen es hieß:

Innsbrucker! Innsbrucker!
Der
Halsmann-Prozeß
Zeigt allen, die sehen wollen, den ungeheuren Einfluß
Und Zusammenhalt des Judentums.

Der Jude ist Herr des deutschen Volkes!
Ueber dieses Thema spricht Ernst Grimm am
Samstag, den 12. Oktober im kleinen Stadtsaale.
Antisemiten, kommt und helft uns im Kampfe
Gegen die jüdischen Bedrücker für ein
freies deutsches Volk!
Juden ist der Eintritt verboten! Spesenbeitrag 40 g
Nationalsozialistische deutsche Arbeiterpartei

Ernst Grimm war Abgeordneter der bayerischen Nationalsozialisten, der von den Mitgliedern der NSDAP-»Hitlerbewegung« öfter als Referent nach Innsbruck geholt wurde. Die Tiroler Hitler-Anhänger waren noch immer ein kleiner Haufen, dem es an eigenen Rednern fehlte. 1929 hatte die Ortsgruppe Innsbruck der »Hitlerbewegung« 87 eingeschriebene Parteimitglieder, in ganz Tirol waren es 180.

Die Staatsanwaltschaft wies die Stadtpolizei Innsbruck sofort an, die Plakate zu beschlagnahmen und bereits affichierte zu überkleben. Die Landesregierung teilte der Ortsgruppe Innsbruck der Hitlerbewegung mit, die angekündigte Versammlung werde untersagt, weil sich die Veranstalter in der Ankündigung auf den schwebenden Prozeß gegen Philipp Halsmann beriefen. Es sei durchaus unerwünscht, hieß es in der Begründung, »wenn vor Fällung des Urteiles durch weitere Erregung der öffentlichen Meinung ein dem Urteile des Gerichts vorgreifender Einfluß herbeigeführt wird.«

Das Organ der Tiroler Sozialdemokraten kommentierte das Versammlungsverbot schadenfroh: »Die Hakenkreuzler wollen am Halsmannprozeß ihre Parteisuppe kochen, aber der Staatsanwalt spuckt ihnen ins Haferl!« Doch insgesamt hielten sich die Sympathien der Sozialdemokraten für Halsmann in Grenzen: Zum einen waren ihnen selber antisemitische Vorurteile nicht fremd, vor allem aber sahen sie in der breiten Kampagne für den »reichen Bürgersohn« einen schlagenden Beweis dafür, daß bei der Rechtsprechung und in den Gefängnissen schreiende Ungerechtigkeit herrschte. Halsmann genieße in der Haft alle nur denkbaren Begünstigungen, er könne sich Bücher in die Zelle bringen lassen und gehe bei einem Innsbrucker Zahnarzt förmlich ein und aus. »Hand aufs Herz: Hätte ein armer Philipp Halsmann genau so wie der reiche Zahnarztsohn alle Hebel der Justizmaschinerie in Bewegung setzen können, um mildere Richter zu bekommen?« fragte die *Volks-Zeitung*.

Am 17. Oktober, nicht ganz einen Monat nach dem Abbruch, wird der Prozeß fortgesetzt. Einleitend rekapituliert der Vorsitzende den bisherigen Verlauf der Verhandlung, auf eine neuerliche Vernehmung der schon gehörten Zeugen verzichtet er. Die Verteidigung protestiert dagegen und wirft die grundsätzliche Frage auf, ob es rechtmäßig sei, eine Schwurgerichtsverhandlung so lange zu unterbrechen? Könne man nach so langer Zeit erwarten, daß die Geschworenen zweifelsfrei unterscheiden könnten, was das Beweisverfahren ergeben hat und was sie in den Tagen seit der Unterbrechung über den Prozeß gehört und gelesen haben? Der Gerichtshof weist den Einwand zurück, und die Verteidigung behält sich vor, deshalb Nichtigkeitsbeschwerde einzureichen. Der Ton der Verhandlung ist von Anfang an aggressiv und gereizt.

Dann wird die Breecheshose vorgelegt, die Philipp Halsmann während der Wanderung trug. Die medizinischen Gutachter Meixner und Werkgartner hatten behauptet, die Hose sei dunkelbraun, weshalb man mit freiem Auge darauf keine Blutspuren wahrnehmen konnte. Ein offensichtlicher Irrtum, denn die Hose ist eindeutig grau und noch dazu aus schwerem Stoff, der längere Zeit zum Trocknen braucht. Sogar Professor Meixner muß einräumen, daß größere Blutspritzer auf der gezeigten Hose viel deutlicher zu sehen sein müßten als auf einer dunkelbraunen, fügt jedoch hinzu, daß kleine Spritzer auch auf einer grauen Hose übersehen werden könnten. Im übrigen hätten Professor Werkgartner und er keinen besonderen Wert auf die Untersuchung der Hose gelegt, weil eventuelle Blutspuren ja auch davon herrühren konnten, daß sich der Angeklagte um den blutüberströmten Vater bemühte. Daß aus dem völligen Fehlen von Blutspuren allerdings auch vorteilhafte Schlüsse für den Beschuldigten gezogen werden könnten, habe die Sachverständigen offenbar nicht interessiert, kommentiert die Verteidigung.

Anschließend wird darüber diskutiert, wieviel Zeit ein unbekannter Täter gehabt hätte, sich an Morduch Halsmann anzuschleichen, während der sein Wasser abschlug. Wie lange braucht ein erwachsener Mann durchschnittlich für diese Tätigkeit ? Die Verteidigung hat einen befreundeten Psychologen gebeten, in Innsbrucker Bedürfnisanstalten Männer mittleren Alters bei der Erledigung des kleinen Geschäfts zu beobachten und mit Hilfe einer Stoppuhr festzustellen, wie lang jeder dafür benötigt; dasselbe hat der Staatsanwalt angeordnet, der einen eigenen Beobachter in die Pissoirs schickte. Ob die mit Stoppuhren ausgerüsteten Späher in den Innsbrucker Bedürfnisanstalten Unruhe oder gar Empörung auslösten, kommt nicht zur Sprache.

Die Ergebnisse der Zeitmessungen divergieren verblüffenderweise deutlich. Die Verteidigung kommt zum Ergebnis, Männer über 45 brauchten für die Harnentleerung eine bis zwei Minuten, während die Staatsanwaltschaft eine viel kürzere Dauer ermittelt hat. Professor Meixner mischt sich ein und sagt, bei einem Fünfzigjährigen sei eine Minute schon reichlich lang. Der Professor muß es wissen, er ist selber 50. Pessler widerspricht und sagt, er habe Meixner selber beobachtet und die Zeit genommen – und der habe zwei Minuten gebraucht.

»Ja«, sagt Professor Meixner, »aber ich ordne meine Kleider besonders sorgfältig.«

Anschließend wird noch einmal darüber diskutiert, ob Morduch Halsmann infolge eines Herzanfalls abgestürzt sein könnte, was Meixner ausschließt.

Ein Geschworener: »Ich möchte den Herrn Professor fragen, ob es möglich ist, daß der alte Herr Halsmann noch im Wasser leben, schnaufen und die Hand bewegen konnte?«

Meixner: »Ja, das ist möglich, auch bei einer schweren Kopfverletzung stirbt man nicht gleich. Auch wenn der alte Halsmann ertrunken wäre, hätte er noch unwillkürliche Bewegungen mit Händen und Füßen machen können.«

Der Angeklagte stellt fest, es sei möglich und sogar sehr wahrscheinlich, daß die Lage seines Vaters an jenem Septembernachmittag mehrmals verändert worden sei. Er zeigt, wie der Vater lag, als er ihn das erste Mal beim Bach hingestreckt sah. Als er mit dem Hirten Riederer zurückkam, lag die Leiche anders, mit dem Kopf im Wasser. »Nachdem ich fortgegangen war, blieb mein Vater dreißig Minuten allein. Ich nehme an, daß in meiner Abwesenheit jemand hinuntergestiegen ist, der ein Interesse daran hatte, daß mein Vater nicht lebe. Als ich bei meinem Vater unten war, habe ich auch nichts von der Stirnwunde bemerkt und ebenso nichts von den verstreuten Sachen. Nach der Auffindung meines Vaters durch die übrigen Zeugen hatte er aber doch die Stirnwunde, und seine geringen Habseligkeiten waren im ganzen Umkreis verstreut. Wie ist es mit Recht und Gerechtigkeit vereinbar, daß man einen Sohn, der seinen Vater so geliebt hat, verdächtigt, er habe ihn umgebracht?«

Am Nachmittag kommt abermals ein Sachverständiger zu Wort, der Rektor der Universität Innsbruck, Magnifizenz Professor Seefelder, Facharzt für Augenheilkunde, der den Grad der Kurzsichtigkeit Halsmanns feststellen sollte, über den vor Abbruch der Verhandlung diskutiert worden war. Das Fakultätsgutachten nahm eine Kurzsichtigkeit von 3,5 Dioptrien an, während ein anderer Experte von acht Dioptrien sprach. Professor Seefelder hat die Stärke der Hornbrille, die Halsmann am Unglückstag trug, mit 3,25 Dioptrien ermittelt, und bei Halsmann selber eine Kurzsichtigkeit von 3,5 Dioptrien, wobei dieser allerdings eine Brille mit 4,5 Dioptrien brauche, um die volle Sehschärfe zu erlangen. Der Professor erläutert: Halsmanns Sehschärfe sei mit ½ zu bemessen, was allerdings nicht heiße, daß sie zur Hälfte herabgesetzt sei, es handle sich dabei nur um eine Fachbezeichnung. Um das den Geschworenen verständlich zu machen, sagt er, nach den Bestimmungen für die Assentierung zur alten österreichischen Armee hätten Männer mit einer Sehschärfe ½ als volltauglich gegolten, obwohl man im Militärdienst mit größeren Entfernungen als 180 Schritt rechnen mußte. In einer Distanz von 180 Schritt könne ein Mensch mit dieser Sehschärfe noch einen Bekannten erkennen.

Vorsitzender: »Philipp Halsmann behauptet, daß er nur einen kurzen Moment ein rasch bewegtes Bild gesehen hat. Ist es da möglich, daß er es deshalb undeutlich gesehen hat?«

Professor Seefelder: »Diese Möglichkeit liegt zweifellos vor. Bei rasch bewegten Gegenständen kann sich das Auge oft nicht so rasch einstellen. Das kommt auch bei Normalsichtigen vor.«

Staatsanwalt: »Ist es möglich, daß ein Mensch mit der Sehschärfe ½ auf diese Distanz noch Details zu erkennen vermag?«

Professor Seefelder: »Das halte ich für möglich. Aber feinere Einzelheiten des Gesichts wird er nicht unterscheiden können.«

Halsmann: »Die Herren Sachverständigen haben mir bei der Untersuchung auch eine Brille mit acht Dioptrien gegeben. Wie ist es möglich, daß ich mit dieser Brille alles wie gestochen sah, selbst den kleinsten Druck, und mit meiner Brille sehe ich so undeutlich? Die Gesichter der Menschen im Auditorium sehe ich nur als weiße Scheiben.«

Vorsitzender: »Wie lange tragen Sie diese Brille?«

Halsmann: »Vier Jahre.«

Vorsitzender: »Und warum habe Sie sich keine andere gekauft?«

Halsmann: »Das kostet doch Geld. Eine neue Brille hätte drei Mark gekostet, und ich habe auch damals keine Schwierigkeiten bei der Arbeit gehabt.«

Vorsitzender: »Ich bitte, diese Antwort zu protokollieren.«

Das Gutachten bedeutet einen Rückschlag für die Verteidigung. Ebenso die Verlesung der Aussage des deutschen Kriminalkommissars Schuhmann aus München, der Halsmann im Gasthof Breitlahner untersuchte, bevor die Gendarmen eintrafen. In Schuhmanns Aussage steht zwar, daß er am Beschuldigten und seiner Bekleidung keine Blutspuren entdeckte, doch sonst ist sie für diesen nicht schmeichelhaft. Wenige Stunden nach dem Tod seines Vaters habe er in der Wirtsstube mit sichtlichem Wohlbehagen einen Schweinsbraten verzehrt, und als Schuhmann ihn auf diese Pietätlosigkeit hinwies, habe er bloß gemeint, er sei halt hungrig.

Halsmann erklärt, er habe die Begegnung mit dem deutschen Kommissar völlig anders in Erinnerung, der sei damals sehr nett zu ihm gewesen, er könne sich seinen Sinneswandel nicht erklären. Aber der Schweinsbraten hinterläßt bei den Geschworenen seine Wirkung.

Noch eine weitere Niederlage muß die Verteidigung einstecken: Der psychologische Sachverständige, Geheimrat Professor Störring aus Bonn, sitzt nach Fortsetzung des Verfahrens nicht mehr im Schwurgerichtssaal. Der Gerichtshof hatte den deutschen Experten ersucht, an der Verhandlung teilzunehmen, sich jedoch seine Befragung vorbehalten. Störring wurde bis zum Abbruch der Verhandlung nicht aufgerufen, zur Fortsetzung hat man ihn nicht mehr eingeladen. Trotzdem hat der namhafte Bonner Psychologe, der zwölf Tage lang der Verhandlung beiwohnte und mehrere Gespräche mit dem Angeklagten führte, ein Gutachten verfaßt und dieses dem Gerichtshof übermittelt. Störrings Gutachten wird jedoch nicht zum Akt genommen, weil es sich dabei um eine private, vom Gericht nicht verlangte Meinungsäußerung handelt, wie der Vorsitzende feststellt. Wieder protestiert die Verteidigung. Der Protest wird abgewiesen.

Dabei wäre das Gutachten des deutschen Professors, dessen »Psychologie des menschlichen Gefühlslebens« seit Jahren als Standardwerk gilt, für den Angeklagten von großer Bedeutung, denn es stützt die These, daß der Mord mit großer Wahrscheinlichkeit von einem unbekannten Dritten verübt wurde. Jedenfalls liefert es ein paar einleuchtende Erklärungen für die widersprüchlichen Rechtfertigungen des Angeklagten, die ihn von Anfang an verdächtig machten. Da ist zunächst das Bild des im Sturz begriffenen Vaters, das der Sohn als ein feststehendes Momentbild beschreibt, fixiert wie auf einer photographischen Platte. Mit diesem Bild wollte der Angeklagte lange Zeit seine Behauptung untermauern, wonach der Vater vom Weg abgestürzt sei, was von den medizinischen Sachverständigen überzeugend widerlegt wurde. Wenn aber diese Behauptung nachweislich falsch war, was lag näher, als den Sohn der Tat zu verdächtigen?

Störring führt in seinem Gutachten zwei Erklärungen für das Entstehen dieses Bildes an, die er beide für möglich hält. Einmal könnte es sich dabei um eine Wahrnehmungstäuschung handeln. Der Angeklagte hört einen Klageruf, den er mit seinem Vater in Verbindung bringt. Der Klageruf weckt in ihm ein Gefühl der Angst um den Vater, und als er sich umdreht, sieht er tatsächlich dort, wo er den Vater vermutet, flüchtig, Störring schreibt »huschartig«, eine Gestalt auf dem Weg, bei der es sich allerdings nicht um den Vater, sondern um den Mörder handelt, was Halsmann wegen seiner Kurzsichtigkeit nicht erkennen kann. Weil er den Vater wenig später unten am Bach liegend entdeckt, verfestigt sich in ihm die Meinung, er habe ihn im Moment des Absturzes gesehen.

Die zweite Erklärung geht davon aus, daß der Angeklagte das beschriebene Bild in Wahrheit gar nicht gesehen hat. Die Schilderung des Bildes beruht auf einer positiven Erinnerungstäuschung. Um zu erläutern, was er darunter versteht, beschreibt der Bonner Psychologe ein Vorlesungsexperiment, das Professor Erismann in Bonn durchführte, als er dort über angewandte Psychologie las: Während der Vorlesung trat, wie vorher abgemacht, ein Herr ohne anzuklopfen in den Hörsaal. Erst als er schon im Raum stand, rief der Professor laut: »Herein!« Der Herr überreichte dem Professor zwei Telegramme. Nachdem Erismann diese gelesen hatte, brach er mit dem Boten einen Streit vom Zaun, der so weit eskalierte, daß der Professor den Fremden schließlich aufforderte, sofort den Hörsaal zu verlassen. Der Herr entfernte sich scheinbar in größter Erregung, schloß jedoch beim Weggehen die Tür ganz leise hinter sich.

Eine Viertelstunde später befragte Professor Erismann die Studenten zu dem eben erlebten Vorfall. Auf die Frage, ob der Herr vor dem Eintreten angeklopft habe, antwortete ein Viertel mit Ja. Die Frage, ob er beim Gehen die Tür zugeschlagen habe, beantworteten gar zwei Drittel mit Ja – die lautstark geführte Auseinandersetzung hatte sie so beeindruckt, daß ihnen die Erinnerung einen Streich spielte.

Störring hält es für denkbar, daß es Philipp Halsmann an jenem verhängnisvollen Septembertag ganz ähnlich erging:

»Der Anblick des wie tot daliegenden Vaters ruft den Gedanken an seinen Sturz wach, ruft das Bild des rücklings stürzenden Vaters hervor (so wie der Vater zu fallen pflegt bei seinen Herzanfällen usw.). Die Gemütserregung des Schreckens bedingte, daß beide Tatbestände sich innig miteinander verknüpften. Und so kommt es, daß, wenn nun später die Erinnerung an den Anblick des wie tot daliegenden Vaters auftrat, sich der Gedanke an das eigenartige Bild des im Sturze begriffenen Vaters dem Bewußtsein aufdrängte. Der sich hier aufdrängende Gedanke an dies Bild bekommt Erinnerungscharakter, d. h. es verbindet sich mit ihm die Überzeugung, daß es sich um etwas früher Erlebtes handelt, ganz wie im Fall des Vorlesungsexperiments.«

Damit wäre ein wichtiges Verdachtsmoment entkräftet, doch Störrings Gutachten wird auf Gerichtsbeschluß den Geschworenen nicht zur Kenntnis gebracht. Es wird erst drei Jahre später in einer deutschen Fachzeitschrift publiziert.

Eine ernste Bedrohung für die Position des Angeklagten stellt das 35 Seiten umfassende Gutachten der Innsbrucker Medizinischen Fakultät dar, das am zweiten Verhandlungstag verlesen wird. Die von der Verteidigung kritisierten Mängel des ersten Gutachtens hatten zum Abbruch der Verhandlung geführt. Das neue ist für den Angeklagten keineswegs günstiger ausgefallen. Eingangs wird ihm detailliert vorgehalten, wie oft er seine Angaben bezüglich der Entfernung vom Vater geändert habe: Zuerst seien es fünf bis zwölf Schritt gewesen, dann sieben bis 15 Meter, bis er schließlich eine Entfernung von etwa 170 Schritten angegeben habe. Ließen sich diese markanten Unterschiede durch die heftige Schreckwirkung erklären, welche der Angeklagte durch den Schrei und das vermeintliche Bild des abstürzenden Vaters erfuhr, wie die Verteidigung argumentierte? Das Gutachten sagt nein. Die Annahme, daß Philipp Halsmann unter dem Einfluß einer solchen Schreckwirkung die Entfernung zu seinem Vater nicht hinreichend beachtet hätte und daher völlig falsch einschätzen konnte, widerspreche der Alltagserfahrung und Selbstbeobachtung. Andererseits sei die Zeitangabe, wonach er für die Zurücklegung dieser Strecke zwei bis fünf Minuten gebraucht habe, was tatsächlich auf eine größere Entfernung hinweise, irrelevant, weil er sie selber als nicht erinnert, sondern erschlossen bezeichnet.

Auch die Möglichkeit, daß Halsmann, als er seinen Vater schwer verletzt beim Bach liegen sah, eine heftige Gemütserschütterung erlebt habe, die dann eine schwere Störung der Erinnerung auslöste, so daß er sich nachträglich über die tatsächliche Entfernung vom Vater nicht mehr im klaren war, wird von den Gutachtern verworfen:

»Die sorgfältige Prüfung aller Umstände und die Erwägung der allenfalls für eine solche Annahme in Betracht kommenden medizinisch-psychologischen und psychopathologischen Möglichkeiten hat zum Ergebnis geführt, daß sich weder die Annahme, daß Philipp Halsmann unter dem Einfluß einer Schreckwirkung die Entfernung, die ihn vom Vater trennte, nicht beachtete, noch die weitere Annahme, daß die Erinnerung an die Wegstrecke durch eine rückläufige Erinnerungsstörung ausgelöscht wurde, wahrscheinlich machen läßt und endlich, daß keine Anhaltspunkte vorliegen, daß sich Halsmann zur kritischen Zeit in einem Dämmerzustand befunden hat, der eine Erinnerungslücke hinterließ.«

Die Gutachter stimmen nur darin mit der Verteidigung überein, daß sich Halsmanns Angaben – seine früheren ebenso wie die jetzigen – auf Konstruktionen stützen, es seien dies aber keine Konstruktionen, die eine Erinnerungslücke überbrücken, sondern solche, die sich »dialektisch gewandt und elastisch« der jeweiligen Prozeßlage anpassen.

Die Geschworenen nicken zustimmend. Die gedrechselten, mit Fremdworten gespickten Sätze des jungen Mannes auf der Anklagebank waren also nichts anderes als geschickte Ausreden. Der Beschuldigte sitzt mit versteinerter Miene auf seinem Platz.

Aber es kommt noch schlimmer. Der zweite Teil des Fakultätsgutachtens beschäftigt sich mit Halsmanns Persönlichkeit. Die Fakultät, so heißt es, hat keinen Grund, an der Lauterkeit der Charakterzeugen zu zweifeln, die nur das Beste über den Angeklagten ausgesagt haben. Trotzdem ist er für sie ein nicht ohne weiteres durchschaubarer Mensch: auf der einen Seite hochgespannter Idealismus, auf der anderen unfruchtbare Selbstzersetzung und höhnender Sarkasmus, insgesamt eine schwer zugängliche, verschlossene Natur. Das heißt aber nicht, daß sich Anzeichen einer Geisteskrankheit bei ihm fanden. Nein, er ist zweifellos als völlig normal anzusehen. Was den Gutachtern auffällig erscheint, ist sein Verhältnis zu seinem Vater, der so ganz anders geartet war als der Sohn: ein aufgeschlossener Mensch, lebensbejahend, mitteilungsbedürftig, geprägt von starkem Selbstvertrauen, dabei aber nervös, zappelig, mit einer Neigung zu faulen Witzen, launenhaft, klug und gerissen. Aus diesen Gegensätzen mußten sich zwangsläufig Spannungen zwischen Vater und Sohn ergeben, der sich vergeblich gegen die stärkere Persönlichkeit des Vaters auflehnte. Konnte sich diese zwiespältige Einstellung gegen den Vater unter gewissen Umständen in einer explosiven Reaktion entladen? Die Gutachter halten das für durchaus denkbar.

Die damaligen Umstände, die von Philipp als Zwang

empfundene Bergtour, das frühe Aufstehen, das im Widerspruch zu seinem Schlafbedürfnis stand, die Erschöpfung, die schließlich in totale Apathie mündete, das alles, so meinen sie, könnte den Sohn dazu gebracht haben, in einem Anfall rasenden Zorns über den Vater herzufallen und ihn zu erschlagen. Um das zu untermauern, erinnern sie an ähnliche Erfahrungen aus dem Krieg und an Erlebnisse von Jägern und Touristen, die angeblich davon berichtet hätten, daß es unter dem Einfluß von Ermüdung und Entbehrung zwischen den besten Weggenossen zu einer reizbaren Angriffsbereitschaft und zu Tätlichkeiten kommen könne. Beispiele dafür werden im Gutachten keine genannt.

Abschließend geht auch das zweite Gutachten kurz auf Freuds Lehre vom Ödipuskomplex ein und stellt fest, daß sich bei Halsmanns Verhältnis zu seinen Eltern Züge finden, die sich in diesem Sinne deuten ließen.

An einer Stelle im Gutachten heißt es, es liege der Fakultät vollkommen fern, zur Frage der Täterschaft des Angeklagten Stellung zu nehmen und dem Urteil des Schwurgerichtes vorzugreifen, doch diese Einschränkung ändert nichts an seiner Wirkung. Es läßt die Rechtfertigungen des Angeklagten unglaubwürdig erscheinen und nennt eine mögliche Erklärung für die Tat, wenn schon kein echtes Motiv: totale Übermüdung, die zu einer explosiven Reaktion geführt haben mochte.

Die Verlesung des Fakultätsgutachtens ist ein vernichtender Schlag für die Verteidigung und den Angeklagten. Dr. Mahler versucht, die Glaubwürdigkeit der Fakultät anzukratzen, indem er beantragt, Teile aus dem ersten Gutachten zu verlesen, dort sei von einem Verdrängungsmechanismus gesprochen worden, der den Angeklagten möglicherweise die Tat völlig vergessen ließ. Das Gericht lehnt den Antrag mit dem Hinweis ab, das erste Gutachten sei mit Verlesung des zweiten hinfällig geworden, eine Diskussion darüber erübrige sich.

Dann steht der Staatsanwalt auf und sagt, in der Stadt gingen Gerüchte um, wonach die Anklagebehörde insgeheim einen bisher Unbekannten als Mörder verfolge, der demnächst präsentiert werden solle. Das entspreche nicht der Wahrheit. Richtig sei nur, daß sie einen gewissen Franz Platzer verfolge, der sich derzeit in Innsbruck in Untersuchungshaft befinde, aber nicht wegen des Verdachtes des Mordes. Und der Staatsanwalt erzählt eine unglaubliche Geschichte:

Vor einer Woche erhielt der Gendarmerieposten Mayrhofen einen Brief des genannten Franz Platzer, eines gebürtigen Südtirolers, der damals im Landesgericht Wien in Haft war, in dem er mitteilte, er habe im September 1928 im Zillertal einen Wilderer getroffen, der sich Josef Gruber nannte, über und über mit Blut bespritzt war und Platzer ersuchte, ihn über die Grenze nach Italien zu bringen. Als Belohnung habe er ihm 200 Schilling versprochen. Platzer habe dem Mann, der ganz nasse Füße hatte, seine Socken geliehen und dazu noch seinen Mantel, der ganz neu war. Die Sachen sollte er später wiederbekommen. Dann habe er den Unbekannten übers Pfitscherjoch nach Bruneck geführt, wo ihm dieser 50 Schweizer Franken und 20 Schilling gab, das restliche Geld und seine Sachen wollte er ihm später schicken. Das habe der Mann jedoch nicht getan. Später habe Platzer den angeblichen Gruber in Jenbach getroffen, wo er ihn zur Rede stellte und nach seinen Kleidern und dem Geld fragte. Gruber habe wieder nur Versprechungen gemacht. Da Platzer mit Bestimmtheit wisse, daß der Gruber in Mayrhofen sei, wo er einen Holzhandel betreibe, ersuche er den Kommandanten der Gendarmerie Mayrhofen, das Geld für ihn einzutreiben. Ein paar Tage später erhielt Postenkommandant Eicher einen zweiten Brief mit Absender Landesgericht Wien, wieder von Franz Platzer.

Wien 6. 10. 1929

Herrn Gendarmerie Commandant.
der Unterzeichnete bittet höflichst ob sie den Gruber Josef Holzhändler in Maierhof und Breitbach gefunden. Bitte klären sie ihn auf dass ich nicht selber kommen kann und lassen Sie sich nicht ein auf eine Verschiebung, denn er verschiebt es und ich kann dann nach schauen.
Die Kosten die Herr Commandant ausgibt Bitte ziehen sie ab.
und senden sie es mir auf folgende Adresse.
Platzer Franz Abt. 26
Landesgericht I Wien
Mit besten Dank zum Voraus für Ihre Bemühungen und bitte um eine Antwort. Ergebenst Platzer Franz.

Postenkommandant Eicher hielt die beiden Schreiben für eine grobe Irreführung, leitete sie aber trotzdem an die Staatsanwaltschaft in Innsbruck weiter, die den Briefschreiber an das hiesige Landesgericht überstellen ließ und ihn sofort verhörte. In der Vernehmung schmückte Platzer, der aus Meran stammte und mehrmals vorbestraft war, seine Geschichte mit weiteren Details und Ortsangaben aus, so daß kein Zweifel möglich schien. Bei dem angeblichen Wilderer konnte es sich nur um den Mörder des alten Halsmann gehandelt haben.

Als Platzer ins Zillertal gebracht wurde, stellte sich jedoch rasch heraus, daß er keinerlei Ortskenntnis besaß und die ganze Geschichte erfunden hatte. Ein weiterer Schwindler also, wie sich vor ihm schon viele gemeldet hatten. Doch nun wartete Platzer mit einer neuen Geschichte auf. Er sei von zwei unbekannten Männern gedungen worden, die Wilderergeschichte zu erzählen, die Männer hätten ihm dafür 8000 Schilling, ein Vermögen, geboten; einer sei Reichsdeutscher gewesen, der zweite Ausländer, manchmal hätten sie sich in einer fremden Sprache verständigt, die er für Ungarisch oder Russisch hielt.

So arbeitet man also für Halsmanns Freispruch, sagt der Staatsanwalt abschließend und fügt nach kurzer Pause hinzu, er wolle nicht behaupten, daß die Verteidigung etwas von diesem verbrecherischen Anschlag auf die Wahrheitsfindung in diesem Prozeß gewußt habe, denn man könne nicht ausschließen, daß die Verteidigung genauso wie das Gericht von Platzer in die Irre geführt worden sei.

Die Verteidiger springen empört auf und protestieren gegen die Verdächtigung.

Dr. Mahler: »Wir haben uns in vielen schlaflosen Nächten zu der Überzeugung durchgerungen: Philipp Halsmann ist unschuldig. Und deshalb bestehen wir auf der restlosen Aufklärung des Falles Platzer. Dieser Schmutzfink ist sofort als Zeuge darüber zu vernehmen, wer ihn zu der verbrecherischen Tat verleitet hat. Der Verteidigung ist die ohnehin schwere Last nun noch schwerer geworden. Der Halsmannprozeß ist ein Politikum. Platzer kann von anderer Seite mißbraucht worden sein, um den armen Angeklagten ins Unglück zu stürzen.«

Nach Beratung erklärt der Gerichtshof, der Fall Platzer befinde sich noch im Stadium der Voruntersuchung. Man wolle erst Einsicht in den Akt nehmen und dann über eine Vernehmung Platzers entscheiden.

Dr. Pessler berichtet von einem ähnlichen Fall. Ein Mann habe sich erbötig gemacht, gegen Bezahlung von 5000 Schilling ein schriftliches Geständnis abzulegen, dann wollte er einen Selbstmord durch Ertränken vortäuschen. Der Verteidiger habe den Mann der Kriminalpolizei übergeben.

Dr. Pessler: »Durch diese Sache Platzer ist ein vergifteter Pfeil abgeschossen worden, hoffentlich fällt er nicht auf jene zurück, die Philipp Halsmanns Verurteilung wünschen.«

Der Vorsitzende weist erregt den Vorwurf zurück, der Gerichtshof habe den Prozeß Halsmann als Politikum angesehen.

Dr. Mahler: »Daran zweifle ich nicht, aber die Allgemeinheit hat ein Politikum daraus gemacht.«

Dann erklärt Mahler, in Innsbruck seien Zeitungsartikel veröffentlicht worden, die offenbar offiziös inspiriert wurden. Er erinnert auch an die Nazi-Plakate, die in der Stadt angeschlagen wurden. Und jetzt erkläre der Staatsanwalt, es sei ein Bestechungsversuch unternommen worden und sage, so arbeite man für Halsmanns Unschuld. Dann ersucht Mahler um Unterbrechung der Verhandlung bis zum nächsten Tag, damit er sich mit seinem Kollegen beraten könne.

Entschieden weist der Staatsanwalt die Unterstellung zurück, die Presse sei offiziös, also vom Gericht oder von der Anklagebehörde inspiriert worden. Der Vorsitzende verhängt über Mahler wegen dieser Behauptung eine Ordnungsstrafe von 200 Schilling. Pessler sagt, die Verteidigung wolle sich bemühen, alles restlos aufzuklären. »Das Schiff ist für die Anklage verloren, und auf diese Weise will man es retten!«

Pesslers Worte werden vom Publikum mit lauten Bravo-Rufen belohnt. Der Vorsitzende erklärt mit schneidender Stimme, wenn es noch einmal zu Beifalls- oder Unmutsäußerungen komme, lasse er den Saal unverzüglich räumen. Mahler ersucht nochmals um Unterbrechung der Verhandlung. »Wir wollen uns schlüssig werden, ob wir nicht die Verhandlung kollektiv zurücklegen sollen.«

Im Saal bricht Unruhe aus. Der Vorsitzende wirkt nervös. Wenn die Verteidigung jetzt zurücktritt, ist der Prozeß im letzten Moment geplatzt. Philipp Halsmann ersucht um eine kurze Unterredung mit seiner Mutter. Die Verhandlung wird für fünfzehn Minuten unterbrochen. Ita Halsmann fleht die Verteidiger an, das Mandat nicht niederzulegen und die Sache rasch zu Ende zu bringen.

Anschließend stellen Mahler und Pessler eine Reihe neuer Beweisanträge. Es sollen weitere Gutachten verlesen werden, die alle für Halsmann günstig seien. Sie nennen wieder Professor Erismann, dann den Psychologen Pater Mager aus Salzburg, den Jenaer Universitätsprofessor Paul Linke und andere bekannte Psychologen. Aber auch den Innsbrucker Jesuiten Pater Alois Gatterer, einen stadtbekannten Telepathen, wollen sie befragen lassen, nahe Verwandte bekämen oft Zeichen von Verunglückten, der Jesuit nenne das »Anmelden«.

Die Anträge werden samt und sonders abgelehnt. »Nach der Prozeßordnung kann ich sie ja gar nicht zulassen«, sagt Dr. Ziegler entschuldigend. Dr. Mahler stellt mit Bitterkeit fest: »Alles was für den Angeklagten günstig ist, wird nicht zugelassen!«

Die Bemerkung trägt ihm eine Verwarnung ein, im Wiederholungsfall werde ihm die Verteidigung entzogen. Dann erklärt der Vorsitzende eilig das Beweisverfahren für beendet. Obwohl es schon spät ist, zieht sich der Gerichtshof zur Beratung über die Fragen zurück, die den Geschworenen gestellt werden sollen. Die Richter beschließen zwei Fragen:

Hauptfrage: Ist Philipp Halsmann schuldig, seinen Vater ermordet zu haben?

Eventualfrage für den Fall der Verneinung der Hauptfrage: Ist Philipp Halsmann schuldig, seinen Vater nicht in der Absicht, ihn zu töten, aber in feindseliger Absicht, erschlagen zu haben?

VIERZEHNTES KAPITEL

Samstag, 19. Oktober. Es ist ein schöner, beinahe wolkenloser Tag, die Luft ist frisch, und die Nordkette scheint zum Greifen nahe. Seit den frühen Morgenstunden umlagert eine dichte Menge das Gerichtsgebäude in der Schmerlingstraße, dessen Eingang von Beamten der Stadtpolizei bewacht wird. Die Verhandlung beginnt um zehn Uhr mit dem Plädoyer des Staatsanwaltes. Dr. Pessler hat gegen den späten Verhandlungsbeginn mit dem Hinweis Einspruch erhoben, in diesem Fall käme er mit seinem Plädoyer voraussichtlich gerade zur Mittagszeit dran, ein denkbar ungünstiger Zeitpunkt, weil die Leute dann müde und hungrig seien und sich nicht konzentrieren könnten. Der Vorsitzende hat den Einwand zurückgewiesen.

Der Staatsanwalt rekapituliert kurz das Verfahren, ruft die wichtigsten Zeugenaussagen und das Fakultätsgutachten in Erinnerung und sagt dann, nun könnten die Geschworenen ruhigen Gewissens und mit jeder nur denkbaren Sicherheit die Frage nach der Schuld des Angeklagten bejahen. Die Anklage ruht auf zwei fest gefügten Blöcken von Tatsachen, sagt Hohenwarter, einmal dem Umstand, daß der alte Halsmann mit einem Stein erschlagen wurde, und dann der Verantwortung des Angeklagten selber, der immer betonte: Ich war dabei. Wenn das richtig ist, ergibt sich daraus der zwingende Schluß, daß er und kein anderer die Tat verübt hat, denn für einen räuberischen Überfall blieb in diesem Fall kein Raum und keine Zeit. Der ganze Weg der Leiche war mit Blut gezeichnet, und dafür gibt es nur die Erklärung, daß Morduch Halsmann am Weg erschlagen und zum Bach hinuntergezerrt wurde. Allein die Tatsache, daß der Sohn den schwer verletzten Vater im Wasser liegen ließ, würde ausreichen, um seine Tötungsabsicht zu beweisen. Über das Motiv kann der Staatsanwalt keine Auskunft geben. Aber es geschehen so viele Dinge auf der Welt, ohne daß man genau sagen kann, warum, gerade die Gründe menschlichen Tuns liegen im Dunkeln, und oft überraschen einen Menschen, die man gut zu kennen glaubt, ganz unvermutet durch Handlungen, die man ihnen nie zugetraut hätte. Nicht einmal der Täter selber kann immer sagen, warum er die Tat beging. Gerade hier im Gerichtssaal erlebt man, daß der Täter sagt: Ich weiß es selber nicht, es ist halt so gekommen.

»Der Angeklagte ist ein sehr verschlossener Mensch, er ist uns in seiner Erziehung, in seiner Umgebung, in seiner Lebensweise fremd geblieben. Die Ärzte schließen die Möglichkeit aus, daß der Angeklagte einen lange vorbedachten Mord hätte verüben können, wohl aber geben sie die Möglichkeit zu, daß er im Affekt handelte, daß eine lange vorhandene Spannung durch irgendeinen Reiz zum Ausbruch gekommen ist. Wir alle, die wir lange Bergtouren gemacht haben, wissen, daß die Ermüdung zu besonderer Reizbarkeit führt, daß sich mit den besten Tourenkollegen sehr unliebsame Zwischenfälle ergeben können. Was allerdings den letzten Anlaß bildete, das können wir nicht sagen.«

Und abschließend sagt der Staatsanwalt: »Und nun, meine Herren Geschworenen, lege ich das Schicksal der Anklage in Ihre Hände. Gebrauchen Sie es weise, ohne Furcht und ohne Zagen. Beweisen Sie der Welt, daß es hier in Tirol noch Volksrichter gibt, die unbeugsam den Weg der Pflicht und des Rechts zu gehen wissen. Im Namen des Staates, den zu vertreten ich die Ehre habe, im Namen der Gerechtigkeit bitte ich Sie, die Schuldfrage zu bejahen.«

Es kommt so, wie es Pessler befürchtet hat. Der Staatsanwalt spricht mehr als eine Stunde, dann verkündet der Vorsitzende eine kurze Pause. Der Verteidiger kann erst gegen zwölf Uhr mit seinem Plädoyer beginnen. Die Geschworenen sind sichtbar müde und unaufmerksam.

Pessler erinnert eingangs an einen Indizienprozeß aus dem Jahre 1923, in dem ein Zollbeamter namens Hans Plank in Lustenau wegen Totschlags vor Gericht stand. Plank wurde beschuldigt, einen Kameraden beim Patrouillengang erschossen zu haben. Auch damals wiesen viele Indizien auf Plank als Täter hin, er hatte Streit mit seinem Kameraden gehabt und war allein mit ihm auf Patrouille gewesen. Ein Dritter, so erklärte der Staatsanwalt damals, käme als Täter nicht in Frage. Als noch die Psychiater Plank verlogen nannten und meinten, die Bluttat sei ihm ohne weiteres zuzutrauen, wurde er von den Geschworenen schuldig gesprochen und zu acht Jahren Kerker verurteilt, obwohl er, genauso wie Halsmann, bis zum Schluß seine Unschuld beteuerte. Zweieinhalb Jahre später legte der wahre Täter ein Geständnis ab, und Plank ging frei, ein gebrochener Mann.

Im Fall Halsmann gibt es keinen Schatten eines Motivs, und nicht einmal die Sachverständigen, die seiner Rechtfertigung keinen Glauben schenken wollen, trauen ihm einen vorsätzlichen Mord zu, sondern meinen, er habe den Vater vielleicht im Affekt erschlagen, aus Übermüdung und totaler Erschöpfung. Dann weist Pessler auf die Lücken in der Beweisführung hin. Vieles blieb unaufgeklärt, so etwa die Frage, was mit der Barschaft des alten Halsmann geschah. Wie erklärt man sich, daß die Schweizer Franken verschwunden sind, die das Opfer bei sich trug? Und warum sind die 50 Schilling, die es in der Brieftasche hatte, erst 19 Tage nach dem Mord aufgetaucht? Wer hat dieses Geld am

Tatort deponiert? Alles ungelöste Fragen, die auf einen Dritten als Täter hindeuten. »Beim Indizienbeweis müssen alle Nebenumstände einwandfrei erwiesen sein. Es muß sich eine äußere und eine innere Kette um den Täter schließen. Die Nebenumstände müssen auf ihn zeigen, er muß aber auch die Fähigkeit zur Tat in sich tragen. Nichts davon gilt für Halsmann. Sein Charakter spricht gegen die Tat und der Tatort für einen Raubmord.«

Auch Pessler schließt mit einem Aufruf an die Geschworenen: »Meine Herren Geschworenen, ich kann Ihnen nur aus meinem tiefsten Herzen heraus sagen, Philipp Halsmann ist unschuldig. Es ist ausgeschlossen, daß er der Täter ist. Ich habe zu Ende gesprochen und mich bemüht, nur sachlich zu sein. Ich habe nach Möglichkeit meine Pflicht erfüllt. Nun kommt die Zeit, wo Sie Ihre Pflicht zu erfüllen haben. Was ich von Ihnen will, ist nur Recht und Gesetz, daß Sie entscheiden, wie es Ihnen Ihr Eid vorschreibt, wie Sie es vor Ihrem Schöpfer verantworten werden können. Entscheiden Sie nun, ob Sie einen Unschuldigen freisprechen oder verurteilen wollen. Entscheiden Sie!«

Zuletzt erhält der Angeklagte das Wort. Er spricht ruhig und mit fester Stimme.

»Ich möchte bloß das eine sagen, daß von niemandem, von keinem Zeugen, auch nicht vom Staatsanwalt oder einem Sachverständigen bestritten wurde, daß ich meinen Vater ehrlich liebte, und daß auch er mich wirklich lieb hatte. Stellen Sie sich, bitte, vor, was so ein Verhältnis zwischen Vater und seinem einzigen Sohn bedeutet. Kann da ein anderer als ein schlechter, roher oder verhetzter Mensch an das glauben, was man mir zur Last legt? Ich weiß nicht, was hinter meinem Rücken auf dem Wege von der Dominikushütte nach Breitlahner wirklich geschehen ist, ich weiß nur, daß ich unschuldig bin, und daß man mich ein Jahr lang festgehalten hat für etwas, was ich nicht getan habe. Was ich Sie bitte, ist nur eine Selbstverständlichkeit: Ich bitte Sie, einen Menschen, der nichts Schlechtes getan hat, freizusprechen.«

Nach Halsmanns Appell wird die Verhandlung für zwei Stunden unterbrochen. Bei der Wiederaufnahme ist der kleine Saal zum Brechen voll. Die Luft ist so stickig, daß die Tür zum Gang geöffnet werden muß. Halsmanns Mutter und Schwester haben in einer der hinteren Bankreihen Platz genommen. In den Gängen sind überall Gendarmen zu sehen. Vor dem Gerichtsgebäude drängen sich Menschen, die keinen Einlaß mehr gefunden haben. In den Straßen um das Gebäude stehen Polizeiposten, um Kundgebungen zu verhindern und den Verkehr aufrecht zu halten. Doch alles bleibt ruhig.

Der Vorsitzende hält ein Resümee, in dem er den Geschworenen noch einmal die Ergebnisse des Beweisverfahrens in Erinnerung ruft. Bei der Rechtsbelehrung der Geschworenen unterläuft Dr. Ziegler, der die Verhandlung bisher vorbildlich geleitet hat, ein folgenschwerer Fehler. Er versäumt, die Geschworenen daran zu erinnern, daß sie den Angeklagten freisprechen müssen, wenn sie Zweifel an seiner Schuld hegen. Der Vorsitzende im ersten Prozeß hat die Geschworenen sehr eindringlich auf diesen Umstand hingewiesen.

Die Geschworenen beraten über zwei Stunden lang. Dann verkündet ihr Obmann, der pensionierte Werkmeister Heinrich Landerer aus Völs, den Wahrspruch.

Die Hauptfrage auf Mord wird mit sieben Stimmen bejaht und fünf Stimmen verneint.

Die Eventualfrage auf Totschlag wird mit acht Stimmen bejaht und vier Stimmen verneint. Also Totschlag.

Der Angeklagte wird von zwei Justizwachebeamten in den Saal geführt. Er schaut zu Pessler hin, der nur den Kopf schüttelt. Der Gesichtsausdruck des Anwalts sagt alles. Halsmann wartet nicht ab, daß ihm der Spruch verlesen wird, sondern sagt erregt, hier sei ein furchtbares Justizverbrechen geschehen, er sei verurteilt worden, weil die Geschworenen gegen ihn verhetzt seien. Der Vorsitzende unterbricht ihn und sagt, er müsse ihn abführen lassen, wenn er sich so benehme. Halsmann schreit: »Ich möchte das gar nicht anhören. Das ist eine Schmach, zum zweiten Mal!«

Die Verteidiger versuchen, ihn zu beruhigen.

Halsmann (schreit): »Ich bin unschuldig! Ich kann in diesem Land nicht zu meinem Recht kommen!«

Vorsitzender: »Der Gerichtshof hat beschlossen, Sie abführen zu lassen, weil Sie sich nicht anständig benehmen.«

Halsmann: »Ich möchte nichts weiter zu tun haben mit solchen Justizverbrechern! Das ist eine Schande!«

Er wird aus dem Saal gebracht. Die Mutter und Schwester des Angeklagten werden in ein Zimmer neben dem Saal geleitet, in dem sonst die Zeugen auf ihren Auftritt warten. Die Schwester erklärt, Philipp und seine Familie seien in diesem Land ganz ohne Schutz und könnten nicht ihr Recht erhalten. Die Mutter ruft ständig: »Man will uns vernichten! Man will uns ganz ausrotten!«

Nach längerer Beratung der Richter wird das Urteil verkündet: Philipp Halsmann wird des Totschlags an seinem Vater schuldig erkannt und zu vier Jahren schweren Kerkers verurteilt, die Untersuchungshaft wird in die Strafe eingerechnet.

Der Vorsitzende erklärt, man habe eine Reihe mildernder Umstände in Betracht gezogen, wie die Unbescholtenheit des Angeklagten, seinen guten Leumund und sein verhältnismäßig geringes Alter, und vom außerordentlichen Milderungsrecht Gebrauch gemacht. Die Verteidigung meldet sofort Nichtigkeitsbeschwerde an.

Aus der Menge, die sich vor dem Gerichtsgebäude versammelt hat, ertönen bei Bekanntwerden des Urteils Bravorufe. Ein starkes Polizeiaufgebot beginnt, die Straße zu räumen und die Menschen zu zerstreuen.

Anschließend begeben sich die drei Richter ins Untersuchungsgefängnis, um Halsmann in seiner Zelle das Urteil zu verlesen. Er hat sich wieder beruhigt und sagt gefaßt, er habe mit diesem Ausgang gerechnet. Nach den Richtern kommen die beiden Verteidiger in die Zelle. Sie bieten ihm ihre Freundschaft und das brüderliche Du an, als Zeichen, daß sie auch weiter an seine Unschuld glauben, dann küssen und umarmen sie einander.

Die Verteidiger wollen sofort alles in die Wege leiten, um Philipps Begnadigung zu erwirken, doch davon will dieser nichts wissen. Er will nicht begnadigt werden, und wenn er zwanzig Jahre sitzen muß, sagt er, denn er ist kein Vatermörder und möchte nicht mit dem Stigma in die Welt hinausgehen, daß er begnadigt wurde, obwohl er seinen Vater auf bestialische Weise umgebracht hat.

Aus Protest gegen das Urteil tritt er in den Hungerstreik. Und obwohl in den nächsten Tagen alle auf ihn einreden, seine Familie, Herr Glaser, die Verteidiger und sogar der Gefängnisdirektor, er solle den Hungerstreik aufgeben, er mache doch alles nur schlimmer und schade vor allem sich selber und seiner Mutter, bricht Halsmann erst nach neun Tagen den Hungerstreik ab und nimmt wieder Nahrung zu sich. Der Arzt, der ihn in dieser Zeit regelmäßig untersucht hat, sagt, es sei höchste Zeit gewesen, sein geschwächter Organismus hätte sonst irreversible Schäden erlitten.

Innsbruck, den 21. Oktober 1929

Vielen, sehr herzlichen Dank für Dein Telegramm, Ruth. Es war das erste Zeichen, das ich nach der Verhandlung von auswärts erhielt, und es hat mich sehr gefreut. – Meine Stimmung kann ich Dir aus zwei Gründen nicht schildern. Der zweite ist, daß alle Worte wie Empörung usw. sehr schön, aber auch sehr hohl klingen, und weil ich hoffe, daß Du, wenn Du mich kennst, eine Schilderung nicht brauchst. Und das alles, obgleich das Urteil mir durchaus nicht unerwartet kam, denn seit der Ablehnung des Delegierungsantrages durch den Obersten Gerichtshof mußte ich darauf gefaßt sein.

Aber es ist eine merkwürdige Sache mit der Hoffnung: Ich glaube wirklich, daß man sie nie verlieren kann. – Ich glaube nicht, daß der Oberste Gerichtshof das Urteil bestätigen wird. Der größte mir feindliche Faktor ist die unglaubliche Kleinheit der Strafe, aber sie darf und kann nicht ins Gewicht fallen, wenn Österreich ein Rechtsstaat ist.

Die Anerkennung des Urteils würde – wenn man von einer Aufklärung des Ganzen, einem glücklichen, aber kaum wahrscheinlichen Zufall, absieht – meine vollkommene Vernichtung bedeuten, und zwar in sozialer Hinsicht (denn es würde einen akademischen Beruf ausschließen, auf den ich jetzt angewiesen bin) und dann, was viel schlimmer ist, in moralischer und überhaupt jeder Beziehung. [...] Nun habe ich leider ein sehr ausgeprägtes Verantwortungsgefühl – ›leider‹, denn es gibt nichts, das mehr als Verantwortungslosigkeit das Leben erleichtert, und das mehr als überspanntes Verantwortungsgefühl das Leben erschwert. Ich bitte Dich auch daher, liebe Ruth, mich nicht mißzuverstehen und zu begreifen, daß das, was ich Dir nun sage, nur die Erfüllung einer Pflicht ist, und daß von einer Veränderung meiner Einstellung zu Dir nicht die Rede ist. – In Deinem ersten oder vierten Brief an mich sagtest Du, Du möchtest allein bleiben, weil ich Dich nur an Deiner Arbeit und der Verfolgung Deines Weges hindern würde. Nun, ich glaube, ich habe es damals nicht oder nur wenig getan. Jetzt aber tue ich es. Es ist verantwortungslos von mir, wenn ich Dir ein Jahr lang rührende Briefe aus der Haft schreibe. Ich störe und hindere Dich an allem, und dieser Gedanke geht mir sehr nahe.

Ich bitte Dich daher, daß Du Dich weniger um mich kümmerst, daß Du versuchst, mich aus Deinen Gedanken zu verdrängen und Dich nicht durch mich in irgendwelcher Beziehung stören läßt, denn ich weiß nicht, welch ein Recht ich habe, Dich in dieser Weise an Deinem Leben zu hindern. [...]

Bitte grüß von mir sehr herzlich alle Deinen. – Bitte verzeih mir, daß ich trotz Deiner Stimmung, die auch ich mir denken kann, Dir in diesem Tone und davon schreibe. Aber ich muß ja. – Ich grüße Dich sehr herzlich und drücke Dir fest Deine Hand. Alles Gute! In Freundschaft! Dein Philja.

Innsbruck, den 30. Oktober 1929

Liebe Ruth!

[...] Du brauchst jetzt keine Rücksicht auf mich zu nehmen, denn ich bin jetzt ein verbohrter monomanischer Fanatiker, der von seiner fixen Idee ganz besessen ist und an nichts anderes denkt. Und ich sage Dir, Ruth, daß ich so lange ein verbohrter Maniak bleiben werde, bis ich ganz und gar rehabilitiert bin, und ich werde mich so lange nicht zufriedengeben und so lange kämpfen, bis ich zu meinem Recht komme, und ob es Jahre dauert oder Jahrzehnte, das ist mir gleich. [...] Alles Gute und Schöne. Mit festem Händedruck. Dein Philja.

FÜNFZEHNTES KAPITEL

Drei Tage nach der Urteilsverkündung wurde am Innsbrucker Westfriedhof die Grabstätte für Morduch Max Halsmann eingeweiht. Der Stein trug die Inschrift:

Max Halsmann
Zahnarzt aus Riga
27. 8. 1880 – 10. 9. 1928

Ein Justizwachebeamter und zwei Kriminalpolizisten geleiteten den Sohn auf den Friedhof, wo ihn Mutter und Schwester erwarteten. Die Einweihung des Grabes wurde vom Landesrabbiner von Tirol, Josef Link, vorgenommen, der nach der religiösen Zeremonie eine kurze Ansprache hielt:

»Es ist heute Chaul Hamoed, ein Tag, an dem, im Sinne des jüdischen Religionsgesetzes, jeder Grabgang, jede Grabeinweihung unterlassen werden sollte. Wenn ich der eindringlichen Bitte der schwergeprüften Familie trotzdem Rechnung trage, so geschieht es aus der Erwägung heraus, daß hier ein außerordentlicher Fall vorliegt. Es gilt ein jüdisches Kind, das durch eine unglückliche Verkettung von Umständen in tiefes Unglück gestürzt wurde und der Verzweiflung nahe ist, zu trösten, seelisch aufzurichten.«

Der aus dem oberungarischen Städtchen Neutra stammende Innsbrucker Rabbiner hatte 1906 die Leitung der jüdischen Gemeinde von Hohenems in Vorarlberg übernommen, von wo er 1914 nach Innsbruck übersiedelt war. Der Prozeß gegen den Studenten aus Riga hatte den Rabbi mit großer Besorgnis erfüllt. Allein die Tatsache, daß ein junger Jude, wenn auch ein Fremder, in Innsbruck wegen

Vatermordes vor Gericht gestellt und verurteilt wurde, stellte eine Bedrohung für seine Gemeinde dar. Trotzdem zögerte Link keinen Moment, sich öffentlich für den Verurteilten, den er wiederholt im Untersuchungsgefängnis besucht hatte, einzusetzen. In einer in Wien erscheinenden jüdischen Wochenschrift nahm der Tiroler Landesrabbiner zum Prozeß Halsmann Stellung. Link betonte dort, er wolle den Geschworenen keinen Vorwurf machen, diese schlichten Menschen hätten sich gewiß bemüht, getreu ihrem Eid Recht zu sprechen, und in einem gewöhnlichen Prozeß wäre ihnen das wohl auch gelungen, doch hier hätten sie einen Angeklagten vor sich gehabt, in dessen kompliziertes Seelenleben ein Tiroler Bergbauer keinen Einblick gewinnen konnte. Dieser fehlende Kontakt zwischen den Tiroler Geschworenen und dem aus dem ostjüdischen Milieu stammenden Angeklagten sei dem Studenten zum Verhängnis geworden. Es sei niemandem gelungen, ein Motiv für die schreckliche Tat zu finden. »Ohne Motiv aber kann man keinen Mord verstehen, kann man an ihn nicht glauben«, schrieb der Innsbrucker Rabbiner.

Link war in seiner Kritik an dem Urteil sehr zurückhaltend, er mußte Rücksicht auf seine Position in Innsbruck und seine Gemeinde nehmen. Sonst aber hagelte es von jüdischer Seite wütende Vorwürfe. Die *Wiener Neue Welt* sprach von einem antisemitischen Tendenzprozeß schlimmster Art, den man nur mit früheren Ritualmordprozessen, etwa der Hilsner-Affäre, vergleichen könne. Das Urteil der Volksrichter sei nur durch den antijüdischen Terror zu erklären, der sich in der Tiroler Hauptstadt breitmache. Der Artikel trug dem Herausgeber, Robert Stricker, eine Anzeige der Staatsanwaltschaft wegen Aufwiegelung ein. Die Berliner *Jüdische Rundschau* nannte das Innsbrucker Verfahren einen typischen Judenprozeß, in dem der Angeklagte, jenseits von Schuld oder Unschuld, in seiner Eigenschaft als Jude verurteilt worden sei. Die Breslauer *Jüdische Zeitung für Ostdeutschland* brach schließlich über ganz Österreich den Stab. Es gebe offenbar immer noch Länder in Europa, in denen die Mehrheit der Bevölkerung dumpf und unwissend glaube, daß die Juden nach der Weltherrschaft trachteten, gelegentlich Ritualmorde begingen und ständig christliche Mädchen schändeten. Schon um der eigenen Sicherheit willen könne man daher aus der Halsmann-Affäre nur eine Lehre ziehen: »Juden, meidet die österreichischen Alpen!«

Im Fremdenverkehrsland Tirol weckte ein solcher Aufruf naturgemäß Ängste. Was, wenn nun die jüdischen Gäste wirklich lieber in die Schweiz oder in die Dolomiten reisten statt ins Zillertal oder nach Innsbruck? Der Bürgermeister der Landeshauptstadt, Franz Fischer, ein Christlichsozialer, der erst seit einem halben Jahr im Amt war, äußerte öffentlich sein Bedauern darüber, daß der unselige Prozeß solche Reaktionen hervorrief, die für das Land Tirol und die Stadt Innsbruck in keiner Weise von Vorteil sein konnten. Für die Tiroler wäre es das Beste gewesen, wenn der Prozeß überhaupt »in Halsmanns Zuständigkeitsland« verlegt worden wäre. Aus dem Zillertal würden bereits eine beträchtliche Abnahme des Fremdenverkehrs und das Ausbleiben der »mosaischen Gäste« gemeldet, weil nun offenbar viele Juden glaubten, die Tiroler seien antisemitisch eingestellt, klagte Fischer. Dabei frage man in Tirol keinen nach seiner Konfession, »sondern sucht nur den anständigen und angenehmen Reisenden«.

Für die von Maximilian Schreier herausgegebene Wiener Zeitung *Der Tag*, zu deren Mitarbeitern Robert Musil zählte, hatte Hanns Margulies aus Innsbruck berichtet. Nach dem

Urteil schrieb der bekannte Autor sozialkritischer Gerichtsreportagen über die »wahren Hintergründe des Halsmann-Urteiles«. Margulies schilderte, wie der Obmann der Geschworenen, der pensionierte Werkmeister Heinrich Landerer aus Völs, am Tag vor der Urteilsverkündung in der Mittagspause ratlos durch Innsbruck gewandert war und jeden, der ihm über den Weg gelaufen war, sogar wildfremde Menschen, gefragt hatte: »Was glauben Sie, hat der Halsmann seinen Vater umgebracht oder nicht?« Das könnten Zeugen bestätigen. Und Margulies rief die Predigt von Pater Anselm Maria Wimmer, die Nazi-Plakate und andere Momente in Erinnerung, die jene vergiftete Atmosphäre erzeugt hatten, in welcher der Prozeß geführt worden war. Er schloß mit der Ankündigung: »Der Kampf um Halsmann hat begonnen.«

Margulies stellte sich in diesem Kampf in die erste Reihe, er hielt Vorträge und schrieb Artikel, die im Wiener *Tag* und im *Morgen* erschienen, aber auch in der Berliner *Weltbühne*, und als die Österreichische Liga für Menschenrechte in Wien eine Kundgebung für Halsmann veranstaltete, trat Margulies neben Franz Pessler als Hauptredner auf. Im Großen Konzerthaussaal in Wien hielt der Redakteur der *Neuen Freien Presse*, Emil Kläger, einen Vortrag über seine Eindrücke vom Innsbrucker Prozeß, in dem er sagte, er wisse nicht, ob Philipp Halsmann am Tod seines Vaters schuldig sei. »Ich bin aber sicher, daß der Indizienprozeß lückenhaft und unzulänglich gewesen ist.« Der Saal war bis auf den letzten Platz gefüllt, und Kläger wurde immer wieder durch anhaltenden Beifall unterbrochen. Etwas später sprach auch Halsmanns erster Verteidiger, Richard Preßburger, im Großen Konzerthaussaal über den Fall. Preßburger zerpflückte die Argumente, die zur Verurteilung Halsmanns geführt hatten, und nannte sie völlig unglaubwürdig. Vor allem aber konzentrierte er sich einmal mehr auf den Wirt der Dominikushütte, Josef Eder, der mit seinem ersten Verdacht gegen Halsmann die Untersuchung, die Anklage und schließlich die Geschworenen auf verhängnisvolle Weise beeinflußt habe. »Eder hat das Urteil gemacht.«

Der *Tiroler Anzeiger* nannte es geradezu unerhört, daß ein Verteidiger in einem öffentlichen Vortrag es wagen könne, »einen beeideten Zeugen derart herunterzusetzen und zu beleidigen«.

Am 27. Oktober erschien die *Neue Freie Presse* mit einem Aufmacher des bekannten Schriftstellers Jakob Wassermann: »Offener Brief an den Präsidenten der Republik«. Der Autor von »Die Juden von Zirndorf« und »Der Fall Maurizius«, der seit Jahren im steirischen Ausseerland lebte, hatte den Halsmann-Prozeß aufmerksam in der Presse verfolgt und war in der Endphase sogar nach Innsbruck gereist, um sich an Ort und Stelle ein Bild über die Stimmung in der Stadt zu machen. Als er am Abend des 19. Oktober, nach der Urteilsverkündung, ins Hotel zurückgekehrt war, hatte der Liftboy mit zufriedenem Lächeln zu ihm gesagt: »Jetzt ist er zu Ende, unser Prozeß.« Wassermann hatte gemeint, vom Gesicht des einfachen Tiroler Jungen die Genugtuung einer ganzen Stadt ablesen zu können, die sich darüber freute, daß der Jude verurteilt wurde. In dem offenen Brief an Bundespräsident Wilhelm Miklas nannte Wassermann das Urteil von Innsbruck völlig unbegreiflich. Wenn Halsmann schuldig war, dann waren vier Jahre Kerker lächerlich wenig.

»Wer den Vater erschlägt, der hat ihn ermordet in jedem Fall, der hat den Anspruch auf unsere Schonung verwirkt in jedem Fall, wir wollen ihn nicht nach vier Jahren wieder in unsere Gemeinschaft aufnehmen, wir weigern uns, seinen Beweggründen nur den Schein von Berechtigung, die Spur

Preis in Wien: 50 Groschen.

Redaktion, Administration, Druckerei: I., Schubertring, Fichtegasse Nr. 9–11.

Neue
Freie Presse.
Morgenblatt.

Nr. 23391 — Wien, Sonntag, den 27. Oktober 1929.

French Line
HAVRE–NEW YORK
FRANZÖSISCHE LINIEN
SUD-AMERIKA

DER ELEGANTE PELZ VON HOROVITZ
WIEN I. KOHLMARKT 2
WIEN I. NEUER MARKT 13

Die englische Regierung kündigt eine Diskontermäßigung an.

Offener Brief an den Präsidenten der Republik.

Herr Präsident!

Philipp Halsmann ist verurteilt. Jedoch diejenigen, die von seiner Schuld überzeugt waren, sind aufs äußerste betroffen über die Milde des Verdikts. Sie hätten, bei der unaufhaltsamen Zersetzung aller Rechtssicherheit, eher noch einen jener überraschenden Freisprüche erwartet, durch die eine klar erwiesene Untat nur öffentlich gebrandmarkt, nicht gesetzlich gesühnt wurde, als gerade diesen Richtspruch. Wie, fragen sie erschrocken, ein nach Ansicht der Geschwornenbank überführter Vatermörder (denn hätten sie ihn dafür nicht gehalten, so hätte das Urteil nicht erfolgen können), und man straft ihn ungefähr wie einen rückfälligen Gewohnheitsdieb? Ist Blut eine so billige Ware geworden, Blutvergießen eine so läßliche Sünde? Die Anklage lautete auf Vatermord: gibt es mildernde Umstände für dies Verbrechen aller Verbrechen? In der Art, daß sich das Ausmaß der Strafe gnaden- oder verlegenheitshalber auf sein mindestes herabdrücken läßt? Ist Mord auf einmal nicht mehr Mord, weil es bedenklich scheint, ihn dafür zu erklären, und auch wieder bedenklich, ihn mit der vollen Strenge des Gesetzes zu ahnden? Soll unser beruhigtes Gewissen eingeschläfert werden durch ein Kompromiß zwischen Tat und Justiz? Soll die Strafe das arithmetische Mittel aus dem …

… aufnehmen, wir weigern uns, seinen Beweggründen nur den Schein von Berechtigung, die Spur eines Notstandes zuzubilligen, und bei aller Gewißheit und Doppelbödigkeit unserer Psychologie, aller Schlüpfrigkeit und Wendbarkeit unserer geistigen Formulierungen wünschen wir nichts mehr mit ihm zu tun zu haben. Er verschwinde.

So liegen aber in Wirklichkeit die Dinge nicht, Herr Präsident. Philipp Halsmann ist unschuldig. Wenn Ihnen dieses Diktum allzu vermessen und unbedingt erscheint, so kann ich mich zu seiner Bekräftigung auf die Meinung von ganz Europa berufen, das heißt, auf die aller anständigen, unbefangenen, klar empfindenden und von der Pestatmosphäre des Rassenhasses noch unvergifteten Menschen dieses Erdteils, Christen wie Juden. Es gibt eine sich mitteilende Ueberzeugung von der Unschuld, die, einmal in Bewegung geraten, sich so unhemmbar der Gemüter bemächtigt wie ein plötzlicher religiöser Aufschwung, um so mehr als sie nicht in realen Vorgängen, sondern in einer seelischen Bereitschaft wurzelt, der Unumstößlichkeit des inneren Bildes. Obwohl sich darin zu allen Zeiten die stärksten Mächte der Menschheit manifestiert haben, sehe ich ganz gut ein, daß sich kein Schwurgericht der Welt mit solchen Imponderabilien befassen kann. Es ist auf seine Behelfe angewiesen, Behelf war hier ein Indizienbeweis, jenes verhängnisvolle Beweismittel, …

Offener Brief Jakob Wassermanns an den Präsidenten der Republik

eines Notstandes zuzubilligen, und bei aller Gewißheit und Doppelbödigkeit unserer Psychologie, aller Schlüpfrigkeit und Wendbarkeit unserer geistigen Formulierungen wünschen wir nichts mehr mit ihm zu tun zu haben. Er verschwinde.

So liegen aber in Wirklichkeit die Dinge nicht, Herr Präsident. Philipp Halsmann ist unschuldig. Wenn Ihnen dieses Diktum allzu vermessen und unbedingt erscheint, so kann ich mich zu seiner Bekräftigung auf die Meinung von ganz Europa berufen, das heißt, auf die aller anständigen, unbefangenen, klar empfindenden und von der Pestatmosphäre des Rassenhasses noch unvergifteten Menschen dieses Erdteils, Christen wie Juden. […]

Herr Präsident, ich rufe Sie nicht um Gnade für den Verurteilten an. Es handelt sich nicht um Gnade, Sie wissen es selbst. Es ist überflüssig, zu sagen, daß es sich um das nackte, primitive Recht handelt, um die königliche, zuschanden getretene Gerechtigkeit. Das Urteil, das ergangen ist, ist nicht ergangen gegen die Tat, die hat er nie und nimmer verübt, es ist ergangen gegen den Mann und seinen Stamm. Sie wissen es so gut wie ich, Herr Präsident. Sie wissen, was sich ereignet hat, Sie kennen die Katastrophe und ihren Ablauf, die Hetze und ihr Ziel. [...]

Herr Präsident, ich, der ich dieses schreibe, bin Jude. Ich habe zu keiner Zeit versäumt, das Visier aufzuschlagen, ich stehe da, frei auf der Brücke, im offenen Wind. Ich habe, in gefährdeter Position, manches Verdienstliche gewirkt, in beiden Lagern, hüben und drüben von der Brücke, nicht zum wenigsten, was die Idee der Gerechtigkeit betrifft. Wenn Ihnen nun jemand sagt: da sieht man es ja wieder, wie die Juden zusammenhalten, so weiß ich nichts anderes zu erwidern als: Kummer genug, daß es nur die Juden tun und nicht die Menschen. Ich lebe seit einunddreißig Jahren in Österreich. Ich liebe dieses Land wie meine Heimat. Es schmerzt mich, daß es mehr und mehr ein Schauplatz des Hasses, der Verfolgung und des Unrechts werden soll. Ich bin nur eine Stimme unter vielen, die zufällig zu Ihnen dringt, und ich erhebe sie in der höchsten Not, denn ich und meinesgleichen, wir haben allmählich die Vergeblichkeit des Redens begriffen, obschon uns die Bitterkeit des Schweigenmüssens langsam zerstört. Verhindern Sie, Herr Präsident, als Oberhaupt dieses Staates mit allen Mitteln, die zu Ihrer Verfügung stehen, dieses eine beispiellose Unrecht, und Sie werden es in tausendfacher Weise verhindert haben, da doch jede Tat ihre ungemessenen Befruchtungstriebe in sich trägt. Wir warten. Ich warte.«

Einen Tag später brachte das Wiener Montagsblatt *Der*

Morgen eine kurze Stellungnahme von Bundespräsident Miklas zum Fall Halsmann, der mit dem offenen Brief Wassermanns endgültig zu einer Affäre geworden war. Natürlich habe er sich über den Fall Halsmann gründlich seine Meinung gebildet, erklärte Präsident Miklas, doch leider müsse er diese für sich behalten und schon gar nicht dürfe er zur Frage einer Begnadigung im Fall Halsmann sprechen. »Dies vor allem darum, weil die Frage der Begnadigung nur im Einvernehmen mit der Bundesregierung geregelt werden kann. Dann aber auch darum, weil es sich noch um ein keineswegs beendetes Verfahren handelt, und es möglicherweise zu einem dritten Prozeß kommen wird.«

Maximilian Schreier, Herausgeber und Chefredakteur der Zeitungen *Der Morgen* und *Der Tag*, der während des Prozesses mehrmals nach Innsbruck gefahren war, hatte gleich nach dem Urteilsspruch die »Tragödie Halsmann« eine »Absturzkatastrophe der Justiz« genannt. Doch nun publizierte Schreier im *Morgen* eine Antwort an Wassermann, in der er dessen Behauptung widersprach, das Urteil sei durch antisemitische Hetze zustande gekommen. »Philipp Halsmann wäre, unter den gleichen Verhältnissen angeklagt, auch schuldig gesprochen worden, wenn er als Berliner, als Tscheche, als Ungar vor dem Geschworenengericht in Innsbruck den Kampf für seine Unschuld hätte führen müssen. Nicht der Jude, sondern der den Tiroler Gebirgsmenschen als Fremdling gegenüberstehende Angeklagte ist das Opfer dieses Justizmordes geworden.« Dieselbe Ansicht vertrat Heinrich York-Steiner, einer der ersten Mitarbeiter Theodor Herzls, der ebenfalls überzeugt war, daß es das Fremdartige in Halsmann, dessen ungewohnte Art des Sprechens und Gehabens waren, die den Verdacht gegen den Studenten überhaupt hatten aufkommen lassen.

Die Äußerung von Bundespräsident Miklas, daß es vielleicht einen dritten Prozeß geben werde, beflügelte die Verteidiger Halsmanns aufs neue. Pessler besuchte den Häftling, so oft es ging, im Gefängnis, informierte ihn über die nächsten Schritte, berichtete von den vielen Stimmen, die sich zu seinen Gunsten erhoben und vermittelte Gespräche mit Journalisten. Im Jänner 1930 kam Maximilian Schreier nach Innsbruck, um Halsmann zu interviewen. Schreier wurde von Richard Glaser in die Besucherzelle begleitet. Der Häftling hatte für seinen väterlichen Freund ein Selbstporträt mitgebracht. Schreier war von dem Bild begeistert, und Glaser trat es ihm ab, mit Einwilligung des Künstlers, der das Selbstporträt auf der Stelle mit einer Widmung versah. Die Zeichnung zeigt einen jungen Mann mit dem Anflug eines Schnurrbarts, dunklem Haar und Brille, der ernst dreinblickt und tatsächlich so schwarz wirkt, wie Halsmann sich selber oft beschrieb.

Den größten Eindruck hinterließ auf Halsmann verständlicherweise der offene Brief Wassermanns. Er hatte Wassermanns »Der Fall Maurizius« mit großer Begeisterung gelesen, ohne zu ahnen, daß dem Roman ein realer Kriminalfall zugrunde lag, der einige Parallelen mit seinem eigenen aufwies. Das war der Fall Carl Hau, der in den Jahren 1906/07 die deutsche Öffentlichkeit in zwei Lager gespalten hatte. Carl Hau, ein hochintelligenter junger Mann aus besseren Kreisen, war beschuldigt worden, seine Schwiegermutter ermordet zu haben. In einem Sensationsprozeß wurde Hau zum Tode verurteilt, obwohl er bis zum Schluß seine Unschuld beteuerte. Das Todesurteil wurde schließlich in lebenslanges Zuchthaus umgewandelt. Auch in diesem Fall hatte man kein überzeugendes Motiv gefunden. Hau wurde 1924 aus der Haft entlassen und schrieb zwei Bücher, in denen er seine Unschuld zu beweisen versuchte. 1926 beging er Selbstmord.

Der Brief Wassermanns an Bundespräsident Miklas wurde im November bei einer von der Deutschen Liga für Menschenrechte in Berlin veranstalteten Protestversammlung gegen das Halsmann-Urteil vom Schauspieler Fritz Kortner vorgetragen, der dafür begeisterten Applaus erntete. Bei der Veranstaltung sprachen auch der Wiener Journalist Hanns Margulies und der linke Autor und Rechtsanwalt der »Roten Hilfe«, Rudolf Olden.

Halsmanns Verteidiger ließen nichts unversucht, um den Verurteilten doch noch frei zu bekommen. Der Wiener Substitut von Dr. Mahler, Rechtsanwalt Erich Saxl, hatte es übernommen, den psychiatrischen Teil der Nichtigkeitsbeschwerde auszuarbeiten. Saxl sah die Möglichkeit, eine »strafausschließende Sinnesverwirrung« geltend zu machen, ohne dabei auf die Frage der Täterschaft einzugehen. Als Halsmann das kategorisch ablehnte, reiste Saxl eigens nach Innsbruck, um ihm die Sache zu erklären. Die Geltendmachung dieses Nichtigkeitsgrundes habe rein formalen Charakter, eröffne aber den Weg zu einem neuen Verfahren. Wenn der Oberste Gerichtshof diesem Argument stattgebe, müsse er das Urteil aufheben und den Fall an die erste Instanz zurückverweisen. Vor neuen Geschworenen könne dann Halsmann einen neuen Kampf beginnen, um seine völlige Unschuld zu beweisen. Halsmann ließ sich nicht überzeugen und legte seinen Standpunkt sogar schriftlich nieder: »Obgleich ich die Tragweite meines Entschlusses kenne, bleibe ich bei meinem Entschluß. Da ich nicht der Täter bin, halte ich es unter meiner und meines Rechts Würde, daß von Sinnesverwirrung gesprochen werde. Es widerstrebt mir, meinen guten Rechten durch formale Auswege, seien sie juristisch noch so korrekt und opportun, zum Siege zu verhelfen. Dazu ist mir mein Recht zu gut. Ich bleibe lieber im Gefängnis, als durch so einen Grund meine Freiheit zu erlangen.«

Saxl bedauerte die Entscheidung zutiefst. Er sah in Halsmann, wie er erklärte, einen Besessenen, einen »durch den Kampf gegen das ihm zugefügte Unrecht Irregewordenen«, und legte die Vollmacht für die Nichtigkeitsbeschwerde nieder.

Eine wichtige Schützenhilfe erhielten Halsmanns Anwälte vom Doyen der österreichischen Strafrechtslehre, Carl Stooß, einem gebürtigen Schweizer, der gerade heftig akklamiert seinen 80. Geburtstag begangen hatte. Der Pionier der österreichischen und auch der deutschen Strafrechtsreform schickte aus Graz, wo er seit seiner Emeritierung lebte, eine ebenso kurze wie inhaltsschwere Erklärung an die *Neue Freie Presse*:

»Zum Falle Halsmann erlaube ich mir festzustellen: 1. Aus dem Obduktionsbefund und den gerichtsärztlichen Gutachten ergibt sich, daß ein unbekannter Täter dem Morduch Halsmann von hinten mit einem Stein den Schädel eingeschlagen hat. 2. Der Täter hatte die Absicht, Halsmann zu töten; es war Mord. 3. Die Geschworenen haben Philipp Halsmann von der Anklage auf Mord freigesprochen. 4. Die Geschworenen haben ihn jedoch des Totschlages schuldig erklärt. 5. Nach österreichischem Strafgesetz begeht Totschlag, ›wer einen Menschen nicht in der Absicht, ihn zu töten, aber in anderer feindlicher Absicht‹ tötet. 6. Da der gesetzliche Tatbestand des Totschlages die Absicht des Täters, einen Menschen zu töten, ausschließt, der Täter aber den Halsmann nach dem festgestellten Sachverhalt absichtlich getötet hat, so ist Totschlag begreiflich ausgeschlossen.

7. Es war ein prozessualer Fehler, die Frage auf Totschlag zu stellen, da sie mit dem festgestellten Sachverhalte unvereinbar ist. C. Stooß.« (*Neue Freie Presse*, 15. Dezember 1929)

Die geballte Kritik am Innsbrucker Urteil löste, wie nicht anders zu erwarten, in manchen Kreisen heftige Ablehnung aus. Der *Tiroler Anzeiger* verurteilte die »infamen Angriffe« gegen die Prozeßführung, die Geschworenen und die Zeugen und äußerte die Vermutung, damit wolle man Rache nehmen, »weil sich die Behörden und Volksrichter von Tirol dem Wink einer geheimen Weltmacht nicht gebeugt haben«. Hinter einem Halsmann-Komitee mit Sitz in Berlin, das die Kampagne für den Verurteilten lenke, stecke die Alliance Israélite, die einen Fonds in der Höhe von 90 000 Dollar für weitere Aktionen eingerichtet habe.

Halsmanns Innsbrucker Verteidiger, die um die Gefährlichkeit solcher Gerüchte wußten, beeilten sich, öffentlich zu erklären, ihnen sei von einem solchen Komitee nichts bekannt.

Antisemitische Blätter, wie die in Wien erscheinende *Deutsche Arbeiter-Presse*, das führende Organ der Deutschen Arbeiterpartei, in der sich die frühen Nationalsozialisten sammelten, empfanden das Urteil als viel zu mild und die kritischen Stimmen über den Prozeß als unverschämte Provokation: »Der Sohn Israels, der Vatermörder Halsmann, war diesmal der Anlaß der jüdischen Schmähungen gegen das arische Volk! Arier, merk's!«

Auch jene Innsbrucker Professoren, die sich mutig für Halsmann eingesetzt hatten, bekamen die judenfeindliche Stimmung zu spüren. An der Tafel mit den Ankündigungen der schlagenden Burschenschaften an der Universität Innsbruck hing eines Tages ein Anschlag mit der Mitteilung, die Professoren Theodor Rittler, Theodor Erismann, Ferdinand

Kogler und Alfred Kastil hätten eine »Halsmann-Gesellschaft« gegründet, und an der Tür des Hörsaales, in dem Professor Erismann seine Vorlesungen abhielt, stand mit Kreide gemalt: »Morduch Erismann gibt heute Puppenspiele.« Eine infame Erinnerung an die Versuche, die der Psychologe mit einer lebensgroßen Puppe am Tatort im Zillertal durchgeführt hatte.

Als bekannt wurde, daß Theodor Rittler, ein Schüler von Stooß und einer der profiliertesten Strafrechtler Österreichs, sich bereit erklärt hatte, die Nichtigkeitsbeschwerde gegen das zweite Urteil vor dem Obersten Gerichtshof zu vertreten, intervenierten die Innsbrucker Verbindungsstudenten empört bei den »Oberösterreichischen Germanen«, denen Rittler als Alter Herr angehörte, und diese schlossen tatsächlich ihren Alten Herrn dafür aus, daß er wagte, sich für einen Juden einzusetzen. Die Nationalsozialisten spielten damals in Innsbruck politisch immer noch eine eher untergeordnete Rolle, doch unter den Studenten war ihr Einfluß groß.

Eine kuriose Begegnung hatte Staatsanwalt Hohenleitner einen Tag nach der Urteilsverkündung. Bei ihm meldete sich ein Mann, der Anspruch auf die Prämie von 10 000 Schilling erhob, die von Halsmanns Familie für die Ausforschung des wahren Täters ausgeschrieben worden war. Als Begründung für sein Begehren brachte der Mann vor, er sei während des ganzen Prozesses im Gerichtssaal gesessen und so wie die sieben Geschworenen, die Halsmann des Mordes schuldig erkannten, zur festen Überzeugung gelangt, daß der Angeklagte wirklich die Tat begangen habe. Nun könnten ja Geschworene bekanntlich keinen Anspruch auf eine Prämie erheben, er hingegen schon: »Ich verlange daher die 10 000 Schilling, weil ich als erster den Täter eruiert habe.« Der verblüffte Staatsanwalt hatte Mühe, dem Mann klarzumachen, daß ihm aus seiner Überzeugung allein noch kein Anspruch auf eine Prämie erwachse, ihm übrigen sei diese nicht von den Behörden ausgeschrieben worden, sondern von der Familie des Angeklagten, und zwar für die Ausforschung eines Unbekannten als Täter. Der Mann beharrte jedoch auf seinem Standpunkt und räumte erst das Feld, als ihm der Staatsanwalt energisch die Tür wies.

Die Gerüchte von hohen Summen, die angeblich dafür bezahlt wurden, um den Verurteilten frei zu bekommen, weckten auch außerhalb Innsbrucks Begehrlichkeit. Aus Wien erhielt Ita Halsmann Post von einem Unbekannten, der ihr mitteilte, er wisse einen Weg, um ihren Sohn zu retten, sie solle nach Wien kommen und ihn am Westbahnhof treffen. Die leidgeprüfte Frau verständigte Dr. Mahler, der nach Wien fuhr und sich mit einer jungen Bekannten zum vereinbarten Treffpunkt begab. Dort wartete tatsächlich ein abgerissen gekleideter junger Mann, der sich Mahlers Begleiterin, die Trauerkleidung trug und sich als Halsmanns Schwester ausgab, als Johann Schneider vorstellte. Schneider unterbreitete ihr den Vorschlag, sich den Behörden als Mörder ihres Vaters zu stellen. Die junge Dame ersuchte ihn, am nächsten Tag ins Café Westbahn zu kommen, wo der Mann von Kriminalbeamten verhaftet wurde. Der 28jährige Johann Schneider war schon von der Polizei gesucht worden, allerdings nur wegen Fahrraddiebstahls. Vor dem Richter gab er an, nach Wien zuständig zu sein und aus ärmsten Verhältnissen zu stammen. Er habe einige Zeit versucht, sich als landwirtschaftlicher Arbeiter durchzuschlagen, doch als Kind der Großstadt habe er wenig Gefallen am Leben auf dem Lande gefunden, weshalb er nun schon jahrelang arbeitslos und ohne Unterstand sei.

Richter: »Was ist Ihnen denn eigentlich eingefallen, sich

in die Affäre Halsmann einzumischen und die Schuld auf sich zu nehmen?«

Schneider: »Ich wollte mich im Leben endlich aufraffen, habe lange gesucht und nachgedacht, wie ich mir eine Existenz verschaffen könnte, und da bin ich auf die Idee gekommen, mich in die Affäre Halsmann einzumischen.«

Richter: »Sagen Sie uns, wie Sie auf die Idee gekommen sind, sich als Mörder des alten Halsmann auszugeben und eventuell die Schuld, die nicht existiert, mit mehreren Jahren schweren Kerkers zu büßen?«

Schneider: »Ich habe in der letzten Zeit sehr viele Zeitungsartikel über den Prozeß Halsmann gelesen und habe mich lange mit dieser Sache befaßt. Ich weiß nicht, Herr Richter, ob Halsmann schuldig ist oder nicht, ich weiß nur, daß Halsmann immer wieder beteuert hatte, daß er seinen Vater nicht umgebracht hat, und weiß auch, daß in der Welt sehr viele den Halsmann für unschuldig halten. Halsmann ist noch jung, ein Student, der es im Leben noch zu etwas bringen kann, während meine Existenz verpfuscht ist. Ich habe geglaubt, daß ich, wenn ich die Schuld auf mich nehme, mir in der Zukunft ein besseres Leben werde verschaffen können.«

Staatsanwalt: »Sie sind doch ein intelligenter Mensch, wie konnten Sie glauben, daß Ihr Plan gelingen und Ihnen was eintragen wird?«

Schneider: »Man muß an seine Zukunft denken, ich habe geglaubt, mir eine Existenz zu verschaffen.«

Weil Schneider keine Betrugsabsicht nachgewiesen werden kann, wird er mangels Beweisen freigesprochen.

Wie oft bei Tragödien gab es auch im Fall Halsmann groteske Situationen. In Innsbruck wurde die Vagantin Anna Maria Gründler vor Gericht gestellt, die im September 1929 im Salzburgischen wegen Bettelei aufgegriffen worden war und damals behauptet hatte, sie habe eine wichtige Aussage im Fall Halsmann zu machen, was sich rasch als Erfindung herausstellte, die sie vor der Abschiebung in ihre Heimatgemeinde bewahren sollte. Vor dem Schöffengericht stand ein kleines, verhutzeltes Weiblein mit einem mächtigen Buckel, angeklagt wegen Vorschubleistung und falscher Zeugenaussage. Weil der Prozeß am Rande mit der Halsmann-Affäre zu tun hatte, kamen die Aussagen der Vagantin in die Zeitung, sogar im Dialekt.

Vorsitzender: »Gründlerin, was ist Ihnen denn eing'fallen? Warum haben Sie denn all die Lügen aufgetischt?

Angeklagte: »Hoher Oberster Gerichtshof! Lieber eing'spirrt sein, nur net nach Haus, nur net nach Fließ!«

Vorsitzender: »Ja, warum denn nicht? Was ist denn los in Fließ, daß es Ihnen gar net gefallen tut?«

Angeklagte: »Wissen S', dort muß i ins Armenhaus, aber dös is gar ka Armenhaus, dös is a Keuschen, und die hat nur a einzige Kammer und in der sind vier Männer. Mit dö soll i zusammen schlafen und die lassen mir ka Ruh net.« (Schallende Heiterkeit)

Vorsitzender: »Menschenskind, reden S' doch nicht so daher, Sie haben dort doch ein Dach überm Kopf.«

Angeklagte: »Na, na, dös is ka Haus, dös is gar net schön, und auf der Straßen werfen mir die Kinder a noch Steiner nach.«

Anna Maria Gründler wurde schuldig gesprochen und zu sechs Monaten Kerker verurteilt. Es war akkurat die 63. Verurteilung der 63jährigen Landstreicherin, wie der Vorsitzende zufrieden feststellte. Die Frau nahm die Strafe dankend an, und der Amtsverteidiger nannte es einen Glücksfall, daß sie nicht wegen zu geringem Strafausmaß berief.

SECHZEHNTES KAPITEL

Am 21. Jänner 1930 begann vor dem Obersten Gerichtshof in Wien die Verhandlung über die Nichtigkeitsbeschwerde. Das Verfahren war öffentlich und fand, wie der erste Revisionsprozeß, im provisorischen Justizpalast in der Herrengasse statt. Schon seit den frühen Morgenstunden umlagerten Menschen das Gebäude, um einen Platz im Verhandlungssaal zu ergattern, doch die meisten mußten abgewiesen werden, weil der Saal im dritten Stock nur fünfzig Personen faßte und die Mehrzahl der Plätze für Journalisten, Rechtsanwälte und Mitglieder des Gerichts reserviert waren. Auch Mutter und Schwester des Angeklagten und Richard Glaser saßen im Publikum. Sie hatten gehofft, daß auch Thomas Mann nach Wien kommen würde, um ihrem Anliegen, Gerechtigkeit für Philipp zu erlangen, durch seine Anwesenheit moralisches Gewicht zu verleihen. Der Autor der »Buddenbrooks« hatte sich seit dem ersten Prozeß laufend über den Fall kundig gemacht. In München, wo Thomas Mann wohnte, war man über Vorfälle im nahen Innsbruck gut informiert. Am 3. Jänner 1930 schrieb Thomas Mann in einem Brief an Sigmund Freud, man sei an ihn herangetreten, »der Halsmann-Verhandlung vor dem Obersten Gerichtshof beizuwohnen, und ich hätte nicht übel Lust dazu. Wenn ich mich entschließe (es ist freilich der Reiserei ein bißchen viel), darf ich mich dann bei Ihnen melden?« Aber im Jänner 1930 schaffte es der Dichter dann doch nicht, nach Wien zu fahren, um an der Verhandlung teilzunehmen. Die Ehrungen und Reisen nach der Verleihung des Nobelpreises im Dezember 1929 nahmen ihn zu sehr in Anspruch.

Die Nichtigkeitsbeschwerde wurde von Professor Theodor Rittler und Dr. Paul Mahler vertreten. Der angesehene Strafrechtler kritisierte noch einmal, daß neben den Experten der Medizinischen Fakultät nicht auch Fachpsychologen beigezogen worden waren. Dann zählte er eine Reihe schwerwiegender Nichtigkeitsgründe auf, die einen neuen Prozeß erforderlich machten. Als der erste Verdacht gegen Halsmann aufgetaucht sei, habe es der Untersuchungsrichter unterlassen, andere Spuren zu verfolgen, die auf einen Dritten als Täter hätten hinweisen können. Es seien in dem Verfahren zahlreiche entlastende Momente, welche die Verteidigung aufgezeigt hätte, außer acht gelassen worden. Rittler nannte die Versuche mit einer Puppe, die Professor Erismann an Ort und Stelle unternommen hatte, und das Fehlen von Blutspuren an Körper und Kleidung Philipp Halsmanns. Einen Nichtigkeitsgrund sah Rittler auch darin, daß die Verhandlung nach langer Unterbrechung vor denselben Geschworenen weitergeführt worden war. Im übrigen sei es der Anklagebehörde in der ganzen Verhandlung nie gelungen, das Dunkel aufzuhellen, das über dem Tod von Morduch Max Halsmann lag, und überzeugende Beweise für die Schuld Philipp Halsmanns zu nennen. Auch der zweite Prozeß habe, trotz seiner Länge, nicht einmal den Schatten eines Motivs glaubhaft gemacht. Die Medizinische Fakultät habe eine Explosivreaktion des Angeklagten für möglich gehalten, doch es sei kein Beweis dafür erbracht worden, daß eine solche Reaktion tatsächlich erfolgte. Im übrigen müßte die Annahme einer solchen Explosivreaktion »ebenfalls zum Freispruch des Angeklagten wegen Sinnesverwirrung führen. So kommen die kritischen Betrachter des Prozesses immer wieder zum Ergebnis: Die Verurteilung Halsmanns ist nicht gerechtfertigt.«

Generalanwalt Dr. Pietsch, der schon in der ersten Kassationsverhandlung die Generalprokuratur vertreten hatte, wies die Kritik an der Untersuchung zurück und erklärte, schließlich sei es der Angeklagte selber gewesen, der ständig betont habe, er sei nur wenige Schritte vor seinem Vater gegangen. Auch wenn diese Distanz 172 Schritt betragen habe, hätte er eine dritte Person unbedingt sehen müssen. Die lange Unterbrechung der Hauptverhandlung sei von der Gerichtsordnung gedeckt.

Beide Seiten brachten Argumente vor, die man schon oft gehört hatte. Eine Überraschung lieferte Mahler mit seiner Replik auf die Ausführungen des Generalanwalts. Der Verteidiger unternahm eine Rekonstruktion des Geschehens, die auch Professor Rittler verblüffte. Mahler wich radikal von der bisherigen Verteidigungslinie ab und trug wieder eine Unfallversion vor. Der alte Halsmann, dessen Herzneurose bekannt gewesen sei, und der deshalb wiederholt schwere Unfälle und Zusammenbrüche erlitten habe, sei plötzlich wieder von einem Herzanfall befallen worden, mit dem Kopf gegen einen Stein gestürzt, wobei er sich die furchtbaren Verletzungen zugefügt habe. »Mit der gerade bei Herzneurotikern nicht selten vorkommenden Willenskraft rappelt er sich zusammen und torkelt auf den Weg, wobei er das Blut vertritt, das aus seiner Wunde fließt, und stürzt dann ab. Nicht weniger als fünf Steinschläge muß er sich dabei beigebracht haben. So stelle ich mir vor, daß dieser Unfall oben sich abgespielt hat, und nicht, daß der liebende Sohn den von ihm verehrten Vater in so grauenerregender Weise getötet hat. Meine innerste Überzeugung ist es, daß der alte Herr, um mich tirolerisch auszudrücken, sich ›darkugelt‹ hat.«

Daß die beiden Vertreter der Verteidigung einander widersprechende Darstellungen vorbrachten, trug nicht dazu bei, den Obersten Gerichtshof von der Triftigkeit ihres Anliegens zu überzeugen. Die Nichtigkeitsbeschwerde wurde prompt verworfen. Damit war das Urteil von vier Jahren Kerkers wegen Verbrechens des Totschlags rechtskräftig. Nach der Urteilsverkündung kam es auch im Verhandlungssaal in der Herrengasse zu Zwischenfällen. Aus dem Publikum wurden Proteste laut, und Mutter und Schwester des Angeklagten riefen: »Er ist unschuldig verurteilt!«, bis sie schließlich aus dem Saal geführt wurden. Als Mutter und Tochter am Abend in ihr Hotel zurückkehrten, fanden sie dort ein großes Blumenarrangement vor, das eine unbekannte Dame für sie hatte abgeben lassen.

In Nummer 827–833 der *Fackel* von Karl Kraus findet sich eine kurze, lakonische Eintragung:

« – – Die Nichtigkeitsbeschwerde wurde in allen Punkten verworfen, so daß das Urteil von vier Jahren schweren Kerkers gegen Philipp Halsmann in Rechtskraft erwachsen ist. – – »

Es ist die einzige Erwähnung des sensationellen Falles in der *Fackel*. Warum sich Karl Kraus, der es sonst an Angriffslust gegen die österreichische Justiz nicht fehlen ließ und auch keine Gelegenheit versäumte, den »Gebirgskretinismus« der Tiroler Gerichtsbarkeit zu geißeln, diesmal solche Zurückhaltung auferlegt hat, ist schwer zu sagen. Vielleicht, weil es die ihm verhaßte *Neue Freie Presse* war, die in der Affäre Halsmann die Federführung übernommen hatte? Oder weil er nicht gemeinsame Sache mit manchen jüdischen Zeitungen machen wollte, die er zutiefst verachtete?

Im Wiener *Morgen* erschien am 27. Jänner 1930 neben einem Bericht von Hanns Margulies unter dem Titel »Unmenschliches um Halsmann« eine Karikatur zur Entscheidung des Obersten Gerichtshofes, die Halsmann in der

Karikatur in Der Morgen *am* 27. *Jänner* 1930

Haltung des Gekreuzigten zeigte, mit Paragraphenschlingen ans Schwert der Justitia gefesselt.

Wenige Tage später richteten Abgeordnete der Christlichsozialen Partei im Parlament eine Anfrage an die Regierung, was diese gegen diese Gotteslästerung zu unternehmen gedenke. Die Interpellation war überflüssig. Die Staatsanwaltschaft hatte schon von sich aus gegen den verantwortlichen Redakteur die strafrechtliche Verfolgung wegen Religionsstörung und Beleidigung des Obersten Gerichtshofs eingeleitet.

Innsbruck, den 28. Januar 1930

Meine sehr liebe Ruth!
In einer Stunde fahre ich nach Stein a. D. in die Strafanstalt. Zwei Beamte werden mich begleiten. Morgen früh bin ich dort. Ein Sträfling (und das bin ich ja jetzt) darf in zwei

Wochen einen Brief schreiben. Darum schreibe ich Dir in großer Eile vor meiner Abfahrt. [...] Ich schrieb Dir schon, daß ich auf einen solchen Ausgang gefaßt war, und ich selbst hielt mich dafür. In der Nacht vom 22. zum 23. träumte ich, daß ich freigesprochen wurde. Vor lauter Glück erwachte ich und begann mit Ungeduld auf die Entscheidung zu warten. Ich wußte nicht, daß das Urteil erst um zehn Uhr verkündet werden sollte und war daher schon recht nervös, als Dr. Pe. mich um zehneinhalb Uhr besuchte. Wie ich sein durchaus nicht strahlendes Gesicht sah, verlor ich allen Mut. Dr. Pe. beruhigte mich aber sofort, er sei noch immer ohne Nachricht. Dann erzählte er mir, er habe wenig Hoffnung, deutete mir an, er hätte Grund zu dieser Annahme, und schließlich erzählte er mir, er sei telephonisch von Wien angerufen worden, die Nichtigkeitsklage sei abgewiesen, allerdings sei diese Nachricht noch nicht bestätigt. Darauf begann ich ihn ganz naiv zu befragen, wann denn die definitive Antwort kommen würde. Da sagte Dr. Pe., die Nachricht sei ja endgültig, man könne nichts mehr erwarten. Und er setzte sich an den Tisch und begann regelrecht zu weinen. Er, der Außenstehende, weinte so, daß er später die Tischplatte mit einem Taschentuch abwischen mußte, aber ich, der Betroffene, hatte keine einzige Träne. [...] Wenn mich in jenem Augenblick etwas erschütterte, so waren es nur Dr. Pe's Tränen. Ich werde sie niemals vergessen, und ich kann Dir nicht sagen, wie sehr ich ihn in jenem Augenblick, als er die Tischplatte abwischte, dafür liebte. [...]

Morgen wird man mir in Stein den Kopf kahl scheren, man wird mich in Sträflingskleider stecken und mich in eine Zelle einsperren. Einmal in vier Wochen werde ich einen Brief schreiben, einmal in fünf Wochen Besuch empfangen dürfen. – Ich werde mich ›einfach‹ fügen. Niemals habe ich so schwer empfunden, daß ich Rücksicht nehmen muß auf meine Mutter, wie jetzt, denn ich würde es sonst nicht tun, wenigstens nicht ›einfach‹.

Und nun einige Worte von uns Beiden. Früher war am Fuß eines Sträflings eine Kugel angekettet, die ihn an Bewegungen hinderte. Ich möchte nicht, liebe Ruth, daß Dich der Gedanke an mich ähnlich behindert, Dich an Deinem normalen Leben stört. Bitte, liebe Ruth, ich meine es ernst. Ich möchte Dich nicht stören. Bitte, denk an meinen Brief, den ich Dir vor drei Monaten geschrieben habe, und lebe so, als ob ich nicht wäre. Ich bin ja auch nicht mehr. [...] Alles Schöne, liebe Ruth, Dein Philja.

In den Abendstunden des 28. Jänner wurde Philipp Halsmann zum Innsbrucker Hauptbahnhof gebracht, um die Fahrt in die Männerstrafanstalt Stein an der Donau anzutreten. In Begleitung von zwei Justizwachebeamten stieg er in den Nachtzug, der am nächsten Morgen in Krems eintreffen sollte. Die drei Männer reisten in einem für den Gefangenentransport reservierten Abteil, Halsmann in Schließketten, obwohl er versicherte, keinen Fluchtversuch unternehmen zu wollen. Wie und wohin sollte er auch fliehen? Doch die Beamten erklärten, sie müßten sich an die strengen Vorschriften halten, schließlich sei er jetzt ein rechtskräftig verurteilter Verbrecher. Durch die ungewohnten Fesseln behindert, zerbrach Philipp während der Fahrt seine Brille, was er als böses Omen ansah. Die zerbrochene Brille erinnert ihn an eine Begebenheit auf der letzten Reise mit dem Vater. Es war in den Dolomiten gewesen. Er hatte die Tür zu seinem Hotelzimmer geöffnet, und in diesem Moment war der Rasierspiegel, der am Fenster hing, heruntergefallen und zerbrochen. Damals war Halsmann noch nicht abergläubisch gewesen, doch das hatte sich geändert. Wenn ein zerschlagener Spiegel Unglück bringen konnte, warum nicht auch eine zerbrochene Brille?

In Krems erwartete sie ein Wagen der Gefängnisverwaltung, der den Häftling nach Stein brachte. Kurz nach seiner Einlieferung ersuchte er den Leiter der Anstalt, Regierungsrat Alfred Adamek, ihn zu Schreibarbeiten einzuteilen, ein Privileg, das Häftlingen mit höherer Bildung für gewöhnlich problemlos zugestanden wurde. Der Direktor wollte eine Schreibprobe sehen. Halsmanns Hinweis auf das Mißgeschick mit der Brille und die Bitte, mit der Probe zu warten, bis die Brille repariert sei, weil er ohne Sehbehelf nicht ordentlich schreiben könne, ließ Adamek nicht gelten, entweder gleich oder gar nicht. Die Schreibprobe fiel erwartungsgemäß schlecht aus und Halsmann wurde für die Dauer der Haftstrafe dazu eingeteilt, Papiersäcke zu kleben.

Regierungsrat Adamek war einer der erfahrensten Beamten im österreichischen Strafvollzug und ein überzeugter Heimwehrmann. Er behandelte den prominenten Häftling mit pedantischer Strenge, genauso wie alle anderen Strafgefangenen. Halsmann saß in Einzelhaft, was seinem eigenen Wunsch entsprach. Die lange Haft im Untersuchungsgefängnis hatte seine Gesundheit angegriffen, ein Spezialist in Innsbruck hatte Anzeichen einer Tuberkulose diagnostiziert, alte, vernarbte Stellen, aber auch frische. In Stein verschlechterte sich sein Zustand weiter. Dazu trug auch die Gefangenenkost bei, die in Innsbruck viel besser gewesen war. Andere Gefangene verstanden es, sich zusätzliche Lebensmittel zu verschaffen, nicht aber Halsmann, der aus prinzipiellen Erwägungen jede Vergünstigung ablehnte, besonders wenn er sie erbitten mußte. Für Menschen mit starren moralischen Grundsätzen ist der Aufenthalt im

Kerker noch um vieles härter als für gewöhnliche Häftlinge, die sich dem System anpassen. Ende August 1930 hatte sich Halsmanns Zustand so weit verschlimmert, daß ihn der Anstaltsarzt in das Gefängnisspital verlegen ließ. Hier bekam er oft Besuch vom israelitischen Strafseelsorger, dem Wiener Rabbiner Professor Karl Kupfer, der mit Halsmann lange Gespräche über Kunst und Literatur führte.

Am selben Tag, an dem Halsmann die Reise in die Strafanstalt Stein antrat, veröffentlichte die Österreichische Liga für Menschenrechte den »schärfsten Protest gegen das unmenschliche Urteil, aber auch gleichzeitig gegen das System, das ein solches Urteil ermöglichte«. Auch die zahlreichen Freunde Halsmanns und seine Familie dachten nicht daran, aufzugeben. Für Liuba Halsmann bedeutete die Verurteilung des Bruders ein doppeltes Unglück. Sie hatte nach Philipps Freispruch in Paris heiraten wollen, entschloß sich aber nun, die Hochzeit aufzuschieben, obwohl Philipp sie anflehte, das nicht zu tun und nicht auch noch ihr persönliches Glück für ihn zu opfern. Doch sie fand die Vorstellung unerträglich, zu heiraten, während ihr Bruder unschuldig im Gefängnis saß. In den kommenden Monaten widmete sich Liuba mit aller Kraft der Kampagne für den Bruder. Sie reiste nach Paris und besuchte eine Reihe bekannter Persönlichkeiten, darunter den Schriftsteller Georges Duhamel und den Sozialistenführer Léon Blum, die sie für die Sache gewinnen wollte. Die Reaktionen waren durchwegs positiv. In Frankreich war ausführlich über den Fall Halsmann berichtet worden, nicht zuletzt wegen der Parallelen zur Affäre Dreyfus, von dessen Verteidigern einige noch aktiv waren, voran Georges Clemenceau.

Auch die österreichische Publizistin Berta Zuckerkandl, die in Wien einen bekannten Salon führte und beste Beziehungen zu einflußreichen Kreisen in Österreich und in Frankreich unterhielt, bot ihre Hilfe an. Sie stand in engem Kontakt mit Georges Clemenceau, der ihr Schwager war. Zuckerkandl hatte sich seinerzeit schon für den Artilleriehauptmann Alfred Dreyfus eingesetzt und nannte sich stolz eine »Dreyfusardin der ersten Stunde«. Nun intervenierte sie in Paris bei dem befreundeten Politiker Paul Painlevé, damals Luftfahrtminister und Präsident der Französisch-Österreichischen Gesellschaft, der den eben ernannten österreichischen Bundeskanzler Johann Schober bei dessen erstem Besuch in Paris im April 1930 auf die Affäre anredete. Schober versprach, sich für Halsmanns Begnadigung einzusetzen.

In einem Brief an ihre in Paris verheiratete Schwester lieferte Berta Zuckerkandl eine ganz neue, von allen bisherigen Darstellungen radikal abweichende Version der Ereignisse in Tirol, die zum Entstehen der inzwischen in ganz Europa bekannten Affäre geführt hatten. Demnach war Morduch Halsmann während der Bergtour plötzlich von einem Unwohlsein befallen worden. »Er brach zusammen. Herzschlag. Der Junge suchte verzweifelt nach Hilfe. In einem ziemlich entfernt gelegenen Wirtshaus fand er den Wirt allein. Die Leiche blieb bis zur Feststellung der Todesursache an der Stelle des Unfalls. Nicht die geringste Wunde war zu sehen. Der arme Sohn begrub den Vater.« Jetzt erst sei getuschelt und geflüstert worden, sei ein böses Gerücht aufgekommen. Und plötzlich habe der Wirt ausgesagt, er hätte von seinem Haus aus gesehen, wie der Sohn dem Vater einen Stoß gab, so daß dieser den Abhang hinabrollte. »Diese Aussage genügte zur Erhebung der furchtbaren Anklage auf Vatermord.«

Mit dem Wirt konnte nur Josef Eder von der Dominikushütte gemeint sein. Doch der hatte eine solche Aussage nie gemacht, er hatte nie behauptet, er habe den Sohn bei der Tat beobachtet. Auch sonst war die Darstellung frei erfunden. Schlicht erlogen. Berta Zuckerkandl berief sich in dem Brief auf die Mitteilungen eines Professors der Rechtslehre an der Universität Wien, von dem sie nur die Initiale H. nannte. Dabei konnte es sich nur um Professor Josef Hupka handeln, der den Fall neu aufrollen wollte. Aber Professor Hupka kannte den wahren Sachverhalt genau, er war Jurist und hätte sich gehütet, einen solchen Unsinn weiterzuerzählen. War Zuckerkandl einer Mystifikation aufgesessen? Der Brief an ihre Schwester, der nach Berta Zuckerkandls Tod in ihren Erinnerungen publiziert werden sollte, ist dort nur mit dem Jahr 1929 datiert. 1929 waren alle Zeitungen jedoch voll von Berichten über den Halsmann-Prozeß, alle Details waren bestens bekannt und wurden bis zum Überdruß in der Öffentlichkeit ausgewalzt. Umso erstaunlicher, daß die von Berta Zuckerkandl in Umlauf gesetzte Version, die mit den Tatsachen nichts zu tun hat, bis heute tradiert und gar als gesicherte historische Wahrheit präsentiert wird.

Die »Halsmann-Gemeinde«, wie der Innsbrucker Staatsanwalt Siegfried Hohenleitner die Freunde des Studenten einmal genannt hatte, ließ keine Gelegenheit verstreichen, prominente Fürsprecher zu gewinnen. Zu diesen zählte auch Albert Einstein, der Bundespräsident Wilhelm Miklas in einem Brief um Gnade für den Verurteilten ersuchte. Einsteins Brief wurde nicht publiziert, weil man befürchtete, daß eine weitere bekannte jüdische Stimme dem Verurteilten in der österreichischen Öffentlichkeit nur schaden könnte. Die Frauenrechtlerin und Pazifistin Marianne Hainisch, die Mutter von Bundespräsident Michael Hainisch (1920 bis 1928), setzte sich dafür ein, daß christliche Frauenorganisationen Unterschriften für Halsmanns Begnadigung sammelten. Innerhalb kurzer Zeit kamen 20 000 Unterschriften zusammen. Die erstaunlichste Initiative kam jedoch aus Innsbruck. Auf Franz Pesslers Anregung richteten die Geschworenen, die Halsmann im zweiten Prozeß schuldig gesprochen hatten, ein Gnadengesuch an den Bundespräsidenten, das nur zwei von den zwölf nicht unterschrieben:

»Die Gefertigten waren im zweiten Strafprozeß gegen Philipp Halsmann als Geschworene tätig. Die Gefertigten haben in diesem Prozeß nach bestem Wissen und Gewissen ihren Wahrspruch gefällt. Die Meinungen über Schuld und Unschuld gingen auseinander. Acht Stimmen waren für Schuld, vier für Unschuld. Die unterzeichneten Geschworenen sind sich aber darin einig, daß es sich um eine schwergeprüfte Familie handelt, die ihres Ernährers beraubt ist, und daß der Verurteilte selbst vollkommen unbescholten war. Mit Rücksicht darauf, daß der Schuldspruch nur auf Grund eines Indizienbeweises erfolgt ist, und daß die Existenz einer Familie gefährdet ist, bitten die gefertigten Geschworenen unter voller Aufrechterhaltung des von ihnen gefällten Wahrspruches, Gnade zu üben.«

In der Präsidentschaftskanzlei am Wiener Ballhausplatz gingen zahlreiche Gnadengesuche aus dem In- und Ausland ein. Aus Bonn schickte der Syndikus Dr. Wilhelm Geilenkirchen, einer der Zeugen im Prozeß, ein Gnadengesuch, in dem er auf acht Seiten Gründe dafür aufzählte, weshalb er von Halsmanns Unschuld überzeugt sei. Aus Dresden schrieben Studienkollegen des Verurteilten, sie hätten diesen als fleißigen, klugen, wahrheitsliebenden und vornehmen Menschen kennengelernt und könnten unmöglich glauben, daß er das schreckliche Verbrechen begangen habe. Auch der bekannte Rechtsphilosoph Gustav Radbruch, von 1920 bis

1924 Reichstagsabgeordneter der SPD und 1921 und 1923 deutscher Justizminister, bat den Bundespräsidenten um Gnade für Halsmann. Radbruchs Eingabe lag ein von 200 Heidelberger Studenten und sieben Professoren unterschriebenes Gesuch bei. In Riga unterzeichneten Abgeordnete des lettländischen Parlaments und Universitätsprofessoren eine Eingabe. Nur einer wollte nicht um Begnadigung bitten, nämlich der Verurteilte selber, er wollte keine Gnade, sondern Gerechtigkeit. Gegen Philipps Willen richteten auch seine nächsten Verwandten Gesuche an den Bundespräsidenten, einmal Moritz Halsmann und Dora Grekpec aus Riga als die einzigen lebenden Geschwister des Ermordeten, und dann auch die Mutter und Schwester des Verurteilten, die am 26. April 1930 an den Bundespräsidenten schrieben:

»Da der Weg des Rechts zu Ende ist, flehen wir die Gnade an, eine Wendung in dem Schicksal des Unglücklichen herbeizuführen. Gewiss kann die Gnade das nicht gewähren, was wir vor allem anstreben würden, die Rehabilitierung unseres Sohnes und Bruders.«

Angesichts der zahlreichen Eingaben ließ sich die Präsidentschaftskanzlei vom Justizministerium über die Dauer der Haftstrafe berichten. Das Ministerium holte Erkundungen in Stein ein, von wo präzis Auskunft erteilt wurde:

Strafantritt:	23. 1. 1930
eingeliefert:	29. 1. 1930
angerechnete Vorhaft:	10. 9. 1928 – 19. 10. 1929
nichtangerechnete Vorhaft:	19. 10. 1929 – 23. 1. 1930
Beginn der Einzelhaft:	31. 1. 1930
derzeit noch in Einzelhaft.	
Strafende bei bedingter Entlassung	11. 3. 1931
bei weiterer Anhaltung in Einzelhaft:	30. 1. 1932
urteilsmäßiges Strafende:	14. 12. 1932

Der zunehmende Druck der Öffentlichkeit, die Affäre Halsmann durch Begnadigung aus der Welt zu schaffen, blieb auch dem Landesgericht Innsbruck nicht verborgen. Dort zerbrach man sich den Kopf, wie man die Kosten des Verfahrens einbringen könnte. Das Landesgerichtspräsidium schickt dazu einen Bericht an das Justizministerium, in dem es hieß, der Zahlungsauftrag an Philipp Halsmann sei schon ergangen, da »die Kosten vom Senat einhellig für einbringlich erkannt worden sind«. Immerhin habe Halsmanns Vater unter anderem Realitäten in Riga, ein Haus in Berlin und ein Haus in Zürich besessen. Eine allfällige Exekution müsse daher wohl im Ausland versucht werden, wobei allerdings die Möglichkeit bestehe, »daß Halsmann, um diese Kosten zu ersparen, sich formell des Erbrechts entschlägt oder daß er sich sogar auf Grund des gegen ihn ergangenen Urteiles, dessen Richtigkeit er allerdings nicht anerkennt, als erbunfähig erklären läßt«.

Daß der Verurteilte sich mit Hilfe dieses Tricks als vermögenslos und somit zahlungsunfähig erklären könnte, bereitete den Rechnungsbeamten offenbar große Sorge, weshalb angeregt wurde, daß bei einer allfällig beabsichtigten Begnadigung »der vorhergehende Kostenerlag nicht außer acht gelassen werden sollte, und dies nicht nur aus der gebotenen Rücksichtnahme auf den Bundesschatz, sondern auch deshalb, weil bei der psychischen Einstellung Philipp Halsmanns auch damit zu rechnen ist, er werde den Nichterlag der Kosten als die erfolgreiche Geltendmachung seines ein Fehlurteil behauptenden Standpunktes entsprechend ausschroten«.

Es folgte ein Kostenverzeichnis in der Strafsache gegen Philipp Halsmann wegen Verbrechens des Mordes. Den Löwenanteil machten die Zahlungen an diverse Sachverständige aus, insgesamt 8794 Schilling 74 Groschen, dann kamen die Eskortekosten, zusammen 683 Schilling 16 Groschen, und die Kosten der Untersuchungshaft, vom 10. September 1928, 23 Uhr, bis 31. Jänner 1930, 10 Uhr, 499 Tage á 1 Schilling 50 Groschen, machte insgesamt 748 Schilling 50 Groschen. Das ergab in Summe 10 381 Schilling 40 Groschen.

Eine ansehnliche Summe, die man vom Verurteilten oder seiner Familie eintreiben wollte. Auf jeden Fall noch vor der Begnadigung und seiner damit verbundenen Ausweisung aus Österreich.

SIEBZEHNTES KAPITEL

Die Behörden hatten gehofft, daß nach dem zweiten Kassationsprozeß, in dem das Urteil gegen Halsmann bestätigt worden war, endlich Beruhigung in der peinlichen Affäre eintreten würde. Aber die Zeitungen machten keine Anstalten, den Fall aus den Schlagzeilen zu entlassen. Und es meldeten sich immer neue Experten, Psychologen, Psychiater und Juristen zu Wort, die Kritik an diesem oder jenem Aspekt des Verfahrens übten. Unter diesen Fachleuten waren Kapazitäten wie Professor Karl Marbe, Direktor des Nürnberger Psychologischen Instituts, einer der angesehensten psychologischen Gutachter in Deutschland, der Schweizer Psychiater Eugen Bleuler, der sich als Theoretiker, aber auch als Leiter verschiedener psychiatrischer Pflegeanstalten einen Namen gemacht hatte, der Psychiater Willi Gutmann aus Wien und der Rechtsgelehrte Professor Josef Hupka. Ein junger Soziologe und Psychoanalytiker, Erich Fromm, der später zum Schöpfer der soziologischen Psychoanalyse und psychoanalytischen Anthropologie werden sollte, publizierte im Jänner 1930 in der *Vossischen Zeitung* einen grundlegenden Aufsatz mit dem Titel »Ödipus in Innsbruck. Zum Halsmann-Prozeß«, in dem er, neben einem vernichtenden Urteil über die Innsbrucker Psychiater, eine einleuchtende Hypothese für das Verständnis von Philipp Halsmanns selbstzerstörerischem Verhalten vor Gericht lieferte.

»Der Fall Halsmann bietet ein psychologisches Rätsel. Denn was den Angeklagten verdächtig macht, ist nicht das Übliche, eine Waffe oder ein Blutfleck, auch nicht der Nachweis eines Motivs für den Mord, sondern die Tatsache, daß er sich auf die Schilderung eines Tatbestandes versteift, – nämlich: der Vater sei durch einen Unglücksfall umgekommen, – von dem durch die Sachverständigen nachgewiesen wird, daß er falsch sein muß: die tödlichen Wunden können ja nicht vom Absturz stammen, sondern sind sicher die Folgen eines gewaltsamen Angriffs. Hätte nun Halsmann gesagt, er wisse nicht, wie sein Vater umgekommen sei, hätte er nicht mit so hartnäckiger Sicherheit die These vom Unglücksfall vertreten, so wäre wohl gegen ihn kaum die Anklage erhoben worden und noch viel weniger wahrscheinlich wäre seine Verurteilung gewesen.«

Die Verteidigung habe beim Versuch zu erklären, weshalb sich der Angeklagte so beharrlich an die offensichtlich falsche Darstellung klammerte, die Möglichkeit geltend gemacht, der Anblick des tödlich verwundeten Vaters habe beim Sohn ein schweres, schockartiges Trauma und eine Gedächtnislücke bewirkt, die er dann durch seine erfundene Schilderung ausfüllte. Dabei habe sie allerdings nicht plausibel gemacht, warum gerade dieser sonst so völlig normal wirkende Mensch auf den Anblick des sterbenden Vaters mit einer Amnesie reagierte.

Die Innsbrucker Psychiater hätten erwähnt, daß man bei Halsmann auch das Vorhandensein des Freudschen Ödipuskomplexes annehmen könne, hätten aber darauf verzichtet, diese Spur weiter zu verfolgen, weil nicht genügend Material vorliege. Dabei hätten sie sich den Ödipuskomplex offenbar so vorgestellt, als handle es sich um einen Wunsch mancher kranker Menschen, den Vater zu töten. Hätten die Innsbrucker Experten allerdings auch nur ein paar Kapitel bei Freud nachgelesen, dann hätten sie nicht nur entdeckt, daß der Ödipuskomplex keine Anormalität darstellte, sondern auch, »daß die unbewußte Feindseligkeit zwischen Vater und

Sohn sich in Träumen, neurotischen Symptomen, Charaktereigenschaften ausdrückt, aber nicht im realen Mord zu enden pflegt. [...] Wäre es anders, so wären die meisten Menschen Vatermörder geworden.«

Nach Ansicht Fromms sprach tatsächlich einiges für das Vorhandensein unbewußter Spannungen zwischen Vater und Sohn. Er nannte die Angewohnheit des Vaters, bei jeder Gelegenheit scherzhaft zu sagen, sein Sohn wolle ihn beerben, falls ihm etwas zustoße. Ein solcher Scherz, besonders wenn er häufig gemacht werde, weise in der Regel auf unbewußte feindselige Spannungen hin, die zur Zeit des Unglücks vielleicht stärker waren als sonst, weil der Vater den Sohn zu anstrengenden Touren zwang.

»In solcher Verfassung wanderte der Sohn mit dem Vater, und plötzlich hört er den Schrei des Vaters, sieht ihn tödlich verwundet liegen. Dieser Anblick wirkt auf ihn als schweres Trauma, denn plötzlich wird ihm plastisch vor Augen geführt, was der Inhalt seiner geheimsten, vom Gewissen verpöntesten und vom Bewußtsein gänzlich ferngehaltenen Wünsche und Regungen war. Er hatte zwar nie dem Vater etwas Böses getan und hätte ihm auch nie im Leben Böses zugefügt, aber der plötzliche Anblick des sterbenden Vaters reißt einen Abgrund seines Unbewußten auf, vor dem nur die Flucht in die Amnesie rettet. Einen Augenblick mögen seine aggressiven Wünsche gegen den Vater triumphieren, der nächste Augenblick läßt das Schuldgefühl wegen dieser immer verdrängten und von jeder Realisierung gänzlich ausgeschlossenen Wünsche zu einer Stärke anwachsen, die nur den Ausweg der Verdrängung der ganzen Situation und des Festhaltens an einer entlastenden Phantasie offen läßt. Die leiseste Spur seiner unbewußten Wünsche muß verwischt werden, nicht um den Richter günstig zu stimmen (denn gerade dadurch gestaltet er ja seine Position ungünstiger, und vielleicht dürfen wir in diesem ungeschickten Verhalten vor Gericht ein Stück unbewußter Selbstbestrafung erblicken), sondern um sein eigenes unbewußtes Schuldgefühl zu beschwichtigen, und deshalb darf auch der Vater nicht durch Mörderhand, sondern durch einen selbstverschuldeten Unfall umgekommen sein.

Das, was die Anklage an Material über die Feindseligkeit vom Sohn zum Vater beigebracht hat, reicht also nie und nimmer aus, um einen Mord zu erklären, aber es reicht vielleicht aus, um die Schockwirkung des plötzlichen Anblicks des sterbenden Vaters, d. h. die Amnesie (die Gedächtnislücke) zu erklären.«

Fromms Aufsatz in der *Vossischen Zeitung* wurde kurz nach Erscheinen in der angesehenen Zweimonatsschrift *Die psychoanalytische Bewegung* nachgedruckt, in der auch Freud publizierte. Die Berufung auf den Ödipuskomplex im Gutachten der Innsbrucker Medizinischen Fakultät veranlaßte schließlich Sigmund Freud selber zu einer Stellungnahme, die allerdings zu spät erschien, um den Verlauf der Ereignisse zu beeinflussen.

Freud schrieb dort: »Wäre es objektiv erwiesen, daß Philipp Halsmann seinen Vater erschlagen hat, so hätte man allerdings ein Anrecht, den Ödipuskomplex heranzuziehen, zur Motivierung einer sonst unverstandenen Tat. Da ein solcher Beweis nicht erbracht worden ist, wirkt die Erwähnung des Ödipuskomplexes irreführend; sie ist zum mindesten müßig. Was die Untersuchung an Unstimmigkeiten zwischen Vater und Sohn in der Familie aufgedeckt hat, ist durchaus unzureichend, um die Annahme eines schlechten Vaterverhältnisses beim Sohn zu begründen. Wäre es selbst anders, so müßte man sagen, von da bis zur Verursachung

Wien, Sonntag Neue Freie Presse 14. Dezember 1930 13

Das Fakultätsgutachten im Prozeß Halsmann.

Von Professor Sigmund Freud.

In seiner Besprechung des psychiatrischen Gutachtens der Innsbrucker medizinischen Fakultät, das für die Verurteilung Philipp Halsmanns entscheidend war, hat Professor Josef Hupka („Neue Freie Presse" vom 29. und 30. November) auch gegen die unmotivierte Hereinziehung der psychoanalytischen Kategorien „Oedipuskomplex" und „Verdrängungsmechanismus" Stellung genommen, aber für die wissenschaftliche Kritik dieser Erörterungen an das Urteil der berufenen Fachleute appelliert. Diesem Appell ist nun erfreulicherweise der Berufenste gefolgt. Wir veröffentlichen im Folgenden eine Aeußerung Professor Freuds.

Der Oedipus-Komplex ist, soweit wir wissen, in der Kindheit bei allen Menschen vorhanden gewesen, hat in den Entwicklungsjahren große Veränderungen erfahren und wird bei vielen Individuen in wechselnder Stärke auch in reifen Zeiten gefunden. Seine wesentlichen Charaktere, seine Allgemeinheit, sein Inhalt, sein Schicksal wurden, lange vor der Zeit der Psychoanalyse, von einem scharfsinnigen Denker wie Diderot erkannt, wie eine Stelle seines berühmten Dialogs „Le neveu de Rameau" beweist. In Goethes Uebersetzung dieser Schrift (Band 45 der Sophien-Ausgabe) steht auf Seite 136 zu lesen: „Wäre der kleine Wilde sich selbst überlassen und bewahrte seine ganze Schwäche (imbécillité), vereinigte mit der geringen Vernunft des Kindes in der Wiege die Gewalt der Leidenschaften des Mannes von dreißig Jahren, so bräch' er seinem Vater den Hals und entehrte seine Mutter."

Wäre es objektiv erwiesen, daß Philipp Halsmann seinen Vater erschlagen hat, so hätte man allerdings ein Anrecht, den Oedipus-Komplex heranzuziehen, zur Motivierung einer sonst unverstandenen Tat. Da ein solcher Beweis nicht erbracht worden ist, wirkt die Erwähnung des

BILLIGER ALS BEI AUKTIONEN
KAUFEN SIE GARANTIERT ECHTE
PERSER-TEPPICHE
bei
ORENDI
WIEN I. ROTENTURMSTR. 20
UND TEPPICHHAUS
S. SCHEIN A. G.
WIEN I. BAUERNMARKT 12
PERSER-VORLEGER .... S 59.-
PERSER-BRÜCKEN u. LÄUFER S 159.-
GROSSE PERSERBRÜCKEN ... S 220.-
PERSER-LÄUFER (bis 3.5 m) S 259.-
PERSER-LÄUFER (bis 5 m) .. S 430.-
PERSERTEPPICHE (Täbriz, Heriz, Mahal, Yoraghan, etc.) bis 3×4 m .... S 895.- per Stück.

bedeutsamer wäre als alle strittigen Einzelheiten von Entfernung und Zeitablauf, und die im normalen oder nur durch körperliche Ermüdung veränderten Zustand vor sich geht, wäre doch eine Seltenheit erster Ordnung.

Babys Welt als Wille und Vorstellung.

Von Dr. Eugenie Schwarzwald.

Jede Mutter hat Lust, Aeußerungen ihres Kindes oder

Stellungnahme Sigmund Freuds, 14. Dezember 1930, Neue Freie Presse

einer solchen Tat ist ein weiter Weg. Gerade wegen seiner Allgegenwärtigkeit eignet sich der Ödipuskomplex nicht zu einem Schluß auf die Täterschaft. Man würde leicht die Situation herstellen, die in einer bekannten Anekdote angenommen wird: Ein Einbruch ist geschehen. Ein Mann wird als Täter verurteilt, in dessen Besitz ein Dietrich gefunden wurde. Nach der Urteilsverkündung befragt, ob er etwas zu bemerken habe, verlangt er auch wegen Ehebruchs bestraft zu werden, denn das Werkzeug dazu habe er auch bei sich.« (Das Fakultätsgutachten im Prozeß Halsmann, *Neue Freie Presse*, 14. Dezember 1930)

Ein Wiener Rechtsanwalt namens Dr. Ernst Ruzicka versuchte in einer Reihe von Aufsätzen in der *Neuen Freien Presse*, den Tod von Morduch Max Halsmann zu rekonstruieren, um so einer Lösung des Rätsels näherzukommen. Nach eingehenden Studien des verfügbaren Materials gelangte Ruzicka zum Ergebnis, daß die Tat aller Wahrscheinlichkeit nach von einem unbekannten Dritten verübt worden sei; der Sohn war in seinen Augen unschuldig.

Doch dies waren nur Hypothesen, detektivische Denkspiele, und solche boten keine Handhabe, um einen abgeschlossenen Fall neuerlich aufzurollen. Dazu brauchte es keine Theorien, sondern frische Zeugen, handfeste neue Beweise, am besten den wahren Täter, doch von dem gab es keine Spur.

Da erschien plötzlich wieder eine Person auf der Bühne, die schon einmal einen kurzen Auftritt in der Presse und dann vor Gericht gehabt hatte, der Obdachlose Josef Schneider, der Halsmanns Familie angeboten hatte, sich als Mörder zu stellen. Offenbar hatte Schneider an der Nebenrolle, die er in der Affäre für kurze Zeit spielen durfte, Gefallen gefunden, denn wenige Wochen nach seinem Freispruch mangels Beweisen meldete er sich erneut, diesmal bei Ernst Ruzicka, dessen Namen er aus der Zeitung kannte. Zunächst schrieb er Ruzicka einen Brief, in dem er erzählte, er habe durch Zufall in einer Wiener Weinhalle einen Mann kennengelernt, der sich ihm in angetrunkenem Zustand als Mörder des alten Halsmann geoffenbart habe. Ruzicka wußte natürlich von den zahlreichen Mystifikationen, die es in dem Fall schon gegeben hatte, und auch der Name des Briefschreibers war ihm nicht unbekannt. Trotzdem traf er sich ein paarmal mit dem Obdachlosen, der schließlich am 24. Februar 1930 einen Brief in seiner Kanzlei hinterlegte, mit der Anweisung, diesen erst nach seinem Gehen zu öffnen. Neben einem Lebenslauf enthielt das von Fehlern strotzende Schreiben ein »Gäständnis der Tat! am 10./IX. 28 in Vallée de Ziller«.

Schneider beschrieb seinen Werdegang als Sohn kleiner

Leute, der in schlechte Gesellschaft geriet, unstet umherzog und meist von Gelegenheitsdiebstählen lebte, und schilderte dann, wie er im September 1928 nach Tirol gekommen sei, von wo er über die grüne Grenze nach Italien gelangen wollte. In der Nähe von Mayrhofen sei er einem älteren Herrn begegnet, den er anbettelte, worauf ihn dieser beschimpfte und fortjagte. Von Mayrhofen sei Schneider dann in den Zamsergrund gewandert, wo er, erschöpft vom langen Fußmarsch, neben dem Weg einschlief, bis ihn laute Stimmen weckten. Er habe den Mann erkannt, der ihn zuvor beschimpft hatte. Jetzt habe sich dieser mit einem jüngeren Begleiter gezankt, der sich darauf entfernte.

»Der Herr blieb auf einmal stehen und hantierte mit etwas – – – da schleuderte ich einen Stein gegen ihm (ich wollte u. dachte garnet auf umbringen) Was weiter geschehen ist wais ich nicht da ich ligen bleiben müste um mich nicht veratten. Nach einige Zeit wollte ich nachsehen wo der Hingangen ist ich sah in der nehe nimanten nur aber hörte ich stime denn ich suchte oder schaute mich um andern Platz um u. da war ich dem abhang nahe. Was sehe ich – – – Ich wolte dem Mann helfen ihm den Herrn herauszihen um die verdacht nicht auf mich aber lenken, denn ich genau wuste ich auch nicht ob ihm mein Stein getroffen hatte. Ich ging retuer wollte von der Seite auf dem Platz gelangen. Dort wo die Bigung (eine kleine) ist bin ich herausgekommen. Ich hörte nur das der andere lamentierte Vater – Vater. Er hantirte dann etwas u. ging wankelmitiges schrittes weg. Ich bin vom schreck wie eingewurzelt stehen bliben (Ich wundere mich das es Halsmann nicht gesehen hatte – den er hatte sich einigemal umgetret) – Wie ich meine kräfte samelt habe wollte selbe dem Herrn herauszihen – er lebte noch!! – meine hände waren rot vom Blut ich rutschte einige mal aus

u. so wurden meine Schuhe ganz nas. – – – Da bekam ich andere Gedanken – Da meine Schuhe schlecht waren – wollte ich seine schuhe nehmen u. die Taschen wisitiren – Wie ich in begriffe war sein Körper etwas umzutraden klamerte sich eine Hand von hinter auf meinem Rok unterisch – ich erschrak – ich holte mir noch einen stein – – – was dann geschah will ich nicht schildern. [...] Hiemit ist meine Vergangenheit u. ein teil meines Herzensgeheimnisse Veratten – – – Und ich bin überzeugt das Mann staunen wird, das ich der Mörder Halsmann u. so schlechter Bursch war!!! Es ist aber doch so!

Schneider Johann m. p.
Wien, D. 24./II. 29.
Wien, X. Gänzbachergasse 3«

Dr. Ruzicka übergab das mit Februar 1929 datierte Geständnis der Polizei, die erst in Innsbruck anfragte, was davon zu halten sei; schließlich hatte es schon genug vermeintliche Zeugen und Täter gegeben, die sich bei näherer Überprüfung als Schwindler entpuppt hatten, Schneider selber mit eingeschlossen. Zwei Tage später erschien Schneider wieder in Ruzickas Kanzlei und erkundigte sich, warum man ihn noch nicht verhaftet habe. Ruzicka nahm in Gegenwart von Zeugen eine ergänzende Darstellung Schneiders auf, in der dieser feststellte, daß zwischen seinem ersten Zusammenstoß mit dem alten Halsmann und der Tat zwei bis drei Tage vergangen sein könnten. Weiters räumte er ein, es sei möglicherweise zwischen ihm und dem Opfer zu einem Kampf gekommen, an den er jedoch keine Erinnerung mehr habe. Und er sagte, er habe sich aus Halsmanns Brieftasche Schweizer Geld angeeignet, österreichisches Geld habe er keines gesehen. Sein Hemd sei nach der Tat voll Blut gewesen. Einen Stein habe er weggeworfen und einen anderen im Gras versteckt. Im übrigen sei er aus eigenem Antrieb bei dem Anwalt erschienen und erwarte keinerlei finanzielle Vergütung.

Dann veranlaßte Ruzicka die Verhaftung des Obdachlosen. Doch die Polizei glaubte immer noch nicht an Schneiders Geständnis, und auch Halsmanns Verteidiger hielten den Mann für einen Lügner und notorischen Lumpen. Die meisten Zeitungen bezeichneten Schneider schlichtweg als Narren. Nur Ernst Ruzicka, ein bekannter Wiener Strafverteidiger mit gut gehender Kanzlei, glaubte Schneider, der aber bloß wegen Verdachts des Verbrechens der Vorschubleistung ins Landesgericht für Strafsachen I in Wien eingeliefert wurde.

Zwei Wochen später widerrief Schneider sein Geständnis und gab an, er sei in der ersten Septemberwoche 1928 mit dem Fahrrad nach Deutschland gefahren und von dort in den Elsaß, wo er sich einen Tag vor dem Mord in der Kaserne eines französischen Jägerbataillons gemeldet habe, weil er zur Fremdenlegion wollte. Er sei auch wirklich assentiert worden, habe ein paar Tage in der Kaserne verbracht, dann aber die Lust an der Legion verloren und wieder seinen Paß verlangt. Darauf sei er aus Frankreich ausgewiesen worden. Schneiders Angaben wurden von den französischen Behörden bestätigt. Tatsächlich war Schneider am 7. September 1928, drei Tage vor dem Mord, von einer französischen Grenzpatrouille aufgegriffen und in die Kaserne in Weißenburg gebracht worden, von wo er am 13. September entlassen und über die Grenze abgeschoben wurde. Für die Tatzeit hatte er also ein hieb- und stichfestes Alibi. Als Motiv für das falsche Geständnis nannte Schneider wieder die Hoffnung, sich damit irgendwie eine Existenz verschaffen zu können. Wie das funktionieren sollte, konnte er auch nicht sagen. Die nötigen Kenntnisse über Ort und Hergang der Tat wollte er aus der *Kronen-Zeitung* haben.

Also wieder ein Lügenbold, ein Wichtigtuer, ein Mensch mit krankhaftem Geltungsbedürfnis, der seinen Namen in der Zeitung lesen wollte, und sei es als falscher Mörder. Auch Ruzicka hielt Schneider für einen Lügner, dachte dabei aber an dessen Alibi, das ihm allzu fest gefügt schien. Das Mordgeständnis Schneiders hielt er für wahr. Er sei vielleicht der einzige Mensch auf der ganzen Welt, der noch daran glaube, schrieb Ruzicka an Professor Rittler in Innsbruck, der ebenfalls mehrmals Post von Schneider erhalten hatte: »Der Zufall hat den Johann Schneider zu mir geführt, hat mich mit allen Dingen, die in diesen Fall hereinspielen, vertraut gemacht, und ich würde es für Pflichtvergessenheit meinerseits halten, wenn ich nicht mit aller Energie durchhalten würde, um der wenn auch nur geringen Wahrscheinlichkeit willen: das Dunkel zu erhellen, das augenblicklich um Johann Schneider und sein Eintreten in die furchtbare Angelegenheit gebreitet ist.«

Ernst Ruzicka hatte sich schon vor seiner Begegnung mit Schneider intensiv mit dem Fall Halsmann beschäftigt, doch nun ging er völlig darin auf. In den folgenden Wochen und Monaten arbeitete er alle verfügbaren Unterlagen durch, korrespondierte mit Verteidigern, Zeugen und Sachverständigen und unternahm eigene Recherchen, auch am Tatort. Schließlich präsentierte Ruzicka eine neue Theorie, wie sich die Bluttat seiner Ansicht nach hatte ereignen können. Dabei ging er davon aus, daß Schneiders Geständnis bis ins letzte Detail mit den Gegebenheiten des Tatortes und der Tat übereinstimmte, man mußte es nur richtig zu lesen verstehen.

Wie er selber schrieb, hatte Schneider am Mordtag schlafend in einem Gebüsch über dem Weg oberhalb des Zamserbaches gelegen, war durch die Unterhaltung der beiden Halsmanns geweckt worden, hatte gesehen, wie sich der Jüngere entfernte, und einen Stein gegen den Älteren geschleudert, wodurch der zu Boden gestreckt wurde, hatte dann blindwütig auf sein Opfer eingeschlagen, es den Abhang hinuntergezerrt und sich anschließend versteckt, weil er den Sohn kommen hörte. Als der Sohn um Hilfe geeilt war, hatte Schneider sein blutiges Werk vollendet, aus der Brieftasche des Opfers die Schweizer Franken genommen, dabei einige Papiere verstreut, und sich schließlich aus dem Staub gemacht.

Aber was war mit dem Alibi, das Schneider dann angeboten hatte? Es schien unumstößlich, wurde es doch von den französischen Behörden bestätigt. Ruzicka ließ sich dadurch nicht beirren. Schneider hatte im Widerruf seines Geständnisses einen zweiten Österreicher erwähnt, der mit ihm in der französischen Kaserne in Weißenburg gewesen war. Den machte der Anwalt ausfindig. Auch dieser Zeuge war ein unsteter Geselle und hatte, so wie Schneider, den Plan, zur Fremdenlegion zu gehen, bald wieder aufgegeben, worauf er aus Frankreich ausgewiesen wurde. Offenbar war das ziemlich häufig der Fall, und die französischen Behörden wußten bereits, wie sie mit solchen Vögeln umzugehen hatten. Der Anwalt machte den Aufenthaltsort des Zeugen ausfindig, der war in Konstantinopel gelandet, wohin ihm Ruzicka schrieb. Im Interesse der Wahrheitsfindung in einem der fürchterlichsten Kriminalfälle brauche er ein paar wichtige Auskünfte von ihm.

Wochen später stand der Zeuge in Ruzickas Kanzlei. Er gab zu Protokoll, er habe tatsächlich Schneider in der Kaserne in Weißenburg getroffen. Aber am Sonntag, den

9. September, sei Schneider nicht mehr in der Kaserne gewesen. Es sei jedoch nicht anzunehmen, daß er die Kaserne auf legalem Weg verlassen habe, er sei wohl eher heimlich entwichen. Vielleicht habe er dann illegal die deutsche Grenze überquert und in Deutschland einen Wagen angehalten. Auf diese Weise könne man große Strecken in relativ kurzer Zeit zurücklegen, das wußte der Zeuge aus eigener Erfahrung. Tatsächlich wurde Schneiders Anwesenheit in der Kaserne nur durch Eintragungen im Menagebuch bestätigt. Demnach waren zwischen dem 7. und 13. September 1928 an Johann Schneider elf Mahlzeiten ausgegeben worden. Aber Ernst Ruzicka hatte im Weltkrieg als Auditor der österreichischen Truppe selber die Erfahrung gemacht, daß solche Dokumente oft sehr nachlässig geführt wurden. Vielleicht hatte sich ein anderer Legionsanwärter an Schneiders Stelle bei der Essensausgabe gemeldet, um eine zweite Mahlzeit zu erhalten? In der zeitlichen Lücke von mehreren Tagen konnte Schneider nach Tirol gefahren sein, wo er den alten Halsmann umbrachte, und wieder in die Kaserne zurückkehren, in der seine Abwesenheit nicht weiter aufgefallen war.

Diese Theorie legte Ruzicka schließlich sogar in einem Buch dar, das er in Wien herausgab: »Max Halsmanns Ermordung. Der Schlüssel zur Wahrheit«. Dort heißt es:

»Ein Dämon hatte sein furchtbares Spiel getrieben, hat alle Beteiligten in Irrtum geführt, alles durcheinander gebracht, den vom Unglück getroffenen Sohn und diejenigen, die ihm zu Hilfe eilen wollten, den, der den blutigen Stein gefunden hatte, und diejenigen, welche glaubten, die Blutlache mit der Bahre zudecken zu müssen, den Richter, der es unterließ, die gesetzlichen Vorhalte zu machen, jene Gutachter, die ihr Gutachten bis in die letzte Konsequenz ihrem Irrtum in der Person des Täters untergeordnet haben. Aus dem Steinwurf eines Vaganten haben sich die schweren errores in procedendo und aus diesen der große error in judicando entwickelt, der drei Menschenschicksale vernichten und die österreichische Justiz in den Mittelpunkt der Weltdiskussion stellen sollte, deren sonstige Untadeligkeit dies doch ebensowenig verdient hat, wie die unmittelbar Betroffenen ihr Schicksal.«

Ruzicka fand mit seiner Theorie bei den Behörden keinen Glauben. Im Juni 1930 wurde Johann Schneider in Wien von einem Schöffensenat wegen des Verbrechens der Vorschubleistung und des versuchten Betruges zu vier Monaten Kerker verurteilt.

Auch jener Franz Platzer, der sich im Oktober 1929 zuerst als Zeuge für Halsmanns Unschuld angeboten und dann behauptet hatte, er sei von fremden Männern zu dieser Falschaussage verleitet worden, entging seiner Strafe nicht. Der nach Stilfs in Südtirol zuständige, mehrmals vorbestrafte Platzer wurde in Innsbruck zu 18 Monaten schweren Kerkers verurteilt.

Das größte Aufsehen erregte jedoch der Prozeß gegen den Wiener *Morgen* wegen der Karikatur, durch die sich die obersten Richter beleidigt fühlten. Der verantwortliche Redakteur Josef Koller wurde wegen Verbrechens der Religionsstörung, begangen durch Gotteslästerung, und Übertretung der Ehrenbeleidigung gegen Mitglieder des Obersten Gerichtshofes angeklagt und nach längerem juristischem Gerangel, ob ein Schöffensenat oder ein Schwurgericht zuständig sei, schließlich vom Vorwurf der Gotteslästerung freigesprochen, aber wegen Verspottung des Obersten Gerichtshofes zu einer Geldstrafe von 1500 Schilling verurteilt.

Am 30. September 1930 wurde Philipp Halsmann von Bundespräsident Wilhelm Miklas begnadigt. Die Begnadigung fand im Rahmen eines periodischen Antrages statt, der 129 Personen umfaßte, denen jeweils die Hälfte ihrer Strafe nachgesehen wurde. Ein administrativer Routineakt. Weil Halsmann in Stein auf eigenen Wunsch die ganze Zeit in einer Einzelzelle gesessen hatte und zwei Monate Einzelhaft für drei Monate gerechnet wurden, hatte er die vorgeschriebene Hälfte seiner Strafe, zwei Jahre, tatsächlich verbüßt. Halsmanns Mutter, die am 30. September, wie so oft, im Justizministerium vorsprach, um sich zu erkundigen, wann mit der Freilassung ihres Sohnes zu rechnen sei, erfuhr erst am Abend aus dem Radio von der Begnadigung.

Am nächsten Morgen ließ sich der Leiter der Männerstrafanstalt Stein, Regierungsrat Adamek, den Gefangenen Halsmann vorführen und setzte ihn von der Begnadigung in Kenntnis. In der Zwischenzeit waren Halsmanns Mutter und Schwester und seine Freundin Ruth Römer mit einem Auto, das ihnen von einem Wiener Bekannten zur Verfügung gestellt wurde, nach Stein gekommen. Wenig später traf auch Rechtsanwalt Erich Saxl, der Wiener Substitut von Dr. Paul Mahler, in der Strafanstalt ein. Um fünf Uhr nachmittags wurde Halsmann, nachdem er seine privaten Kleider bekommen und alle notwendigen Formalitäten erledigt hatte, zum Hintereingang des Gebäudes gebracht, wo ein Auto mit zwei Kriminalbeamten wartete. Sie fuhren mit ihm zur Bezirkshauptmannschaft Krems, wo er endlich seine Angehörigen begrüßen konnte. Seine Mutter und Schwester glaubten, sie könnten ihn gleich nach Wien mitnehmen, wo sie im Hotel de France logierten. Doch der Bezirkshauptmann teilte ihnen mit, daß Philipp Halsmann aus ganz Österreich ausgewiesen sei und binnen 24 Stunden an eine der Grenzen des Landes gestellt werden solle, an welche, das könne er sich aussuchen. Der Wiener Anwalt legte auf der Stelle Rekurs gegen die Abschiebung ein, dem aufschiebende Wirkung zukam. Noch in der letzten Phase des Falles bewiesen die Behörden eine bürokratische Kleinlichkeit, die an Unmenschlichkeit grenzte. Nach langwierigen Telephonaten gelang es Dr. Saxl, die Genehmigung zu erwirken, daß Halsmann die Entscheidung über den Rekurs in einem Hotelzimmer in Krems abwarten durfte, in dem er unter polizeiliche Bewachung gestellt wurde. Der Enthaftete und seine Angehörigen quartierten sich im Hotel Rose ein, dessen Personal von der Polizei verpflichtet wurde, keinerlei Auskünfte über den Gast zu geben. Selbstverständlich unterlagen auch alle Besucher einer strengen Kontrolle. Man wollte jedes Aufsehen vermeiden. Der letzte Akt des Falles sollte möglichst heimlich und von der Öffentlichkeit unbemerkt über die Bühne gehen.

Ein paar Tage später verließ Philipp Halsmann in Begleitung seiner Mutter, seiner Schwester und Ruth Römers Österreich.

EPILOG

Nach seiner Freilassung verbrachte Halsmann auf Einladung eines Hoteliers, der den Prozeß in den Zeitungen verfolgt und immer an Halsmanns Unschuld geglaubt hatte, einige Zeit in Meran. Der 24jährige hatte die Erholung bitter nötig, denn die lange Haft hatte seine Gesundheit zerrüttet. Er war abgemagert, seine Lungen waren angegriffen, und er litt häufig unter nervösen Kopfschmerzen. Von Meran reiste er nach Paris zur Hochzeit seiner Schwester, die nun endlich heiraten konnte. Halsmann hatte im Gefängnis seine Französischkenntnisse vervollkommnet und beschloß, in Paris zu bleiben. Eine Fortsetzung des Studiums in Dresden, zu dessen Abschluß ihm nur mehr ein Jahr fehlte, kam nicht in Frage, weil er wegen eines schweren Verbrechens rechtskräftig verurteilt worden war.

Im Juni 1931 unternahm Philipp Halsmann einen letzten Anlauf, um in Österreich doch noch Gerechtigkeit zu finden. Über seinen Innsbrucker Anwalt Dr. Franz Pessler reichte er beim Wiener Justizministerium ein Ansuchen ein, die Staatsanwaltschaft Innsbruck zu beauftragen, neue Zeugen in seiner Sache vernehmen zu lassen. Vor allem der medizinische Sachverständige Professor Anton Werkgartner sollte noch einmal über seine widersprüchlichen Ausführungen hinsichtlich der fehlenden Blutspuren befragt werden. Noch einmal brachte Halsmann längst bekannte Argumente vor, die seine Unschuld beweisen sollten. Mit einem Stein in der bloßen Hand solle er zugeschlagen haben; und trotzdem habe sich keine Spur von Blut unter seinen Fingernägeln oder auf seiner hellgrauen Hose gefunden. »Für jeden

Unbefangenen muß dies ein untrüglicher Beweis meiner Unschuld sein«, schrieb er. Als Wohnadresse nannte er auf der mit 15. Juni 1931 datierten Eingabe Paris VIII, 18, Rue d'Edimbourg. Als Beruf gab er Student an.

Bereits kurz nach Halsmanns Freilassung hatte ein Unbeteiligter den Versuch unternommen, den Fall noch einmal aufzurollen. Josef Hupka, Professor für Handels- und Wechselrecht an der Universität Wien, hatte in der *Neuen Freien Presse* einen umfangreichen Aufsatz mit dem Titel »Fiat iustitia. Für die Ehrenrettung Philipp Halsmanns« publiziert, in dem er auf die zahlreichen Ungereimtheiten im Beweisverfahren hinwies und eine Rehabilitierung Halsmanns forderte. Es sei eine Ehrenpflicht des Staates, das Unrecht zu tilgen, daß ein grundlos Verurteilter im öffentlichen Leben noch immer als der Urheber eines schändenden Verbrechens gelte, schrieb der Jurist, 1926/27 Dekan der Juridischen Fakultät der Universität Wien. Hupka hatte in dieser Angelegenheit auch persönlich beim Justizminister vorgesprochen – erfolglos.

Halsmanns Schreiben wurde von Wien nach Innsbruck weitergeleitet, mit einer Aufforderung an die Staatsanwaltschaft, dazu Stellung zu beziehen. Diese ersuchte Professor Werkgartner, sich nochmals zu seinem Gutachten zu äußern. Doch der Sachverständige erklärte bloß, er sehe keine Veranlassung, von seinem in der Hauptverhandlung erstatteten Gutachten abzugehen. Das wurde von der Oberstaatsanwaltschaft Innsbruck an das Justizministerium in Wien berichtet. Abschließend schrieb der Oberstaatsanwalt, daß er keinen Grund zur Veranlassung weiterer Erhebungen sehe.

Das Ansuchen wurde abschlägig beschieden.

Auch Rechtsanwalt Ernst Ruzicka wollte nicht aufgeben und brachte beim Landesgericht Innsbruck einen Antrag auf

Wiederaufnahme des Strafverfahrens gegen Philipp Halsmann ein. Gleichzeitig erstattete er Strafanzeige gegen Johann Schneider wegen Verdacht des Mordes an Morduch Halsmann. Auch dieser Antrag und die Anzeige wurden abgewiesen. Damit war die Angelegenheit für die österreichischen Justizbehörden endgültig erledigt. Der Fall Halsmann war abgeschlossen.

In Paris waren die Hochschulbehörden weniger streng als in Dresden, weshalb Halsmann sein Studium fortsetzen konnte. Doch war ihm das Interesse an der Elektrotechnik verlorengegangen. Die erzwungene Unterbrechung und die schrecklichen Erlebnisse in Österreich hatten ihn aus der Bahn geworfen und tief verändert. Er hatte sich schon bisher in seiner Freizeit viel mit Photographie beschäftigt und auch während der verhängnisvollen Reise im Sommer 1928 ständig die Kamera dabei gehabt, um Urlaubsaufnahmen zu machen. Dennoch war es Zufall, der ihn den Entschluß fassen ließ, Photograph zu werden. Er habe einer Freundin, die einen Kurs für Photographie besuchte, bei der Arbeit geholfen und sich dabei Hals über Kopf in den Gegenstand verliebt, erinnerte sich Halsmann nach Jahren. Und obwohl seine Mutter von dem Entschluß zunächst nicht begeistert war, hängte er das Studium an den Nagel und begann, als Photograph zu arbeiten. Als Studio diente ihm in der ersten Zeit sein Zimmer in einem kleinen Hotel, in dem vor allem Studenten wohnten, und manchmal das Wohnzimmer seiner verheirateten Schwester. »Da in meinen Augen das menschliche Gesicht das interessanteste Subjekt für die Photographie war, hoffte ich, es so erforschen zu können, wie meine Lieblingsautoren Tolstoi und Dostojewski die menschliche Natur erforscht hatten, mit psychologischer Tiefe und Ehrlichkeit«, schrieb er in einer autobiographischen Skizze. »Ich wollte zeigen, daß Photographie realistisch, stark, einfach und sehr scharf sein kann.« Diese Qualitäten sind es auch, die seine Bilder auszeichnen. Weil es seiner Ansicht nach in Paris niemanden gab, von dem er hätte etwas lernen können, brachte er sich alles selber bei, ein überzeugter Autodidakt.

Schon 1932 konnte er das erste eigene Studio mieten, in der rue Delambre am Montparnasse, nur ein paar Schritte vom berühmten Café du Dôme entfernt. In einem Schaukasten vor dem Studio stellte er vier oder fünf Bilder aus, die er jede Woche auswechselte. Das machte die Leute neugierig und auf den jungen Photographen aufmerksam, der in Paris seinen Namen zu Philippe Halsman änderte. Halsman hatte sich stets für Kunst und Literatur interessiert und begann nun damit, bekannte Künstler wie André Gide, André Malraux, Jean Giraudoux, Marc Chagall und Le Corbusier zu photographieren. Und bald bekam er Aufträge von großen Magazinen wie *Voilà*, *Vogue* oder *Vu*. Mitte der dreißiger Jahre galt Halsman bereits als einer der besten Porträtphotographen Frankreichs. 1937 heiratete er seine Kollegin Yvonne Moser, die als Assistentin bei ihm begonnen hatte.

Irgendwann Anfang der dreißiger Jahre war die Beziehung zu der jungen Tanzstudentin Ruth Römer auseinandergegangen, die Halsmann während seiner schwersten Zeit so mutig zur Seite gestanden hatte. 1930 hatte Ruth Römer, noch vor Halsmanns Begnadigung, seine Briefe aus der Haft in einem Buch publiziert, geleitet von der Absicht, den Menschen, die Halsmann nur aus Zeitungsberichten kannten, ihren Freund so zu zeigen, wie er wirklich war. Ruth Römer kehrte nach Berlin zurück, wohin sie von Dresden gezogen war, und setzte ihr Tanzstudium bei Mary Wigman fort, die auch in Berlin eine Schule unterhielt.

Anfang Juli 1934, drei Wochen vor dem Putschversuch der Nationalsozialisten, dem Bundeskanzler Engelbert Dollfuß zum Opfer fallen sollte, ging der Name Halsmann noch einmal durch die österreichischen Zeitungen. Wiener Blätter meldeten, das Grab von Morduch Max Halsmann auf dem Jüdischen Teil des Innsbrucker Westfriedhofs sei von unbekannten Tätern geschändet worden. Innsbrucker Zeitungen recherchierten und stellten das richtig. Tatsächlich waren rund um das Grab Hakenkreuze aus Papier oder Karton verstreut worden, die Grabstätte selber jedoch war unbehelligt geblieben. Unrichtig war auch die in diesem Zusammenhang gebrachte Meldung, der Sohn habe kurz zuvor das Grab des ermordeten Vaters besucht. Philipp Halsmann war nach seiner Begnadigung als Ausländer aus Österreich ausgewiesen worden, eine Rückkehr wäre für ihn daher gar nicht möglich gewesen, vorausgesetzt er hätte eine solche überhaupt angestrebt, was nicht anzunehmen ist.

Als sich im Frühjahr 1940 die Niederlage Frankreichs gegen Hitler-Deutschland abzeichnete, fuhr Halsmans Familie, seine Frau mit der 1939 zur Welt gekommenen Tochter, seine Mutter und seine Schwester mit ihren Kindern, in die USA. Alle besaßen sie französische Pässe. Nur Philippe Halsman war noch lettischer Staatsbürger, und die lettische Quota für die USA – 18 Personen pro Jahr – war auf Jahre hinaus erfüllt. Kurz vor dem Fall von Paris floh Philippe so wie Tausende anderer gefährdeter Ausländer nach Süden, nach Marseille, um sich vor den Nazis zu retten. Seine Frau und seine Schwester ersuchten in den USA Albert Einstein, der sich schon 1929 für den Verurteilten eingesetzt hatte, um Hilfe; Einstein zögerte nicht und intervenierte bei Eleanor Roosevelt. Über das von der Frau des Präsidenten organisierte Emergency Rescue Committee, das gefährdeten europäischen Künstlern und Wissenschaftlern half, in die USA zu entkommen, erlangte Halsman schließlich im letzten Moment das lebensrettende Visum. Anfang November 1940 traf er in New York ein, mit wenig Geld, einer Kamera, die er selber entworfen hatte, und ein paar Abzügen seiner bekanntesten Bilder. Einstein verlieh in einem Brief an Halsman seiner Freude Ausdruck, daß es diesem gelungen war, zum zweiten Mal den Banditen zu entkommen, und er wünschte ihm Glück und Erfolg in den USA.

Halsmanns Verteidiger, Franz Pessler, wurde nach der Machtübernahme der Nationalsozialisten verhaftet und vor Gericht gestellt, gemeinsam mit Oberlandesgerichtsrat Dr. Josef Ziegler, der den Vorsitz im zweiten Prozeß gegen Halsmann geführt hatte und dabei mehrmals hart mit Pessler aneinandergeraten war. Doch es war nicht ihre Rolle im Fall Halsmann, die den beiden Juristen von den neuen Machthabern zur Last gelegt wurde. Beim nationalsozialistischen Putschversuch im Juli 1934 war in Innsbruck der Kommandant der städtischen Sicherheitswache von einem Nazi ermordet worden, der dafür von einem Militärgerichtshof zum Tod verurteilt und standrechtlich gehenkt wurde. Die Verhandlung hatte Oberlandesgerichtsrat Ziegler geleitet, der Amtsverteidiger hatte Franz Pessler geheißen. Diesen Fall nahmen die Nazis nach dem Umsturz zum Anlaß, die Prozeßbeteiligten vor Gericht zu stellen, weil sie, in Mißbrauch ihres Amtes, die Hinrichtung des SS-Mannes, der nach seiner Verhaftung angeblich schwer mißhandelt worden war, nicht verhindert hätten. Oberlandesgerichtsrat Ziegler wurde seines Postens enthoben und in den Ruhestand versetzt, Dr. Pessler kam ins KZ Dachau. Offenbar hatten die Nazis Pesslers unermüdlichen Einsatz für Halsmann doch nicht vergessen. Nach dem Krieg kehrte Franz Pessler nicht mehr nach Innsbruck zurück, sondern ließ sich in Eggenburg in Niederösterreich nieder, wo er wieder als Rechtsanwalt wirkte. Er starb 1979.

Halsmanns erster Verteidiger, Richard Preßburger, war im Jänner 1938 in Wien gestorben, noch vor dem »Anschluß« Österreichs an Hitler-Deutschland.

Richard Glaser, der sich seit der Verhaftung Halsmanns bis zu seiner Begnadigung mutig und aufopfernd um den Häftling und seine Angehörigen gekümmert hatte, übernahm 1933 die Generalvertretung für ein Gesundheitsbrot, genannt »Steinmetzbrot«, für ganz Österreich, weshalb er den Getreide- und Futtermittelhandel in Innsbruck aufgab und mit seiner Familie nach Wien übersiedelte, wo er im September 1939 starb.

Der Rechtsanwalt Ernst Ruzicka, der beharrlich für eine Wiederaufnahme des Verfahrens gekämpft hatte, wurde als Jude ins KZ Buchenwald deportiert, wo er im Dezember 1941 starb oder ermordet wurde. Professor Josef Hupka kam im April 1944 im KZ Theresienstadt ums Leben.

Der umfangreiche Akt der beiden am Landesgericht Innsbruck geführten Prozesse gegen Philipp Halsmann war im Jahre 1944 von Wilhelm Ihde, Geschäftsführer der Reichsschrifttumskammer in Berlin, angefordert worden. Offenbar gab es Pläne, den aufsehenerregenden Fall im Sinne der Nazis auszuschlachten, doch dazu kam es nicht mehr. Der Akt ging in Berlin verloren.

In den USA mußte Halsman noch einmal von vorn anfangen. In Frankreich war er berühmt gewesen, ein gesuchter Porträtphotograph, in Amerika kannte ihn niemand. Er beherrschte fünf Sprachen, konnte jedoch nur ein paar Worte Englisch. Er unterzeichnete einen Vertrag mit einer Photoagentur, von deren Aufträgen er sich und seine Familie (1940 kam eine zweite Tochter zur Welt) kaum ernähren konnte, weshalb er selber Kundschaft suchen mußte. Das tat er mit großem Einsatz. 1941 photographierte er ein unbekanntes 18jähriges Modell vor dem Hintergrund der amerikanischen Fahne. Das Bild wurde von Elizabeth Arden, der regierenden Königin der Schönheitsindustrie, als Werbesujet für einen neuen Lippenstift ausgewählt: Das machte Philippe Halsman mit einem Schlag in der Branche bekannt und brachte ihm neue Aufträge. 1942 wurde eine seiner Aufnahmen, das Bild einer jungen Frau mit einem frechen Hutmodell, von der Zeitschrift *LIFE* als Titelbild ausgewählt. Damit hatte er erneut den Durchbruch geschafft.

Einen wichtigen Rückhalt erfuhr er dabei von seiner Familie, die ihn auch beruflich unterstützte. Seit 1942 arbeitete seine Frau Yvonne wieder als Assistentin für ihn, 1943 übernahm seine Schwester Liuba das Sekretariat seines Ateliers in der West Sixty-Seventh Street in Manhattan.

Im Februar 1943 sah sich Thomas Mann noch einmal veranlaßt, für Philippe Halsman einzutreten. Er verfaßte für die amerikanischen Behörden ein Statement in englischer Sprache »für den wegen Vatermord verurteilten, dann begnadigten Halsmann«, wie Mann in seinem Tagebuch vermerkte. Möglicherweise hatte Halsman beim Ansuchen um das amerikanische Notvisum seine rechtskräftige Verurteilung in Österreich verschwiegen, und dieser Umstand war nun den Behörden zugetragen worden?

Die Intervention Manns war offenbar erfolgreich und Halsmans Karriere in den USA nicht aufzuhalten. Dem ersten *LIFE*-Cover folgten bis zur Einstellung des illustrierten Wochenmagazins im Jahre 1972 noch exakt hundert weitere, ein Rekord, den kein anderer Photograph erreichen sollte. In den folgenden Jahren wurde Halsman auch in den USA zu einem gesuchten Porträtisten, dessen Modelle es sich als Ehre anrechnen durften, von ihm photographiert zu werden. Seine Bilder waren einfühlsame, sorgfältig vorbereitete Studien seines Gegenübers, in denen er versuchte, einen Blick hinter die Fassade zu erhaschen. Mit manchen seiner Modelle verband ihn eine enge Beziehung, so mit Salvador Dalí, den er 1941 erstmals photographiert hatte. Aus der Freundschaft ergab sich eine langjährige Zusammenarbeit, in der Halsman, weit über die Rolle eines Photographen hinaus, eigene Ideen verwirklichte. So entstanden die bekanntesten Porträts Dalís, eine Serie von Tableaus und ein Buch, ein photographisches Gespräch mit Dalís berühmtem Schnurrbart, in dem Halsman einen hintergründigen Humor bewies, der in den USA als typisch europäisch empfunden wurde. Voll Humor waren auch die Bilder, in denen Halsman seine berühmten Modelle, Schauspieler, Schriftsteller, Künstler, Philosophen, Wirtschaftstycoons und Politiker in die Luft springen ließ, um sie in dieser ungewohnten Pose ohne Maske zu zeigen. Daraus entstand eines seiner bekanntesten Bücher, das den schrägen Titel »Jumpology«, Hüpfologie, trug und die wichtigsten Hüpf-Bilder versammelte: Bilder von Marilyn Monroe, Audrey Hepburn, Brigitte Bardot, Grace Kelly, dem Atomphysiker J. Robert Oppenheimer, von Marc Chagall, Richard Nixon und vom Herzog und der Herzogin von Windsor, die alle auf seinen Befehl hüpften.

Seiner Herkunft, Bildung und auch seinem Akzent nach war Halsman Europäer, der wichtige Anregungen vom Surrealismus und von den Erkenntnissen Freuds erfahren hatte, und doch schuf er mit seinen Bildern von bekannten Persönlichkeiten glanzvolle Ikonen der erfolgreichen, optimistischen und lebensbejahenden amerikanischen Gesellschaft nach dem Zweiten Weltkrieg. 1945 wurde Halsman zum Präsidenten der American Society of Magazine Photographers gewählt, obwohl er selber noch nicht Amerikaner war. 1948 wurde er in die USA eingebürgert. 1958 wurde er in einer Umfrage der Zeitschrift *Popular Photography* neben Größen wie Irving Penn, Henri Cartier-Bresson, Ansel Adams oder Alfred Eisenstaedt zu einem der »Zehn besten Photographen der Welt« gewählt. Halsmans Arbeiten sind in den wichtigsten Galerien der Welt vertreten.

Über seine zwei Jahre in Österreich, über die Ermordung seines Vaters, seine beiden Prozesse und seine Verurteilung hat Philippe Halsman öffentlich nie mehr gesprochen. Er wollte dieses Kapitel offenbar vergessen, vielleicht sogar verdrängen. Philippe Halsman starb am 25. Juni 1979 in New York. Seine Schwester Liuba war im Jahr zuvor gestorben.

Am 8. August 1991 wurde das bislang letzte Kapitel im Fall Halsmann geschlossen. An diesem Tag versammelte sich bei der Jüdischen Abteilung des Innsbrucker Westfriedhofs eine kleine Trauergesellschaft, um den Kopf Morduch Max Halsmanns mit den seit 1928 begrabenen sterblichen Überresten zu vereinen und so den jüdischen Gesetzen Genüge zu tun. Seit 1928 war der in einem Konservierungsbad eingelegte Schädel des Mordopfers im Gerichtsmedizinischen Institut der Universität Innsbruck aufbewahrt worden, zuerst als wichtiges Beweismittel, später wohl eher als Schaustück. Die Beisetzung verlief nicht ohne Hindernisse. Der Chef der Innsbrucker Gerichtsmedizin wollte das makabre Relikt der Halsmann-Affäre, die auch in Österreich weitgehend vergessen, verdrängt worden war, nicht ohne weiteres herausrücken. Die Universität Innsbruck wandte sich an das Oberlandesgericht Innsbruck, das die Staatsanwaltschaft Innsbruck einschaltete, weil diese im September 1928 offiziell die Weisung erteilt hatte, den Kopf des Mordopfers als Beweismittel sicherzustellen. Die Staatsanwaltschaft erteilte schließlich die Erlaubnis, den Kopf zu begraben. Noch am Friedhof, im Verlauf der rituellen Bestattungszeremonie, kam es zu einem grotesken Zwischenfall. Nachdem die Exhumierung der Gebeine und die Wiederbestattung samt Kopf beendet war und der anwesende Rabbiner Kaddisch für Morduch Max Halsmann gesprochen hatte, erschien der Chef der Innsbrucker Gerichtsmedizin am Friedhof und verlangte, den Kopf noch einmal auszugraben, damit er diesen persönlich identifizieren und zur Bestattung freigeben könne. Sein Wille mußte geschehen. Der Kopf wurde noch einmal exhumiert, amtlich identifiziert und konnte dann wieder bestattet werden.

NACHWORT

Am Anfang stand eine Zeitungsmeldung über ein merkwürdiges Begräbnis. Durch sie wurde ich auf die Geschichte aufmerksam, die ich hier zu rekonstruieren versuche.

Das verspätete Begräbnis in Innsbruck war der Schlußpunkt einer Affäre, die von 1928 bis 1930 weit über die Grenzen Österreichs hinweg Aufsehen erregt hatte. Ein Grund dafür ist sicherlich darin zu suchen, daß das Opfer und sein vermeintlicher Mörder Juden waren. In den Materialien über die beiden Indizienprozesse, die in Innsbruck gegen Philipp Halsmann geführt wurden – im ersten Prozeß 1928 wurde er wegen Vatermordes zu zehn Jahren Kerker verurteilt, im zweiten ein Jahr später wegen Totschlags zu vier Jahren –, fand ich zahlreiche Hinweise auf ein extrem judenfeindliches Klima, das damals in Tirol (und nicht nur dort) herrschte. Das bekam ein jüdischer Angeklagter, der zudem aus dem Osten stammte, natürlich zu spüren. Manche Berichterstatter schrieben sogar von einer »Tiroler Dreyfus-Affäre«. War dieses Urteil berechtigt oder überzogen? Eine Antwort darauf suchte ich in Zeitungsberichten, Prozeßunterlagen und anderen Quellen zu finden.

Wer war dieser junge Mann, der in Innsbruck wegen Vatermordes angeklagt wurde? Aus den erhalten gebliebenen Dokumenten, seinen Aussagen vor Gericht und den Briefen an eine Freundin, entsteht notgedrungen ein fragmentarisches Bild, das einen schwierigen, noch unreifen Menschen zeigt, eine eigentümliche Mischung aus Kind und Mann, wie ihn einer seiner Verteidiger beschreibt.

Der Hergang des Mordes im Zillertal, der die Phantasie

so vieler Menschen beschäftigte, läßt sich heute nur mehr unvollständig rekonstruieren, wie ein Puzzle, bei dem zentrale Stücke fehlen: Die Zeugen sind alle tot, wichtiges Material ist verlorengegangen, viele Nachforschungen wurden seinerzeit offenbar ungeschickt oder nachlässig betrieben und sogar der Tatort hat sich seither, durch den Bau einer Straße, verändert.

Bei einer Durchsicht der historischen Quellen wird klar, daß der Fall Halsmann mehr war als bloß ein sensationeller Mordfall. In den leidenschaftlich geführten Diskussionen über Schuld oder Unschuld des Angeklagten brachen Fronten auf, die in der Ersten Republik die österreichische Gesellschaft entzweiten. Als liberale Wiener Zeitungen Kritik am Innsbrucker Verfahren übten, gingen in Tirol die Wogen der Empörung hoch. Die »schwarze Provinz«, das bäuerlich-katholische Tirol, stand gegen das »rote Wien«; klerikale Antisemiten wollten den Fall ebenso für ihre Zwecke nützen wie völkische Studenten und Nationalsozialisten; jüdische Autoren, Assimilanten und Zionisten, reagierten darauf ihrerseits mit Kritik, die oft über den Anlaßfall hinausging. Der Angeklagte aus Riga wurde in diesen Auseinandersetzungen naturgemäß zum Lückenbüßer, zum Sündenbock oder zum Helden.

Was als aufsehenerregender Kriminalfall begonnen hatte, entwickelte sich rasch zu einer der größten Affären der Zwischenkriegszeit. Intellektuelle, Schriftsteller, Juristen, Psychiater und Psychologen ergriffen das Wort, unter ihnen Jakob Wassermann, Albert Einstein, Erich Fromm, Sigmund Freud, der Strafrechtslehrer Carl Stooß und der Schweizer Psychiater Eugen Bleuler. Dennoch ist der Fall heute weitgehend in Vergessenheit geraten oder wurde vielleicht aus dem kollektiven Gedächtnis verdrängt.

Öffentlich hat sich Philippe Halsman über seine Erlebnisse in Österreich nie mehr geäußert. Wollte auch er die Affäre vergessen? Sein Schweigen trug jedenfalls dazu bei, daß in der Literatur über den Photographen Halsman die tragische österreichische Episode entweder völlig ausgeblendet oder unzulässig vereinfacht, um nicht zu sagen falsch dargestellt wird. In einem 1998 erschienenen repräsentativen Band mit dem Titel »Halsman. Retrospektive« schreibt die Kuratorin für Photographie der angesehenen amerikanischen Smithsonian Institution, der Vater sei bei der Bergwanderung abgestürzt und seinen Verletzungen erlegen. Die trauernde Familie habe für ein rasches Begräbnis gesorgt, wie es die jüdischen Gesetze vorschreiben. »Ihre Hast erregte Verdacht (Tiroler Bestattungszeremonien waren bekannt für ihre Länge und Aufwendigkeit)«, heißt es weiter im Vorwort. Und dieser Verdacht habe genügt, um Anklage gegen den Sohn zu erheben und ihn schließlich zu verurteilen.

In Wahrheit wurde Philipp Halsmann noch am Tag, an dem sein Vater ums Leben kam, wegen Mordverdachtes verhaftet, nicht zuletzt aufgrund seiner eigenen Aussagen. Als der Vater begraben wurde, saß der Sohn längst in Innsbruck in Untersuchungshaft.

Während der Recherchen stieß ich immer wieder auf Gerüchte und Mythen, die nicht einmal einer flüchtigen Überprüfung standhalten. So bekam ich in Tirol mehrfach zu hören, Philippe Halsman habe die Tat doch noch gestanden – auf dem Totenbett, wie sich's gehört; ein reines Produkt katholischer Phantasie. Im Zillertal wurde mir sogar ein Motiv für die Bluttat angeboten, nach dem damals Behörden und Journalisten vergeblich geforscht hatten – für viele Prozeßbeobachter ein seriöses Argument für die

Unschuld des Angeklagten. Der Sohn habe ein Verhältnis mit seiner Stiefmutter gehabt und aus diesem Grund den Vater »weggeputzt«, wurde mir berichtet. Der Vatermord aus Liebe zur schönen Stiefmutter: ein in der alpenländischen Trivialliteratur hinlänglich bekannter Topos, in dem, wie ein fernes, verzerrtes Echo, Sigmund Freuds Theorie vom Ödipuskomplex anklingt, der im Halsmann-Prozeß als mögliches Motiv tatsächlich genannt wurde (wogegen sich Freud ausdrücklich verwahrte). Philipp Halsmann hatte gar keine Stiefmutter, es war seine leibliche Mutter, die am tragischen Tod ihres Mannes und an der Anklage gegen ihren Sohn beinahe zerbrach.

Von einem Mordfall wird hier erzählt: Von den Nachforschungen und Untersuchungen, die angestellt wurden, um die Tat zu klären; von den Verhandlungen gegen den vermeintlichen Täter und von den Versuchen, seine Unschuld zu beweisen. Die Frage allerdings, wer im September 1928 den Mord im Zillertal tatsächlich verübt hat, muß unbeantwortet bleiben.

DANKSAGUNG

Bei der Arbeit an diesem Buch erfuhr ich von vielen Seiten Unterstützung und Ermutigung. Die wichtigsten Materialien zu den beiden Prozessen gegen Philipp Halsmann liegen im Tiroler Landesarchiv in Innsbruck, wo mir Dr. Manfred Rupert stets mit Hinweisen und Ratschlägen behilflich war. Besonders herzlich empfing mich DDr. Lukas Morscher, Leiter des Stadtarchivs Innsbruck, der mir mit unendlicher Geduld Auskunft über spezifisch tirolische Fragen erteilte. Viel Zeit verbrachte ich in der Bibliothek des Tiroler Landesmuseums Ferdinandeum, das eine reichhaltige Sammlung von Periodika besitzt – und ausnehmend freundliche Mitarbeiter. Dr. Gerald Colledani, Vizepräsident des Oberlandesgerichts Innsbruck, stand mir für ein Gespräch über die Tiroler Gerichtsbarkeit zur Verfügung und versorgte mich mit einschlägigem Material. Bei der Schilderung der historischen Verhältnisse konnte ich auf zahlreiche hervorragende Arbeiten jüngerer Tiroler Zeitgeschichtler zurückgreifen. Ohne diese unentbehrlichen Vorarbeiten hätte ich es nicht gewagt, dieses Buch zu schreiben. Von den Tiroler Helfern, die zu seinem Entstehen beitrugen, will ich noch Paul Lechner, Archivar der Gemeinde Mayrhofen, erwähnen.

Wichtige Hinweise und Materialien erhielt ich von Dr. Kurt Glaser in den USA und Gottfried Oesterhelt in der Schweiz, beide Nachkommen von Menschen, die in dem hier beschriebenen Fall eine verdienstvolle Rolle spielten. Der Wiener Filmemacher Kurt Mayer hat mir wertvolle Informationen über seinen Vater Rudi Mayer geliefert, der über die Affäre ein Filmdokument drehte, das vermutlich verlorenging. In Riga hatte ich in Vilnis Auzinš, Direktor des Lettischen Museums für Photographie, einen unschätzbaren Ratgeber.

Meine Freunde Brigitte Hilzensauer und Christoph Ransmayr lasen geduldig verschiedene Fassungen des Manuskripts, berieten mich kundig und ermunterten mich, wenn ich dessen bedurfte, was nicht selten der Fall war.

Juristischen Rat konnte ich bei Dr. Michael Neider und meinem Bruder Dr. Andreas Pollack einholen. Meine Frau Ingrid Schemel unterstützte mich tatkräftig bei den Recherchen. Und schließlich will ich noch die Mitarbeiter des Verlags nennen, voran Bettina Wörgötter, die immer großzügig über meine Schwierigkeiten mit der modernen Technik hinwegsah, und Herbert Ohrlinger, der das Buch von der Idee bis zur Fertigstellung begleitete. Ihnen allen will ich an dieser Stelle danken.

Am Ende dieser Danksagung, in der ich natürlich nicht alle Personen, die es verdienten, aufzählen kann, was man mir nachsehen möge, möchte ich noch meine Freundin Meta Hočevar nennen, die mir ihr Haus in Nadrožica im slowenischen Karst zur Verfügung stellte, wo ich die nötige Ruhe fand, um das Buch zu beenden.

Die Fehler, von denen sich hoffentlich nicht zu viele im Text finden, gehen selbstverständlich allein auf mein Konto.

M. P.

LITERATUR UND QUELLEN

(*Auswahl*)

Karl Blanck (Hg.), Philipp Halsmann. Briefe aus der Haft an eine Freundin. J. Engelhorns Nachf., Stuttgart 1930

Theodor Erismann, Zum Prozeß Halsmann, mit einer Erwiderung von Eduard Gamper. In: Beiträge zur gerichtlichen Medizin, hg. von Prof. Dr. Albin Haberda, XI. Band, Franz Deuticke, Wien 1931

Das Gutachten der medizinischen Fakultät Innsbruck in der Strafsache gegen Philipp Halsmann, mitgeteilt von Prof. Dr. Eduard Gamper. In: Beiträge zur Gerichtlichen Medizin, X. Band, Franz Deuticke, Wien 1930

Willi Gutmann, Das Fakultätsgutachten im Fall Halsmann (Möglichkeit und Wahrscheinlichkeit). Eine Kritik, mit einer Meinungsäußerung von Professor E. Bleuler, Drei Masken Verlag, Berlin 1931

Hans Haider, Der Fall Philipp Halsmann. In: Das jüdische Echo 38 (1989), S. 75–81

Der Fall Halsmann. Schriften der Österreichischen Liga für Menschenrechte III, Verlag Gilhofer & Ranschburg, Wien 1931

Philippe Halsman, Eine Retrospektive. Fotografien aus der Halsman Family Collection. Hg. von Jane Halsman Bello und Steve Bello, Edition Stemmle, Zürich 1998

Philippe Halsman, Portraits. Selected and edited by Yvonne Halsman, McGraw-Hill, New York 1983

Karl Marbe, Der Strafprozess gegen Philipp Halsmann. Aktenmäßige Darstellung und kriminalpsychologische Würdigung, C. L. Hirschfeld Verlag, Leipzig 1932

Karl Meixner, Lehren des Halsmannprozesses. In: Beiträge zur Gerichtlichen Medizin, hg. von Prof. Dr. Albin Haberda, X. Band, Franz Deuticke, Wien 1930

Ernst Ruzicka, Max Halsmanns Ermordung. Der Schlüssel zur Wahrheit, Krystall Verlag, Wien 1930

G. Störring, Gutachten in dem Halsmann-Prozeß. In: Archiv für die gesamte Psychologie, hg. von W. Wirth. 84. Band, Akademische Verlagsgesellschaft, Leipzig 1932

Thomas Albrich (Hg.), Wir lebten wie sie. Jüdische Lebensgeschichten aus Tirol und Vorarlberg, Haymon Verlag, Innsbruck 1999

Michael Gehler, Studenten und Politik. Der Kampf um die Vorherrschaft an der Universität Innsbruck, Haymon Verlag, Innsbruck 1990

Niko Hofinger, »Unsere Losung ist: Tirol den Tirolern!« Antisemitismus in Tirol 1918–1938. In: zeitgeschichte, 21. Jg., Wien, April 1994

Franz-Heinz Hye, Innsbruck im Spannungsfeld der Politik 1918–1938. Veröffentlichungen des Innsbrucker Stadtarchivs, Band 16/17, Innsbruck 1991

Mario Laich, Zwei Jahrhunderte Justiz in Tirol und Vorarlberg. Tyrolia Verlag, Innsbruck 1990

Horst Schreiber, Die Machtübernahme. Die Nationalsozialisten in Tirol 1938/39, Haymon Verlag, Innsbruck 1994

Gad Hugo Sella, Die Juden Tirols. Japhet Press, Tel Aviv 1979

Helmuth Zebhauser, Alpinismus im Hitlerstaat. Bergverlag Rother, München 1998

Bertha Zuckerkandl, Österreich intim. Erinnerungen 1892–1942, Amalthea Verlag, Wien 1970

Tiroler Landesarchiv TLA 13 Vr 1380/28

Österreichisches Staatsarchiv – Verwaltungsarchiv

Justizministerium 33901/1931 VI, Karton 3402

BILDNACHWEIS

Seite 11, Alpengasthof Breitlahner
Seite 13, Morduch und Philipp Halsmann, *Innsbrucker Nachrichten*, 18. September 1929
Seite 20, Dominikushütte
Seite 54, Situationsskizze zum Lokalaugenschein am 11. September 1928, Schriften der Österreichischen Liga für Menschenrechte, 1931
Seite 58, Die große Stirnwunde. Aufnahme vom 12. September 1928, Photo Österreichische Nationalbibliothek
Seite 59, Aus zahlreichen Einzelwunden zusammengesetzte, bis ins Gehirn reichende Gruppenwunde in der rechten Hinterhauptsgegend. Aufnahme vom 12. September 1928, Photo Österreichische Nationalbibliothek
Seite 72, Philipp Halsmann, Porträt von Walter Waentig, 1928, mit freundlicher Genehmigung von Sebastian Waentig
Seite 73, Philipp Halsmann hält an einem Schweizer See seinen Vater auf den Armen, Photo Österreichische Nationalbibliothek
Seite 76, Ruth Römer im Tanzstudio, 1927, mit freundlicher Genehmigung von Gottfried Oesterhelt
Seite 79, Richard Glaser, mit freundlicher Genehmigung von Kurt Glaser
Seite 112, Berichterstattung über den Halsmann-Prozeß, Titelblatt *Der Götz von Berlichingen. Eine lustige Streitschrift gegen Alle*, Wien, 21. Dezember 1928
Seite 128, Philipp Halsmann. Briefe aus der Haft an eine Freundin. Herausgegeben von Karl Blanck, Engelhorn, Stuttgart 1930

Seite 194, Photo Österreichische Nationalbibliothek

Seite 196, Tatort in Richtung Breitlahner gesehen, Photo Österreichische Nationalbibliothek

Seite 197, Lokalaugenschein, Photo Österreichische Nationalbibliothek

Seite 206, Eines der graphologischen Gutachten, *Der Tag*, 1. Dezember 1929

Seite 262, Offener Brief Jakob Wassermanns an den Präsidenten der Republik, 27. Oktober 1929, *Neue Freie Presse* (*Presse* Archiv)

Seite 277, Karikatur in *Der Morgen* am 27. Jänner 1930

Seite 292, Stellungnahme Sigmund Freuds, 14. Dezember 1930, *Neue Freie Presse* (*Presse* Archiv)

Trotz aller Bemühungen ist es uns nicht gelungen, alle Rechteinhaber (Text und Bilder) ausfindig zu machen. Wir bitten daher, sich mit dem Verlag in Verbindung zu setzen, damit wir die üblichen Vergütungen vornehmen können.

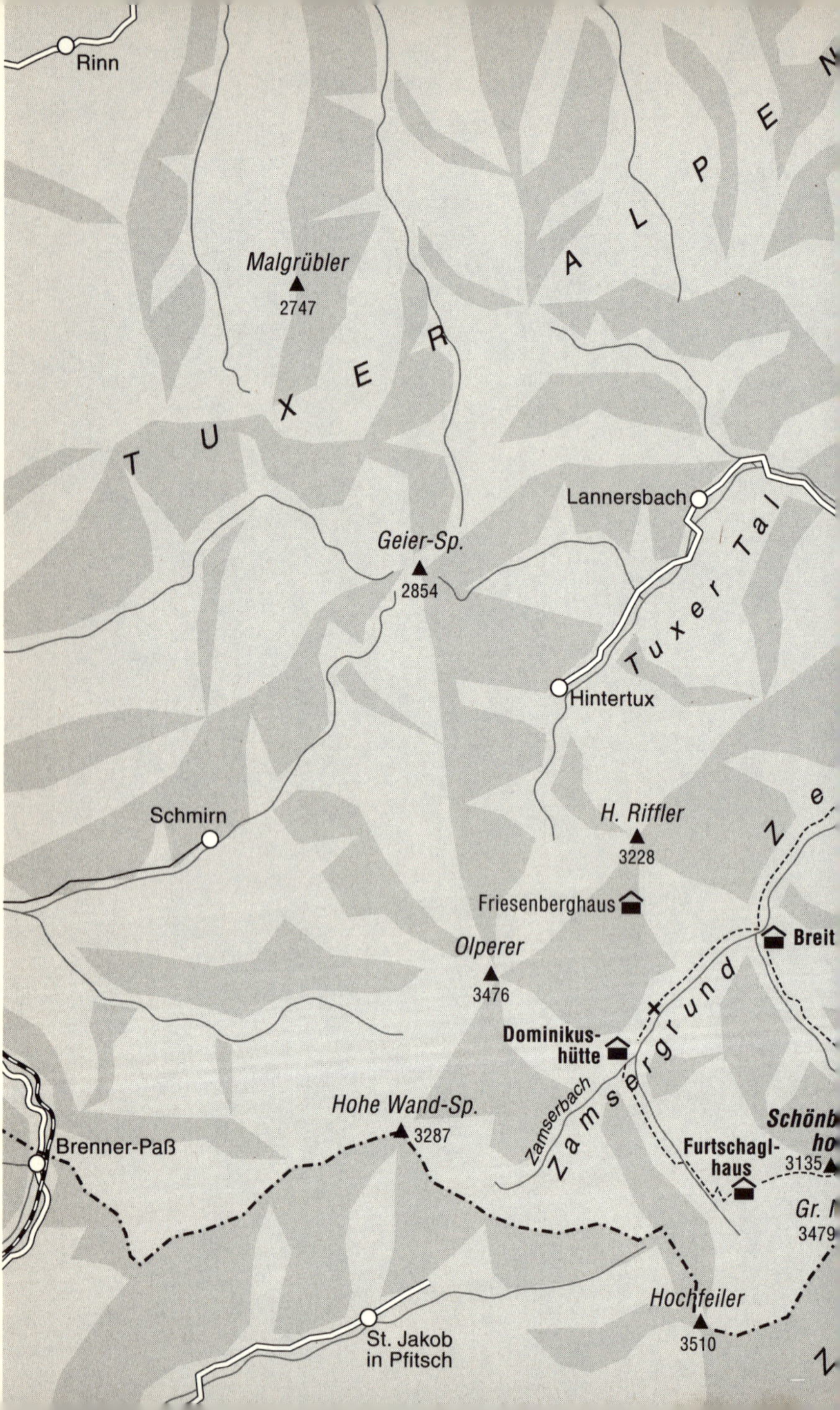

Rinn
TUXER ALPEN
Malgrübler
2747
Lannersbach
Tuxer Tal
Geier-Sp.
2854
Hintertux
Schmirn
H. Riffler
3228
Friesenberghaus
Olperer
3476
Breit
Zamsergrund
Dominikus-
hütte
Zamserbach
Hohe Wand-Sp.
3287
Brenner-Paß
Furtschagl-
haus
3135
3479
Hochfeiler
3510
St. Jakob
in Pfitsch

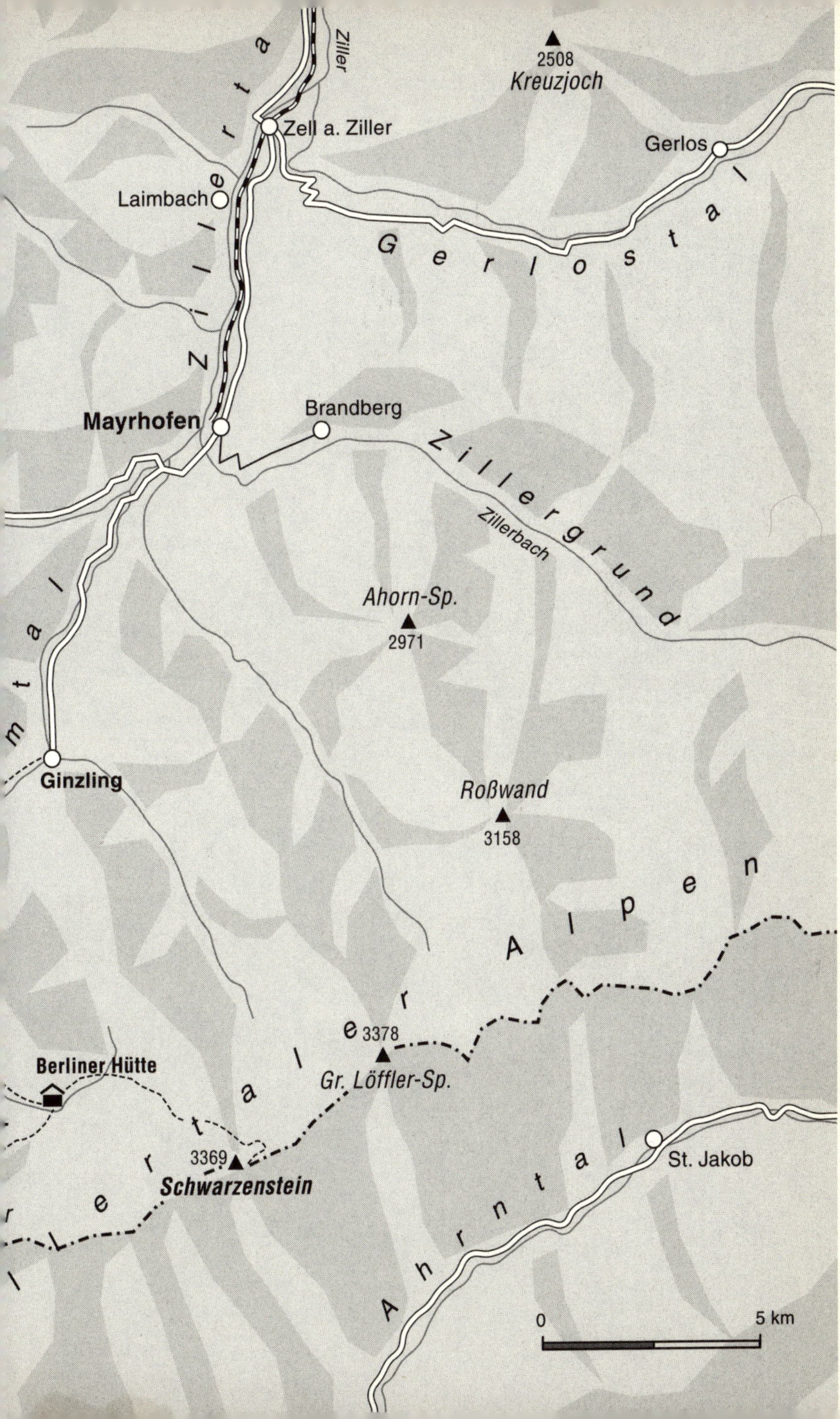
Ziller
2508
Kreuzjoch
Zell a. Ziller
Gerlos
Laimbach
Zillertal
Gerlostal
Mayrhofen
Brandberg
Zillergrund
Zillerbach
Ahorn-Sp.
2971
Ginzling
Roßwand
3158
llertaler Alpen
3378
Gr. Löffler-Sp.
Berliner Hütte
3369
Schwarzenstein
St. Jakob
Ahrntal
0
5 km

Christoph Ransmayr
Strahlender Untergang
Ein Entwässerungsprojekt oder
Die Entdeckung des Wesentlichen
64 Seiten. Gebunden

Christoph Ransmayrs erste poetische Arbeit, 1982 in rhythmischer Prosa in Wien und im südgriechischen Trachila geschrieben, erzählt mit grimmiger Ironie vom Untergang des Herrn der Welt, dem Verschwinden des Menschen in der Wüste.

»›Strahlender Untergang‹ macht tabula rasa ....
›Strahlender Untergang‹ ist ein ironischer Kommentar
zum allerletzten Akt der Zivilisationsgeschichte.«
Bernhard Fetz

S. Fischer

fi 1-062923 / 1

Christoph Ransmayr

Geständnisse eines Touristen

Ein Verhör

144 Seiten. Gebunden

Wer fragt, will Geschichten hören. Wer antwortet, erzählt. So können Gespräche, selbst Interviews, zu einer Quelle und Spielform des Erzählens werden. In den ›Geständnissen eines Touristen‹ hat Christoph Ransmayr Fragen, die ihm von der internationalen Presse im Verlauf von Jahren gestellt wurden – über Politik und Erlebnis, Literatur, Geschichte, Kritik, auch über das Verschwinden –, in ein fiktives Verhör verwandelt, das in gelassenen, poetischen oder bloß lachenden Antworten von den Abenteuern eines reisenden Schriftstellers erzählt.

»Zwischen diesen Polen, ausgelassener Albernheit und umsichtiger Weisheit, bewegt sich der Text dieser heiteren, bösen, souveränen Selbstaussage.«
Die Zeit

S. Fischer

fi 1-062927 / 1

Christoph Ransmayr

Der Weg nach Surabaya

Reportagen und kleine Prosa

Band 14212

Christoph Ransmayr begann seine literarische Arbeit als Redakteur und Reporter. Er schrieb seine ersten Artikel für die Kulturzeitschrift Extrablatt, später für Merian oder Geo, und vor allem für TransAtlantik. Aus der großen Zahl dieser Arbeiten hat er jetzt die wichtigsten Stücke ausgewählt und in einem Band zusammengefaßt. Diese Sammlung führt nicht nur die epischen Möglichkeiten der Form der Reportage vor, wenn sich ein Erzähler ihrer bedient. Sie zeigt auch die Hinwendung des Reporters Ransmayr zu den Stoffen und Gestalten seiner späteren Romane. Seine Reportagen erzählen von den Staumauern in Kaprun oder vom Geburtstag einer neunzigjährigen Kaiserin, von Kniefällen in Czenstochau oder vom Leben der Bauern und Fischer im nordfriesischen Wattenmeer. Den zweiten Teil des Bandes bilden fünf Prosaarbeiten, in denen er von den unterschiedlichsten Epochen und Weltgegenden berichtet: Vom Labyrinth des Königs Minos auf Kreta, von Konstantinopel kurz vor der Eroberung durch Sultan Mehmet 1453 oder von der Freien Republik Przemyśl am Ende des Ersten Weltkriegs.

Fischer Taschenbuch Verlag

fi 14212 / 2

John Berger

Meine Schöne

Essays Geschichten Gedichte

Herausgegeben von Hans Jürgen Balmes

Band 15251

John Berger ist ein staunender Reisender. Mit einem wachen Ohr für Geschichten schaut er den Menschen in die Augen und sammelt ihr Erstaunen, ihre Liebe und ihren Zorn. Ob er über die Einsamkeit der Emigranten, oder der Sorge, mit der man ein Bild seiner Liebsten in der Brieftasche bei sich trägt, schreibt, stets treibt ihn ein großes Heimweh nach den Dingen und Menschen.

»Er doziert nicht, er lebt, was ein großer Unterschied«
Verena Auffermann, Frankfurter Rundschau

Fischer Taschenbuch Verlag

fi 15251 / 1

Bernd Schroeder
Unter Brüdern
Roman
Band 15779

Die spannende Geschichte eines ungleichen Brüderpaars.

Seit Jahren sind sich Max und Paul aus dem Weg gegangen – erst als die Großmutter, die sich einst in die DDR abgesetzt hatte, stirbt, treffen sie wieder aufeinander. Doch als nun die Wohnung im Berliner Osten aufgelöst werden soll, beginnt ein spannender Krimi. Plötzlich geht es um viel Geld, und Paul entdeckt seinen ungebremsten Bruderhaß.

Fischer Taschenbuch Verlag

fi 15779 / 1

Christoph Meckel

Suchbild

Über meinen Vater

Mit einem Nachwort des Autors

Band 16162

»Der Mensch, den ich kannte, war nur ein Teil jenes anderen, den keiner kannte«.

Christoph Meckels Annäherung an den Vater erschien erstmals 1980 und war der Höhepunkt einer ganzen Reihe von literarischen Versuchen, mit denen Angehörige der 68er-Generation ihre Väter und deren Arrangement mit dem Nationalsozialismus beschrieben. Ein Klassiker in der Literatur über den Vater, in dem auch die eigene Kinderzeit nach dem Krieg sensibel, poetisch und genau erfasst wird.

»Wie Christoph Meckel in seinem Vater
die deutsche Malaise erkannte,
hat etwas Allgemeingültiges.«
Die Zeit

Fischer Taschenbuch Verlag

fi 16162 / 1

W. G. Sebald

Nach der Natur

Ein Elementargedicht

Band 12055

Der berühmte Meister des Isenheimer Altars Matthias Grünewald, der Naturforscher Georg Wilhelm Steller von der Beringschen Alaska-Expedition und der Autor selbst – was steckt dahinter, wenn Sebald diese unterschiedlichen Männer aus so weit auseinanderliegenden Jahrhunderten in einem »Elementargekeit von Natur und Gesellschaft, die unweigerlich eine »lautlose Katastrophe« heraufbeschwört: die Naturzerstörung, welche längst im Gange ist. Dem hellsichtigen, fortschrittskritischen Beobachter beschert sie ein einsames, gedrücktes Dasein sowie die Utopie einer Natur, die den Menschen letztlich besiegen wird, um den Elementen, Pflanzen und Tieren wieder eine Existenz in Schönheit und Frieden zu ermöglichen. Sebald hat mit seinem der Natur, im weiteren Wortsinn aber auch allem Wesentlichen zugewandten »Elementargedicht« gleichsam ein Triptychon geschaffen: ein hochpoetisches Sprachkunstwerk, das mit den Lebensläufen dreier Männer vertraut macht, die den Konflikt zwischen Mensch und Natur auf jeweils eigene Weise schmerzlich empfunden haben.

Fischer Taschenbuch Verlag

fi 2141 / 2